文章四家

贾平凹

文化藝術出版社
Culture and Art Publishing House

清奇古怪

序一　范曾

人们将那崪若断岸、矗似长云的自然景象和造物的神奇联系起来，称它们清、奇、古、怪。大凡够称上这四个字评语的，大体能给人"大而雄"的感受。而艺术上只要和清、奇、古、怪搭上了边，便有它不同凡响的感染力。举唐诗人为例：李白"清"，李商隐"奇"，杜工部"古"，李贺"怪"；举宋词人为例：李易安"清"，辛稼轩"奇"，张孝祥"古"，贺铸"怪"。当然，这是个人的感怀，不足为文学史之定论。苏州园林中几株被雷劈的千年大柏，在天地大炉中，其不屈生命熔铸成奇绝之仪态，人们名之曰：清、奇、古、怪，这是江南秀逸风物中难得一见的"大而雄"的一景。

冯骥才，奇人也，身高丈二，危乎高哉！而其为文，往往出人意表而在人意中。由于他有一双洞察人世的眼睛，又有人情练达的性格，故尔，提笔写众生相，宛在目前。谁也逃不过他的火眼金睛。于是怪世奇人一一收入笔底，而忏悔之徒熙熙列于门墙。其语言又不避曲俚，遂使立意与表达能于平实中出奇险。短篇若《神鞭》、《三寸金莲》、《高女人与矮丈夫》，皆为脍炙人口之杰构。骥才又多才艺，偶为画作，云飞霞走，不欲苟同于古、今。其诗未曾读过，恐正藏之箱箧，不到语不惊人死不休的火候，不会拿出，尤其身边有斫轮老手，以大冯之智，拿出之日，正是天下瞠目之时。

贾平凹，自引深藏崖穴之今时古贤也，平生与我缘悭一面，知其为人既质且文，而其笔下自有一种崩榛塞路的古道景象，古风中自有凛冽之朔气。人或远之，我独爱之。少清贫，寡于食而默于言。于是其艰难苦恨一发之于笔。当今之世，凉薄文人往往无根，尤其无寻常之草根，读此类文人之作品，与嚼蜡何以异？贾平凹则有野人怀土、小草恋山的生命元气。其实古往今来之大手笔，无一不珍惜深山劲草、碧透幽壑，缘其中有大化之雨露、日月之精英。《废都》一出，物议蠭起，此正所谓蓄之既久，其发必速。世之乡愿，固不具慧眼，訾謷之评，殊不足道。而贾公依旧粗衣布履，安步文坛，我们等待着他"谢安舟楫风还起"。

王蒙，自是古今少有的怪物。诸公切勿以为我有嘲谑之意，"怪物"者，与神祇近矣，昔马克思盛赞恩格斯"机灵得像个鬼"，这是凡夫俗子所能容受得了的高评吗？每与王蒙谈天，他绝对陈言务去，妙语连珠。他是文坛之司命，得益于他的人多矣，先有天才王朔，后有网上文学。他有眼力、有勇气看出他们强大的生命力。他有时坐在云端看人生，夕阳青山；有时关起窗户看落花，绿肥红瘦。他经历的事比我多一百倍。他有一次告诉我："一个人总想不愉快的事，有足够的理由一天自杀三次。"妙语！从此后，我洒扫庭除，把丧气扫出门外，把快乐引进心灵。在此，让我们以垂老之年，永远记住王蒙的名言"青春万岁"以自勉。

谈到我自己，以诗文世家，远接四百五十年之文脉，有十三代诗人瓜瓞延绵之历史，为文再没有一点清气，当然应列入白痴行列。而我自己亦颇以"清新庾开府，俊逸鲍参军"自励。我与上述三大家所不同者，我以画为稻粱谋，一日风，二日雨，哪来文章锅里煮？所以诗文当为本人余兴，故尔有附骥之感。然倘附骥者为玉虬，当与诸公"驷玉虬以乘鹥兮，溘埃风余上征"，并驾当不为狂悖。

四家文章既出，张子康嘱每人为文一篇，世人或有侧目莞尔者，然则，我可以告诉大家一个简单的真理：伪为谦揖，不如坦诚。

范曾于巴黎

四君子图

序二 冯骥才

文化艺术出版社约我与王蒙、范曾、贾平凹合出一套文集,各人一册,文章自选,还别出心裁地请我们各写一篇与其他三位交往的文章。我脑袋立时冒出这篇序文的题目:四君子图。为何?自我标榜为君子吗?非也。只是想到古人谓竹兰梅菊为四君子,而竹兰梅菊其形其色其味其神彼此不同,不过依此行文,寻些情趣而已。

在这里,竹是我,兰是范曾,梅是平凹,菊是王蒙。至于我与竹何干,放在篇尾再说。

先说兰,范曾。

初识范曾是在二十多年前。他由北京来南开大学捐楼办学,那时他已是书画名家。初次见面不免谈到他的画。他忽说:"我从来不送画给人。"他可能误以为我想向他索画吧,因笑道:"我屋里从来不挂别人的画,只挂自己的画。"谁想后来熟了,他却主动送画给我。他从旁人口中知我母亲喜欢他的字，便托人送来一幅，有字有画，而且是精心之作。一次我生日，关牧村来做客，手里拿着一卷画笑嘻嘻给我，说道："我刚从范老师那儿来，他听说你今天生日，当即给你画了一匹马。"我属马，朋友有心，使我感动。

原来他不是不送人画，而是作画及赠画都信由一时的性情。就像兰叶，随意舒展，一任情怀。

再一次，在北京开会时，几位朋友晚间聚在一起喝茶聊天儿。忽然推门进来一位瘦瘦的男人，手捧本子来找范曾签名，并说："范先生你必签不可。"范曾说："我为什么非得给你签？"那人说："在四五天安门事件时，我为了抄你纪念总理的诗，脑袋挨了纠察队一棒子。现在脑顶上还有一个疤呢！"范曾听了，不禁动容，非要看。那人低下头，扒开头发果然有一条很深的疤。范曾问他："你叫什么？"这人说："李国清。国家的国，唐宋元明清的清。"范曾当即拿笔在他的本子上题了两句："江山幸有国清日，不忘当年顶上花。"

其潇洒自如，乃兰草之气质。

后说梅，平凹。

去年去陕西考察，得机会在西安与平凹一聚。那天恰逢他获茅盾文学奖，笑容很多。抽着烟，龇着牙。我对他打趣说："你在北京说过，叫我到你家挑个陶罐，今天我就为这事来的。"平凹收藏不少汉陶的精品，这是远近闻名的。没想到他人比传说中的大方得多，马上带我去。是不是正赶上他黄道吉日得了大奖了？当然，去他家更是想看看这位文笔诡谲的商州奇士到底怎么活着。

他家在市区一幢公寓房的顶楼。天色入夜，摸摸索索地爬上去。待灯一亮，好似站在一家古董储藏室里。里里外外贴墙摆了一圈的玻璃书柜里，不是书就是古物。使眼一扫，极合我的口味。没一件材质昂贵、制作精美、官家或皇家的物品，自然也很少拍卖行里的热拍品；却一概是原始的、草莽的、乡土的、粗砺的老东西，然件件皆有生命，有罕见的文化信息和沉重的文化分量。真正的藏家都是一逞自家独到的眼光，只有古董商才按照拍卖行的图录淘东西。与我同来的访者，吵吵嚷嚷地问他何以收藏这么多石雕木刻铜铸泥塑各式各样的蛙，何以在书屋正中一把怪模怪样的椅子上"供"着自己的照片。我却坐在他的书桌前，细看他摆满一桌子的稀奇古怪的东西。我的书桌乃至书房画室也摆满了各样的东西。每件东西都是因为喜欢才摆在那里的，不经意凑在一起却呈现了自己的世界。细看被平凹摆在书桌上的一样样的东西：瓦当、断碑、老砚、古印、油灯、酒盏、佛头、断俑……以及说不清道不明的历史人文的碎块与残片，从中我忽然明白这些年从《病相报告》、《高兴》到《秦腔》，他为什么愈写愈是浓烈和老到。比起那些用地域文化做作料的小说——那些小说只是把地域文化当做灯泡挂在树上，平凹则是把自己生命的老根扎在文化的大地里。于是，就像老梅桩，愈是崚嶒纠结，愈能生出一朵朵活溅溅鲜嫩的花来。

再说菊，王蒙。

记得1985年王蒙要到沙滩的文化部上任部长的前两天，我和张贤亮等几位文友去他家玩儿。那天，他正用不大精熟的英文把美国电影《爱情故事》主题歌的歌词翻译成中文，还一句句地唱。词译得不顺，声音走调得更厉害。我们笑着说："从此中国多了一个部长，少了一个作家。"王蒙立即反驳："我决不会像你们这么弱智。"从此，我一直盯着王蒙在文学路上能走多远。多年来观察到他的情节和细节够写一本小书了。可是，他到了七十岁后居然发了疯，又论红楼论老子庄子，又到处演讲演说，还成本大套地写书。很像菊花，愈到天寒木凋之日，开得愈欢。为什么呢？前两年，他在青岛举办研讨会，我正好要到贵州去开全国文化遗产保护工作会议。去不成青岛了，便为他写了一幅字，半开玩笑半认真地写上四句：

> 满纸游戏语，彻底明白人，
> 偶露部长相，仍是作家魂。

唯此，他才能像菊花那样，在人生的夕照里把花儿一直开下去。

最后说竹，说我自己。

我非自比为竹，尽管我欣赏竹之虚心和有节，尤其喜爱郑板桥那句写竹的诗"咬定青山不放松"——我还把这句诗作为我们文化遗产保护的座右铭。这里只是说我与竹子靠点边儿的一个小插曲，和上面几位文友凑个热闹。

这件事还是与王蒙有关。那天参观海洋大学的王蒙研究所，主人非叫我和我爱人合画一幅小画，留做纪念。盛情难却，勉强从命。我爱人便画了毛茸茸的一只小鸟，我用水墨亦湿亦干地补了一片浓竹淡竹，随之心生四句，提笔题在画上：

> 小鸟落竹中，不啼亦有声，
> 侧耳四下寻，缘故是微风。

这样便是，竹兰逢梅菊，合为君子图。

一笑则已，充做序言吧。

目录

商州初录 …… 1

商州又录 …… 102

商州再录 …… 117

黄土高原 …… 179

进山东 …… 184

通渭人家 …… 189

祭父 …… 196

从棣花到西安 …… 205

闲人 …… 209

人病 …… 214

六棵树 …… 220

说棣花 …… 229

"卧虎"说 …… 238

四十岁说 …… 240

十篇短信 …… 244

大唐芙蓉园记 …… 248

在女儿婚礼上的讲话 …… 250

荒野地 …… 252

红狐 …… 254

小楚 …… 259

游寺耳记 …… 261

说话 …… 262

丑石 …… 264

灵山寺 …… 266

四月三十日游青城后山 …… 270

天气 …… 272

写给母亲 …… 273

游了一回龙门 …… 275

月迹 …… 279

一棵小桃树 …… 283

秦腔 …… 287

走了几个城镇 …… 294

一块土地 …… 307

《废都》后记 …… 315

《秦腔》后记 …… 321

《古炉》后记 …… 330

商州初录

这本小书是写商州的。为商州写书,我一直处在慌恐之中,早在七八年前构思它的时候,就有过这样那样的担心。因为大凡天下流传的地理之书,多记载的是出名人的名地,人以地传,地以人传。而商州从未出现过一个武官骁将,比如霸王,一经《史记》写出,楚地便谁个不晓?但乌骓马出自商州黑龙潭里,虽能"追风逐日",毕竟是胯下之物、喑哑牲口,便无人知道了。也未有过倾国倾城佳人,米脂有貂蝉,马嵬死玉环,商州处处只是有着桃花,从没见到有一年半载的"羞而不发",也终是于世默默,天下无闻。搜遍全州,可怜得连一座像样的山也不曾有,虽离西岳华山最近,但山在关中地面,可望而不可得,有话一说:在华山上不慎失足,"要寻尸首,山南商州",可此等忌讳之事,商州人谁肯提起?截至目前,中央委员会里是没有商州人的。三十年代,这一带出了个打游击的司令巩德芳,领着上千人马,在商州城里九进八出,威风不减陕北的刘志丹,如今他的部下有在北京干事的,有在西安省城干事的，他应是个了不起的人物了，可惜偏偏在战争中就死了。八十年代以来，姚雪垠先生著的《李自成》风靡于世，那就写的是闯王在商州的活动，但先生如椽之笔写尽军营战事，着墨商州地方的极少，世人仍是只看热闹，哪里管得地理风情？可贺可喜的是近几年商州出了一种葡萄甜酒，畅销全国，商州人以此得意外面世界从此可知商州了，却酒到外地，少数人一看牌子："丹江牌"，脑子里立即浮起东北牡丹江来，何等悲哀之事！而又是多数人喝酒从不看标签下的地方小字，何况杯酒下肚，醉眼蒙眬，谁能看清小字，谁看清了又专要记在心里？

我曾经查过商州十八本地方志，本本都有记载：商州者，商鞅封地也。这便是足见商州历史悠久，并非荒洪蛮夷之地的证据吧！如果和商州人聊起来，他们津津乐道的还是这点，说丹江边上便有这么一山，并不高峻，山岬纵横，正呈现一个"商"字，以此山脚下有一个镇落，从远古至今一直叫"商镇"不改。还说，在明、清，延至民国初年，通往八百里秦川有四大关隘，北是金锁关，东是潼关，西是大散关，南是武关；武关便在商州。一条丹江水从秦岭东坡发源，一路东南而去，经商县，丹凤，商南，又以丹凤为中，北是洛南，南是山阳，西是柞水、镇安，七个县匀匀撒开，距离相等，势如七勺星斗。从河南、湖北、湖南、川、云、贵的商人入关，三千里山路，唯有这武关通行，而商州人去南阳担水烟，去汉中贩丝绵，去江西运细瓷，也都是由水路到汉口。龙驹寨便是红极一时的水旱大码头。那年月，日日夜夜，商州七县的山货全都转运而来，龙驹寨就有四十六家叫得响的货栈，运出去的是木耳、花椒、天麻、党参、核桃、板栗、柿饼、生漆、木材、竹器，运回来的是食盐、碱面、布匹、丝绵、锅碗、陶瓷、烟卷、火纸、硝磺。但是，历史是多么荣耀，先业是多么昭著，一切"俱往矣"！如今的商州，陕西人去过的甚少，全国人知道的更少。陕西的区域通称陕南、陕北、关中；关中指秦岭以北，陕南指安康、汉中；商州西部，北就有亘绵的秦岭，东是伏牛山，南是大巴山；

四面三山，这块不规不则的地面，常常就全然被疏忽了，遗忘了。

正是久久被疏忽了，遗忘了，外面的世界愈是城市兴起，交通发达，工业跃进，市面繁华，旅游一日兴似一日，商州便愈是显得古老，落后，撵不上时代的步伐。但亦正如此，这块地方因此而保持了自己特有的神秘。日今世界，人们想尽一切办法以人的需要来进行电气化、自动化、机械化，但这种人工化的发展往往使人又失去了单纯、清静，而这块地方便显出它的难得处了。我曾呼吁：外来的游客，国内的游客为什么不到商州去啊？！那里虽然还没有通上火车，但山之灵光，水之秀气定会使你不知汽车的颠簸，一到那里，你就会失声叫好，真正会感觉到这里的一切似乎是天地自然的有心安排，是如同地下的文物一样而特意要保留下来的胜景！

就在更多的人被这个地方吸引的时候，自然又会听到各种各样对商州的议论了。有人说那里是天下最贫困的地方，山是青石，水是湍急，屋檐沟傍河而筑，地分挂山坡，耕犁牛不能打转。但有人又说那里是绝好的国家自然公园，土里长树，石上也长树，山有多高，水就有多高。有山洼，就有人家，白云在村头停驻，山鸡和家鸡同群。屋后是扶疏的青竹，门前是妖妖的山桃，再是木桩篱笆，再是青石碾盘，拾级而下，便有溪有流，遇石翻雪浪，无石抖绿绸。水中又有鱼，大不足斤半，小可许二指，鲢、鲫、鲤、鲇，不用垂钓，用盆儿往外泼水，便可收获。有人说那里苦焦，人一年到头吃不上一顿白麦馍馍，红白喜事，席面上红萝卜上，白萝卜下，逢着大年，家家乐得蒸馍，却还是一斗白麦细粉，五升白包谷粗面，掺和而蒸，以谁家馍炸裂甚者为佳。一年四季，五谷为六，瓜菜为四，尤其到了冬日，各家以八斗大瓮窝一瓮浆水酸菜，窖一窑红薯，苫一棚白菜，一个冬天也便过去了。更有那"商州炒面客"之说，说是二三月青黄不接，没有一家不吃稻糠拌柿子晒干磨成的炒面，涩不可下咽，粗不能屙出。但又会有人说，那里不论到任何地方，只要有水，掏之则甜，若发生口渴，随时见着有长猪耳朵草的地方，用手掘掘，便可见一洼清泉，白日倒影白云，夜晚可见明月，冬喝不碜牙，夏饮肚不疼，所以商州人没有喝开水的习惯，亦没有喝茶水的嗜好，笑关中人讲究喝茶，那里水尽是盐碱质的。还说水不仅甘甜，可贵的是水土硬，生长的粮食耐磨耐吃，虽一天三顿包谷糊汤，却比关中人吃馍馍还能耐饥。陕北人称小米为命粮，但陕北小米养女不养男，商州人称包谷糊汤为命饭，男的也养，女的也养，久吃不厌，愈吃愈香，连出门在外工作的，不论在北京、上海，不论做何等官职，也不曾有被"洋"化了的而忘却这种饭谱。更奇怪的是商州人在年轻时，是会有人跑出山来，到关中泾阳、三原、高陵，或河南灵宝、三门峡去谋生定居，但一过四十，就又都纷纷退回，也有一些姑娘到山外寻家，但也都少不了离婚逃回，长则六年七年，少则三月便罢，两月就了。

众说不一，说者或者亲身经历，或者推测猜度，听者却要是非不能分辨了，反更加对商州神秘起来了。用什么语言可以说清商州是个什么地方呢？这是我七八年来迟迟不能写出这本书的原因。我虽然土生土长在那里，那里的一丛柏树下还有我的祖坟，还有双亲高堂，还有众亲广戚，我虽然涂抹了不少文章。但真正要写出这个地方，似乎中国的三千个方块字拼成的形容词是太少了，太少了，我只能这么说：这个地方是多么好啊！

它没有关中的大片平原，也没有陕南的险峻山峰，像关中一样也产小麦，亩产可收六百斤，像陕南一样也产大米，亩产可收八百斤。五谷杂粮都长，但五谷杂粮不多。气候没关中干燥，却也没陕南沉闷。也长青桐，但都不高，因木质不硬，懒得栽培，自生自灭。橘子树有的是，却结的不是橘子，乡里称苟蛋子，其味生臭，满身是刺，多成了庄户围墙的篱笆。所产的莲菜，不是七个眼，八个眼，出奇地十一个眼，味道是别处的不能类比。核桃树到处都长，核桃大如山桃，皮薄如蛋壳，手握之即破。要是到了秋末，到深山去，栗树无家无主，栗落满地，一个时辰便捡得一袋。但是，这里没有羊，吃羊肉的人必是上了年纪的老人，或是坐了月子的婆娘，再就是得了重病，才能享受这上等滋养。外面世界号称"天上龙肉,地上鱼肉",但这里满河是鱼,却没人去吃。有好事顽童去河里捕鱼,多是为了玩耍,再是为过往司机。偶尔用柳条穿一串回来,大人是不肯让在锅里煎做,嫌其腥味,孩子便以荷叶包了,青泥涂了,在灶火口烘烤。如今慢慢有动口的人家,但都不大会做,如熬南瓜一样,炒得一塌糊涂。螃蟹也多,随便将河边石头一掀,便见拳大的恶物横行而走,就免不了视如蛇蝎,惊呼而散。鳖是更多,常见夏日中午,有爬上河岸来晒盖的,大者如小碗盘,小者如墨盒,捉回来在腿上缚绳,如擒到松鼠一样,成为玩物。那南瓜却何其之多,门前屋后,坎头涧畔,凡有一黄土之地,皆都生长,煮也吃,熬也吃,炒也吃,若有至宾上客,以南瓜和绿豆做成"揽饭",吃后便三天不知肉味。请注意,狼虫虎豹是常见到的,冬日夜晚,也会光临村中,所以家家猪圈必在墙上用白灰画有圆圈,据说野虫看见就畏而却步,否则小者被叼走,大者会被咬住尾巴,以其毛尾作鞭赶走,而猪却吓得不吱一声。当然,养狗就是必不可少的营生了,狗的忠诚,在这里最为突出,只是情爱时令人讨厌,常交结一起,用棍不能打开。

可是,有一点说出来脸上无光,这就是这里不产煤。金银铜铁锡样样都有,就是偏偏没煤!以前总笑话铜关煤区黑天黑地,姑娘嫁过去要尿三年黑水,到后来说起铜关,就眼红不已。深山里,烧饭、烧炕,烤火,全是木块木料,三尺长的大板斧,三下两下将一根木椽劈开,这使城里人目瞪口呆,也使川道人连声遗憾。川道人烧光了山上树木,又刨完了粗桩细根,就一年四季,夏烧麦秸,秋烧稻草,不夏不秋,扫树叶,割荆棘。现在开始兴沼气池,或出山去拉煤,这当然是那些挣大钱的人家,和那些门道稠的庄户。山坡上的路多是沿畔,虽一边靠崖,崖却不贴身,一边临沟,望之便要头晕,毛道上车辆不能通,交通工具就只有扁担、背篓。常见背柴人远远走来,背上如小山,不见头,不见身,只有两条细腿在极快移动。沿路因为没有更多的歇身处,故一条路上设有若干个固定歇处,不论背百儿八十,还是担百儿,再苦再累，必得到了固定歇处方歇，故商州男人都不高大，却忍耐性罕见，肩头都有拳头大的死肉疙瘩。也因此这里人一般出外，多不为人显眼，以为身单好欺，但到了忍无可忍了，则反抗必要结果，动起手脚来，三五壮汉不可近身。历代官府有言：山民如水，可载舟，亦可覆舟。若给他们滴水好处，便会得以涌泉之报，若欲是高压，便水中葫芦压下浮上。地方志上就写有：李自成在商州，手下善攻能守者，多为商州本地人；民国年代，常有暴动。就是在"文化大革命"中，每县都有榔头队，拳头队，石头队，县县联合，死人无数，单是山阳县一次武斗，一派用石头在河滩砸死十名俘虏，另一派又将十五名俘虏用铁丝捆了，从岸上"下饺子"投下河潭。男人是这么强悍，但女人却是那么多情，温顺而善良。女大十八变，虽不是苗条婀娜，却健美异常，眼都双层皮，睫毛长而黑，常使外地人吃惊不已。走遍丹江、洛河、乾佑河、金钱河，四河流域，村村都有百岁妇女，但极少有九十男人。七个县中的剧团，女演员台架、身段、容貌，唱、念、说、打，出色者成批，男主角却善武功，乏唱声，只好在关中聘请。

　　陕北人讲穿不求吃，关中人好吃不爱穿，这里人皆传为笑料，或讥之为"穷穿"，或骂之为"瞎吃"，他们是量家当而行，以自然为本，里外如一。大凡逢年过节，或走亲串门，赶集过会，就从头到脚，花花绿绿，崭然一新。有了，七碟子八碗地吃，色是色，形是形，味是味，富而不奢；没了，一样的红薯面，蒸馍也好，压也好，做漏鱼也好，油盐酱醋，调料要重，穷而不酸。有了钱，吃得像样了，穿得像样了，顶讲究的倒有两样：一是自行车，一是门楼。车子上用红线缠，用蓝布包，还要剪各种花环套在轴上，一看车子，就能看出主人的家景，心性。门楼更是必不可少，盖五间房的有门楼，盖两间房的也有门楼，顶上做飞禽走兽，壁上雕花鸟虫鱼，不论干部家，农夫家，识字家，文盲家，上都有字匾，旧时一村没有念书人，那字就以碗按印画成圆圈，如今全写上"山青水秀"，或"源远流长"。

我也听到好多对商州的不逊之言，说进了山，男人都可怕。有进山者，看见山坡有人用尺二牙子镢在掘地，若上去问路，瞧见有钱财的，便会出其不意用镢头打死，掏了钱财，掘坑将尸首埋了，然后又心安理得地掘他的地。又说男女关系混乱。有兄弟数人，只娶一个老婆，等到分家，将家产分成几份，这老婆也算作一份，然而平分，要柜者，不能要瓮，柜瓮都要者，就不得老婆……我在这里宣布，这全是诬蔑！商州在旧社会，确实土匪多，常常路断人稀，但如今从未有过以镢劈死过路人的事件，偶尔有几个杀人罪犯，但谁家坟里没几棵弯弯柏树？世上的坏人是平均分配的，商州岂能排除？说起作风混乱，更是一派胡言，这里男女可以说，笑，打，闹，以爷孙的关系为最好，无话不说，无事不做，也常有老嫂比母之美谈，但家哥和弟媳界限分明，有话则说，无话则避。尤其一下地干活，男女会不分了老少，班辈，什么破格话都可说，似乎一块土地，就像城市人的游泳池，男女都可以穿裤头来。若是开会，更是所有人一起上炕，以被覆脚，如一个车轮，团团而坐。

商州到底过去是什么样子，这么多年来又是什么样子，而现在又是什么样子，这已经成了极需要向外面世界披露的问题，所以，这也就是我写这本小书的目的。据可靠消息，商州的铁路正在测量线路，一旦铁路修通，外面的人就成批而入，山里的人就成批走出，商州就有它对这个社会的价值和意义而明白天下了。如今，我写这本小书的工作，只当是铁路线勘测队的任务一样，先使外边的多少懂得这块地方，以公平而平静的眼光看待这个地方。一旦到了铁路修起，这本小书就便可作卖辣面的人去包装了，或是去当了商州姑娘剪铰的鞋样了。但我却是多么欣慰，多多少少为生我养我的商州尽些力量，也算对得起这块美丽、富饶而充满着野情野味的神秘的地方和这块地方的勤劳、勇敢而又多情多善的父老兄弟了。

黑龙口

从西安要往商州去，只有一条公路。冬天里，雪下着，星星点点，车在关中平原上跑两个钟头，像进了三月的梨花园里似的，旅人们就会把头伸出来，用手去接那雪花儿取乐。柏油路是不见白的，水淋淋的有点滑，车悠悠忽忽，快得像是在水皮子上漂；麦田里雪驻了一鸡爪子厚，一动不动露在雪上的麦苗尖儿，越发地绿得深。偶尔里，便见一只野兔子狠命地跑蹿起来，"叭"的一声，兔子跑得无踪无影了，捕猎的人却被枪的后坐力蹬倒在地上，望着枪口的一股白烟，做着无声地苦笑。

车到了峪口，嘎地停了，司机跳下去装轮胎链条；用一下力，吐一团白气。旅人们都觉得可笑，回答说：要进山了。山是什么样子，城里的人不大理会，想象那里青的石，绿的水，石上有密密的林，水里有银银的鱼；进山不空回，一定要带点什么纪念品回来：一棵松塔，几枚彩石。车开过一座石桥，倏忽间从一片村庄前绕过，猛一转弯，便看见远处的山了。山上并没有树，也没有仄仄的怪石，全然被雪盖住，高得与天齐平。车开始上坡，山越来越近，似乎要一直爬上去，但陡然跌落在沟底，贴着山根七歪八拐地往里钻，阴森森的，冷得入骨。路旁的川里，石头磊磊，大者如屋，小者似斗，被冰封住，却有一种咕咕的声音传来，才知道那是河流了。山已看不见顶，两边对峙着，使足了力气的样子，随时都要将车挤成扁的了。车走得慢起来，大声地吭吭着，似乎极不稳，不时就撞了山壁上垂下来的冰锥，嚯啷啷响。旅人都惊慌起来了，使劲地抓住扶手，呼叫着司机停下。司机只是旋转方向盘，手脚忙乱，车依然往里走。

雪是不下了，风却很大，一直从两边山头上卷来，常常就一个雪柱在车前方向不定地旋转。拐弯的地方，雪驻不住，路面干净得如晴日，弯后，雪却积起一尺多深，车不时就横了身子，旅人们就得下车，前面的铲雪，后面的推车，稍有滑动，就赶忙抱了石头垫在轮子下。旅人们都缩成一团，冻得打着牙花；将所有能披在身上的东西全都披上了，脚腿还是失去知觉，就咚咚地跺起来。司机说："到黑龙口暖和吧！"体内已没有多少热量，有的人却偏偏要不时地解小手。司机还是说："车一停就是滑道，坚持一下吧，到黑龙口就好了。"

黑龙口是什么地方，多么可怕的一个名字！但听司机的口气，那一定是个最迷人的福地了。

车走了一个钟头，山终于合起来了，原来那么深的峡谷，竟是出于一脉，然而车已经开上了山脉的最高点。看得见了树，却再不是那绿的，由根到梢，全然冰霜，像玉，更像玻璃，太阳正好出来，晶亮得耀眼。蓦地就看见有人家了，在玻璃丛里，不知道屋顶是草搭的，还是瓦苫着，门窗黑漆漆的，有鸡在门口刨食，一只狗忽地跑出来，追着汽车大跑大咬，同时就有三两个头包着手巾的小孩站在门口，端着比头大的碗吃饭，怯怯地看着。

"这就是黑龙口吗？"

旅人们活跃起来，用手揉着满是鸡皮疙瘩的脸，瞪着乞求的眼看司机。有的鼻涕、眼泪也掉下来，嗞嗞地吸气，但立即牙根麻生生地疼了，又紧闭了嘴唇。可是，车却没有停，又二回两转地在山脉顶上走了一气，突然顺着山脉那边的深谷里盘旋而下了。那车溜得飞快，一个拐弯，全车人就一起向左边挤，忽地，又一起向右边挤。路只有丈五宽窄；车轮齐着路沿，路沿下是深不见底的沟渊，旅人们"啊啊"叫着，把眼睛一齐闭上，让心在喉咙间悬着……终于，觉得没有飞机降落时的心慌了，睁开眼来，车已稳稳地行驶在沟底了。他们再也不敢回头看那盘旋下来的路，在心里默默地祝福着司机，好像他是一位普救众生的菩萨，是他把他们从死亡的苦海里引渡过来的。

旅人们都疲乏了，再不去想那黑龙口，将头埋在衣领里，昏昏睡去了。但是，车嘎地停了，司机大声地说：

"黑龙口到了,休息半小时。"

啊,黑龙口!旅人们永远记着了,这商州的第一个地方,这个最神圣的名字!其实,这是个小极小极的镇子。只有一排儿房舍,坐北向南,房是草顶,门面墙却尽是木板。后墙砌着山崖,门前便是公路,公路下去就是河,河过去就是南边的山。街房几十户人家,点上一根香烟吸着,从东走到西,从西走到东,可走三个来回。南北二山的沟洼里,稀落着一些人家,都是屋后一片林子,门前一台石磨。河面上还是冰,但听不见水声,人从冰上走着,有人凿了窟窿,放进一篮什么菜去,在那里淘着,淘菜人手冻得红萝卜一样,不时伸进襟下暖暖,很响地吸着鼻子,往岸上开来的车看。冰封了河,是不走桥子,桥是两棵柳树砍倒后架在那里的,如今拴了几头毛驴,像是在出卖,驴粪扇下来,捡粪的老头忙去铲,但已经冻了,铲在粪筐里也不见散。

街面人家的尽西头儿,却出奇地有一幢二层楼,一砖到顶,门窗的颜色都染成品蓝,窗上又都贴着窗花,觉得有些俗气:那是这里集体的建筑,上层是旅社,下边是饭店;服务人员是本地人,虽然穿着白大褂,但都胖乎乎的,脸上凸着肉块,颧骨上有两块黑红的颜色。饭店的旁边,是一个大栅栏门,敞开着,便是车站,站场很小,车就只得靠路边停着。再过去是商店,粮站,对着这些大建筑,就在靠河边的公路上,却高高低低搭起了十多处小棚,有饭馆、茶铺、油粉摊、豆腐担、柿子、核桃、苹果、栗子、鸡蛋、麻花……闹闹嚷嚷,是黑龙口最繁华热闹的地面了。黑龙口的人不多,几乎家家都有做生意的。这生意极有规律:九点前,荒旷无人,九点一到,生意摊骤然摆齐。因为从西安到商州来的车,都是九点到这里歇息,从商州各县到西安,也是十点到这里停车。于是乎,旅人饥者,有吃,渴者,有茶,想买东西者,小么零甚山货俱全。集市热闹两个小时,过往车一走,就又荡然无存,只有几只狗在那里抢骨头了。

车一辆辆开来了,还未停稳,小贩们就蜂拥而至,端着麻花,烧饼,一声声在门口、窗下叫喊。旅人们一见这般情形，第一个印象是服务态度好，就乐了。一乐就在怀里摸钱，似乎不买，有点不近情理了。

司机是冷若冰霜的，除非是那些山羊、野鸡、河鳖一类的东西，才肯破费。他们关了车门，披着那羊皮大衣，扑扇扑扇地往大楼饭店里走去了，一直可以走进饭店的操作室，与师傅们打着招呼，一碗素面钱能吃到一碗红烧肉。等抹着油光光的嘴出来的时候，身后便有三四人跟着，那是饭店师傅们介绍搭车的熟人。

旅人们下了车，有的已经呕吐，弄脏了车帮，自个去河边提水来洗。这多是些上年纪的女人，最闻不惯汽油味，一直拿手巾搭了鼻子嘴儿，肚子里已经吐得一干二净，但食欲不开，然后蹲在那里，做短暂的休息。一般旅人，大都一下车就有些站不稳了，在阳光地里，使劲地跺脚，使劲地搓手，那些时兴女子，一出站门，看着面前的山，眉头就绾上了疙瘩，但立即就得意起来了，因为她们的鲜艳，立即成了所有人注目的对象。她们便有节奏地迈着步子，或许拍一下呢子大衣，或许甩一下波浪般的披发，向每一个小摊贩前走去。小贩们忙怯怯地介绍货物，她们只是问："多少钱？""好吃吗？"但那小吃，她们说不卫生，只是贪那土特产：核桃、栗子，三角钱一斤，她们可以买一大提兜。末了，再抓一把放进去。卖主也不计较，因为她们是高贵的女子，买了他们的东西，也是给他们赏脸，也是再好不过的生意广告：瞧，那么贵气的人都买我的货呢！即使她们不多拿，他们也要给她们一些额外呢。

但是，别的买者却休想占他们的一点便宜。他们都不识字，算得极精，如果企图蒙他们，一下子买了那么多的东西，直追问："一共多少钱？多少钱？"他们是歪了头，一语不发，嘴唇抖抖的，然后就一扬脸说个数儿来。你就是用笔在纸上再演算一通，一分儿也不会差错。

人们买了小吃小物，就去食堂了。大楼饭店里只卖馍、菜和荤面。面很黑，但劲很大，在嘴里要长时间地嚼，肉却是大条子肉。白花花地令人生畏。

城里人讲究吃瘦肉，便都去吃门外的私人饭菜了。

紧接着的是两家私人面铺，一家卖削面，大油揉和，油光光的闪亮。卖主站在锅前，挽了袖子，在光光的头上顶块白布，啪地将面团盘上去，便操起两把锃亮柳叶刀，在头上哗哗削起来：寒光闪闪，面片纷纷，一起落在滚汤的锅里。然后，碗筷叮当，调料齐备，面片捞上来，喊一声："不吃的不香！"另一家，却扯面，抓起面团，双手扯住，啪啪啪在案板上猛甩，那面着魔似的拉开，忽地又用手一挽，又啪啪直甩，如此几下，哗地一撒手，面条就丝一般，网状地分开在案上。旅人在城里吃惯了挂面，哪里见过这等面食，问时，卖主大声说道：

"细、薄、光、煎、酸、汪。"

细薄光者，说是面条的形，煎酸汪者，说是面条的味，吃者一时围住，供不应求。那些时兴女子是不屑这边吃面条的，她们买了熟鸡蛋，坐在大楼饭店里买了馍夹着吃，但馍掰开来，却发现里边有个什么东西，一时反了胃，拿去和服务员论理：

"你想想，冬天里起面，酵子发不开，在炕上要用被子捂，能不跑进去一两个虱子？"

时兴女子们一时恶心，赶忙捂了口，也不要馍了，也不索退钱，唾着唾沫一路出去了。

面食铺里，还是围了一堆人，都吃得满头大汗，一边吃，一边夸着，一边问卖主：

"是祖传的？"

"当然喽。"

"卖了半辈子了？"

"半年吧。"

"半年？"

"可不！你是才到商州的吗？要不是新政策下来，我要卖面，寻着上批判会吗？那阵儿，你要吃吗，对不起，就去那楼里饭店里吃虱馍吧。"

"那饭店真糟糕，怎么会干出那事！"

"快啦，出不了一个月，他们就得关门了。"

"早早就应该关门！"

"那么容易？那都是公社、大队干部的儿子、儿媳、小舅子哩。"

卖主说着，便不说了，对着一个走过来的瘦个子人叫道：

"吃不？来一碗！"

那人说是去买油，晃了一下碗，却看着锅里的面条。但卖主终未给他吃，瘦个子走了。

"你只卖嘴，光说不盛。"旅人们说。

"知道吗？这是我们原先的队长大人，如今分了地，他甭想再整人了，在别人，理也懒得理呢。"

那瘦个子去远处的卖油老汉那儿，灌了半斤油，油倒在碗里，他却说油太贵，要降价，双方争吵起来，他便把油又倒回油篓，不买了。接着又去买一个老太婆的辣面子，称了一斤，倒在油碗里，却嚷道辣面子有假，掺的盐太多，不买了，倒回了辣面子。卖面食的这边看得清清楚楚，说：

"瞧，他这一手，回去刮刮碗，勺里一炒，油也有了，辣子也有了。"

"他怎么是这种吃小利的人？"

"懒惯了，如今当干部没滋润，但又不失口福，能不这样吗？"

旅人们便都哈哈笑起来了。

在黑龙口待了半个小时，司机按了喇叭：车子要走了。旅人们都上了车，车上立时空间小起来，每人都舒展了身子，又大包小包买了东西，吵吵嚷嚷坐不下去，最后只好插木楔一般，脚手儿不能随便活动了。车正要发动，突然车站通知，前边打来电话，五十里外的麻街岭，风雪很大，路面坍方了几处，车不能走了，得在黑龙口过夜，消息传开，旅人们暗暗叫苦，才知道黑龙口并不是大平川的第一个镇子，而下边还要翻很高很高的麻街岭。小商小贩们大都熄火收摊，准备回家去了，知道消息后，却欢呼雀跃，喜欢得跑来拉旅人：

"到我们家去住吧，一晚上六角钱，多便宜呢！"

旅人们却只往大楼旅社去，但那里住满了，只好被小商小贩们纠缠着，到一家家茅草屋去了。

住在公路边的人家里，情况没有多大出奇，住在山洼人家的旅人，却大觉新鲜了。从冰冻的河面上一步一步走过去，但无论如何，却上不到那门前的小路上去，冰冻成了玻璃板，一上去就滑倒了。那些穿高跟鞋的女子就呜呜地哭。平日傲得不许一个男子碰着，如今无奈，哭过一通，还是被这些粗脚大手的山民们扶着、背着上去，她们还要用手死死抠住他们的胳膊，一丝儿不肯放松。男性旅人们，则是无人背的，山民们会在旁边扯下一节葛条，在鞋底上系上几道。这果然趴滑，稳稳走上去了，于是他们才明白了上山时司机为什么要在轮胎上拴链条。

到了门前，家家都是有一道篱笆的，但不是城里人的那种细竹棍儿，或是泥杆儿，全是碗口粗的原木桩，一根一根，立栽着。一只狗忽地扑出来，汪汪大叫，主人喊一声，便安静下来，给你摇起尾巴。屋里暗极了，锅台、炕台，四堵墙壁，乌黑发亮。炕上的被窝里蠕蠕动的，爬下来了，原来是个年轻的媳妇，在炕上出黄豆芽菜。见客进门，忙将唾沫吐在手心，使劲抹那头上的乱发，接着就扫地，就拍打炕沿上的土，招呼着往羊皮褥子上让坐。

屋里并不暖和，主人就到后坡去，在雪窝里三扒两拉，拖出几节木头来，拿了一把老长的木把斧头，在门槛上劈起来。旅人大为可惜，说这木头可以做大立柜，做沙发架，主人只嘿嘿地笑，几下劈成碎片，在炕口前一个大坑里烧起来了。火很旺，屋里顿时热烘烘的，屋檐上的冰锥往下滴着水儿。

夜里睡在炕上，是六角钱，若再掏一元，可以包吃包喝，尽你享用。那火炕边，立即会煨上柿子酒，烤上拳头大的洋芋。一个时辰后，从火里刨出来，一剥开皮，一股喷鼻香味，吃上两口，便干得喉咙发噎，须主人捶一阵后背，千叮咛万叮咛慢慢来吃。吃毕洋芋，旅人们已经连连打嗝儿了，主人就取了碗来，盛满柿子酒让你。你一开始说不会喝，也就罢了，若接住了，喝了一碗，必要再喝二碗。柿子酒虽不暴烈，但一碗下肚，已是腹热脸红，要推托时，主人会变了脸，说你看不起他。喝了二碗，媳妇又来敬酒，她一碗，你一碗，你不能失了男子汉的脸面，喝下去了，你便醉了八成，舌头都有些硬了。

天黑了，主人会让旅人睡在炕上，媳妇会抱一床新被子，换了被头，换了枕巾。只说人家年轻夫妇要到另外的地方去睡了，但关了门，主人脱鞋上了炕，媳妇也脱鞋上了炕，只是主人睡在中间，作了界墙而已。刚睡下，或许炕头上的喇叭就响了，要么是叫主人去开分地包产会，要么是主人去开党员生活会。主人起来了，他穿衣服，末了把油灯点着。他要出门，旅人也醒了，赶忙就起来穿衣，主人说：睡你的，我开完会就回来，旅人肯定要说出什么话来，主人用眼光制止了。

"你是学过习的？"主人要这么说。

"学过习的？"旅人疑惑不解。

主人便将一条扁担放在炕中间。旅人明白了，闭了眼睛睡觉。那灯耀得睡不着，媳妇不去吹，他也不敢动身去吹。灯光下，媳妇看着他，眼睛活得要说话。旅人就赶忙合上眼，但入不了梦，觉得身上有什么动。伸手一摸，肉肉的，忙丢进炕下的火坑，轻轻地"叭"了一声。一个钟头，炕热得有些烫，但不敢起身，只好翻来覆去，如烙烧饼一般。正难受着，主人回来了，看看炕上的扁担，看看旅人，就端了一碗凉水来让你喝。你喝了，他放心了你，拿了酒又让你喝，说你真是学过习的人。你若不喝，说你必是有对不起人的事，一顿好打，赶到门外，你那放在炕上的行李就休想再带走。重新睡下了，旅人还是烙得不行。主人会将一页木板垫在褥下，你就会睡得十分地舒服。但到黎明炕便要凉了，凉得像一块冰，需得起来穿了衣服再睡不可。

天亮起来，旅人便像亲人一样被招待了，你问那猪圈墙上，为什么画那么多白灰圈儿？他会告诉说，冬天狼多，夜里常来叼猪，但却最怕这白圈儿，夜里没有听到狼嗥吗？旅人说未听见，可能是睡得太死了。他就会又说，夜里出来解手，常会遇见这东西的，它会装着妇人的哭声呢。旅人听得直吐舌头，说冬天在这里投宿真不是轻松事。主人便又说，夏天的夜里那才怕人呢，半夜里，床下有吱吱声，一揭褥子，下边便有一条彩花蛇的。旅人吓得噤了声。主人却说："没事，抓起来从窗口甩出去就是了。"接着嘿嘿一笑，好像随便得很。

如果雪还在下，如果前边的麻街岭路还没有修起，旅人们就要在这里多住几天了。那么，主人们就会领你夜里去放狐子药。天明去收药，或许，只能见到狐子的脚印，还有的是狐子竟将那用鸡皮包裹的烈性炸药轻轻用土埋了，但常常是会收获到被炸死的狐狸的。一起拿回来，将皮剥下，吃肉是没了问题，就是旅人看中了那狐皮，一阵讨价还价，生意也便做成了。

"你带有书吗？"

他们老是这么问。一旦知道你是带了书的人，就如何缠住你，要以狐皮换书，他们就会去叫来小弟小妹，儿子，女儿，翻你的书捆。孩子们最喜爱高考复习资料书，一换到手，就拿到火炕边入迷地读了。清早起来随便往每个人家里走走，就会发现那晚辈的人和他们的父老不同：老一辈人爱土地，小一辈人最恋书。小的全不穿大裆裤，不扎裹腿，不剃光头，都一身咔叽，衣口袋里插一支钢笔，早晚还要刷牙，一嘴的白沫。做父母的就要对旅人说："赶明日路通了，你们把这干净鬼也带去吧！"

说完，就做个谑笑，又说：

"刷刷就是了,那嘴里有屎吗?快去看你的书,只要好好学,我们养你一辈子也行,若做样子,就收拾了,帮我去卖些吃喝,一天也可赚四元五元哩!"

旅人已经和这里山民交上朋友了,什么话也就能说得来了。

"你们脚上的皮鞋走路不绊石头吗?"

"城里的路没有石头。"

"真好,半年都穿不烂哩。"

"能穿二三年的。你们也可以穿嘛。"

"怕脚带不动。赶明日到了县上,该买台收音机了。"

"你们口袋里真有钱哩。"

"有什么呀,只是手上活泛些了。"

说到这儿,他们就神秘起来,俯过身要问:

"你们在城里,离政策近,说说,这政策不会变了吧?"

"变不了啦!"

"真的?"

"真的!"

他们就唠叨起来,说这黑龙口是商州最贫困的地方,过了麻街岭,沿川下去,那里才叫富呢,夏里秋里收得好,副业也多,赚钱的门路多哩。

"我们这穷地方,还要好好干几年,要不你们城里人来,光笑话我们了。"

从山沟下来,路过冰冻的河,又会碰见那个捡粪的老汉了。谈开来,他说他是个孤老,在公路边修了四个厕所,专供旅人们用的。那粪池十天半月就满了,他便出售给各家,八分钱一担。光这一样收入,就够他花费了,老汉很乐观,和旅人谈得投机,见一媳妇抱了小孩过来,就把小孩撑在手上,让立楞楞,然后逗弄小孩的小牛牛,说:"小子,好好长!爷爷这辈子是完了,就看你们了,噢!"

他乐滋滋笑着，逗弄着，惬意得像喝了一罐子醇美的酒，眼里是几分感慨，几分得意，又几分羡慕和嫉妒。有好事的旅人忙用照相机摄了这镜头，说要给这照片题名"希望"。

麻街岭的路终于修通了。旅人们坐车要离开了，头都伸出车窗，还是一眼一眼往后看着这黑龙口。

黑龙口就是怪，一来就觉得有味，一走就再也不能忘记。司机却说："要去商州，这才是一个门口儿，有趣的地方还在前边呢！"

莽岭一条沟

洛南和丹凤相接的地方，横亘着无尽的山岭，蜿蜿蜒蜒，成几百里地，有戴土而出的，有负石而来的，负石的林木瘦耸，戴土的林木肥茂；既是一座山的，木在山上土厚之处，便有千尺之松，在水边土薄之处，则数尺之蘗而已。大凡群山有势，众水有脉，四面八方的客山便一起向莽岭奔趋了。回抱处就见水流，走二十里，三十里，水边是有了一户两户人家。人家门前屋后，绿树细而高长，向着头顶上的天空拥挤，那极白净的炊烟也被拉直成一条细线。而在悬崖险峻处，树皆怪木，枝叶错综，使其沟壑隐而不见，白云又忽聚忽散，幽幽冥冥，如有了神差鬼使。山崖之间常会夹出流水，轰隆隆泻一道瀑布。潭下却寂寂寞寞，水草根泛出的水泡，浮起，破灭，全然无声无息。而路呢，忽而爬上崖头，忽而陷落沟底；如牛如虎的怪石侧侧卧卧，布满两旁；人走进去，逢草只看见一顶草帽在草梢浮动，遇石，轻脚轻手，也一片响声，蚂蚱如急雨一般在脚面飞溅。常常要走投无路了，又常常一步过去，却峰回路转，别一个境界。古书上讲：山深如海；真是越走越深不可测。如果是一个生人，从大平原上初来乍到，第一个印象是这里可以作一个绝好的流放地：即使罪犯不加管制，放其逃生，也终不会逃出这山的世界、林的世界。也不禁顿然失笑北京城、上海市整日呼叫人口暴溢，但没想将十个北京城，十个上海市的人一起放在这里，也充其量是个撒一把芝麻，不见踪影呢。

也就是这莽岭山脉，两个县可恰恰被它截然分开。看山的北面，每条沟里都有水，水流向北；山的南面，每条沟里也是有水，水流向南。水与水的发源地，几乎都是一个无息的泉眼，泉眼与泉眼，又几乎仅仅相距几十里，甚至几里，但是，流向北去，便作了黄河流域，流向南边，竟成了长江流域。如今两县之间的公路，要绕一个大大的"C"形，从洛南出永丰关，过大荆川，到黑龙口，翻麻街岭，经商县沿丹江而下，才到丹凤。两县靠得如此近，两县来往又如此远！但是，也该应了天设地造的古语，出奇地是就在莽岭主峰左四十里的地方，竟有一条沟接通了两县的隔阂。这条沟是那样的隐蔽，那样的神秘，至今别的地方的人一无所知，就是洛南、丹凤的人也理会的寥寥无几；只是莽岭两边的农民常去走动，但农民走动为着生计，并不想作书以示天下，以致后来渐渐地有人知道了，探险似的来往了，便称作是商洛的"胡志明小道"。

这条沟没有路牌，也从无有人丈量，里数由人嘴说，有说六十里的，有说八十里的，但人口是十分的准确：十六家。十六家分两县户口，但丹凤人住的有洛南的地，洛南人有耕的是丹凤的田。自古洛南人面黑，丹凤人脸红。他们是黑红黑红，一种强悍的颜色。从沟南口到沟北口，他们的语言始终吐字一致，但绝对是地地道道的南腔北调。或许山把他们包围得太厚了，林把他们掩蔽得太严了，他们几乎与外边世界隔绝了，只是到了"文化大革命"中，丹凤武斗，一派将一派赶出县境，从这里向洛南逃窜，山沟人才见到了一溜带串的人群，也只有到了"四人帮"粉碎后第二年，这里才有了电话，从山顶到河畔弯弯斜斜栽了电杆，而电线总是松松地下坠，站满无数的鸟儿。也就是从那时起，他们开始有人订了报纸，十五天后看着半个月的新闻。沟是太大太大了，路却是极窄极窄，常要涉水过河。水并不怎么深，但紧急得厉害，似乎已经不是水了，是一道铁流，外地人过，即使不被冲倒，也少不了被流沙走石撞伤腿面，踢掉脚指甲。十六户人家，你几乎不知他们都是住在哪里，偶尔转过山嘴，一个黑石崖缝里就长出一搂粗的老松来，使你瞠目结舌；老松之后，那突出而空悬的岩石下，突然就有了人家，房顶却是有前半边，没后半边，那半边就是石岩，屋地也一半是土，一半是凿入的石洞。推门进去，屋里黑阴阴的，或许点着油灯，或许没有，当屋一个偌大的火坑，劈柴架起，火光红红的，人影反映在墙上，忽大忽小，如跳动着鬼的舞蹈。主人一个大字形站在那里，体格健壮，眼睛生光，牙齿雪白，屋梁挂着的一吊一吊熏肉，不注意就碰着了头脑，这是他们表示富有的标志：一年宰杀几头肥猪，用烟火香料熏得焦黄，吃一块，割一块，春夏秋冬，荤腥不断。如果进屋就端坐火坑边，让烟就吃，让水就喝，他们便认作是看得起他们的朋友，敬他一尺，回敬一丈，自酿的酒就端上来，双手捧递。他们大都不善言辞，一脸憨厚诚实的笑容，问他们什么，就回答什么，声调高极，这是常年喊山的本领。末了最感兴趣的是听县上的，省上的，乃至国家的、世界的各种各样消息。可以断定，城镇卖老鼠药的天才的演说家到这里，一定要大受欢迎。听到顺心处，哈哈大笑，听到气愤处，叫娘骂老子；不知不觉，他们就要在火堆里烤熟小碗大的土豆，将皮剥了，塞在你手，食之，干面如栗，三口就得喝水，一个便可饱肚。

这十六户人家，一家离一家一二十里，但算起来，拐弯抹角都是些亲戚，谁也知道谁的爷的小名，谁也知道谁的媳妇是哪里的女儿。生存的需要，使他们结成血缘之网、生活之网。外地人不愿在这里安家，他们却死也不肯离开这块热土，如果翻开各家历史，他们有的至今还未去过县城，想象不出县城的街道是多么的宽，而走路脚抬得那么低，有的甚至还未走出过这条沟。娘将身子在土炕上的麦草里一生下，屋里的门槛上一条绳，就拴住了一个活泼泼的生命。稍稍长大，心性就野了，山上也去，林里也去，爬树捉雀，钻水摸鱼，如门前的崖上的野鹞子，一出壳就跑了，飞了，闯荡山的海、林的海了。长大成人，白天就在山坡上种地，夜里就抱着老婆在火炕上打鼾。地没有一块席大的平坦，牛不能转身，也立不住蹄脚，就是在山路上，每年也要滚死一两个老牛。河畔里年年刨地，不涨水，那便是要屙金就屙金，要尿银就尿银，一暴涨，就一场了了。广种薄收，是这里的特点。亩产有收到四百斤的高产，亩产也有收到仅十斤的籽种，但是，他们可以每人平均四十亩地，能收就收，不收作罢，反正他们相信，人的力气却是使不尽的，而且又不花钱。那坡坡涧涧，楞楞坎坎，有一土，就种一窝瓜，栽一株苗。即使一切都颗粒不收了，山上有的是赚钱的东西，割荆条，编笆席，砍毛竹，扎扫帚，挖药，放蜂，烧木炭，育木耳，卖核桃、柿饼、板栗、野桃、酸枣。只要一双腿好，担到山沟外的川道镇上，就有了粮，有了布，有了油盐调和。柴是出门就有，常常在门前的坡上赤手去扳那树杈、树根，脚手四条用上去，将身子憋足了劲，缩成一个疙瘩团块，似乎随时要忽地弹射而去，样子使人看了十分野蛮而又百分的优美。终年的劳累，使他们区别于别处人的是一副双肩都长出拳头大的死肉疙瘩，两只大手，硬茧如壳，抓棘拔草不用镰刀，腿肚子上的脉管精露，如盘绕了一堆蚯蚓。

川道人没有肯来居住的，但少不了进沟里砍柴，捃橡，采药，打猎。不为生计，不想进沟，进沟就必不空回。山路慢慢踩开了，附近川道的人，那些有急事的，贪图赶近路的，就开始从洛南到丹凤；从丹凤到洛南，过往这条沟了。即使和这条沟的人一样的身份，一样的地位，但只要不是这条沟的人，这条沟的人都要视之为比他们高出一等的角色。他们在山路上遇见了，就总要笑笑的，打老远停下来，又侧了身，让来人先过。山路上是不宜穿皮鞋的，布鞋也是不耐穿的，凡进山就要穿草鞋。但这已经是这里的习惯了：每一个人在半路上草鞋破了，换上新的，就将旧草鞋双双好生放在路边，后边的人走到这儿，草鞋或许也破了一只，就在前边人放下的草鞋里找一只较好的换上，即使实在不能穿了，也抽一条草绳儿可以修补脚上穿的，如果要换新的，又将旧的端端放在这里。这么一来，大凡走十里、二十里路，总会遇见路边有一批旧草鞋。共产主义虽然并没有实现，但人的善良在这里却保留、发展着美好的因素。以致使外地新来的人新奇、感叹之余，也被感染了，学习了，以此照办。

秋天里，山里是异常丰富的，到处都有着核桃、栗子、山梨、柿子，过路人经过，廉洁之人，大开眼界，更是坐怀不乱，而贪心营私之徒就禁不住诱惑，寸心大乱，干些偷偷摸摸勾当。主人家发觉了，却并不责骂，善眉善眼儿的，招呼进家去吃，不正经的人反倒不好意思再吃了，说千声万声谢谢。更叫绝的是，这条沟家家门前，石条上放着黑瓷罐子、白瓷粗碗，那罐子里的竹叶茶，尽喝包饱，分文不收。这几乎成了他们的家规，走山路的口渴舌燥，似乎这与他们有关，舍茶供水则是应尽的义务呢。假若遇着吃饭，也要筷子敲着碗沿让个没完没了。饥着渴着给一口，胜似饱着给一斗，过路人没有不记着他们的恩德的。付钱是不要的，递纸烟过去，又都说那棒棒货没劲，他们抽一种生烟叶子，老远对坐就可闻到那一股烈的呛味。但也正是身上有了这种味儿，平日上山干活，下沟钻林，疲倦了随地而睡，百样虫子也不敢近身。最乐意的，也是他们看做最体面的是临走时和过路人文明握手，他们手如铁钳，常使对方疼痛失声，他们则开心得哈哈大笑。万一过路人实在走不动了，只要出一元钱，他们可以把你抬出山去。那抬法古老而别出新意：两根木椽，中间用葛条织一个网兜；你躺上去，嘴脸看天，两人一前一后，上坡下坎，转弯翻山，一走一颤，一颤一软，抬者行走如飞，躺者便腾云驾雾。你不要觉得让人抬着太残酷了，而他们从沟里往外交售肥猪，也总是以此作工具。

走进沟四十里的地方，你会走到一个仙境般的去处，山势莫名其妙地形成一个漩涡状,一道小溪,呜溅溅地响,溪上架一座石拱桥,不是半圆,倒是满月,桥头左一棵大柳,右一棵大柳,枝叶交错,如驻一片绿云,百鸟不见其影,却一片啁啾,似天乐从天而降。树下就有了三间房子,屋顶耸而四墙低,有罗马建筑的风味,里边住着一个老汉,六十二岁,一个老婆,五十九岁,无儿无女,却怀有绝招的接骨医术。老汉是沟里最大的名人,常常有人到这儿求医,门前上下的路面要比别处稍稍宽阔。没有病人了,采药归来,就坐在门前练起手功:将瓷碗砸成碎片儿和谷糠搅和装在一条口袋里,双手就探进去摸着,将碎瓷片捏成碗的全形。得空天天如此,年年如此,那一双手有了回天之奇功,腰酸腿疼的,一捏就好了,折膊断腿的,一捏也就接了,那些在别处接骨不好造成瘸跛的人来,老汉看一眼,冷冷地,只是让其背身儿在门前场地走动,走动着,老汉突然一个健步上去,朝那坏腿弯膊上猛踢一脚,或狠击一拳,那人冷不防,一声大叫,等拧过身来,忽觉腿也直了,膊也端了,才知道这是老汉的绝招疗法。医术高妙,费用却贱,有钱的掏几个,没钱的便作罢,"只好传个名就是了!"于是,百十里远近,干儿干女倒认了好几十。

但是,世上一切都是平均分配的,有了善就有了恶,有直树就有弯材;这沟里偏偏就野虫特多。夏秋之际,那花脚蚊虫成群成团追人叮血,若要大便,必须先放火烧起身旁茅草,只能在烟雾腾腾之中下蹲。蛇更是到处都见,行走手里不能断了木棍,见草丛就要磕打。野蜂又多,隐在树下,稍不留神惊动了,嗡嗡而来,需立即伏地不动,要是逃奔扑打,愈跑愈追,愈打愈多,立时蜇得面目全非。更可恶的是狼,常在夜里游荡,这一年竟不知从哪儿跑来两只灰色的老狼,凶残罕见,伤害了不少过往行人,接骨老汉也就在这一场狼事中死去了。

对于老汉的死,传说众多,最可靠的说是一个夜里,老两口在炕上睡下了,炕是用木柴火烧热的,因火过旺,炕烙得厉害,老两口卸了小卧房门垫在席下。席是竹篾子织的，天长日久，身子皮肉的磨蹭，汗液的浸蚀，烟火的熏燎，已经焦红光亮得如上了一层漆。刚刚重新睡好，就听见敲门声，声音又怪，像是用手在抓。问了几声，没有人答，隔窗一看，外边月光白花花的，竟有一只老狼半立着抓门，又刨门下土。老婆啊了一声就吓瘫了，老汉说：坏了，这正是那条恶物，今日是要我的命来了！老婆就跪在炕上磕头作揖，求天保佑，老汉便隔窗对狼说："狼，你是吃我的吗？我是医生，一把老骨头，你要来吃我？真要吃，我也没办法，你不要挖门，我开门让你进来吧。"门开了，狼并不进来，只是嗥嗥地叫，老汉感到疑惑，说："你不是为了吃我，难道要我去治病不成？"狼顿时不叫了，头扬着直摇尾巴。老汉好生奇怪，又说："真是治病，你后退三步吧。"狼真的又后退了三步。老汉只好要跟狼去，老婆抱住不放，老汉流着泪说："这有什么办法？反正是一死，我就随它去了！"狼在前边走，他在后边走，狼还不时回头看看，他只好捏着两手汗脚高步低跟着。不知走了多少路，到了半山腰一个石洞前，那狼绕他转了一圈，就进了洞去，不一会儿引出另一条更老的狼来，一瘸一跛的，反身后退在他面前。他一低头，才发现这条狼的后腚上肿得面盆大一个脓包，水明明的。他战战兢兢不敢近前，两条狼就一起嗥叫，他捡起一节树枝，猛地向那脓包刺去，病狼惨叫一声，脓水喷了出来。他撒脚就跑，一口气到了山下，回头看时，狼却没有追他，失魂落魄回到家里，天已经快大亮了。

给狼看病的事一传开，没有人不起一身鸡皮疙瘩，又个个惊奇，说这野虫竟然会来请医，莫非成了狼精，这条沟怕从此永远遭殃了。却又更佩服起老汉的医术："哈，连狼都请他看病哩！"但老汉却睡倒了三天，起来后性格大变，再不肯多说多笑，也从此看病不再收钱。但是，一个月后，狼又在一个夜里抓他的门了，他拿了菜刀，开门要和狼拼时，那狼却起身走了。那门口放着一堆小孩脖子上戴的银项圈、铜宝锁。他才明白这是狼吃了谁家的小孩，将这戴具叼来回报他的看病之恩了。老汉一时感到了自己的罪恶，对老婆说："我学医是为人解灾去难的，而这恶狼不知伤害了多少性命，我却为它治病，我还算个什么医生呢？！"就疯跑起来，老婆去搀，他就在崖头跳下去死了。

这事是不是真实，反正这条沟里人都这么讲，老汉死的那几天，没有一个人不痛哭流涕。十六家人就联合起来组成猎队，日日夜夜在沟里追捕那两条老狼，三个月后终于打死了恶物，用狼油在老汉的坟前点了两大盆油灯，直点过五天五夜油尽灯熄。至今那老汉的坟前有一半间屋大的仄石为碑，上凿有老汉的高超医术和沉痛的教训。

沟里没了害人之物，过往行人就又多起来。十六户人家就又共同筹资修起山路，修了半年，方修出八里路，但他们有他们的韧性，下决心继续修下去，说："这一辈人修不起，还有娃辈，娃辈不成，还有孙辈，人是绝不了根的，这条沟说不定还要修火车呢！"

桃冲

从商洛进入关中，本来只有一条正道：过武关，涉五百里河川，仰观山高月小，俯察水落石出，在蓝田县的峪门里拐六六三十六个转角弯儿才挣脱而去。但是，谁也没有想到，就在西岳华山的脚下竟有了一条暗道，使这个保守如瓶的商洛从此开了后门：这就是由北而南的石门河了。天地永远平行，平行使它们天长地久，日月相随相附，日月使圆缺盈亏；河流肆流，总会交合，所以本来很伟大的，很有个性的河道水流，便大的纳了小的，浊的混了清的。这石门河原来是一流莹亮的玻璃，河底的一颗石子都藏不住，偏偏在一处叫尖角的地方，就与混浊不堪的洛河相遇了。清浊交汇，流量骤然增大，又偏偏右有石崖，左有石崖，相搏相激的水声就惊涛裂岸，爆发出极大的仇恨。先是一边清，一边浊，再是全然混混，那一尺多厚的白沫、枯枝、败叶、死猫臭狗，就浮在两边石崖根下，整日整夜，扑上来，又退下去，吃水线一层一层蚀在那崖壁上，软的东西就这么一天一天将硬的石崖咬得坑坑洼洼。而靠近水面的地方，暗洞就淘成了，水在里边酝酿、激荡，发出如瓮一样嗡嗡韵声，冬日，或天旱之夏，水落下去，那石洞就全然裸露，像一间一间房屋，沿河边过往的人，有雨在那里避淋，有日在那里歇凉。一到涨水，远近的人就站在石洞顶上突出的地方，将粗长麻绳一头系在身上，一头拴在石嘴，探身在那里捞取上游冲下来的原木、柴草，或者南瓜、红薯。此时节，女人是禁止到那里去的。男人皆脱个精光，一身上下的青泥。常常有粗大木料漂下来，有人就沉浮中流，骑在木料上向岸边划游。结果就有发了横财的，但也有从此再没有上岸的，使老婆、儿女沿岸奔跑哭嚎，将大量的纸钱、烧酒抛在水中。但是，到了初夏，或者秋末，水势大却平稳，上游七里地的地方，洛河面架有几十丈长的双木绑成的板桥，石门河则以石头支成六十多个的列石，"紧过列石慢过桥"，一般老人、妇女、孩子是不能胜任的，那下游就从这边石崖上到那边石崖上拉一道铁丝，一只渡船就牵着铁丝悠悠往返。摆渡的是一个老汉，因此挣了好多零钱，等这一带人都还没有穿上凡立丁布的时候，老汉就第一个穿了，见风就飘，无风也颤；他的一个儿子，一个小女，甚至连那个红眼老婆，也都穿上了灯芯绒衣裤。并且没事一家人都到船上来，一边摆渡，一边将最稀罕的收音机放在船头，咿咿呀呀地唱。没有不热羡老汉的，"他怎么就这般好过呢？！"有人就有了嫉恨，盼望老汉某一日船突然破了，或许失脚掉在水里。

　　老汉是桃冲人，活该要发财。他身体很好、能吃能睡，还能喝酒。河里涨大水了，就收了船去，系在门前的一株弯身老桃树下，要么父子抬起来，一直停搁在台阶上。有人想趁大水将那缆绳砍断，或者推下去让水冲走，却毫无办法，因为老汉是住在桃冲的。

　　桃冲就在两河相汇处。这简直是个不可思议的地方，两水交合的中间竟夹出一个小小的两头尖的滩。滩四边很平，中间才突然隆起一个高地，周围用石头砌了，成一个平台。老汉的家就住在平台上。先是房屋并不多，三间"五擦四椽"明檐上厅，两边各两间茅草厦舍，门前是一个土场，堆一座两座麦草，蹲三个四个碌碡。后来就有了两户本家，借着老汉父辈的交情也搬住过来，横七竖八地也盖了些房，那场地就移在平台下的滩上。这台上台下，滩里滩外，都种植了桃花。三月天里，桃花开得夭夭的，房子便只能看出黑的瓦顶，到了桃花败的时候，红英坠落，河里就一道一溜红的花瓣兜着漩涡向下流去。环境如此美好，自然都是主人日月宽绰所致。而且到了后来，为了使这块地方常年有颜色，又在桃林中植了竹子。这方圆竹子是极稀少的，但在这里却极快繁衍开来，几年光景，一片碧绿，一片清韵，桃花也显得更红更艳得可爱了。

年年河里涨水，两岸的石崖洞口全都淹了，但从未有水淹过这滩，滩边也从不曾以石筑堰。最大程度，这水可以浸没了场地，但平台依然无事。两边捞木料、柴火的人，眼瞧着台上的人毫不费力地站在门前用长长的捞兜就可轻易收获，更是气得咒骂。于是到处都在传说：这滩是龙的脊背，水涨，滩也在涨。

但是，这滩上的人家毕竟和左岸的人家是一个生产队，他们要干活，就都要到左岸去或到右岸去。左岸的石崖下是一个村庄，房子依崖而筑，门前修一洼水田，前边用偌大的石头摞成滚水形大堤，堤上密密麻麻长满了柳树。因为水汽的原因吧，这石崖是铁黑色的，这树也是铁黑色的，房屋四墙特高特高，又被更高更高的柳树罩了上空，日光少照，瓦就也成了铁黑色，上边落满了枯叶，地面常年水浸浸的潮湿，生出一种也是铁黑色的苔苴。铁黑色成了这里统一的调子，打远处看，几乎山、林、房不可分辨，只感觉那浓浓的一团铁黑色的地方，就是村庄了，从村庄往下弯去，便是淤沙地，肥得插筷子都能出芽的土。村子里的人都孤立滩上的人，富使他们失去了人缘。

在涨大水的时候，滩上人不得过去，村里分柴分菜，就没有他们的份。滩上人也不计较，反倒穿着清楚，说话口大气粗，常常当着众人面掏烟袋，总要随便带出一角二角钱来，接着又那么随便地胡乱往口袋一塞。而村子里的人在桃熟时，夜夜有过来偷桃吃的，或许一到夏天，就来偷采嫩竹叶去熬茶。滩上人看见了，从不撵打，反倒还请进家去，尽饱去吃，只要求留下桃核，说积多砸仁，一斤可卖得五角多人民币呢。

右岸却比左岸峻峭多了，河边没有一溜可耕种的田，水势倒过去，那边河槽极低，平日不涨水也潭深数丈。遇到冬天，水清起来，将石片丢下去，并不立即下沉，如树叶一般，悠悠地旋，数分钟才悄然落底。太阳是从来照不到那里去的，水边的崖壁上就四季更换着苔衣。有一条路可到山顶，那里向阳处是一丛细高细高的散子柏，顶上着一朵小三角形叶冠，如无数根立直的长矛，再后，一片如卧牛一般的黑顽石，间隙处被开掘了种地，一户人家就住在那石后。这人家是属于另一个生产队的。滩上的人却与这户人家极好，桃熟了送桃，竹叶泡制了送茶。因为侧着这户人家往右斜去，便是山崖最陡的地方，稀稀落落长些如桩如柱的刺柏，半壁有一个石洞，洞内住满了成千上万的扑鸽，平日飞出来，旋风般地在崖前河上空起落，一片白影，满空哨音。那深潭的水面清风徐来，被日光一照，洞下的石壁上就浮幻出一片奇丽的光影，像云在翻滚，像海在涨潮，像万千银蛇在舞。滩上的人在午饭时，个个端了碗坐在门前往这边看，说是看电影。那扑鸽就整天绕着光影激动，后来发现，石洞里有几尺厚的扑鸽粪，滩上人就经山上人家同意，将绳系在山上树根，慢慢吊身下去，进洞扫粪，每年扫一次可得十三四筐哩。这肥料施给烟和辣子，收获极好，这又给滩上人家增加了一份不少的收入。摆渡老汉曾一次进洞，大胆地往深处走，出来说：洞大可容数百人，行进五十步后洞往下，视之莹光如瑶室，石壁间乳脂结长数尺，或如狮而踞，或如牛而卧，或如柱如塔，如栏杆，如葡萄挂，又有小如翎眼、薄如蝉翼的东西散布，像是飞霜在林木上。再往下，竟有了水池，水中石头皆软，捡出则坚，击之，皆成钟声。如此绝妙，逗人兴趣，但却再无一人敢缚绳进洞。

这黑石崖更有无比好处，表面铁黑，凿开却尽是石灰石，白得刺眼。老汉的儿子长大了，比老汉更精明，又多了一层文化，就第一个动手开石，私人在那里烧石灰：将石灰石和炭块一层隔一层垒起，外用土坯砌了，泥巴涂了，在下点火烧炼，一直烧七天八夜，泥巴干裂，扒掉土坯，即是白面一般的石灰了。石灰销路很广，两岸人争相来烧，从此那里就成了石灰窑场，一家接一家，日夜烟火不熄。大家都烧起来了，老汉一家却偃旗息鼓，只是加紧摆渡，从右到左运人，从左到右载灰。滩上人越发富了，左岸右岸的人的腰包也都鼓囊囊的了。

但是，这窑烧过一年，烟火就熄了，窑坑也坍了，老汉的渡船横在滩前的浅水里，水鸟在上边屙下一道一道的白屎，不久，老汉也悄悄在这桃冲消失了。

那是社教一开始，干部人人"下楼"，生产队的队长、会计都下台了，老汉成了走资本主义道路的尖子，鸡毛蒜皮一律算上，老汉一家要交出五千元的"黑钱"。结果，变卖了一切家具，又溜了四间厦子房上的瓦，一家就穷得干腿打得炕沿子响了。这个生产队家家没了来路钱，但心里倒还乐哉了：因为老汉垮了，一个令人起嫉妒火的角色从此没有了。要富都富，要穷都穷，这是他们的人生理想。老汉带着一家人就出了山，跑到远远的河南去落脚了。

十年过去了，十八年过去了，石门河和洛河依然流动。依然相汇，桃冲依然没有被水冲去。只是洛河上游建了好多电站、水库，河水渐渐小多了。那只小小的渡船，再也没有了。人们又在上走七里的地方恢复那长长的列石和长长的双木绑成的板桥。大胆的依然从上面经过，胆小的就又绕十里地去过那一条水泥大桥。人们再也不穿当年最时兴的凡立丁布了，全穿上了的确良和涤卡。桃冲的桃树花开花落，村里人不免想起了老汉一家，觉得那家是委屈了，后悔当时那么嫉恨人家，而怀念起老汉的精明和能干，说那船摆得好，费也收得不多。"现在的政策是用着老汉那种人了，他要活着不走，该是万元户，要上县城戴花领奖了呢！"

也就在这一日，老汉突然回来了，依然带着一个老婆，一个儿子，一个小女。当出现在河畔的时候，人们都惊喜了，一起围上去，叫着老汉的名字，但又万分惊讶：近二十年过去了，老汉竟还是当年的样子？！老汉说：他并不是那老汉，而是老汉的儿子。人们才真的发觉果然是老汉的儿子；儿子也长成老汉了！儿子再说，他的父亲早去世了，娘也死了三年，老两口临死都念叨桃冲是好地方，让儿子将来一定把他们的骨头带回去，埋在滩上。众人捧着儿子背上的红布包儿，里边是一口精制的匣子，装着老两口的碎骨，装着一对桃冲主人的鬼魂；热泪全流下来了。他们欢迎老汉的后辈回来，帮他们在桃冲修整了房舍，老汉就在门楣上贴了一副对联：

经去归来只因世事变幻
老安少怀共叙天伦之乐

儿子长着老子的模样，也有着老子的秉性，善眉善眼儿，却心底刚强，体力虽然不济了，却一定要造起一个渡船来，继承父亲的工作。儿子水中的功夫似乎比老子更高一着，不用铁丝，船只也可自由往来，不管刮风下雨，不论白日黑夜，这边岸上有人吃喝，船便开动了，汩汩地从桃花丛里推出船，一篙点地，船就箭一般嗖嗖而去。而且一张嘴十分诙谐，喜欢和晚一辈的小女子，俊媳妇戏说趣话，船上做伴的小女就拿眼瞪着，说："爹……！"做爹的倒更高兴，遇着好男孩子，总要说让这小男将来到桃冲招女婿，小女就羞得脸红，拿水撩他。

儿子的儿子，又是一个当年老汉的儿子，一身的疙瘩肉，就整日整夜在左边岸上放炮开石，挖窑烧灰。到了初冬，小伙就特别喜欢捕鱼，将竹子砍下来，结起竹筏，涉水中流，又倚崖傍石挂网，又常常没进水里，捕上一筐一筐鱼来。当地人是不大吃鱼的，就卖给县城机关去，八角钱一斤，一次可获六七十元。落雪时节，河边结了冰，就凿冰垂钓，赤脚踩水，冻得嘴脸乌青，口不能言，就在石崖下生火取暖，但又不敢近火边，唯恐寒气入腹。老娘和小媳妇都叫他不要干这种营生，他只是笑笑：倒不是为钱，却为着乐趣。那做娘的和小媳妇，全是河南人。河南的地方产白麻，她们都是种白麻的能手，就在桃冲滩移植，果然丰收。一时两岸人就兴起种白麻，一到冬日，河滩就挖出大大小小的浅坑沤麻。常常又哼河南坠子，两岸人都叫着好听，那河南的土话就人人都能说出三四句了。

日子一天天又富起来。人人都富，所有的人心就齐了；谁也不嫉恨桃冲的人，桃冲的人家又大种桃花和青竹。五月时节，这平台上就又只能看得见黑色的瓦顶了，一到黄昏，人们歇息的时候，那黑石崖上的扑鸽又旋风似的在河面上空飞动，石壁上的离离奇奇的光影又演起来，桃冲滩上的人就都瞧着好看。摆渡的老汉却悠闲了，就在水边的桃花林里，舟船自横，他坐在那里戴着硬式石头镜看起书来。他看的是陶渊明的诗：

采菊东篱下
悠然见南山

一抬头，就看见河对面的石崖下，石灰窑的烟雾正袅袅而上，日光照在水面，又反映过去，烟雾却再也不是白的、灰的，却成了一种淡淡的综合色。他眼睛不好，终没有分辨出那里边是有红的，还是有蓝的、白的、黄的？

一对情人

　　一出列湾村就开始过丹江河，一过河也就进山了。谁也没有想到这里竟是进口；丹江河拐进这个湾后，南岸尽是齐棱棱的黑石崖，如果距离这个地方偏左，或者偏右，就永远不得发现了。本来是一面完整的石壁，突然裂出一个缝来；我总疑心这是山的暗道机关，随时会砰然一声合起来。从右边石壁人工凿出的二十三阶石级走上去，一步一个回响，到了石缝里，才看见缝中的路就是一座石拱桥面，依缝而曲，一曲之处便见下面水流得湍急，水声轰轰回荡，觉得桥也在悠悠晃动了。向里看去，那河边的乱石窝里，有三个男人在那里烧火，柴是从身后田地里抱来的包谷秆吧，火燃得很旺，三个人一边围火吃烟，一边叫喊着什么，声音全听不见，只有嘴在一张一合，开始在石头上使劲磕烟锅了，磕下去，无声，抬上来了，"叭"地一下。

　　走出了石缝，那个轰轰的世界也就留在了身后，我慢慢恢复了知觉，看见河两边的白冰开始不断塌落，发出细微的嚓嚓声，中流并不是雪的浪花，而绿得新嫩，如几十层叠放在一起的玻璃的颜色。三个人分明是在吵嚷了，一个提出赶路，另一个就开始骂，好像这一切都是在友善的气氛中进行，只有这野蛮的辱骂，作践；甚至拧耳朵，搡拳头才是一种爱的表示。

　　"看把你急死了！二十八年都熬过来了，就等不及了？"一个又骂起来了。"她在她娘家好生生给你长着，你罕心的东西，发不了霉的，也不会别人抢着去吃了！馍不吃在笼里放着，你慌着哪个？"

　　另一个就脚踏手拍地笑，嘴里的烟袋杆子上，直往下滴流着口水。火对面的一个年轻的光头便憨乎乎地笑，说："她爹厉害哩，半年了，还不让我到他们家去。"

　　"你不是已经有了三百元了吗？"

　　"三百五十三元了。"光头说，"人家要一千二，分文不少！"

"这老狗！遇着我就得放他的黑血了！你捎了一个月的橡，才三百元，要凑够千二，那到什么时候？等那女的得你手了，你还有力气爬得上去吗？我们都是过来的人，你干脆这次进山，路过那儿，争取和她见见，先把那事干了再说！一干就牢靠了，她死了心，是一顿臭屎也得吃，等生米做了熟饭，那老狗还能不肯？"

光头直是摇头。两个男人就笑得更疯，一个说："没采，没采，没尝过甜头呢！"一个说："傻兄弟，别末了落个什么也没有！"光头一抬脚儿瞧见我了，低声说："勾子嘴儿没正经，别让人家听见了！"

我笑笑地走过去，给他们三人打了招呼，弯腰就火点烟时，那光头用手捏起一个火炭蛋，一边吸溜着口舌，一边不断在两个手中倒换，末了，极快地按在我的烟袋锅里。我抽着了，说声："祝你走运！"他们疑惑地看着我，随即便向我眨眼，却并不同我走。在等我走过河上的一段列石，往一个山嘴后去的时候，回头一看，那三个男人还在那里吃烟。

转过山嘴，这沟里的场面却豁然大了起来。两山之间，相距几乎有二里地，又一溜趟平。人家虽然不多，但每一个山嘴窝里，就有了一户庄院，门前都是一丛竹，青里泛黄，疏疏落落直往上长，长过屋顶，就四边分散开来，如撑着一柄大伞。房子不像是川道人家习惯的硬四川式的屋架，明檐特别宽，有六根柱子露出，沿明柱上下扎有三道檐簸，上边架有红薯干片，柿子，包谷棒子。山墙开有两个"吉"字假窗，下挂一串一串的烤烟叶子，辣椒辫儿。门前有篱笆，路就顺着一块一块麦田石堰绕下来，到了河滩。河水很宽，也很浅，看着倒不是水走而是沙流，毛柳梢，野芦苇，一律枯黑，变得僵硬，在风中铮泠泠颤响。我逆河而上，沙净无泥，湿漉漉的却一星半点不粘鞋。山越走越深，不知已经走了多少里，中午时分，到了一个蛋儿窝村子。说是村子，也不过五户人家，集中在河滩中的一个高石台上。台前一家，台后一家，台上三家。台子最高处有一个大石头，上有一个小小的土地神庙，庙后一棵弯腰古柏。我进去讨了吃喝，山里人十分好客：这是一个老头，一尺多长的白胡子，正在火塘口熬茶，熬得一个时辰，倒给我喝，苦涩不能下咽。老头就皱着眉，接着哈哈大笑，给我烫自家做的柿子烧酒。一碗下肚，十分可口，连喝三碗，便脖硬腿软起来，站起身要给老者回敬，竟从椅子上溜下桌底，就再也不省人事了。

　　一觉醒来，已是第二天早上，老者说我酒量不大，睡手倒好，便又做了一顿面条。面条在碗里捞得老高，吃到碗底，下面竟是白花花的肥肉条子！我大发感慨，说山里人真正实在，老者就笑了："这条沟里，随便到哪家去，包你饿不了肚子！只是不会做，沟脑驼子老五家的闺女做的才真算得上滋味，可惜那女子就托生在那不死的家里！"我问怎么啦？老者说："他吃人千千万，人吃他万不能，一辈子交不过！今年八月十五一场病只说该死了，没想又活了……甭说了，家丑不可外扬的。"我哈哈一笑，对话也便终止，吃罢饭继续往深山走。中午赶到山垴，前日所见的那三个男人有两个正好也在河边。身边放着三根檩木，每根至少有一百五六十斤，两个男人从怀里掏出一手帕冷米饭，用两个树棍儿扒着往口里填，吃过一阵，就趴在河里喝一气水。见了我，认出来了，用树棍儿筷子指着饭让我。

　　"那个光头呢？"我问了一句。两个男人就嘻嘻哈哈地笑，用眼睛直瞅着左身后的山洼洼眨眼。

　　我坐下来和两个男人吃烟，他们才说：光头去会那女子了。他们昨日上来，三个人就趴在这里大声吹口哨，口哨声很高，学着黄鹂子叫，学着夜猫子叫。这叫声是女子和光头定的约会暗号。果然女子就从山根下的家里出来，一见面哭哭啼啼，说她爹横竖为难，一千二百元看来是不能少的，商定今日从山梁那边捎了木头回来再具体谈谈，今天下来，女子早早就在这里等着。现在他们放哨，一对情人正在山洼洼后边哩。

　　我觉得十分有趣，也就等着一对情人出来看看结果。这两个男人吃足喝饱了，躺在石头上歇了一气，就不耐烦了，一声声又吹起口哨，后来就学着狼嗥，如小孩哭一样。果然，那山洼洼后就跑来了光头，一脸的高兴。一个男人就骂道："你好受活！把我们就搁在这儿冷着？！"光头说："我也冷呀！"那男人就又骂道："放你娘的屁，谈恋爱还知道冷？"另一个就问："干了吧？你小子不枉活一场人了！"光头又摇头又摆手，两个男人不信，光头便指天咒地发誓，说他要真干了，上山滚坡，过河溺水。一个男人就叫道："你哄了鬼去！我什么没经过，瞧你头发乱成鸡窝，满脸热汗，你是不是还要发誓：谁干了让谁在糖罐里甜死，在棉花堆上碰死，在头发丝上吊死？！"

光头一气之下就趴在河边喝水，叽哽叽哽喝了一通，站起来说："现在信了吧？！"

两个男人便没劲了。光头却从怀里掏出一包红布卷儿，打开说："女子和我一个心的，和她爹吵了三天了，她爹直骂她是'找汉子找急了！'要当着她在担子上吊肉帘子。她只好依了他，说定一千二分文不少，但她就偷了她爹一百元，又将家里一个铜香炉卖了一百元，又挖药赚了一百元，全交给我啦！"

两个男人"啊"的一声就发呆了，眼红起来，几乎又产生了嫉妒，将光头打倒在地上说："你小子丑人怪样子，倒有这份福分！那女子算是瞎了眼，给了钱，倒没得到热火，把钱撂到烂泥坑了！"

光头收拾了布包，在衬衣兜里装了，用别针又别了，说这别针也是那女子一块带来的。"我抱了一下，亲了一口哩。"

"好啊，你这不正经的狂小子！你怎么就敢大天白日在野地里亲了人家？那女子要是反感起来，以为你是个流氓坏子，那事情不是要吹了吗？人家亲了你吗？"

"亲了，没亲在嘴上。你们吹了口哨，我一惊，她亲在这里。"光头摸着下巴。

后来，三个男人又说闹了一通，就捎起檩木出发了。他们都穿着草鞋，鞋里边塞满了包谷胡子，套着粗布白袜子，三尺长的裹腿紧紧地在膝盖以下扎着人字形。天很冷，却全把棉衣脱了，斜搭在肩上，那檩木扛在右肩，左手便将一根木棒一头放在左肩，一头撬起檩木，小步溜丢地从河面一排列石上跳过。

就在这个时候，对面山梁上一个人旋风似的跑下来，那光头先停下，接着就丢下檩木跑过去。我们都站在这边远远看着。过一会儿，光头跑来了，两个男人问又是怎么啦？光头倒骂了一句："没甚事的，她在山上看着咱们走，却在那里摘了一个干木胡梨儿，这瓜女子，我哪儿倒稀罕吃了这个？！"两个男人说："你才瓜哩！你要不稀罕吃了，让我们吃！"那光头忙将木胡梨儿丢在口里就咬，噎得直伸脖子。

这天一下午，我并没有立即到山梁那边去，却拐脚到山根下的那人家去。这是三间房子，两边盖有牛棚，猪圈，狗窝，鸡架，房后是一片梢林，密密麻麻长满了栲树，霜叶红得火辣辣的。院子里横七竖八堆着树干、树枝，上屋门掩着，推开了，烟熏得四堵墙黑乎乎一片，三间房一边是隔了两个小屋，一间是盘了一个大锅台，一间空荡荡的，正面安一张八仙大桌，土漆油得能照出人影，后边的一排三丈长的大板柜上，摆满了大大小小瓦盆瓦罐，各贴着"日进百斗""黄金万两"的红字条。

"有人吗？"我开始发问，大声咳嗽了一声。

西边的前小屋里一阵阵响，走出个人来，六十岁的光景，腰弓得如马虾，人干瘦，显得一副特大的鼻子，鼻翼两处都有着烟黑，右手拄着一个拐杖。让我坐下，便把那拐杖的小头擦擦，递过来，我才看清是一杆长烟袋。我突然记得蛋儿窝那老者的话，这莫非就是那个驼背老五吗？我后悔偏就到了他家，这吃喝怕就要为难了。我便故意提出买些饭吃，他果然讷讷了许久。说家里人不在，他手脚不灵活，又说山里人不卫生，饭做得少盐没调和的，但后来，还是进了小屋去，站在炕上，将楼板上吊的柿串儿摘下三个柿子端出。这柿子半干半软，下坠得如牛蛋，上边烟火熏得发黑，他用手抹抹灰土，说："这柿子好生甜哩！冬天里，我们一到晚上吃几个，就算一顿饭了呢！"

我问："家里就你一个人吗？"

"还有个女子。"

"听说面条做得最好？"

"你知道？你怎么知道了？你一定知道她的坏名声了！这丢了先人的女子，坏名声传得这么远啊！咳咳，女大不中留，实在不能留啊！"

这驼背竟莫名其妙地骂起女儿来，使我十分尴尬。正不知怎么说，门口光线一暗，进来一个女子，却比老汉高出一半，脸子白白的，眼睛大得要占了脸三分之一的面积，穿一身浅花小袄，腰卡得细细的，胸部那么高……我从来没见过这么出脱的女子！

"爹，你又嚼我什么舌根了？！我到山上砍柴去了！"那女子说着，就拿眼睛大胆地盯我。我立即认出这女子就是和光头好的那个，刚才没有看清眉脸，但身段儿是一点不会错的。

"砍柴？不怕把你魂丢在山上？一天到黑不沾家，我让狼吃了，你也不知道哩！我在匣子里的钱怎么没有了？"

我替那女子捏了一把汗。那女子却倒动了火："你问我吗？我怎么知道？你一辈子把钱看得那么重，钱比你女子还金贵，你问我，是我偷了不成！"

老汉不言语了，又嚷道山里老鼠多，是不是老鼠拉走了？又怀疑自己记错了地方？直气得用长烟袋在门框上叩得笃笃响。那女子开始要给我做饭，出门下台阶的时候，我发现她极快地笑了一声。

饭后我要往山梁那边去，那女子一直送我到了河边。我说："冬天的山上还有木胡梨吗？"

"不多见到。"她说,立即就又盯住了我,脸色通红。我忙装出一切不理会,转别了脸儿。

在山梁后的镇上干完了我的事,转回来,已经是第五天了。我又顺脚往驼背老五家去,但屋里没有见到那女子,老汉卧在一堆柴草中,鼻涕一把泪一把地哭。好容易问清了,才知老汉后来终于想起那笔钱就是装在匣子里,老鼠是不会叼的,便质问女儿。女儿熬不过,如实说了,老汉将女儿打了一顿,关在柴火房里,又上了锁。等到第三天,那光头又捎木头走到河边,向这里打口哨,那女子就踢断后窗跑了。老汉追到河边,将那光头臭骂了一顿,说现在就是拿出十万黄金也不肯把女儿嫁给他了。女子大哭,他又举木棍就打,那光头的两个同伴男人扑过来,一个夺棍,一个抱腰,让光头和女儿一块逃走了。

"这不要脸的女子!跟野汉子跑了!跑了!"老汉气得又在门框上磕打长杆烟袋,"叭"地便断成两截。

我走出门来,哈哈笑了一声,想这老汉也委实可怜,又想这一对情人也可爱得了得。走到河边,老汉却跑出来,伤心地给我说:"你是下川道去的吗?你能不能替我找找我那贱女子,让她回来,她能丢下我,我哪里敢没有她啊!你对她说,他们的事做爹的认了,那二百元钱我不要了,一千元行了,可那小子得招到我家,将来为我摔孝子盆啊!"

石头沟里一位复退军人

一觉醒来,就听见后窗外有吱扭扭、吱扭扭的响声,炕那头的复退军人还在呼呼噜噜地睡着不醒。这复退军人三十三岁,前年从青藏高原回来,虽然已经务农三年了,但身上还保留着军人的气质:一是行走,坐卧,胸部总挺得高高的;二是能苦能累,能吃能睡;三是穿一身黄军衣,领章帽徽当然没有了，但风纪扣扣得极严。我昨天下午一赶到这里，他就对我十分友好，一定留我住下，又当夜勒死了一只后山跑过来的游狗，打了二斤烧酒。吃狗肉喝烧酒，里外发热；两个人头歪头倒在炕上就一直没有苏醒。

"喂，伙计！"我叫着。

复退军人依然沉睡如泥。我侧起身来，撩起后窗帘往外一看，才见屋后田边的那台大石磙碾子被一个女人推着。这女人窄袄窄裤儿，腰俏俏的；头上抹着很重的头油，丝纹不乱；一双用粉涂得雪白的单布鞋，弓弓的小巧，起落上下没一点声响。碾磙子太大了，一丈多长的碾杆，一个人推着很费力。碾盘上铺着的一层鲜玉米颗粒，被石磙子碾过，噼噼啪啪地响，黄白浆水就溅得一碾盘都是。

我穿衣起来，一边到门前的河里去洗脸，一边看着推碾子的女人，想这是谁家的小媳妇，这么俊样，怎么一大清早独自来推碾子，那么大的石磙子，她推得动吗？

正看着想，那女人听见泼水声，掉过脸儿也来看我，没想目光正碰在一起，她一笑，脸先飞上了红，忙推着石磙子走，偏在石磙子和我一条方向线上的时候，她再不推，躲在那边细声地咳嗽。

就在这个时候，我睡的那个后窗打开了，露出复退军人的黑脸。那女人立即闪出来，往那里睨了一眼，忙又向我这边看，我忙埋下头去。等再去看那窗口，已经关上了。不久，有一头毛驴，背上有着套绳，从后门端端走出来，走过田埂小路，站在碾盘下。那女人也站住了，动手将毛驴套上了碾杆，却大声骂道："你来干啥？你还敢来？！看我打死你！"

一根树枝扬在半空，似乎使出了全身力气，但落下来，轻飘飘的，只在毛驴后胯下一捅，毛驴小步溜丢推着石磙子吱扭扭飞转。

我知道这女人是和复退军人熟识的了，但为什么却不把毛驴拉出去帮忙？我赶回来，复退军人已经洗好了脸，在镜前用手挤腮帮上的粉刺儿，一边轻轻地哼着歌子。我说:"伙计,你家毛驴跑出去了,那个女人不作声就套上,帮她推碾子哩!"

"是吗?"他好像才知道了这事。"这毛虫,怎么就跑出去了?!"但他并没有去拉回毛驴,也不从后门出去看看,只是轻轻地哼他的歌子。

"这女人是哪里的?"我问他。

"上边塬畔的。"

"是谁家小媳妇?"

"不是谁家小媳妇。"

我终于证实了,这小巧女人和复退军人是相好的了。

"你们既然很熟,她一个人能推了碾子?你该去帮帮手啊!"

他突然脸红了:"我才不管她哩!"

后来,毛驴就又独自走回来了,驴背上放着套绳,套绳中间有一个十分干净的新手帕包儿,复退军人打开了,里边是碾成的鲜包谷粥团。

"她送你的?"我说。

"她恐怕是让我招待你的。"他说,"你吃过这包谷粥粑粑吗?比白面馍馍好吃哩。"

这一天早上,我们就做了稀饭和包谷粥粑粑。那粑粑果然十分清香,愈嚼愈有味道。我们边吃边说着话,他告诉我:他们这里叫石头沟,沟底流的不是水,而是石头。我说这一点我昨日一来就看出来了,因为在这条沟里走了十五里,沟道里先还有水,走着走着水就没了,再走一半里,水又出现了,原来这沟里的河是渗河。走过七八里,河里便很少有沙,全是石头,大的如屋,小的如枕,你垒我,我垒你,全光圆白净,有水的地方,水就在石头中隐伏,浅潭中游几条小鱼,没水的地方,连一棵草也没有。他说,这里便是沟垴,上边坡堰上的村子,是这条沟唯一的村子,共五十户人家。这五十户分为三姓,主要是孙家,其次是田家,再是韩家。他家姓宁,是仅有的独户,与村子较远。平日他家和坡堰上的人家来往不多，但全村唯一的石磙子碾子却在他家屋后，少不了有人来碾谷子、稻子、包谷颗的。他末了就又说起他自己，说他当了几年兵，在青藏高原上一个劳改场看管犯人。复退后，去年双亲相继谢世，三个妹妹也早嫁了人，他就成了一家之主：进门一把火，出门一把锁，一桌饭端上来，他不说吃，谁也不会吃。"我能吃苦，什么都可以，就是闷得慌。"他买了一个收音机，每夜听到鸡叫，但还是常失眠。

"你怎么不找个媳妇呢？"我说。

"一个人倒清静。"他笑了，又问我，"你说呢？"

饭后，我便一个人到后边的坡堰村子去了。这村子确实不小，但房屋极不规律，没有两家是一排儿盖的，由下往上，一家比一家高。村里没有一条端端的街，也没有一条平平的路，都是从这家到那家，一条仄路，斜着朝上，或斜着往下。我在村子里转了几转，人们都拿眼睛好奇地盯我。我发现村里穿黄军衣的，黄军鞋的，戴黄军帽的人很多，便向几位正聊天的人打听，他们就一哄笑了。

"我们这里有兵种哩！"

"兵种？"

"你看见最上头的那个门楼吗？"一个人用嘴努着，"那是孙家二爷，七个儿子，都当过兵，到了孙子辈，又当了三个。"

我有些吃惊：这孙家人口好旺，出了这么多军人？！"那河下的宁家，不是也出过个兵吗？"

"他算什么兵？看管了几年犯人！回来还是个农民，连媳妇都丢了。"

这些人说起来，兴趣倒来了，似乎谈论别人的不幸和愚蠢，最能开心。我便也从中知道了这复退军人家底是全村最薄的。孙家有个叔父在大队当领导，那几年招兵，孙家每年要走一个，三四年回来，就都安排了，有在县饮食公司的，木材检查站的，交通局的，汽车队的……都发了财，日子过得人模狗样的。这姓宁的老汉看得眼红，就粜了五斗包谷，给孙家那个叔父送礼，好歹让儿子当了兵。这儿子未穿军衣前，在队里烧炭场，终日人比炭黑，长到二十七，媳妇找不下，刚一换上军衣，就有三个媒人来提亲，结果选中了一门，三下五除二，见面，看家，订了百年相好。临到部队前一天，丈人、丈母和那宝贝女子来家送行，吃了喝了，临走拿了三身衣服，五十元钱。没想到了部队，三年复员，小伙没有得了国家的事干，那女的便闹着又退了婚。宁家父母一口气窝在肚里，气最软，气又最硬，积成癌症，不上一年就都眼睛不合地去了。

"现在再没有个提亲的？"我问。

"给他认门猪亲！他被八指脚迷住了，不三不四的，谁家黄花少女肯嫁了他？"

"八指脚？"

"是个人，破鞋，鬼狐狸儿变的，见了男人就走不动啦！"

"放你娘的狗屁！"一句未了，半空里火爆爆骂了一声。我和那聊闲话的人都吓呆了，仰头一看，三丈远的一家小院里，有一棵桶粗的核桃树，树丫上爬着一个女人，一边用长杆子打磕着核桃，一边朝这边骂，我认出正是清早推碾的那女人。

"我就骂了你，破鞋！"那男的跳起来，"你害死了我们田家的人，又去勾引人家姓孙的，你怎么不就去给孙家铺床暖被？你现在又给宁家骚情，看他姓宁的就敢要了你？！"

那女人气得嘴脸乌青，摘了青皮核桃朝这边打来，那男的也从地上捡了石头瓦片往树上打，两厢一时如下了冰雹。我一看大事不好，飞似的跑下村子，直奔复退军人家。他一听，便抄了一根扁担冲出了门，却在院中，将那扁担在捶布石上摔断了，使劲地打自己。我以为他是气疯了，他却哇的一声哭了个死去活来。

直到这天晚上,复退军人才一五一十告诉我实情。原来这女人是个寡妇,第一个姓田的丈夫好吃懒做,脾性又特别坏,三天两头和她打闹,她就和孙家一个当兵的暗中好起来。有一年,那当兵的回家探亲,她去孙家和那男的说了半宿话。她丈夫后来知道,将她一顿好打,又要剁一个指头让吸取教训,她跪下求饶,那时她人聪明俊俏,正在大队业余宣传队演戏,说剁了指头怎么上台啊,丈夫竟剁了她一个脚指头。那丈夫也是鬼迷了心,剁了她的,又持刀去寻着那当兵的,也逼着剁了一个脚指头。结果被抓了牢狱,一个月里,又染了重病,死在牢里。她依然痴情那孙家当兵的,但人家一复员,在县汽车队开了车,看中了本单位一个打字员,就把她甩了。从此她声名扫地,几年里再也抬不起了头。

"村里人都看不起她了,"复退军人说,"但她性子硬,从来不服,自田家丈夫一死,田家人要赶她出门,先是孙家势力大,没有赶走,后来田孙两家一气要赶她出村,她还是不走。她长得嫩面,人又能干,上炕的剪子下炕的镰,从不要人帮她。一年四季衣着上收拾得干干净净,村里人越是看不惯,她越故意,但我知道她心里很苦,常常夜里关了门啼哭。"

"你知道?"我说。

复退军人不言语了。将昨日吃剩下的狗肉又切了一盘,陪我喝起酒来。一杯又一杯,他喝到八成,用拳头就使劲捶自己的头,说:"我这兵当的窝囊,我不像个当兵的啊!"

我知道这是醉了,就收了酒肉,各自睡下。到了半夜,后窗上有嘭嘭的敲打声,我忙叫复退军人,那响声却没有了。复退军人听我说了,"哦"的一声,说他出去看看,不要我起来,出门又将小房门锁了。一直有了好长时间,他回来了,一进门就喊我起来,没头没脑地说:"人在事中迷,你给我出出主意!"

"什么事?"我吓了一跳,翻身坐起。

"她又被人打了!"

"谁?"

"桂枝。"

门推开了,那女人披头散发走了进来说,是夜里田家人又要撵她,不准她再住原丈夫的三间房,孙家人也趁机起哄,什么难听的话都骂了。她和人家吵起来,说只要活着,她就不走,还要刚刚正正在石头沟住下去。人家要打她,她抄起擀面杖叫道:"谁动我一根指头,就叫她像田家那死鬼一个下场!"那帮人也不敢动她,问她有什么理由赖着?她说:"我要招人!"问招的哪一个?她喊了三声:"宁有生!"那帮人听了,又气又骂,又是冷笑,说姓宁的没那个胆量,一哄才散了。

"同志!"那女人突然在我面前跪下了,鼻涕眼泪一齐流了下来。"我名声已经倒了,我也不怕你笑话。但我哪儿是坏人?我坏在了什么地方?我坏就坏在没有认清孙家那个牲畜,我痴心待他,他却耍弄了我!痴心儿不是我错,我还要痴心待人。是我先爱上宁有生的,要说勾引,就算是我勾引,他孤苦一人,被人看不上眼,我知道他的苦处,难道我们就不能热热火火成一个家?可他不像个血性男人,总是不敢公开,是我抖出来了,怕人家追问他时他撑不起腰杆,我就来逼他明日去村里公开的!"

这女人口齿流利,句句说得有板有眼,我一下子感觉到了自己的责任,便站了起来,给复退军人鼓劲,说这里家族势力还这么厉害,就要当个生活的强者。如果一个强了,两个都强,一个强不起来,两个人也就全毁了。

复退军人瓷在了那里。

"你说话呀,说话呀!"那女人抓住了他的胳膊,呜呜又哭了。"你老是这样,你只有自己糟蹋自己!我以前不是这样吗?我吃尽了性软的亏,今日在这同志面前,你把话说清:你要活得像个人,你明日就当众人面公开,咱有的是力气,人也不比谁笨,日子会过得红火。你要还是这样下去,咱就一刀两断！我就是当一辈子寡妇，我也不会走，我也不去寻短见！"

复退军人猛地过去抱了酒碗喝了一气，一边抹嘴，一边说："依你的办，我也是窝囊够了！"

第二天早上，因为我急着要赶到北边留仙坪去，不能在这里多待了，临走时，复退军人和那女人双双送我上了沟那边的便道上，我祝福他们成功，那女人"格"地笑出了声。

三个月后，我回到了这个县上，县城里正流传着一件新闻：石头沟一个寡妇和一个复退军人为了结婚，在公社领不出结婚证，又上告到县上，指控石头沟孙家和田家暗中给公社文书使了黑钱。结果，县委追究，官司打了一月，孙家的那个大队领导终于撤了职，寡妇和复退军人结了婚。两人卖了寡妇的房子，积了本钱承包了一孔木炭窑，收入很大。有人便给我说：早上还见他们担了炭在县城南市上出售，炭是好炭，一律栲木料，易燃，耐烧，散热性强，只是燃起来爱爆火星儿。

龙驹寨

龙驹寨就是丹凤县城。整个商州在外面世界，知道的人是不多的，但能知道商州的，也便就知道龙驹寨了。丹江从秦岭东坡发源，冒出时是在一丛毛柳树下滴着点儿，流过商县三百里路，也不见成什么气候，只是到了龙驹寨，北边接纳了留仙坪过来的老君河，南边接纳了寺坪过来的大峪河，三水相汇，河面冲开，南山到北山距离七里八里，甚至十里，丹江便有了吼声。经过四方岭，南北二山又相对一收，水位骤然升高，形成有名的阳谷峡，乱石穿空，惊涛裂岸，冲起千堆雪，其风急水吼，使两边石壁四季不生草木。刚一转弯，陡然一个葫芦形的大坝子，东西二十三里之遥，南北十五里长短，龙驹寨就坐落在河的北岸，地势从低向高，缓缓上进，一直到了北边的凤冠山上。凤冠山更是奇特，没脉势蔓延，无山基相续，平坦地崛而矗起，长十里，宽半里，一道山峰，不分主次，锯齿般地裂开，远远望之宛若凤冠。山的东侧，便流出一水，从几十丈高的黑石崖上跌下，形成一道瀑布，潭深不可测，瀑布注下，作嘭嘭巨响，如鸣大鼓，这便是产乌骓马的地方。龙驹寨背靠奇山，足蹬异水，历代被称为宝地。据说早年一州官到了此地，惊呼长叹：此帝王风水也！但是，从远古到如今，这里却没有产生过帝王国君，也没有帝王国君在这里留下什么足迹。一帮阴阳师解释说：千年精光，万年神气，本是应出天之骄子，只是当项羽得了龙潭黑龙，化作乌骓马后，这凤冠山的赤凤刚刚冒出雄冠，便再没有出来，龙飞凤舞的年代从此也就消失了。

正如破落的家族再贫再穷但家风未倒一样，龙驹寨终未发迹，但毕竟仙气奇气犹在。清末以前的几千年里，这里的大码头威名于世。全商州的人大都是旱鸭子，在山上可以飞走如兽，但在水里，犹如一块石头，立即沉底。只有龙驹寨人，上山可以打猎，下河可以捕鱼。遗憾的是现在，山川活动，日走星移，春夏秋冬，寒暑交替，丹江水渐渐小起来，又加上商县沿河两岸，大沟小溪，修筑电站，水库，河水只有了往昔的三分之一，两岸人口增多，向河滩要田，河面也愈来愈窄，从此，龙驹寨再没有往来大船，只是南北岸头拴拉一道铁索，一只渡舟，一个船公，攀扯铁索，舟便直线而去，直线而归，载两岸人走动，但是，龙驹寨人的口气从未减弱，凡是外地来客，第一是要介绍那南城边的平浪宫的。这宫是当年码头水工所建筑，高十五丈，木石结构，雕梁画栋，这是光荣历史的记载和见证，若是客人讥笑"过去的都过去了！"龙驹寨人就丢剥上衣，用指甲在胳膊上，胸膛上抓出几道印来，不是暗红，却显白色，以此显示是在水里泡成的水色，说：有种的，下河去交手？！外地客就畏而却步，拱手求饶了。

正是这块地方，是方圆几百里地政治、经济、文化、交通、贸易的中心点。龙驹寨人的山性、水性比别的地方高强。新中国成立前的战争年代，这里成了红、白拉锯区。游击队司令巩德芳就是龙驹寨西二十里路的巩家湾人，巩司令的得力干将，游击队团长蔡兴运就是龙驹寨西十三里路的磨丈沟人。那时节，龙驹寨里没有安生日月，常常夜半三更，枪声就响，全城人胆大地蹲在屋顶看热闹，下边的人问："哪儿出事了？"上边的人说："北山的。"北山的，就是指巩蔡的人马，因为他们的根据地就是北五六十里外的留仙坪。"打得凶吗？""保安部房着了！"话语未落，"嘎咕儿"一声，一颗流弹飞来，将房上脊兽打得粉碎，看热闹的就从屋檐掉下，再也不敢出门。也常常在第二天，那平浪宫大门上要么悬挂保安队什么长的头颅，要么是保安队捉缉巩蔡的布告，也常常从商县方向下来大批部队，围住全城，搜查"共匪"，鸡飞而狗咬。

这些"北山的"，几年里攻进龙驹寨好多次，但不久就又退出，直到一九四九年，一举拿下，全歼了保安队，龙驹寨彻底解放。接着行政区域化寨为县，也就从那时起，龙驹寨便开始慢慢被外界遗忘，只知道丹凤县城了。

在差不多三十年里，龙驹寨基本上没有变样。从丹江一上岸，便是县城；说是县城，其实一条街道而已。凤冠山东西两侧分别流下两条小河，东是东河，西是西河，县城的东关就是以东河为界，一座石拱桥，桥头一家酒店，进了酒店便算入了东关。西关也是以西河为界，一座石拱桥，桥后一座老爷庙，庙台下也便是西关口。整个街道，南北两排平房，相对平行，蔓延而去，北边的门对着南边的窗，南边人一口唾沫可以直接射进北边屋的中堂。街道并不端，呈出波浪形，从正空下看，两边高，接着低，中间却高，如平浮着一只舒展翅膀的飞鸟。若站在南山岭上，或是站在东四方岭上，街道的弯曲度一律由南趋向北，又像一只舒翅而北的飞鸟。街面没有铺一块砖，尽是斗大的、磨盘大的平面石头，有青碧色的，黄橙色的，瓦蓝色的，豆沙色的，白玉色的，长年月久，石板被脚踩出两边高中间低的汪势。每天早晨，人们去井台挑水，井台全在街南坡根下，不用辘轳，不用吊杆，水在凿出的一眼石窟里，用瓢舀着就是了。挑了水，颤颤悠悠从那一个一个小巷道上来，井水便星星点点洒在石板上，终日不干。到了街的中间，也就是平浪宫后门那里，丹江渡口北上的路，凤冠山南下的路，在这里十字相交，便是整个县城最繁华的地面。从早到晚，小商小贩的货摊不撤，各家各户的酒家、烟铺、面馆、旅社、商店门面不关。房屋在这里也最挤，一间房在此可卖七百元，东西两头的只能售四百，所以，这里窗多，门多，每一处墙头也没了空隙，全被挂满广告招牌："王记麻花"，"特效老鼠药"，"麻家竹器"，"五味烧鸡"。以至有一年地震，一家房子向东倾斜，不久，一溜北排四十五家房子全然东斜，但十多年不曾倒下。

县城各地，都是一四七，二五八，三六九日逢集，龙驹寨不分日月，不论早晚，总是人多。在这几百里方圆，这里就是北京城，就是大上海，山民们以进城为终生荣耀。每到城里来，这十字交叉口，就又如北京的王府井，上海的南京路，虽然不为买卖，只图开眼，在那里挤得一身臭汗，或者踏丢了鞋，或者被小偷摸了钱包，也是心情痛快。最是那些深山人，尤其喜欢进城，鸡叫头遍就起身，穿得新新的，背着木材、土豆、柿饼、木耳、核桃、药草、兽皮，在县城专门市场出售了，或者背着背笼，或者挎着空篮，或者把皮绳缠在腰里，扁担掮在肩上，在大大小小的商店进进出出，百货看过。"喂，喂，"叫着售货员；售货员说："你在叫狗吗？"他们方学着城里人说句："同志！"却觉得拗口。再要"洋碱"、"洋盆"、"洋伞"。售货员再训："这儿没有外国货。"他们就脸红红的，出门却觉得高兴。然后沿街任步而走，玩猴的也看，吹糖人的也看，书店里也去，画店里也去，电影院前也看广告，法院门口也看布告，虽只字不识，但耳朵极灵，什么新闻都记在心里。然后就去那私人理发店里理个分头，油抹得重重的，粘成一片，左右分开。他们得意洋洋地下饭馆了，要一个沙锅豆腐，切一盘猪耳朵酱肉，三个蒸馍，一碗蛋汤，吃得满口流油，满头生汗，城里小生意人最欢迎这些顾客，一是可以赚得他们的，二是可以逗逗他们的痴憨；山里人满足了，城里人也满足了。

也是奇怪的事情，全商州最能跟上时代的，不是离西安省城最近的商县、洛南，往往却是龙驹寨。西安街头出现什么风气，龙驹寨很快也就出现什么风气；这就苦坏了四周八方的深山人。县城人穿起皮鞋，他们也要穿穿皮质的，便买了胶鞋，雨天穿，旱天也穿，常是里边出了汗泥，也不肯脱去，以致灌进冷水，抬脚动步，咕咕价响。后来，县城人又穿起空前绝后的凉鞋，他们就以布条仿制而成，常在山路上半天就穿烂了。他们慢慢恨起县城人变化无常，那卖山货的钱不能使他们跟上时代。但是，他们不知道龙驹寨人也有他们的苦恼：他们也在恨西安人一时一个样！比如才兴起窄裤管，一条裤子还未穿烂，又兴起宽裤管，像个布袋；才兴起波浪式的烫发，他们烫得满头卷毛，又买了电梳子，西安人却又热起日本型的了。

衣着时髦，热衷的当然是年轻人了。但是，最令全体龙驹寨人一天一天不满的是县城的城市建设。因为龙驹寨还没有一座二层楼，街道也没有用水泥铺，剧院没有，总租借丹凤中学礼堂公演。就是看电影，也是露天场地，一到阴雨天气，夜夜就简直无法活了。他们联合向上请求，县委、县政府也重视起来，先是水泥铺街面，栽路灯，再是沿凤冠山下的公路两边建新街，盖饭店大楼。龙驹寨街道的人总谋算有一天将他们的平房全部搬倒，都像大城市的人一样住三间一套的单元房，吃水有龙头，养花有凉台。但这一要求终未实现，他们归结于县上主事人不是龙驹寨人。这简直是一个不可思议的事，大凡新中国成立以来，在这县城为领导的都是龙驹寨四周乡下人。于是，他们又得以结论：乡下人领导城里人；一旦做了领导的人，却后代皆不强不壮，不聪不明。比如，这个书记，那个县长，主任，局长，不是有傻儿痴女，便是吃喝玩乐，浪荡无赖而不成正果。龙驹寨人便都去谋官，谋不上了，就达观而乐："一人当官，三代风水尽矣！"

如今县城扩大了，商店增多了，人都时髦了，但也便哑巴吃黄连，有苦说不出。因为开支吃不消：往日一个鸡蛋五分钱，如今一角一只；往日木炭一元五十斤，如今一元二十斤还是青枫木烧的。再是，菜贵、油贵、肉贵，除了存自行车一直是二分钱外，钱几乎花得如流水一般。深山人也一日一日刁猾起来，山货漫天要价，账算得极精。四舍五入，入的多，舍的少。更是修了丹江大桥，河南河北通途，渡舟取消，"关口、渡口、气死霸王"的时期过去了；要是往日夏秋发水，龙驹寨人赤条条背人过河，老太太有之，壮年婆娘有之，黄花少女也有之，背至中流，什么话也可说，什么地方也可摸，而且要多少钱，就能得到多少钱，如今闲在家里了。而且街道加宽，车辆增多，每天无数的手扶拖拉机涌来，噪音烦人，事故增多。再是每一家市民，每天家家有客，大舅二舅，三姨，五姨，七姑八婆，还有拐弯抹角的外甥，老表，旧亲老故，凡是进城，就来家用饭，饭还管得了，烟酒茶糖一月一堆开支。先还大礼招待，慢慢有啥吃啥，到了后来，就只有一张热情的嘴和一条冰冷的板凳了。城乡人便从此而生分了。毕竟乡下人报复城里人容易，若要挑着山货过亲戚门，草帽一按，匆匆便过，又故意抬价，要动起手脚，又三五结伙。原先是城里人算计赚乡下人钱，现在是乡下人谋划赚城里人钱；辣面里掺谷皮，豆腐里搅包谷面，萝卜不洗，白菜里冻冰……风气不好起来，先都自鸣得意，后来发觉自己在欺哄自己，待人不公平诚实的，就是县城人，乡下人抓住也打也骂，县城人抓住乡下人自然也打也骂，一些老年人也就自动当起义务宣传员，白日在市场纠察，夜里在四邻走访，一时这些老年人大受社会欢迎。老年人也乐得负责，只是都喜欢贪杯，常是一早一晚，几个人一起到酒馆去，站在柜台外，买得一两烧酒，一口倒在嘴里，顺门便走，久而久之，那口如同打酒列子，觉得少了，不行，觉得多了，滴点不沾。而这批老年人中，年事最高的，办事最认真的，口酒最标准的，是平浪宫后的刘来魁老汉。老汉是早年河上艄公，高个头、白胡子，八十三岁那年，全县城为他修了一匾，县长亲自送到家里，至今高悬中堂之上。

摸鱼捉鳖的人

在冯家湾已经待了五天。因为上游的土门公路出现塌方,班车一直没有下来,我不能到竹林关去,就天天抱着一本书到湾前河堤的树荫下去消磨时间。先是并不在意,后来老是遇着一个人在河滩上慢慢地走上去,一直走到远处的一座大石崖底下,然后又折过头慢慢地走下来,一双赤脚在泥沙里跳跳地踩,手里拿着一柄类似双股叉的东西在身子的前后左右乱扎。他从来不说话,也不见笑,那么走了两三遭后,就坐在河边那边碾盘大小的花岗石上,从怀里掏出一个酒瓶来,摸摸看看,就丢在水里。那酒瓶并不沉底,一上一下顺波逐流,渐渐就看不见了。

这条河是丹凤县和山阳县交界线。河的上游有一个小小的镇子,叫做土门,河的下游便是有名的风景区竹林关。关在陕西,关东是河南,关南是湖北,这便有了鸡鸣听三省之说。这个时候,虽然是夏季,但河水异常清澄,远处的那座大石崖遮住了太阳,将河面铺荫了半边,水在那崖下打着涡儿,显得平静、缓慢,呈墨绿色,稍稍往上看去,大石崖上边是最高的河床,因为两边山崖在河底连接,旱天少水的时候,那黑黑的石床就裸露出来,地层是经过地质变化的。一层一层石板立栽着,像是电焊过的鱼脊。现在那石层看不到了,水在上边泛着雪浪花。河水的哗哗声,也正是从那里发出的。再往上,河面就特别地宽,水是浅了些,也平得均匀,颜色绿得新鲜。两边山根下的水雾就升起来了,却是谁也无法解释的淡蓝色,袅袅腾起,如是磷火一般。那人就一直看着那迷迷离离的山水,似乎已经是在瞌睡了。

"喂——!"我叫了他一声。

他回过头来。这是一张很不中看的脸,前额很窄,发际和眉毛几乎连起来,眼睛小小的,甚至给人一种错觉:那不是先天生的。是生后他的父母用指甲抠成的,或是绣花针挑成的。鼻根低洼下去,鼻头却是绝对的蒜头样。

嘴唇上留着胡须，本来是嘴两边的酒窝，他却长在一对小眼睛下，看我的时候，就深深地显出来。在商州，我还没有见过这么难看的脸。"这也算是人吗？"我想。

"要过河吗？"他站起来，对我说。

我摇摇头，想不到他会这样猜测我。

"不要钱的，一分钱也不要。"

"谢谢你。"我觉得这人心地倒是好的，但一看见他那张可笑而又可恶的脸，心里就产生了一种说不出的不愉快。"我不是过河的。"

他重新又坐了下来，盯着河面。因为太晒了吧，他从石头旁一棵弯腰的老柳树上折下一把细枝来，编成了一个柳叶帽匝在头上，但总不肯离开那块石头。太阳把他那发黑的肩膀晒出了油汗，亮亮的，显得身上那件背心越发白了。但是，后来他在背心上抓起来，发出嚓嚓的抓挠声，背心却动也不动，我才发现那不是背心，他压根儿就没有穿什么衣服，那白背心的模样是他穿了好久的背心，现在脱了，露出的背心形状的肉白。我觉得有意思极了，想和他多说几句话，他却"噢"地叫了一声，从石头上跳下去，简直可以说是滚了下去，没命似的跑到河边，又蹑手蹑脚地挪步，猛地一扑，一扬，一件黑黑的东西"日——儿！"掠过头顶，"叭！"地落在沙滩上，是一只老大的河鳖。他抓起来，嘿嘿嘿地向我跑来了。

"你买吗？"他说。"有三斤重，一定有三斤，说不定有三斤二两；一元五？"

我明白他的职业了。在商州的每一条河岸上，都有一些这样的人：他们从河里抓鱼捉鳖，然后出售给穿四个兜的干部，或者守在公路边，等着从县上，地区，省城过往的司机、乘客。他一定看出我是干部模样的人了。

"一元，买了吧？"他又在说。

我说我不买。却问他家住在哪里，今年多大了，家里有什么人，一天能捉到多少鳖。他张着嘴看着我，一时怕是感觉到了自己的丑陋，什么也没有说，将鳖放在脚下踏着，用双股叉尖在鳖后盖软骨处扎一个洞，用柳枝拴了，吊在叉杆上转身而去。

第二天，我又在河边看见这个丑陋的人了，他还站在那块石头上，又将一个酒瓶丢进河水中，然后就去扎鳖，他的运气似乎要比昨天好得多，竟捉住了三只鳖，还有一只拳头般大的，已经要拴柳枝了，看了看，随手却向河里掷去。他好大的力气，那小鳖竟一下子掷过河面，在那边的浅水里砸出一片水花。

第三天，他照样又在那里捉鳖，后来又跳下水去，在河堤下的石排根摸鱼，一连收获了五条鲇鱼，甩在岸上。再摸时，竟抓住一条菜花小蛇，吓得大呼小叫，已经爬到河岸上了还哇哇不停。

"好危险啊！"我跑过去，浑身也吓得直哆嗦。

"这水里怎么会有蛇呢？以前全没有这种事！它会咬死人哩！"

"这行当真不好受。"

"那么，"他就又张着口望着我，"你要这鱼吗？你不要鳖，这鱼好吃哩，五条，一元钱，行吗？"

不知怎么，我竟把这鱼买下了。我明明白白知道这鱼我是不会吃的，因为我的房东对我说过他们最闻不惯那鱼腥味儿，他们的锅会让我煎鱼吗？何况我又不会做。但我却掏出一元钱把这鱼买下了。

他很是感激，好像这一元钱不是他以鱼卖得的价钱，而是我施惠他的。他话多起来，说这河里鱼鳖很多，他们以前全是捉鱼鳖去玩，那鲇鱼最难捉，必须用中指去夹，要不就一下子溜脱，别小看那一斤重的鱼，在水里的力气不比一个小狗好对付。又说鳖是有窝的，发现窝了，一叉下去，就能扎住。中午太阳好的时候，鳖就爬出河来晒盖，要打翻它，要不那龟头出来，会咬住人不放，如何打也不肯松口，必须等到天上打响雷，或者用刀剁下那头来。

他又说，后来城里的人喜欢吃这些乱七八糟东西，他们就有了挣钱的门路。

"我们忘不了城里人的好处！是他们舍得钱，才使我们能有零花钱了。"

我说，话可不能这样说，应该是你们养活了城里人。不是你们这么下苦，城里人哪儿能吃到这些鲜物儿？他不同意我的观点，和我争辩起来，末了就笑了："城里人什么都吃！是不是死猫死狗地吃多了，口臭了，每天早上才刷牙呀？"我哈哈笑了。

"真有趣！"我说，"你今年多大了？"

"三十四了。你看着老吧，其实是三十三，七月十六日才过生日。"

"孩子几岁了？"

"我还没结婚呢。"

没结婚？我不敢再问了。因为在山地，三十多岁的人没有结婚，是一件十分不体面的事，如同有了天大的短处，一般忌讳让人提起的。

"其实，媳妇是在丈人家长着呢。你说怪不，我们村的媳妇，有的在一条巷子里，有的在几百里的地方，婚姻是天生一定的，这我是信了！"

"你的那位对象住在哪儿呢？"

"我不知道，我想她很快就给我来信了。"

我不明白他这是什么意思，再问时，他掉头走了。走到那个石头上，就从怀里掏出一个酒瓶，看了看，轻轻丢进河水中去了。

"你怎么把酒瓶丢在河里？"我大声问道。

"它不会摔破的。"

"里边有酒吗？"

"没有。"

"你丢那干啥？"

"给媳妇的……"

"给媳妇？"我嘎地笑了，"给王八媳妇？"

他突然面对着我,怒目而视,那一张丑陋的脸异常凶恶。我立即意识到自己的过错,使他感到了自尊心的伤害吧?

"你才娶王八媳妇!我那媳妇说不定还是城里人哩!"

他恨恨地说着,转身回去了。

我终于明白到这是怎么一类的人物了。在商州,娶媳妇是艰难的,因为彩礼重,一般人往往省吃俭用上十年来积攒钱的,而这个捉鳖者,靠这种手艺能赚得几个钱呢?又长得那么难看,三十三岁自然是娶不上媳妇了。但他毕竟是人,是个精力充沛的男人,性欲的求而不得将他变得越发丑陋,性格越发古怪了。

但是,到了第四天,他突然见了我,还是笑着打招呼,还让同他一块来的三个孩子向我问好。

"你到上边那大石崖下去过吗?"他说。

"没有。"

"那里水好深,鱼才多哩。你要陪我去,我一定送你几条鱼。"

我随他往上走。河滩上,走一段,一个大水池,水是从河底和北边山底浸流汇集的,水很深,下面是绿藻,使整个池子如硫化铜一样。走到大石崖下,水黑油油的,看不见底,人一走近却便倒出影来。他让我和三个孩子从下边不停地往河里丢石头,一边丢,一边往上走,说是这样就把游鱼赶到那深潭去。三个孩子丢了一阵,便乱丢起来,他大声骂娘,再就揪住一个,摔在沙滩上,喝令他滚远!那孩子害怕了,不敢言语,却不走。于是,他吼道:"还乱投不?"

"不啦!"那小孩说,"我嫌从下边投累……"

"嫌累的滚蛋!"

那两个孩子就讨好了:"我不累!我不累!"

等石头丢到潭边,他从怀里掏出一个酒瓶,在里边装上黄色炸药,把雷管、导火索装好，口上糊了河泥，然后点着丢进潭中。孩子们哗地向后跑，站在远远的地方，趴在沙石上，胆大的，又探头探脑朝河边走……

"咚！"惊天动地一声响，几十丈高的水柱冲天而起，恰好一阵风过，细沫般的水珠刷刷刷斜落下来，淋得我们浑身都湿了。大家叫着，笑着，涌到河边，河里泛着浊浪，泡沫，却并未见鱼肚子朝上漂起来。我失望地说："没有，咳，连一个小鱼儿也没有。"他说："甭急！漂上来都是小鱼，大鱼才从水底走哩！"于是我们又跑到下游去看，还是什么也没有。他很悲观，孩子们却一样高兴，大声喊："没有哟，一个也没有哟！"

"这是怎么回事？这潭里这么干净？一斤炸药就这样听了个响声？"丑陋者说着，脸更难看了。后来，就又从怀里掏出一个酒瓶，丢进河里去了。

"还要炸吗？"

"那不是炸药。"

"给媳妇……"我话一出口，不敢说了。

他却给我笑笑，和三个孩子跑走了。

我终不明白，他为什么每一次到河边，都要丢一个空酒瓶呢？那酒瓶每一次丢下，并不下沉，可见口子是封得严严的，那里边装着什么吗？

以后又是两天，他依然在丢。我决定要看看这个秘密了。就在我要走的那天中午，我瞧见他又往河里去了，就到了下游的堤上看看。他果然又丢下一个瓶子，我忙跑到河水中将冲下的酒瓶捞起。这是一只口封得特别严的酒瓶，里边有一张纸条，打开了，原来是一封信：

"我叫任一民，家住丹凤县土门公社冯家湾，现在三十三岁（实足年龄），上无父母，下无兄妹，房子三间，厦屋间半，粮食装了两个八斗瓮，还有一窖芋头，钱也积存了许多，我还有手艺，会摸鱼捉鳖，只是没有成家。这瓶子如果是一个男人拾到，请封好瓶口还放在河里，若是一个女的拾了，是成过家的，也请封好放在河里，是没成家的姑娘得了，这就是咱们有姻缘，盼能来信。以后的日子，我能养活你的，我不会打你，你来我们村落户也成，我也可以招过门去，生下孩子姓你的姓也行。我等着你的信。"

我看着这封真诚而有趣的求爱信，竟再没有嘲笑和厌恶起这位丑陋的摸鱼捉鳖人了。但我是个男人，又是个异地的游客，我只好小心翼翼地将信装进酒瓶，盖上油纸包着的木塞，按好铁盖，轻轻放进河里去了。

我站起来，远远看见就在河的上游，那个求爱者正在河滩跑着，是不是又捉住了一只鳖或者一串鱼呢？

刘家兄弟

商州的泥水匠，最有名的是在贾家沟。贾家沟的泥水匠，最有名的是加力老汉。老汉如战国时孔子一样，徒子七十二，徒孙三千，遍布商州七个县。每年三月初三，是老汉的生日，徒子徒孙都要赶来，老汉设了酒席，然后各方徒子徒孙在门前场地里表演，单砖砌墙，无依无靠，看谁砌得高，而以木桩击之不倒？再以不规不则之乱石拱起墓顶，将碌碡推上去碾，看谁拱得不坍不垮？后以一把八磅大锤，要一锤下去，看谁将一块大石打出齐楞见线，如刀裁一般？如此表演，连续几天几夜，看热闹的围着像观戏一样，精彩的，一哇声叫好，拙笨的，一股脑叫嘘。于是，合格者，师傅牵手入席，淘汰者，哪儿来的哪儿回去，所带寿礼分文不收，所设酒席，滴水不予。

加力老汉，并不姓贾，也不是贾家沟的原籍。他一辈子从未向人透露过自己的籍贯。贾家沟的人记得，在跑广东长毛贼那时节，有一天村里来了母子三人，那妇人粗手大脚，面黑如漆，两个儿子都是一米七八个头，一身力气，这老大便是刘加力，老二叫刘加列。母子三人住在老爷庙时，给人打短工为生。因为都没有手艺，就只好打土坯，见天可打出一垒土坯，或是给人家扯大锯，两人粗的原木，一天解开六页木板。过了三年，刘加列吃不下苦，在四乡游手好闲起来，又染上赌博，但手气不好，输掉了家里的积存，寒冬腊月，一顶帽子都戴不上，娘仨就常常在吃饭时吵闹。加力嫌娘饭做得稠，加列嫌娘饭做得稀，娘骂起来，他便将碗摔在娘面前，再以头撞墙，粗气吼得如牛叫。后就常在麦场上和人打赌，用屁股撅碌碡。他一身好膘，左眉中间断了两截，人称断刀眉，每每剥脱外衣，露出从脖子下一直长到肚脐窝的黑毛，蹲下身去，用屁股只一撅，七八百斤的石碌碡就忽地立栽起来。然后便去向赌输的人讨钱，有五元的，有七元的，一分不少，若翻起脸来，断刀眉骤然飞动，扑过来常常抱住对方的大腿，用手握人家生殖器……慢慢乡里为恶，成了这一带害物。贾家沟曾酝酿过撵刘家出村，但谁也不敢领头，直至贾家前院的老二因和兄弟反目，重盖了一院房子，老庄子偏不卖给兄弟，刘家就趁机买房，从此正正经经成为贾家沟的人家了。

到了民国二十三年，本地方出了"金狗、银狮、梅花鹿"，这是三个大土匪头子：金狗者，长一头红秃疤，银狮者，是一头白毛，梅花鹿者，生一身牛皮癣。三个土匪头子，手下各有十几条"汉阳造"，几十个毛毛兵，遇着"长毛贼"来，便联合作对，"长毛贼"一走，又互相倾轧，各自又在地方上收租纳税，离贾家沟二十里的镇公所也毫无办法，只好明里缉拿，暗里勾结。这地面便一二十年里日月不得安宁，常在三更半夜，枪声一起，村人就携老扶幼，弃家而逃，加力母子也跑了几回，加列就烦了，说家里要粮没粮，要钱没钱，怕谁个怎的，就在一次跑贼中未走。没想那金狗领着土匪进村，抓了一个女人到了老爷庙，在条凳上绑了手强奸，吓得躲在庙梁上的加列掉了下来，金狗瞧他的模样，却并没有打他，反问他入不入伙，又将那女人让他也干了一回，说是要入伙，三天后到南山磊磊石见面，以后不愁没有黄花少女。

这加列得了好处，过后稍稍对娘提说入伙之事，没想被娘一场臭骂，没敢去南山。后来有人给加力说媒，加列便向娘要媳妇，气得娘嘴脸乌青，吐过几次血。加力干涉，他竟扬着斧头要见个死活。从此便学起喝酒，越喝量越大，家里又没多余钱，就出门要投金狗，娘抱住不放，他说："人不发横财不富，待在这里，出门看人眉高眼低，回家少吃没穿，等儿去干大事，挣了大钱，接娘也去享福！"做娘的苦苦哀求，说伤天害理之事万万干不得，如今社会耍枪杆的，哪一个有好死？加列便吼道："不要我去，我要赌钱，你给我一百元吧，我要媳妇，你现在就给我娶一个！"娘便拿头来抵，他一闪身，娘撞在墙头，血流满面，他趁机就跑了。

投了金狗，加列练出双手打枪，深得重用。先在南山跑了半年，抢了好多财宝，后来又因分赃不平，与金狗伤了和气，投奔了梅花鹿。三天后一个半夜，他回到家里，将一包银元哗啦倒在床上，给娘和兄耀眼，加力一把抓着丢在门外，兄弟两人斗打起来，结果加力腿上挨了一枪，自此，兄弟成了冤家对头。

为了替加列赎罪，加力母子在贾家沟沿门磕头。不久加力只身去河南拜师学艺，回来专为四乡八村盖房修舍，分文不取。他腿受枪伤后微瘸，用力不比前几年，但人极聪慧，为人和气，泥水手艺越做越好，深得村邻惜爱，慢慢远近人家就有送子拜师的，一年之内竟带了十六个徒弟。后来娶了一家做生意的女子，成全了家庭。这女子见过世面，人又精干，上伺服老母，如待生身亲娘，一天三顿煎汤热饭端在娘的手里，在村里，又因稍识文字，说话好听，办事吃得亏。尤其在众徒弟之间，声望更高，不管家里有多有少，尽力做好吃好喝，自己却省吃节用，亏了一张肚皮。几年后，生养了三男二女，便自幼教学识字，懂得人情世故。人常说，家有贤妻，夫在外不遭横事。加力一心忙在他的事业上，远近人家，都以加力盖房、拱墓为荣，加力的声誉一天一天远振开来。

加列在外也混得人模狗样，在山阳县打死了一个有钱的镇长，便将那姨太太收作婆娘。这婆娘生得小巧，好日子过惯了，说话、做事不知轻重，平日出门，加列在前，她随后，右有护兵，左有保镖，威风得厉害。第二年生了一子，清明节时，那婆娘在贾家沟后四十里的石家坪打秋千，围看的人黑压压一片，那婆娘越发得意，不想一用劲，断了裤带，裤子溜了下来，加列在下顿时黑了脸，便一枪打去，那婆娘一跟头栽下来死了。婆娘一死，孩子没了亲娘，他丢在石家坪保长家里，就扬长而去了，加力得到消息，指天咒地骂了几天，总念这儿子是刘家的根苗，抱了回来，重新取名周彦。

贾家沟村前的河边，是陡峭峭的黑石大崖。早些年里，土匪才闹世，村人就在崖壁上凿石洞，洞口大如门，里边有一间房的，也有三间四间房大的。有的大户人家，还凿有前厅后厅，安有卧室，厨房，粮仓，水窖。每每听说土匪来了，就将钱财物件，背上石洞。石洞外壁上凿有石窝子，斜栽上石碓，木桩，上洞时架木板为路，上一节，抽一节板，上至洞口，木板抽空，土匪就是赶到山下，也只有望洞兴叹，即使枪打炮击，人皆闭洞不出，平常可待一天半晌，有时竟达十天半月。后来"长毛贼"来，金狗，银狮，梅花鹿等大土匪也在最陡处凿避身石洞。没想，三股土匪相继闹翻，金狗、银狮联合攻打梅花鹿，梅花鹿携带家眷、人马就躲在石洞，整整三天三夜，河滩里往上打枪，石洞口往下打枪，结果石洞上打下一人，河滩里也躺了三具尸。金狗、银狮动起怒来，就在山下堆满了包谷秆、麦秸，放火烧洞，烧了两天两夜，石洞里没粮没水了，加列在洞里反了戈，打死了梅花鹿一家大小，夜里自己从洞口拉一麻绳往下溜。溜到半崖，梅花鹿的小老婆并未打死，在上用刀斩断了麻绳，加列就掉进山下火堆，等刨出来，已成了盆子大一团黑炭。加列死于烈火，贾家沟连夜打火把、灯笼庆贺，加力母子也在庆贺人群中，放了一串鞭炮，一家三代将尸体搬回。但是，当装在一口二斗瓮里埋掉时，全家却一片恸哭。

这周彦长到七岁，加力就引导着学泥水匠手艺，周彦却自幼身单，又患了气管炎病，手不能挑，肩不能担，只好作罢，终日双手缩袖，夏坐树荫，冬晒阳坡。人便慢慢痴傻起来。这一年老娘临终，哭着拉住加力和媳妇的手说：

"我生了一个好儿,也生了一个牲畜,加列死得惨,是罪有应得,只是这周彦可怜,你们要好好照应啊!"

这周彦长到三十一岁,娶不下媳妇,后来从老山沟要饭过来一个女人,加力托徒弟撮合,好歹成了亲。但这周彦成夜腰弯如笼攀儿,靠墙就睡,一睡到天明。做婶娘的夜夜在窗下听房,小两口不见动静,回到卧房只是长吁短叹。第二天一早,等周彦起来,她就站在台阶将鸡放出,公鸡在撵母鸡,扑扑啦啦作成一团,她就说:"周彦,你看鸡干啥哩?"周彦还不理会,夜里还是没个动静。加力叹息说:"唉,难道有了天地报应?为了赎清我弟罪孽,我一心抚周彦成人,他却这等不够成色!"不出一年,那小媳妇离了婚。周彦也不久死去了。

加力把周彦的葬礼办得很体面,街坊四邻都怨他失了长辈身份,他只是不听。又偏将周彦的坟埋在加列坟边,埋葬加列时,他用两根苦楝木棍抬着那只二斗瓮的,埋后就将那棍插在坟头,没想竟活起来。如今周彦坟前两棵苦楝树已长出几丈高低,秋天枝叶旺盛,落着苦楝籽儿,孩子们捡来当石子儿玩,冬天里枝丫光秃,成群的乌鸦落在上边,村人就将那树砍了,解成板,搭了沟前小河面上的木桥,供千人踏,万人过。

又过了一年,贾家沟突然有了怪事:三月三日,加力老汉又过生日,徒子徒孙纷纷赶来,酒席上正喝到六成,一个徒弟突然仰面后倒,口吐白沫,接着就神志不清,说的却是当年加列在南山抢人,在石家坪打婆娘一类的事。满院在座的人吓了一跳,有人叫道:"这是通说了!"通说者,是指凶死鬼阴魂不散,附在一人身上而借口逞凶。就有人削了桃木楔,在加列和周彦的坟上齐齐钉了一圈,那徒弟的病也就好了。

奇怪的是桃木楔也却活了起来,几年光景成了一片桃林,春日里花开得红夭夭的。远近人说起贾家沟,便说:"是村前有桃花的吗?"外人一来,见了桃花,也总是说:"瞧,这多好的桃花!"那时节,桃花里的两堆土坟已经平了,加力老汉在那里修了一碑,上刻着:"做人不做加列"六个大字。

小白菜

　　商州的人才尖子出在山阳,山阳的人才尖子出在剧团,剧团的人才尖子,数来数去,只有小白菜了。小白菜人有人才,台有台架,腔正声圆,念打得法。年年春节,县剧团大演,人们瞅着海报,初一没她的戏,初一电影院人挤人,初二没有她的戏,初二社火耍得最热闹。单等初三小白菜上了台,一整天剧团的售票员权重如宰相;电影院关了门,说书的,耍龙的,也便收了场:他们知道开场只是空场,何况自个也戏瘾发了作。戏演开来,她幕后一叫板,掌声便响,千声锣,万点鼓,她只是现个背影,一步一移,一移一步,人们一声地叫好,小白菜还是不转过脸。等一转脸,一声吊起,满场没一个出声的,咳嗽的,吃瓜子的,都骤然凝固,如木,如石,魂儿魄儿一尽儿让她收勾而去了。演起《救裴生》,演到站着慢慢往下坐,谁也看不出是怎么坐下去的,满场子人头却矮下去;演到由坐慢慢往上站,谁也看不见是怎么站起来的,满场人脖子却长上来。远近人都说:"看了小白菜的戏,三天吃肉不知意(味)。"

　　小白菜是漫川关人,十一岁进剧团,声唱得中听,人长得心疼;女大十八变,长到十六,身子发育全了,头发油亮,胸部高隆,声也更音深韵长,就在山阳演红了,一出名,县上开什么会,办什么事,总要剧团去庆贺,剧团也总让小白菜去,全县人没有不知道她的。她起先生生怯怯,后来走到哪儿,人爱到哪儿,心里也很高兴,叫到什么地方去就去,叫她上台演一段就演,一对双皮大眼睛噙着光彩,扑闪闪地盯人。

　　娘死得早,家里有一个老爹,十天半个月来县上看看闺女,小白菜就领爹逛这个商店,进那个饭店。饭店里有人给她让座,影院里有人给她让位,爹说：你认得这么多人？她笑笑，说有认得的，也有不认得的。爹受了一辈子苦，觉得有这么个女儿，心里很感激。偶尔女儿回来，她不会骑自行车，也没钱买得起自行车，但每次半路见汽车一扬手，司机就停下车，送到家里。满车人都来家里坐，爹喜得轻轻狂狂，八经八辈家里哪能请来个客，如今一车干部来家，走了院子里留一层皮鞋印，七天七夜舍不得扫去。

平日离家远，小白菜不回家，星期天同宿舍的三个同伴家在县城附近，一走了，她去洗衣服，井台上就站满了人。人家向她说，她就说，说得困了，不言语了，人家眼光还是不离她。回到宿舍，县城的小伙子，这个来叫她去看电影，那个来给她送本书。她有些累，想关了门睡觉，心想人家都好心好意，哪能下了那份狠心，只好陪着。一个星期天，任事也干不了，却累得筋疲力尽，每到星期天，她总发愁："怎么又是星期天？！"

同宿舍的演员听了这话，心里不悦意：你害怕星期天，别人也害怕了？一样是姑娘，一样在演戏，你怎么那么红火？等以后有小伙子再来，在门上留字条，在窗台上放糖果，同宿舍的就把字条撕了，把糖果乱丢在她床上。她回来问：哪儿来的？回答是：男人送的呗！她要说句：送这个干啥？就会有不热不冷的回敬：那不是吃着甜吗？门房也对她提了意见：就你的电话多！领导也找她：你还小，交识不要杂。她不明白这是怎么啦？后来，男演员一个比一个亲近她，女演员一个比一个疏远她。再后来，男演员几次打架，县城里小伙子也几次打架打到剧团来，一了解，又是为了她。女演员就一窝蜂指责她：年纪不大，惹事倒多。她气得呜呜地哭。

不久，求爱信雪片似的飞来，看这封，她感动了，读那封，她心软了：这么多男人，如果只要其中一个向她求爱，她就立即要答应的，但这么多，她不知道怎么办。想给爹说，又羞口，向同伴说吧，又怕说她乱爱，便一五一十汇报给领导。领导批评她，说不要想，不要理，年纪还小，演戏重要。她听从了，一个不回信，来信却不毁，一封一封藏在箱子底，只是大门儿不敢随便出。

　　求爱的落了空，有的静心想想，觉得无望，作了罢，有的心不死，一封接一封写，坚信：热身子能暖热石头。有的则怀了鬼胎，想得空将她那个，来一场"生米做熟饭"。而有的功夫下在扫荡情敌，扬言她给他回了信，定了亲，还吃了饭，戴了他的表，已得了她做姑娘最宝贵的东西……说这话的一时竟不是一个，而是三个、四个，分别又都拿出她的一张照片。风声传出，一而十，十而百，竟天摇地动，说她每次演出，台前跳跳唱唱，幕后就和人咬舌头；还说有一天晚上和一个人在公路大树下不知干什么，过路人只听见那树叶摇得哗哗响；还说一个半夜，有司机开车转过十字路口，车灯一开，照出她和一人在墙角抱着，逃跑时险些让车轧死；还说她今年奶子那么高，全是被男人手揣的。领导把她叫去，她哭得两眼烂桃儿一般，不肯承认。领导问："他们为什么有你的照片？"她说："鬼知道，怕是我演出时，他们偷拍的，要不是偷的剧照。"领导想想，这有可能，以前就发现每一次演出前挂的剧照，小白菜的总被人偷去，就宣布以后不要贴挂剧照了。

　　领导对她没有什么，但剧团内部却对领导产生了怀疑：小白菜是不是和他……？不出几日，外面就传开小白菜把剧团领导拉下水了。领导先是不理，照样让小白菜上台，上台就演主角，但领导的老婆吃了醋，老夫老妻闹了别扭，领导就有意离小白菜远了。她每次去领导家，女主人在，就买了糖果送小孩，和女主人没话找话说，人家还是眉不是眉，眼不是眼。女主人不在，她一去，领导就要打窗子，又打门，和她说话，声提得老高。小白菜觉得伤心，什么人也不见，也不找了。

　　她以前喜欢打扮，现在要是穿得好了，同伴就说："穿得那么艳乍，去给男人耀眼啊！"不打扮了，又会被说："瞧，偏要与众不同，显示自己。"她只好看全团百分之八十的人穿衣而穿衣，梳头而梳头。只是一心一意用劲在练功上、练声上。她开始谁也不恨了，恨自己：为什么什么衣服一穿到自己身上就合体好看呢?为什么一样的饭菜吃了,自己脸蛋就红润有水色呢?她甚至想毁了容,羡慕那些麻子姑娘,活得多清静啊,想一想,就哭一哭,哭了老爹,又哭早早死去的娘。

到了二十三岁,她入不上共青团,剧团团支部报了她几次,上级不给批,她去找文化局长,局长过问了这事,但从此说她和局长好。后来地区会演,县委领导亲自抓剧团,她演得好,书记在大会上表扬她,她又落得与书记好。她想不通:自己怎么就是个烂泥坑?!一气之下不演戏了,要求管理服装。一管一个月,这个月安然是安然了,但她生了病。也是天生的怪毛病,不演戏就生病,而且她不上台,演戏场场坐不满,她只得又演,百病却没有了。她想:我这命真苦,真贱,这辈子怕不得有好日子过了。

到了结婚年龄,剧团同龄的姑娘都结婚了,生娃了,她还是孤身一人。老爹又死了,一个亲人也没有,她托人给她找外地的,想一结婚一走了事,但总有人千方百计要把她的名声传给远方的男的,结果事情又坏了。她横了心:罢罢罢,洁身自好,反倒不好,也就真那么干干,也不委屈被人作践了一场。她很快和剧团一位写字幕的小伙好了,小伙人不体面,笨嘴拙舌,却写得一手好字,她一和他好,就感动得哭了。她从此也得了温暖,什么话儿也给他说,他什么事儿都护着她,三个月里,她便将自己女儿身子交给了他。但是,他们双双被捉住了,虽然声称他们要定亲,谁肯理睬,严加处理,便将她从剧团开除了。

她回到老家,病了半年,病稍好些,一早一晚关了门又唱又练功,这倒不是想重上戏台,倒是为了她的身体。后来,她和一个县水泥厂的工人结了婚,结婚三个月,那工人借她失过身为名,动不动就打她,她受不了,又离了婚。就在这个时候,洛南县剧团知道了她的下落,又来招她到洛南剧团去。

她人还未到洛南,洛南已有风声。剧团领导在全团会上宣布了纪律:"此人戏演得叫绝,但作风不好。来了,不可避远她,但绝不能太亲近,谁要与她出事了,当心受处分!"她去了,戏又演得轰动洛南。下乡演出每到一处,围幕里坐满,围幕外又坐一圈,执勤人员看不住往进涌的人,常常双方争吵,甚至大打出手,结果围幕被人用手扯成几丈长的裂缝。半年里,全剧团人人眼红她,人人不敢来亲近,她心里总是慌落落的。过了一年,一个演员冷不防抱住她亲了一口,一个拉提琴的夜里钻进她的宿舍,她反抗,被又爱又恨咬伤了她的手。

"你什么人都给好处,怎么对我这样?"那人赖着脸说。

"放你娘的屁!"她从来没骂过这么粗的话。

他掏了一把钱,她把钱从窗子扔了出去。

"你再不走,我就喊人啊!"

那人走了,却先下了手,说她拉拢他。她哭诉真情,没人相信,还要给她处分。她告到县委,县委为她平了反。

这事发生不久,"文化大革命"开始了。县县揪走资派,大凡大小领导,一律批斗,她无官无职,却是名演员,也大字报糊上街,说她是大流氓,大破鞋,是走资派的半夜尿壶。

后来,武斗闹起来了,走资派全集中在商州地区卫校里办"学习班",也无人再理会她。武斗逐步升级,全商州七个县,各派和各派联合一起,今日攻丹凤,明日打商南,搞得枪声四起,路断人稀。山阳县的一派被另一派赶出了县境,来到洛南,同派又组成武斗队,司令就是当年偷取她照片在外胡言乱语的那个。一到洛南,就把她叫去,要她在司令部干事,她不,说她是黑人,司令哈哈一笑,拍着腔子保她没事,许愿"革命"成功了,他当了官,一定让她当个剧团团长。她不答应不行,要走又走不了,就在司令部待着。没想第三天,司令叫她去,一去就关了门,要和她"玩玩",她吓得变脸失色,抱住桌子不丢手。那司令踢翻桌子,将她压在地上糟蹋了。她哭了一夜,想到自杀,司令却派人看守她,又要求长期和她来往,她不答应,这司令要她好好想想，三天后见话。三天后，司令对她说：要同意了，四天后随他到商县，因为他们这一派为了证明自己最革命，准备将集中在卫校的走资派抢回来，设法庭审判，下牢的下牢，枪毙的枪毙，然后进驻地区，成立红色政权。她听了，吓得一身冷汗。那些各县走资派，有的她不认识，有的在地区会演时见过，但山阳县委书记，洛南县委书记，她是熟悉的，他们都是好人，难道四天之后就全要遭不测之祸灾吗？她突然同意了，却要求明日让她回山阳老家看看，然后去商县找司令。这一夜，她和那司令睡在一起，她早早吃了几片安眠药，一夜没有苏醒。

第二天，小白菜搭车走了，她有司令的手令，沿县各卡关没有阻挡。但她并没有去山阳，却直接到商县，打扮成乡下邋遢婆娘，跑到卫校翻墙进去。那些老头子却都狠狠地瞪着她："你来干什么？我们这里好多人就是吃了你的亏！"

"吃了我的亏？"她惊叫着。

"罪状是拉他们下水，你还来惹祸吗？"

她突然感觉到了一个女人的自尊心，刷地流下眼泪，顺门就走。已经翻过墙了，却又站住，眼泪涌流不止，又翻墙进去，对他们说了三天后的情报。但是，这些人却看着她冷笑了。

"你们不相信我？"她急得哭起来。

"你是让我们跑，再让他们把我们抓起来，更有罪状吗？这情报你怎么就会知道？"

"我和司令睡过觉，知道吗？！"她大声说着，气愤歪曲了她的脸，眼泪却流得更快了。

老头子们木呆在那里，只是不动。

她扯开了衣领，露出胸膛上被司令糟蹋时咬下的紫色牙痕，叫道："信不信由你们，要活，赶快就跑，全国这么大，哪儿没个藏身处？不信，就等着死吧！"

她翻过墙头走了。

这一夜，这些"走资派"买通了看守，一下子全溜逃了。

三天后，穷凶极恶的造反派扑到商县，包围了卫校，但一切落空。将看守抓来拷问，供出了小白菜。那司令一怒之下，四处搜查，五天后小白菜被捉拿了。司令亲自捆了她的双手，双脚，将她强奸，又让别的四个头头又轮奸了一番，最后装进麻袋，活活让人用棍打死了。

小白菜死后，这一派宣布了她的罪状：一生破鞋，批斗之中，仍与走资派乱搞男女关系，事情败露，自绝于人民，死得可耻，死有余辜。

消息传开，戏迷们都遗憾不能看到她的戏了，又恨她作风太乱，不是个正正经经的女人。

"四人帮"粉碎了，造反派头头逮捕了，那些走资派纷纷重新任职，小白菜的案件得以明白。四处打问小白菜的坟墓时，但无人知晓，只好在开追悼会那天，将她生前演戏所穿的戏装放在一只老大的骨灰盒里，会场高音喇叭播放她过去的唱腔录音。

一对恩爱夫妻

在石庄公社的冒尖户会上，我总算看见了他。这几天，就听公社的人讲，他们夫妻恩爱很深，在全社是摇了铃的；没想冒尖户会他也参加，而且又是他们夫妻培育木耳致富的，可见这恩爱之事倒是千真万确的了。会是从晚上擦黑开起的，小小的会议室里，人人都抽着旱烟，房子里烟雾腾腾的。他自始至终没有说话，呆呆地坐在靠墙角的凳子上，后来就双手抱着青光色的脑袋，眼睛一条线地合起来。主持会的人说："都不要瞌睡了！"他挪了挪身子，依然还合着眼睛。主持人就点了他的名："大来，你梦周公了？"他说：

"我听哩！"大家就都笑了，说他从来都是这样：看上去是瞌睡了，但其实耳朵精灵哩。大家一笑，他也便笑了，笑起来眼睛很小，甚至有肉肉的模样。我便想：他是这么个人物，窝窝囊囊的，怎么会讨得女人的喜欢呢？但他确是这一带有名的爱老婆和被老婆爱的，那老婆是怎么个模样呢？两口子又怎么就能成了冒尖户？

会开完的时候，因为公社没有客房，书记让我和他打通铺，我说很想了解了解大来的夫妻生活，书记就仰脖儿想想，说很好。叫过大来一讲，大来却为难了：

"这能行吗？家里卫生不好，虱子倒没有，只是有浆水菜，城里人闻不惯那味儿的。"

"我就喜欢吃浆水菜哩！"我说，"如果你不嫌弃，你能住我就不能住吗？"

他笑了，眼睛又小小的退了进去，说："哪里话！你真要去，我倒是念了佛呢！"他便开始点着个松油节。说他家离公社十里路，要翻两座山的，夜里出门开会，看戏，串亲戚，就都要点这松油节照路的。那松油节果然好燃，在油灯上一点就着了，火光极亮，只是烟大。他的怀里就塞了好多松油节儿。点完一节换上一节，让我走在他的身后，走过公社门前的河滩，过桥，就直往一条沟道钻去。

路实在不好走，尽是在石头窝里拐来拐去，后来就爬山。虽然他照着火光，我还是不时就被路上的石头磕绊了脚，他就停下来，将我拉起，替我揉揉，叮咛走山路不比在城里的街道上，脚一定要抬高。

"这都是习惯，我到城里去，平平的路，脚还抬得老高，城里的人一看那走势就知道是山里来的'家娃'了！"

"你们村里就来了你一个吗？"我问他。

"可不就我一个！那条小沟里，就我一家嘛。"

"一家?"我有些吃惊了。"夜里出门总是你一个人?"

"可不,那几年,咱共产党的会多,小队呀,大队呀,常在夜里开会。咱对付人没有心眼,但咱有力气,狼虫虎豹的我不怯。"

"真不容易。公社这么远,来回得一整宿哩。"

"现在会少多了。那几年动不动开会,不去还要扣工分,整整十年了,扣了我上百个工分呢,今夜里我是第一次去那大院的。"

"怎么不去?"

"唉,那大院里原先有雄鬼哩。"

"雄鬼?"

我越来越听不懂他的话,向前跃了一步,风气将松油节的火焰闪得几乎灭了,他忙用手护住,说道:"现在好了,他早滚蛋了,'四人帮'一倒,查出他是'双突击'上去的,他果真没好报。"

我才听出他说的雄鬼,原来是指着一个什么人了。

"我一见着那雄鬼,黑血就翻,每次路过那大院门口,头就要转过去。就在他滚蛋后,我也不想到那个地方去。今日公社派人来一定要我去,去就去,现在是堂堂正正的人了!刚才开会时,我就在想,我老婆今夜和我要是一块去,就好了。"

他时时不忘了老婆。我说:"后来不是召开全公社大会,要让你们坐台子戴花吗?"他在前边嘿嘿地笑起来。

"哎呀,你真是对老婆好!"我说。

"要过日子嘛。咱上无父母,左右无亲戚四邻,还有什么亲人呢?"

鸡叫两遍的时候,我们到了他的家,沟虽然不大,但却很深,还在山梁上,就瞧见沟底有一处亮光,大来笑着说:"那儿就是,她还在等着我哩。"

我们顺着一片矮梢林子中的小路走下去,那沟底是一道小溪,水轻轻抖着,碎着一溪星的银光,从溪上一架角原木捆成的小桥过去,就是他的家了。

门掩着，一推开，堂屋和卧房的界墙上有一个小洞窗儿，一盏老式铁座油灯放在那里，灯光就一半照在炕上，一半照在中堂，进门时风把灯光吹得一忽闪，中堂的墙上就迷迷离离地悠动。满屋的箱柜、瓮罐，当头是三个大极了的包谷棒捆。两个孩子已经睡着了，他的老婆却没有在。果然冲鼻而来的是一股浓重的浆水菜味。

"菊娃——！"大来站在门口，朝溪下的方向喊。黑暗里一声："来了！"就一阵脚步声由远而近，一个人背了一捆木棒慢慢走上来，在门前咚的放了，说："怎么开到现在？那个地方你真还能待住？！"

"咱现在怎么不能待了？后来还要在全公社大会台上坐呢，书记说一定要你去！谁叫你去那儿背耳棒的，我瞅空就背回来了！"

"我坐着没事。瞧，你倒心疼起我了，这耳棒不拿回来，明日拿什么搭架呀？锅里有搅团呢。"

她啪啪地拍着身上的土，大来告诉我这木棒就是培育木耳用的，那老婆突然才发现了我，锐声叫道："来客了？"

"是城里一个同志，晚上来家睡的。"大来说。

"你这死鬼！怎么就不言不语了？！你们快坐着，我重新做些饭去。"

她招呼我在屋里坐了，站在门口，和大来商量起给我做什么好饭。我瞧见她背影是那么修长，削削的肩，蓬松光亮的头发，心里不觉叫奇：深山野沟里竟有这么娟好的女人！这憨大来竟会守着这么一个老婆，怪不得那么爱她。可她怎么就也能爱着大来？

我赶忙说：什么饭也不要做，要吃，就吃搅团。她就说那使不得的，怎么端得出手？我一再强调，说我在城里白米白面吃多了，吃搅团正好调调口味，她才不执拗了，走进来喜欢地说："那好吧，明日给你改善生活。"

灯光下，她那张脸却使我大吃一惊：满脸的疤点，一只眼往下斜着，因为下巴上的疤将皮肉拉得很紧，嘴微微向左抽。那牙却是白而整齐，但也更衬得脸难看了。我真遗憾这女人怎么配有这么一张脸！看那样子，这是后天造成的，我想问一声，又怕伤了她的心，便低下头不语了。她很快抱了柴火就去了厨房，听得见风箱呼呼啦啦响了。

这时候，土炕墙角的喇叭呜呜地响起来，有声音在喊着"大来！"大来爬上炕，对着喇叭对喊着。"到家了吗？""到家了。""到家了就好。""还有什么事吗？""照顾好客人。""这你放心。"他跳下炕，说："书记不放心你，怕夜里走山路出了事呢！"

我好奇起来，山区的联系就是靠这喇叭吗？他说，这个公社面积在全县最大，人口却最少，一切事就都靠这喇叭联络的。

我们开始吃起搅团来，虽然是包谷面做的，但确实中口，再加上那辣子特别有味，醋又是自己做的，吃起特香。那女人先是陪我们说话，我一直不敢正视她的脸。她也感觉到了，就不自然起来，我忙又说又笑着来掩饰，但她已起身去给我支床，取了一件半新被子，说城里人最讲究被头，便动手拆了旧被头，缝上新的。

吃罢饭，又烧了热水，让我洗了，又一定要大来洗手脸和脚，大来有些不愿意，那女人就说："夜里你们男人家睡那边新床，你跑了一天路，脏手脏脚的叫客人闻臭气呀？！"

接着，就又从柜里取出一升核桃，一升柿饼，放在新床边上，说让砸着仁儿包在柿饼里吃，朝我笑笑，进了卧房，关门吹灯睡下了。

我和大来坐在床上，一边吃着山货，他就看着我说了："山里人家，你不笑话吧？"

"笑话什么呢？瞧你这人！"我说。

"你也看见了，娃子娘，也怪可怜的，走不到人前去。"

他是在指他老婆的脸了，我一时不知怎么回应，就说："她是害过什么病？"

"是我烧的。"

"烧的?"我痛惜不已,"山里柴火多,不小心就引起火灾……"

"不,是故意烧的。"

"?!"

一个男人谁不愿意自己的老婆长得漂亮,他却要故意去破坏她的脸面?他们夫妻在这一带是有名的恩爱,怎么能干出这事?

大来脸色暗下来,不说话了,开始合上眼睛抽烟,抬起头来的时候,眼里噙着泪水。"我也看出你是好人,我就给你说了吧,我从来不愿再提这事,一提起心里就发疼。"

他说,他是二十八那年娶的她。她娘家在后山六十里外的韩河村,自幼长得十分出脱,是韩河一带的人尖尖,长到二十,说亲的挤破了门,但她偏偏爱上了他。他那时就会培养木耳,去韩河帮人传艺,见的面多了,她看上他人老实,手艺好,一年后就嫁了过来。小两口相敬相爱,日子虽不富裕,但喝口冷水也是甜的。第二年生了个儿子。到了第三年,公社的原书记和县农林局几个领导到这条沟里来,他们就认识了。小两口十分感激领导能到他们家来,就买了肉,灌了酒招待,没想那书记看中了他的老婆。以后常常来,说是检查工作,或是关心社员,来了就吃好的,喝好的。有时他不在,书记来了便不走,说些不三不四的话。回来老婆向他说了,他倒还训了老婆一顿,说领导哪会是那种人,人家既然看得上到咱家来,咱就要尽力量当上客招待。但有一天,他去山上犁地,书记又来了,她是端茶水的时候,书记笑淫淫地说:"深山里还有你这等好的人才!"

"书记,你怎么说这话!"她说。

"这大来哪儿来的艳福,你看得上大来?"

"书记,你不要……"

书记却站起来抓住了她的手,接着就抱她的腰,她立即打了一下,挣脱了跳在门口,说:"他爹在山上犁地,他要回来啦!"

书记咽咽唾沫,将五元钱放在桌子上,出来走了。

她赶出来把钱扔在他脚下,转身就跑,书记却哈哈笑了,说:"你这娘儿的脸为什么要那么好看呢?"

大来回来,听老婆说了,当下气得浑身打颤,就要跑下山去找书记。老婆却将他抱住了:"你这要寻事吗,人家是书记呀?""他不能这样欺负人?!""你又没有证据,谁能信你的,还是忍了吧,反正我不会依了他的。"他便忍了。

以后他去山上做活,就让老婆看见书记要再来,就早早躲开,要么就两口一块到山上去,就是山下逢集赶会,他轻易也不去,或者夫妻一块去,一块回。书记果然好长时间没有得逞,但越是没有得逞,愈是常来。后来公社在三十里外修水库,书记就点名让他们队派他去当长期民工,他知道后,坚决不去,但以此被扣上破坏农业学大寨的罪名,在公社大会上批判,他只好去了。他走后,书记终于一次把他老婆按在炕上,老婆反抗,搏斗了一个时辰,渐渐没了力气,就被糟蹋了。他从水库工地回来,到公社去告状,反被书记说是陷害,他又告到县上,县上派人调查,没有人证物证,也不了了之。书记又以报复诬陷之名,勒令他去水库工地,然后,十天八天去他家,老婆就如跑贼一样,又被强奸过两次。他老婆连夜跑到水库,找他回来,两口抱头痛哭。他几乎要发疯了,磨了一天斧头,想下山去拼命,老婆说:"把他杀了,你还能活吗?你一死,那我怎么办呀,你还是让我死吧!"他又抱住老婆:"你不能死,你死了,那我怎么办呀!"夫妻俩又是大哭。

"全怪我这一张脸,全怪我这一张脸害了我,也害了你!"老婆说。

他突然想出一个办法来,但他不敢说出,更不敢说给老婆。一个人在山上转了半天,最后还是回来,在衣服上涂了好多漆,要老婆用汽油给他洗洗。老婆端着汽油盆子正洗着,他从后边划着了火柴,丢了进去,火立即腾起来,冷不防将她的脸烧坏了。她尖叫一声,昏倒在地,他抱起来大哭:"我怎么干出这事?我不是人啊,我不是人啊!"老婆醒过来,流着眼泪,却安慰他:"这样好,就这样!"

果然,书记从此就再也不来了。

他们夫妻的日子安静了,他永远属于她,她也永远属于他。

也从此,他们再也不肯到那叫人伤心落泪的公社大院去了。

鸡叫四遍的时候,我们睡下了。我合着眼睛,听见门外的梢树林里起着涛声,门前的小溪在哗啦哗啦响,不知在什么时候,就睡着了。我梦见就在这间屋子里,大来和他的女人正忙着将一堆堆耳棒抱在门前土场上,架起人字架,点上木耳菌种,眨眼,那木耳就生出了黑点儿,又立即大起来,如人的耳朵,又大成一朵朵黑色的花。我也帮他们开始采摘,采了一筐,又采了一筐,三人就到了山下,在供销社卖了好多钱。突然有了锣鼓声,他们俩又坐在了冒尖户授奖大会上,新书记给他们戴花,大来眼睛小小的,一副憨相,窘得手脚没处放。那老婆却大方极了,嫌大来不自然,就在桌下踩大来的脚。没想台下的人全看见了,就一齐哈哈地笑。那老婆也满脸通红,红润光洁。人都在说:"这大来有这么俊样的老婆!"

"瞧人家的眉眼儿哟!"

棣花

无论如何我是该写写棣花这个地方了。商州的人,或许是常出门的,或许一辈子没有走出过门前的大山,但是,棣花却是知道的。棣花之所以出名,有各种各样的说法。文人界的,都知道那里出过商州唯一的举人韩玄子,韩玄子当年文才如何,现无据可查,但举人的第八代子孙仍还健在,民国初年就以画虎闻名全州,至今各县一些老户人家,中堂之上都挂有他的作品,或立于莽林咆哮，或卧于石下眈眈。现因手颤不能作画，民间却流传当年作虎时，先要铺好宣纸，蘸好笔墨，便蒙头大睡，一觉醒来，将笔在口中抹着，突然脸色大变，凶恶异常，猛扑上去，刷刷刷刷来，眨眼便在纸上跳出一只兽中王来。拳脚行的，却都知道那里出过一个厉害角色，身不高四尺，头小，手小，脚小，却应了"小五全"之相术，自幼习得少林武功。他的徒弟各县都有，便流传着他神乎其神的举动，说是他从不关门，从不被贼偷，冬夏以坐为睡。有一年两个人不服他，趁他在河边沙地里午休，一齐扑上，一人压头，一人以手扣住肛门，想扼翻在地，他醒来只一弓，跳了起来，将一人撞出一丈二远，当场折了一根肋骨，将一人的手夹在肛门，弓腰在沙地上走了一圈，猛一放松，那人后退三步跌倒，中指已夹得没了皮肉。所以，懂得这行的人，不管走多么远，若和人斗打，只要说声："我怕了你小子，老子是棣花出来的！"对手就再也不敢动弹了。一个大画笔，一个硬拳脚为世人皆知，但那些小商小贩知道棣花的，倒是棣花的集市。棣花的集市与别处的不同，每七天一次，早晨七点钟人便涌集，一直到晚上十点人群不散。中午太阳端的时辰，达到高潮，那人如要把棣花街挤破一般。西至商县的孝义，夜村，白杨店，沙河子，北上许家庄，油坊沟，苗沟，南到两岔河，谢沟，巫山眉，东到茶坊，两岭，双堡子，百十里方圆，人物，货物，都集中到这里买卖交易，所以棣花的好多人家都开有饭店，旅馆，甚至有的人家在大路畔竟连修三个厕所。也有的三家、四家合作，在棣花街前的河面上架起木桥，过桥者一次二分，一天可收入上百元哩。

其实，棣花并不是个县城，也不是个区镇，仅仅是个十六个小队的大队而已。它装在一个山的盆盆里，盆一半是河，一半是塬，村庄分散，却极规律，组成三二三队形，河边的一片呈带状，东是东街村，西是西街村，中是正街，一条街道又向两边延伸，西可通雷家坡，东可通石板沟，出现一个弓形，而长坪公路就从塬上通过，正好是弓上弦。面对西街村的河对面山上，有一奇景，人称"松中藏月"，那月并不是月，是山峰，两边高，中间低，宛若一柄下弦月，而月内长满青松，尽一搂粗细，棵棵并排，距离相等，可以从树缝看出山峰低洼线和山那边的云天。而东街村前，却是一个大场，北是两座大庙，南是戏楼，青条石砌起，雕木翘檐，戏台高地二丈，场面不大，音响效果极好。就在东西二街靠近正街的交界处，各从源根流出一泉，称为"二龙戏珠"，其水冬不枯，夏不溢，甘甜清冽，供全棣花人吃，喝，洗，刷。泉水流下，注入正街后上百亩的池塘之中，这就是有名的荷花塘了。

这地方自出了韩举人，李拳脚之后，便普遍重文崇武。男人都长得白白净净，武而不粗，文而不酸。女人皆有水色，要么雍容丰满，要么素净苗条，绝无粗短黑红和枯瘦干瘪之相。直至今日，这里在外工作的人很多，号称"干部归了窝儿"的地方，这些人脚走天南海北，眼观四面八方，但年午春节回家，相互谈起来，口气是一致的：还是咱棣花这地方好！

因为地方太好了，人就格外得意。春节里他们利用一年一度的休假日，尽情寻着快活，举办各类娱乐活动，或锣鼓不停，或鞭炮不绝，或酒席不散。远近人以棣花人乐而赶来取乐，棣花人以远近人赶来乐而更乐，真可谓家乡山水乐于心，而乐于锣鼓、鞭炮、酒肉也！

一到腊月，廿三日是小年，晚上家家烙烧饼，那戏楼上便开戏了，看戏的涌满了场子，孩子们都高高爬在大场四周的杨柳树上，或庙宇的屋脊上。夏天里，秋天里收获的麦秸堆，谷秆堆，七个八个地堆在东西场边，人们就搭着梯子上去，将草埋住身子，一边取暖，一边看戏，常常就瞌睡了，一觉醒来，满天星斗，遍地银霜，戏不知什么时候早就散了。戏是老戏，演员却是本地人，每一个角色出来，下边就啾啾议论：这是谁家的儿子，好一表人才；这是谁家的媳妇，扮啥像啥；这是谁家的公公，儿子孙子都一大堆了，还抬脚动手地在台上蹦跶。最有名的是正街后巷的冬生，他已经四十，每每却扮着二八女郎，那扮相，身段，唱腔都极妙，每年冬天，戏班子就是他组织的。

可惜他没有中指,演到怒指奴才的时候,只是用二拇指来指,下边就说:"瞧那指头,像个锥子!""知道吗?他老婆说他男不男、女不女的,不让他演,打起来,让老婆咬的。""噢,不是说他害了病了吗?""他不唱戏就害病。"还有一个三十岁演小丑的,在台下说话结结巴巴,可一上台,口齿却十分流利,这免不了叫台下人惊奇;但使人看不上的是他兼报节目,却总要学着普通话,因为说得十分生硬,人称"醋熘普通话",他一报幕,下边就笑,有人在骂:"呀,又听洋腔了!""醋熘熘,醋熘。""真是难听死了!""哼,红薯把他吃得变种了!"虽然就是这样一些演员,但戏演得确实不错,戏本都是常年演的,台上一唱,台下就有人跟着哼,台上常忘了词儿,或走了调儿,台下就呜呜地叫。有时演到热闹处,台下就都往前挤,你挤我,我挤你,脚扎根不动,身子如风中草,那些小孩子们就涌在戏台两边,来了就赶,赶了又来,如苍蝇一样讨厌。这样,就出了一个叫关印的人,他脑子迟钝,却一身力气,最爱热闹,戏班就专让他维持秩序。他受到重用,十分卖力,就手持谷秆,哪儿人挤,哪儿抽打,哪儿秩序就安静下来。这戏从廿三一直演到正月十六,关印就执勤二十三天。

到了正月初一,早晨起来吃了大肉水饺,各小队就忙着收拾扮社火了,十六个小队,每队扮二至三台,谁也不能重复谁,一切都在悄悄进行,严加守密。只是锣鼓家伙声一村敲起,村村应和,鼓是牛皮古鼓,大如蒲篮,铜锣如筛,重十八斤,需两人抬着来敲,出奇的是那社火号杆长三尺,不好吹响,一村最多仅一两人能吹。中午十二点一过,大塬上的钟楼上五十吨的铁铸大钟被三个人用榔头撞响,十六个小队就抬出社火在正街集中,然后由西到东,在大场上绕转三匝,然后再由东到西,上塬,到雷家塬,再到石板沟,后返回正街。那社火被人山人海拥着,排在一起,各显出千秋。别处的社火一般都是平台,在一张桌上铺了单子,围了花树,三四个小孩扮成历史人物站在上边,桌子四边绑了长椽,八人抬着过市,而单子里边,桌子之下,往往要吊半个磨扇，以防桌子翻倒，而棣花的社火则从不系吊磨扇，也从看不上平台，都以铁打了芯子，作出玄而又玄的造型。当然，十六个队年年出众的是西街村，而号角吹得最响最长的是贾源村。东街村年年比不过西街村，这年腊月就重新打芯子，合计新花样，做出了一台"哪吒出世"，下边是三张偌大的荷叶，一枝莲茎，一指粗细，支楞楞，颤巍巍长五尺有二，上是一朵白中泛红的盛开荷花，花中坐一小孩，做哪吒模样。一抬出，人人喝彩，大叫："今年要夺魁了！"抬到正街，西街的就迎面过来，一看人家，又逊眼了。过来的是"孙悟空三打白骨精"，那大圣高出桌面一丈，一脚凌空前跷，一脚后蹬，做腾云驾雾状，那金箍棒握在手中，棒头用尼龙绳空悬白骨精，那妖怪竟是不满一岁的婴儿所扮，抬起一走动，那婴儿就摇晃不已，人们全涌过去狂喊："盖帽了！"东街的便又抬出第二台，是"游龟山"，一条彩船，首坐田玉川，尾站胡凤莲，船不断打转，如在水中起伏。西街的也涌出第二台，则是"李清照荡秋千"，一架秋千，一女孩在上不断蹬荡。自然西街的又取胜了，东街的就小声叫骂："西街今年是什么人出的主意？""还是韩家第八！""这老不死！来贵呢？"叫来贵的知道什么意思，忙回去化装小丑，在一条做好的木橡大龙头上坐了，怀抱一个喷雾器，被四五人抬着，哪儿人多，哪儿去耍，龙头猛地向东一抛，猛地向西一抛，来贵就将怀中喷雾器中的水喷出来，惹得一片笑声。接着雷家坡的屋檐高的高跷队，后源的狮子队，正街的竹马队，浩浩荡荡，来回闹着跑。每一次经过正街，沿街的单位就鞭炮齐鸣，若在某一家门前热闹，这叫"轰庄子"，最为吉庆，主人就少不了拿出一条好烟，再将一节三尺长的红绸子布缠在狮子头上，龙首上，或社火上的孩子身上，耍闹人就斜叼着纸烟，热闹得更起劲了。

大凡这个时候，最活跃的是青年男女。这几天儿女们如何疯张，大人们一般不管。他们就三三两两一边看烟火，一边直瞅着人窝中中意的人，有暗中察访的，有叫同伴偷偷相看的，也常有三三两两的男女就跑到河边树林子里去了。

棣花就是这样的地方,山美,水美,人美。所以棣花的姑娘从不愿嫁到外地,外地的姑娘千方百计要嫁到棣花,小伙子就从来没有过到了二十六岁没有成家的,农民辛辛苦苦劳动,年复一年,月复一月。但辛苦得乐哉,寿命便长,大都三世同堂;人称"人活七十古来稀",但十六个小队,队队都有百岁老人。

屠夫刘川海

一看见嘴唇上的黄胡子,我就认出是他了;他也看见我了,眼睛笑成一条肉缝,载死扑活地向我跟前跑。我习惯性地伸出手,他站定在我的面前,却将两只手"双"在袖筒里:"不,不,农民不兴这个!"我腾地脸红了。大前年我在镇安县开多种经营现场会,他是柞水县代表,我们住在一个旅馆里,说笑熟了,就曾经戏谑过我们当干部的讲究多:见面要握手啊,分别要再见呀……现在,我猛的警惕自己,尽量避免一些普通话用语,比如,刚说了"昨晚到刘家塬的",就忙再说"夜儿里到大队的",要不,他会给人外排说我是"坐碗来的"。

"你快到屋里去吧!"他说,指着村口的三间瓦房。"我女儿在家,称去就说你的名字,说是见过我了。真不凑巧,村北头来顺家要杀猪,请了几次了。我应了声。应人事小,误人事大,腊月天误一个时辰,市面上肉价一高一低要错好多价哩!"说着就把右手提着的竹笼子揭开,里边放着杀猪的尖叶刀,大砍刀,浮石,铁钩什么的。

"你还干的老本行?"我说。

"有什么办法?过年人都要吃肉,猪总得有人杀。咱白刀子进,红刀子出,这事也不能干得久了,我想等一日我到了阴间,那些猪鬼会把我一刀一切剁了下油锅的。可话说回来,猪天造的是人的一道菜,就像养女子大了,就是别人家的人。你不是写书人吗,前年你缠我给你讲了一些花案,这次我给你再讲吧,我现今是治保委员,在这四乡八村,你打听打听,一出那种事,哪个遮住了咱的眼光?"

他还是那么个爱说话,我便乐了。村北头一家少媳妇打远处喊:"二叔,水都烧开了,啥把你牵挂得走不开?!"他给我挤眼,骂声:"去你娘的!不知谁有牵挂?"就又对我悄声说:"瞧见吗?这是来举的媳妇,人都说好,发觉了这小狐子和村西十字路口的大水好哩,秋里新红薯一下,撇下丈夫和孩子,拿了两个热红薯就和大水到村口老爷庙墙后吃去了。"说罢,骂骂咧咧跑走了。

我寻到他的家,门前正好是一个场地,沿场边一溜堆放着小山包似的几座麦秸草堆,风正吹着,有几团草叶卷成球儿模样,呼呼噜噜直卷到土墙院子门口。院子里空静静的,我的朋友早给说过,他老婆五年前就死了,撇下一个女儿给他,日子好不恓惶了几年。如今女儿大了,才松泛些,里里外外有人干事。他除了杀猪,一天就嘻嘻哈哈耍个快嘴儿。我走进院子,故意踏动脚步,还是没有人接应,只见厨房的窗口里往外喷着烟雾、蒸气,就喊了声:"有人吗?"

"谁呀?"厨房门口喷出一团热气,热气散了,才看清站着一个姑娘,细皮白肉的,刘海上,眉毛上,水蒸气立即凝成水珠了。我说了我的名字,又说了见过她爹,她乐了,拉我进屋。原来她在蒸馍。商州的腊月二十七、二十八、二十九三天,是讲究家家蒸馍,她已蒸出了几锅,白腾腾地摆了一蒲篮,就双手给我抓了几个出来:

"我爹常说你哩,说你最爱听他说话。你吃呀,看蒸的碱均不均?"

我问起他们的家境,她就唠叨起爹的不是,说他爱管闲事,好起来就他好,不好起来就他不好,五十多岁的人了,叫村里年轻人都不爱惦他。

"这是怎么啦?"

"怎么说他是个老子哩!他总是不满现在的年轻人不正经,谈恋爱没媒人……回到家,吃饭时就咕嘟着。当然我不爱听,就顶撞,他就发火,说我于卜么都不懂,大人一把屎一把尿抓养大,现在就不听指拨了?指责我现在不是小娃娃了,做了大人了。他说:'你掉过脸去?哈!不听老人言,有你吃的亏!'有时骂起来,气得饭也不吃了,我要吃着,就骂我没出息,坐不是姑娘的坐相,吃饭狼吞虎咽。我只好坐好,听他说着,眼泪就想流,他就又骂道:'吃你的饭,拿好筷子!啊哈……你哭了?你这不受教的!'你瞧他这样子!恐怕是杀猪杀得多了,人心理也变了态了!"

我笑起来,说他爹年纪也不是七老八十的,对新事情还这么看不过眼?

"可不!把我一天管得死死的,今日腊月二十八,这里逢集,我说去集上看看,他粗声吼着,让我在家,说一个大姑娘家,人面前疯来疯去不是体统。呀,馍熟了!"

她叫着,跳起身来,就去锅台,双手拍着笼盖,叫道:"长!长!"然后就哗地揭开笼盖,满屋子一片白气,什么也看不清了,只听见她叫道:"好得太!全炸开了!"接着她一口一口吹气,热气渐渐散了,她很响地在水桶里用水瓢舀水,手蘸一下,从笼里搬出一个馍来,动作像舞蹈一样。商州人白面不多,常要蒸馍时往里掺白包谷面,馍就十分讲究要炸裂。她把馍搬完了,用筷子蘸上红纸泡的红水儿一下一下点在馍顶上。又让我趁热吃了一个。

馍一连蒸过三锅,一切收拾毕了,她让我在院子里的太阳下坐着,就去上屋的箱子里取出一双新布鞋来。那鞋底纳着麻麻密密的麻绳眼儿,帮子也浆得生硬,整个鞋结实得像个铁壳子,就用木楦子来楦。楦子很紧,塞不进去,就又灌上些水,用锤子轻轻敲打。

"这是给你爹过年鞋?"

"给我爹已经做好了。"

"那是谁的？"

"我的。噢，你吃烟吧！"

她脸红了起来，又说她去隔壁那家办个事，就走了。两家的隔墙不高，我看见她站在那家院子里对着窗口喊着要买布证"你是啥价？""你卖吗？你是卖主，你说。""集市上是一毛八。""你却是我的嫂子！""那你说？""一毛二一尺。""那叫你只看一眼。""三毛！""你有那个大方？""少了不卖，多了不卖，你要多少？""一角五。""好吧，反正我给外人捎的，就让嫂子发个财！"两个人就一手交钱，一手交布证，又说了开来："妹子，你给嫂子说实话，要是给你那位相好的扯衣服，我白送你，你给嫂子说……""说得中听！我哪有相好的，你给我找一个吧！嘘，院那边有我爹的客人哩！"她们往这边看，我忙低了头。

后来她回来，问我去不去集市上，若去，和她一块走，不去，就在家守着门。我当然是去的，她就背过我把那鞋用布包了，夹在胳膊下。

集市是极大的，窄窄的一条道挤得人山人海，姑娘让我紧跟着她先去买了窗户纸。她拣纸十分仔细，要平整的，面匀的，用手一一摸了，搭在眼前对着太阳照了。买了白的，再买红的，绿的，黄的。这里的房屋最精心打扮的是窗子，白纸全部糊好了，中间的方格上，是表现手艺的地方，一格红，一格绿，一格黄，妥妥帖帖糊上，便每一格上再贴上窗花。窗花绝对是彩色的，几十种刀具，哪里该添，哪里该去，哪里该透光，一合计就在一张纸上刻成了，然后染色，然后涂酒，白天日光透进来，晚上灯光照上去，鲜明夺目，旖旎可爱呢。

买完纸，姑娘突然不见了，苦得我左找右寻，才见她在一个墙角和一个小伙子说话哩。她低着头，小伙背着身，似乎漫不经心地看别的地方，但嘴在一张一合说着。我叫她一声，她慌手慌脚起来，将那包鞋的包儿放在地上，站起来拉我往人窝走。我回头一看，那小伙已拾了鞋，塞在怀里。

"那是谁？"我问。

"不告诉你！"

"是不是你的那个？"

"不知道！"

她回了一句，一个人从人窝挤过去，朝我喊："快跟上！"但很快被人挤得不见了。我却无论如何不得过去，一队担柴的直叫着"撞——！撞——！"人皆两边闪道，人脚扎了根似的，身子却前后左右倒伏。等担柴的过去，那姑娘踪影也不得见了。我只好快快返回村子，因不能进朋友的家门，就去村北头看朋友杀猪去。

第一头猪已经杀好了，我的朋友正叼着烟歇着说话，他满口白沫直道他的见闻，然后扳指头数着四村八邻谁家女儿不好，自己找男人，谁家寡妇守了二十年了，终熬不过又嫁了人，又讲他怎么去捉奸，那野汉子怎么样，那骚婆娘又怎么样。

"尽是伤风败俗！叔一辈子就见不得这种恶事了，要不知道犯罪，我真想杀猪一样放了他们的血！你见过后村王小小的三媳妇吗？"

"见过。"旁边的人应道。

"哈，她到她男人的单位待了半年，回来就学会握手，女的也握，男的也握，王小小骂了一顿，她还说：'那怕啥，城里人还抱住亲嘴哩！'王小小当场扇了她个嘴巴！"

"人家说的也没错呀！"

"她忘了自己是干啥的！你知道吗，她和她村一个小伙好上了，大白天的在包谷地里咬舌头。"

"二叔，这些事怎么总让你看见了？"

"叔这眼睛尖哩，就盯着这些事哩！这几个村里，谁家媳妇，女子正经不正经，咱心里有的是数。"

"那你说说咱村里吧。"

他正要说，抬头看见我了，笑着站起来说："你到家去了吧，见着我那闺女了吧？说句海口，我不让她出去，她就得乖乖在家待着。"我笑笑，却还给他点着头。

这时候，一阵猪叫，几个人又拉进一头猪来，使尽力气压倒在桃树下的方桌上，我的朋友丢掉烟蒂，系紧腰里皮绳，挽高袖子，握刀过去。左手握着猪的黄瓜嘴，左脚扛在猪的脊背上，右腿直蹦蹦蹬地，握刀的右手翻过刀背，朝猪嘴头上狠地一磕，猪一吸气，脖子下显出一个坑儿，刀尖刚触到那坑儿，眼睛便向旁边乜斜，见压猪的小伙们把猪的下腿全抓得死死的，就喝道："谁叫你捉下边两条腿？"小伙子们脸红了：因为把四条腿都抓死了，猪蹬踏不成，血就会淤在肚里，杀出的肉就不新鲜。于是，手一松，缩回去了。我的朋友又是用刀背磕了一下猪嘴头，一刀捅进那坑儿，刀一抽，一股红血"刷"地冒了出来，猪哼的一声，四蹄乱蹬，有人就拿过盆子接血，猪浑身颤抖了一阵，不动弹了。这时候，我的朋友把血刀在猪背上筢了筢，刀尖在猪嘴头上扎个窟窿，拴条葛绳，挽了圈圈，便叼刀在口长长出了口气。再把一双血手往猪身上抹抹，将那最高最长的猪鬃在指头上一卷，"铮铮"拔下几撮，丢在他带的家具笼里。猪鬃是归杀猪匠的。

男主人从厨房提来滚水，桶口落得低低地倒在大环锅里。我的朋友提一桶冷水，放在锅里转了几转，伸手在水里一蘸，一抽，口里吸溜着，在试烫水哩。终于，烫水正到温度，一声喊，小伙子们提猪的四条腿，男主人提猪的尾巴，我的朋友抓住猪嘴上的葛绳，将猪慢慢放在烫水里压着，转着，翻来倒去。烫好了，一齐动手，用浮石将猪毛"嗤噜，嗤噜"刮去，用铁钩将猪挂在架上。我的朋友就取了捅条，在猪交裆上捅了，然后嘴搭近去猛吹，一边吹，一边用棒槌敲着猪身，眼见得猪浑身胀起来了。然后用木塞塞了窟窿口，用一勺热水洒了，用刀子刮了，刀又叼在嘴里，拔掉木塞，捉住猪耳朵，照脖项肉缝里用手转割一圈，人转到猪背后，双手一用劲，"咔嚓"一声，猪头提在手里了。

现在，开膛破肚，取出尿泡，旁边的孩子们一把夺过去，倒了尿，便吹成了大气球。取出大肠，小肠，心肺，肚子，肝子，几个人就忙着摘油，翻肚，洗肠了。一阵忙乱，我的朋友取过砍刀，割掉脖项，割掉尾巴，那尾巴偏要夹在猪的嘴里，就扳过猪一只后腿，令一个小伙扳住另一只后腿，刀子咔嚓咔嚓从上到下分去，这便是"分边子"了。围看的人头都凑了过来看膘色，有人把手指放在当腰子眼——第七个胛骨地方——量量，叫道："嘀！二指！"一个婆娘，也伸过手来量，说："咦，还不止哩！三指啊！"有人便将她拨开，斥道："去，女三（指）男二（指）哩，你那指头算指头？"

当人们在喊喊咻咻看膘色，估价时，男主人和我的朋友、队干部蹲在井边均价啦。队干部说："两股子！怎么样？"男主人说："行，就这，正好！"队干部就往过一跳，朝众人喊："两股子！"小伙子们都愣了，不知什么意思，老年人则面面相觑："哟！一大一小？！""啊！是一元一角？""太贵了吧？""行，行，这是行市价。"我的朋友腿一叉，正经八百地说："谁来？打！"一时热闹了，这个要"给我打一吊！"那个要"给我割一刀子！"想吃肥膘的要"槽头"；想包饺子的要"勾把子"。还有些奸能人，手总不离腰子眼，喊：从这里！从这里！三下五除二，一个猪卖完了，女主人说："咳，弄得啥吗，都没给自家留。"男主人凶道："去！有你说的啥？"我的朋友哈哈大笑："怎么没留，头水，下水（肚里货），里三，外三。就够你老两口子！"女主人经不住逗，也便笑了。

这一顿饭，自然在这家吃，我也便被好客的主人留下了。吃罢饭，又去另一家杀了猪，当我们回到家的时候，天已经黑严了。但是，姑娘没有在家。"人呢？"他说，脸上有了怒色，回过头来，却对我笑笑，"怕到后街菊香家去了。"

说起菊香,他就又兴趣了,说是菊香的娘年轻时是个破鞋,菊香爹打过几顿,如今菊香爹死了,她娘做了老寡妇,但自己的儿媳妇也有些不干不净的,菊香娘就很伤心,又不敢向儿子说明,常把他家女儿叫去说恓惶。

"咳,这就叫报应!前檐水不往后檐流,她活该了!"

又坐了一个时辰,姑娘还没有回来,他就说天黑了,要去叫她。但去了不久,就急火火回来,对我说:"他娘的,实在不像话!现在的年轻人……"我问清了,才知他路过大场,那麦秸草堆后有两个人影在悄悄说话,他听不清是谁的声,但肯定是一男一女。

"走,你帮我捉这不要脸的东西去!叫他们知道知道羞耻!"

我说现在的年轻人不能和过去相比,人家或许在谈恋爱,管那些事干啥呢?他说:"我是治保委员啊!我能不管?"

他拉我出门,让我站在这边小路口上,便独自猫腰从大场那边走去,突然骂道:"狗日的,羞了你先人了!"那两个人影极快跑走了,一个从麦地里过去,一个朝这边小路跑来。我认清了,原来竟是他家的姑娘!我一缩身蹴在路下渠里,让她跑了过去。我的朋友过来怨我没有挡住,问看清是什么样的,我说看不清,他又只是骂道:

"你看这像话不像话?这是谁家的不要脸!"

我们回到院子,姑娘的房子里亮着灯,俊俏俏的身影映在窗纸上,她正在贴窗花。我的朋友问:"回来啦?""回来啦。""晚上到谁家去也该早早回来,你知道吗,大场那边又出恶心事啦!"

白浪街

丹江流经竹林关,向东南而去,便进入了商南县境。一百一十一里到徐家店,九十里到梳洗楼,五里到月亮湾,再一十八里拐出沿江第四个大湾川到荆紫关，淅川，内乡，均县，老河口。汪汪洋洋九百九十里水路，山高月小，水落石出。船只是不少的，都窄小窄小，又极少有桅杆竖立，偶尔有的，也从不见有帆扯起来。因为水流湍急，顺江而下，只需把舵，不用划桨，便半天一晌，"轻舟已过万重山"了。假若从龙驹寨到河南西峡，走的是旱路，处处古关驿站，至今那些地方旧名依故，仍是武关，大岭关，双石关，马家驿，林河驿等等。而老河口至龙驹寨，则水滩甚多，险峻而可名的竟达一百三十多处！江边石崖上，低头便见纤绳磨出的石渠和纤夫脚踩的石窝；虽然山根石皮上的一座座镇河神塔都差不多坍了半截，或只留有一堆砖石，那夕阳里依稀可见苍苔缀满了那石壁上的"远源长流"字样。一条江上，上有一座"平浪宫"在龙驹寨，下有一座"平浪宫"在荆紫关，一样的纯木结构，一样的雕梁画栋。破除迷信了，虽然再也看不到船船供养着小白蛇，进"平浪宫"去供香火，三磕六拜，但在弄潮人的心上，龙驹寨、荆紫关是最神圣的地方。那些上了年纪的船公，每每摸弄着五指分开的大脚，就夸说："想当年，我和你爷从龙驹寨运苍术、五子、木耳、漆油到荆紫关，从荆紫关运火纸、黄表、白糖、苏木到龙驹寨，那是什么情景！你到过龙驹寨吗？到过荆紫关吗？荆紫关到了商州的边缘，可是繁华地面呢！"

荆紫关确是商州的边缘，确是繁华的地面。似乎这一切全是为商州天造地设的，一闪进关，江面十分开阔。黄昏中平川地里虽不大见孤烟直长的景象，落日在长河里却是异常的圆。初来乍到，认识论为之改变：商州有这么大平地！但江东荆紫关，关内关外住满河南人，江西村村相连，管道纵横，却是河南、湖北口音，唯有到了山根下一条叫白浪的小河南岸街上，才略略听到一些秦腔呢。

这街叫白浪街，小极小极的。这头看不到那头，走过去，似乎并不感觉这是条街道，只是两排屋舍对面开门，门一律装板门罢了。这里最崇尚的颜色是黑白：门窗用土漆刷黑，凝重、锃亮，俨然如铁门钢窗，家里的一切家什,大到柜子、箱子,小到罐子、盆子,土漆使其光明如镜,到了正午,你一人在家,家里四面八方都是你。日子富裕的,墙壁要用白灰搪抹,即使再贫再寒,那屋脊一定是白灰抹的,这是江边人对小白蛇(白龙)信奉的象征,每每太阳升起空间一片迷离之时,远远看那山根儿,村舍不甚清楚,那错错落落的屋脊就明显出对等的白直线段。烧柴不足是这里致命的弱点,节柴灶就风云全街,每一家一进门就是一个砖砌的双锅灶,粗大的烟囱,如"人"字立在灶上,灶门是黑,烟囱是白。黑白在这里和谐统一,黑白使这里显示亮色。即使白浪河,其实并无波浪,更非白色,只是人们对这一条浅浅的满河黑色碎石的沙河理想而已。

街面十分单薄,两排房子,北边的沿河堤筑起,南边的房后就一片田地,一直到山根。数来数去,组成这街的是四十二间房子,一分为二,北二十一间,南二十一间,北边的斜着而上,南边的斜着而下。街道三步宽,中间却要流一道溪水,一半有石条棚,一半没有棚,清清亮亮,无声无息,夜里也听不到响动,只是一道星月。街里九棵柳树,弯腰扭身,一副媚态。风一吹,万千柔枝,一会打在北边木板门上,一会刷在南边方格窗上,东西南北风向,在街上是无法以树判断的。九棵柳中,位置最中的,身腰最弯的,年龄最古老而空了心的是一棵垂柳。典型的粗和细的结合体,桩如桶,枝如发。树下就侧卧着一块无规无则之怪石。既伤于观赏,又碍于街面,但谁也不能去动它。那简直是这条街的街徽。重大的集会,这石上是主席台,重要的布告,这石上的树身是张贴栏,就是民事纠纷、起咒发誓,也只能站在石前。

就是这条白浪街,陕西、河南、湖北三省在这里相交,三省交结,界牌就是这一块仄石。小小的仄石竟如泰山一样举足轻重,神圣不可侵犯。以这怪石东西直线上下,南边的是湖北地面,以这怪石南北直线上下,北边的街上是陕西,下是河南。因为街道不直,所以街西头一家,三间上屋属湖北,院子却属陕西,据说解放以前,地界清楚,人居杂乱,湖北人住在陕西地上,年年给陕西纳粮，陕西人住在河南地上，年年给河南纳粮。如今人随地走，那世世代代杂居的人就只得改其籍贯了。但若查起籍贯，陕西的为白浪大队，河南的为白浪大队，湖北的也为白浪大队，大凡找白浪某某之人，一定需要强调某某省名方可。

一条街上分为三省，三省人是三省人的容貌，三省人是三省人的语言，三省人是三省人的商店。如此不到半里路的街面，商店三座，座座都是楼房。人有竞争的秉性，所以各显其能，各表其功。先是陕西商店推倒土屋，一砖到顶修起十多间一座商厅；后就是河南弃旧翻新堆起两层木石结构楼房；再就是湖北人，一下子发奋起四层水泥建筑。货物也一家胜筹一家，比来比去，各有长短，陕西的棉纺织品最为赢，湖北以百货齐全取胜，河南挖空心思，则常常以供应短缺品压倒一切。地势造成了竞争的局面，竞争促进了地势的繁荣，就是这弹丸之地，成了这偌大的平川地带最热闹的地方。每天这里人打着漩涡，四十二户人家，家家都做生意，门窗全然打开，办有饭店，旅店，酒店，肉店，烟店。那些附近的生意人也就担筐背篓，也来摆摊，天不明就来占却地点，天黑严才收摊而回，有的则以石围圈，或夜不归宿，披被守地。别处买不到的东西，到这里可以买，别处见不到的东西，到这里可以见。"小香港"的名声就不胫而走了。

三省人在这里混居，他们都是炎黄的子孙，都是共产党的领导，但是，每一省都不愿意丢失自己的省风省俗，顽强地表现各自的特点。他们有他们不同于别人的长处，他们也有他们不同于别人的短处。

湖北人在这里人数最多。"天有九头鸟，地有湖北佬"，他们待人和气，处事机灵。所开的饭店餐具干净，桌椅整洁，即使家境再穷，那男人卫生帽一定是雪白雪白，那女人的头上一定是丝纹不乱。若是有客稍稍在门口向里一张望，就热情出迎，介绍饭菜，帮拿行李，你不得不进去吃喝，似乎你不是来给他"送"钱的，倒是来享他的福的。在一张八仙桌前坐下，先喝茶，再吸烟，问起这白浪街的历史，他一边叮叮咣咣刀随案板响，一边说了三朝，道了五代。又问起这街上人家，他会说了东头李家是几口男几口女，讲了西头刘家有几只鸡几头猪；忍不住又自夸这里男人义气，女人好看。或许一声呐喊，对门的窗子里就探出一个俊脸儿，说是其姐在县上剧团，其妹的照片在县照相馆橱窗里放大了尺二，说这姑娘好不，应声好，就说这姑娘从不刷牙，牙比玉白，长年下田，腰身细软。要问起这儿特产，那更是天花乱坠，说这里的火纸，吃水烟一吹就着；说这里的瓷盘从汉口运来，光洁如玻璃片，结实得落地不碎，就是碎了，碎片儿刮汗毛比刀子还利；说这里的老鼠药特有功效，小老鼠吃了顺地倒，大老鼠吃了跳三跳，末了还是顺地倒。说的时候就拿出货来，当场推销。一顿饭毕，客饱肚满载而去，桌面上就留下七元八元的，主人一边端着残茶出来顺门泼了，一边低头还在说：照看不好，包涵包涵。他们的生意竟扩张起来，丹江对岸的荆紫关码头街上有他们的"租地"，虽然仍是小摊生意，天才的演说使他们大获暴利，似乎他们的大力丸，轻可以治痒、重可以防癌，人吃了有牛的力气，牛吃了有猪的肥膘，似乎那代售的避孕片，只要和在水里，人喝了不再多生，狗喝了不再下崽，浇麦麦不结穗，浇树树不开花。一张嘴使他们财源茂盛，财源茂盛使他们的嘴从不受亏，常常三个指头高擎饭碗，将面条高挑过鼻，沿街唏唏溜溜的吃。他们是三省之中最富有的公民。

　　河南人则以能干闻名，他们勤苦而不恋家，强悍却又狡慧，靠山吃山，靠水吃水，大人小孩没有不会水性的，每三日五日，结伙成群，背了七八个汽车内胎逆江而上，在五十里、六十里的地方去买柴买油桐籽。柴是一分钱二斤、油桐籽是四角钱一斤。收齐了，就在江边啃了干粮，喝了生水。憋足力气吹圆内胎，便扎柴排顺江漂下。一整天里，柴排上就是他们的家，丈夫坐在排头，妻子坐在排尾，孩子坐在排中间。夏天里江水暴溢，大浪滔滔，那柴排可接连三个、四个，一家几口全只穿短裤，一身紫铜色的颜色，在阳光下闪亮，柴排忽上忽下，好一个气派！到了春天，江水平缓，过姚家湾，梁家湾，马家堡，界牌滩，看两岸静峰峭峭，赏山峰林木森森，江心的浪花雪白，崖下的深潭黝黑。遇见浅滩，就跳下水去连推带拉，排下湍流，又手忙脚乱，偶尔排撞在礁石上，将孩子弹落水中，父母并不惊慌，排依然在走，孩子眨眼间冒出水来，又跳上排。到了最平稳之处，清风徐来，水波不兴，一家人就仰躺排上，看天上水纹一样的云，看地下云纹一样的水，醒悟云和水是一个东西，只是一个有鸟一个有鱼而区别天和地了。每到一湾，湾里都有人家，江边有洗衣的女人，免不了评头论足，唱起野蛮而优美的歌子，惹得江边女子掷石大骂，他们倒乐得快活，从怀里掏出酒来，大声猜拳，有喝到六成七成，自觉高级干部的轿车也未比柴排平稳，自觉天上神仙也未比他们自在。每到一个大湾的渡口，那里总停有渡船，无人过渡，船公在那里翻衣捉虱，就喊一声："别让一个溜掉！"满江笑声。月到江心，柴排靠岸，连夜去荆紫关拍卖了，柴是一斤二分，油桐籽五角一斤；三天辛苦，挣得一大把票子，酒也有了，肉也有了，过一个时期"吃饱了，喝涨了"的富豪日子。一等家里又空了，就又逆江进山。他们的口福永远不能受损，他们的力气也是永远使用不竭。精打细算与他们无缘，钱来得快去得快，大起大落的性格使他们的生活大喜大悲。

陕西人，固有的风格使他们永远处于一种中不溜的地位。勤劳是他们的本分，保守是他们的性格。拙于口才，做生意总是亏本，出远门不习惯，只有小打小闹。对于河南、湖北人的大吃大喝，他们并不馋眼，看见河南、湖北人的大苦大累反倒相讥。他们是真正的安分农民，长年在土坷垃里劳作。土地包产到户后，地里的活一旦做完，油盐酱醋的零花钱来源就靠打些麻绳了，走进每一家，门道里都安有拧绳车子，婆娘们盘脚而坐，一手摇车把，一手加草，一抖一抖的，车轮转得是一个虚的圆团，车轴杆的单股草绳就发疯似的肿大。再就是男子们在院子里开始合绳：十股八股单绳拉直，两边一起上劲，长绳就抖得眼花缭乱，白天里，日光在上边跳，夜晚里，月光在上边碎，然后四股合一条，如长蛇一样扔满了一地。一条绳交给国家收购站，钱是赚不了几分，但他们个个心宽体胖，又年高寿长。河南人、湖北人请教养身之道，回答是：不研究行情，夜里睡得香，心便宽；不心重赚钱；茶饭不好，却吃得及时，便自然体胖。河南、湖北人自然看不上这养身之道，但却极愿意与陕西人相处，因为他们极其厚道，街前街后的树多是他们栽植，道路多是他们修铺，他们注意文化，晚辈里多有高中毕业，能画中堂上的老虎，能写门框上的对联，清夜月下，悠悠有吹箫弹琴的，又是陕西人氏，"宁叫人亏我，不叫我亏人"，因而多少年来，公安人员的摩托车始终未在陕西人家的门前停过。

三省人如此不同，但却和谐地统一在这条街上。地域的限制，使他们不可能分裂仇恨，他们各自保持着本省的尊严，但团结友爱却是他们共同的追求。街中的一条溪水，利用起来，在街东头修起闸门，水分三股，三股水打起三个水轮，一是湖北人用来带动压面机，一是河南人用来带动轧花机，一是陕西人用来带动磨面机。每到夏天傍晚，当街那棵垂柳下就安起一张小桌打扑克，一张桌坐了三省，代表各是两人，轮换交替，围着观看的却是三省的老老少少，当然有输有赢，友谊第一，比赛第二。月月有节，正月十五，二月初二，五月端午，八月中秋，再是腊月初八，大年三十，陕西商店给所有人供应鸡蛋，湖北商店给所有人供应白糖，河南就又是粉条，又是烟酒。票证在这里无用，后门在这里失去环境。即使在"文化大革命"中，各省枪声炮声一片，这条街上风平浪静；陕西境内一乱，陕西人就跑到湖北境内，湖北境内一乱，湖北人就跑到河南境内。他们各是各的避风港，各是各的保护人。各家妇女，最拿手的是各省的烹调，但又能做得两省的饭菜。孩子们地道的是本省语言，却又能精通两省的方言土语。任何一家盖房子，所有人都来"送菜"，送菜者，并不仅仅送菜，有肉的拿肉，有酒的提酒，来者对于主人都是帮工，主人对于帮工都待如至客；一间新房便将三省人扭和在一起了。一家姑娘出嫁，三省人来送"汤"，一家儿子结婚，新娘子三省沿家磕头作拜。街中有一家陕西人，姓荆，六十三岁，长身长脸，女儿八个，八个女儿三个嫁河南，三个嫁湖北，两人留陕西，人称"三省总督"。老荆五十八岁开始过寿日，寿日时女儿、女婿都来，一家人南腔北调语音不同，酸辣咸甜口味有别，一家热闹，三省快乐。

一条白浪街，成为三省边街，三省的省长他们没有见过，三县的县长也从未到过这里，但他们各自不仅熟知本省，更熟知别省。街上有三份报纸，流传阅读，一家报上登了不正之风的罪恶，秦人骂"瞎"，楚人骂"操蛋"，豫人骂"狗球"；一家报上刊了振兴新闻，秦人说"燎"，楚人叫"美"，豫人喊"中"。山高皇帝远，报纸却使他们离政策近。只是可惜他们很少有戏看，陕西人首先搭起戏班子，湖北人也参加，河南人也参加，演秦腔，演豫剧，演汉调。条件差，一把二胡演过《血泪仇》，广告色涂脸演过《梁秋燕》，以豆腐包披肩演过《智取威虎山》，越闹越大，《于无声处》的现代戏也演，《春草闯堂》的古典戏也演。那戏台就在白浪河边，看的人山人海。一时间，演员成了这里头面人物，每每过年，这里兴送对联，大家联合给演员家送对联，送的人庄重，被送的人更珍贵，对联就一直保存一年，完好无损。那戏台两边的对联，字字斗般大小，先是以红纸贴成，后就以红漆直接在门框上书写，一边是："丹江有船三日过五县"，一边是"白浪无波一石踏三省"，横额是"天时地利人和"。

镇柞的山

古时有个标准：山不在高，有仙则名。于是便有了西岳之险，峨嵋之秀，匡庐幽深，黄山峻伟；人皆以爱山之奇而满足心境，山皆以足人所欲而遂得其名。可见爱山者其实爱己，名山者并非山之实际也。镇安柞水一带的山，纵横千里，高耸入云，却从未被天下知晓；究其原因，似乎所有名山的特点无不包括，但却不能准确地有一个两个词儿的结论。面对着它们，你印象到的，感觉到的，山就是山，你就是你，物我不能归一，只能说：哦，瞧这山啊，这山多像山啊！

镇柞的山，正是特点太多了而失去了特点可怜不能出名，也正是不能出名而可敬地保持了山的实质和内容。

有人说：天下的山都跑到这儿来了。这话应该是正确的，整个镇安柞水的版图，自有半水半田九分山之说，高大是少见的，布局又都突如其来，没有铺设，也没有枝蔓，方圆几十里一个大山岭接着一个大山岭。沟壑显得少，却显得深，迷离叵测的曲折并不突出，但长得要命，空气阴沉如经过了高度的压缩。道路常是从山下往山上盘旋，拐一个弯，拐一个弯，再拐一个弯，路面随着拐弯而左高右低，右高左低，车似乎不是在行路，而是在轧一条斜仄不平的钢板。一个弯与一个弯垂直线只有十米左右，弯路却至少二里，常常四个轮子的倒没有一头羊爬山快。好不容易到了山顶，山的峰峦如海的波涛，无穷无尽，只说此处离太阳近了，却红红的太阳照着，不觉其热。

一山来了一山迎，百里都无半里平；宜是老禅遥指处，只堪图画不堪行。

这是唐代贾岛路过这里写下的诗句。于是你想象任何雄鹰在这里也会折翅，任何飓风在这里也会消声，真正的过往英雄，只能是两个球形的太阳和月亮。当然，高山之顶有高山之顶的好处，蛇是用不着害怕了，任何一处草丛里都可以去躺去卧，也不见那泥葫芦一样的野蜂巢欲坠不坠地挂在石嘴上，花开得极少，鸟也没有，但蹲下拉一次大便吧，苍蝇却倏忽飞来，令你思考着一个哲理：美好的东西或许有或许没有，但丑恶的东西却绝对得分布均匀。

开始下山了，车速快得像飞行，旅客的心噙地常要空悬在腔内，几乎要昏眩过去。你闭上眼睛，听见的不再是汽车的哼哼，只有气的发泄，风的呼响，遐想着古时飞天的境界。峡谷越来越深，越深越窄，崖石上是一层厚厚的绿苔，一搂粗两搂粗的老树上也锈着绿的苔毛，太阳在头顶上空的峡间，也似乎变成一个怯怯的绿的刺猬了。汗老是出不来，皮肤上潮潮的，憋得难受。你怀疑这是要到山的腹地里，那里或许就是民间说的阴曹地府。

　　百思不解的是山有多高，水就有多高，水有多高，人就居住的有多高。那一家一户间或就在一片树林子里，远远已经看见，越近去却越不能觅寻；或许山岩下又有了住房，远处一点不能发觉，猛地转过岩头，几乎是三步五步的距离，房舍就兀然出现，思想不来那砖瓦是如何一页一块搬上去的。瀑布随时都可以看见，有的阔大，从整个石梁上滚下，白的主色上紫烟弥漫，气浪轰动着幽深的峡谷，三四里外脸上就有了潮潮的水沫的感觉。有的极高极高，流下来，已经不能垂直，薄薄的化为一带，如纱一样飘逸。有的则柔得只能从石壁上沫沫的滑下，远处看并不均匀，倒像是溜下的牛奶，或者干脆是一溜儿肥皂泡沫。河谷里，水从来不见有一里长的碧青，因为河床是石的，坑洼不平，且山上滚落下来的石头，三间屋大的，一间屋大的，水缘石而成轮状、扇状、窝状，翻一色白花。这种白赋予了河石，遇着天旱少水季节，一河石头白得像纸糊一般，疑心是山的遗骨，白光光地将一座山与一座山的绿分开。小型水电站就应运而生，常有那半山一块平地，地中涌出一巨泉，久涝不滥，久旱不涸，只稍稍将泉水引流到一个坎下，一座小电站就轻而易举形成了。那住得再高的人家，用不着到山下的河里去挑水，只消在门前砍一株竹子，打通关节，从后墙孔里直插到屋后石缝里的小泉里，水就会一直流进锅来，不用了，也只稍斜一下竹竿便罢，方便倒胜过城里的自来水龙头，且少了那许多漂白粉，冬暖夏凉，生喝甘甜，从不坏肚。

　　遗憾的是地太少了，未修台田的，一片一片像缀起的补丁，修了台田的，可怜却总是席大的炕大的转不开牛。地里又都是黑碎石片碴，永远吸不了鞋底，不小心却会割破脚心，耕作农具便限制到一种扇形的板锄。这类地土，如果在别的地方，寸草也不会生长，这里却最适宜种包谷、洋芋、扁豆、绿豆、芸豆、黄豆、南瓜、红薯，农民称道这石碴里有油。那一种老包谷，颗粒并不大，却十分饱满，是离太阳近的缘故吧，太阳的金黄使其灿灿发光，做饭易煳锅，嚼起特别味长。洋芋只要下种便有收获，两个洋芋在火塘边烤了，便会吃得连打饱嗝儿。最富有的是山上的树，浅山里树很杂，蛇出没无常，冷不防就从草丛里拐行而来，身上又都五颜六色，或许缠在树上，或许盘在岩头，或许如枯木一般横在路上。外地人免不了一步一个心跳，本地人却用树枝一挑，"日"地甩出去，随便得很。还有一种什么草，叶下尽长着茸茸的倒钩白刺，视之如绒毛似的，手一捉，竟如蝎蜇一般，奇怪的是解铃还须系铃人，只要将这草捣碎成泥敷在伤处，则立即痛止。那商芝更是满山都是，春天里长得如佛手，摘下晾干，蒸可以吃，炒可以吃，据说秦时四皓避乱隐居商州，就是以此为食，营养丰富，滋味比黄花菜倒淳。于是那黄花菜便不稀罕了，家家门前的地堰上，都长着一丛一丛，花开了也不去采，不为食用，只为好看。深山的林却浩瀚无边，森林开发队一日一日在那里修路建场，但那些可做栋的梁的松树、柏树、栲树、槲树、桦树，路险不能运出，只好在那里枯死、腐烂。山民们用麻袋装了那黑灰似的木土背下山到公路边，一麻袋三角钱卖给那些栽花育草的城里司机们了。浅山里有野兔、山羊，深山里有野猪狗熊。山民们人人一身兼三职：农夫、药户、猎人。三四人、七八人结伙成队上山围猎，守点的严阵以待，赶山的大声吆喝，那阵势雄壮得如古罗马大战。虽每个村子少不了有被野兽抓破了头的脸的残疾人，但出猎便不空回。曾经一个人看见了一群野猪从岩上跑来，只一枪打中了为首的一头掉下岩来，后边的一条线紧跑的野猪以为前边的同伙在跳涧，一个一个也就从那里跌下岩死了，竟有十一头。

　　山果在这里最有特色，桃儿都是茶碗大，一律歪嘴儿，白的嫩白，红的艳红，是山中少女脸的缩小。夏天的日子里在山里行走，几天几日也用不着去吃五谷，这种仙物可以吃饱又不伤胃。秋天的板栗、核桃更是满山遍野，无家无主，只要你肯捡就是。若是一个人到山洼去，一洼半人高的绿草，草头一层红的黄的紫的花蕊，仰身而卧，吸几口花香，听几声鸟鸣，如痴如醉，再爬起来往坡根去，在那栗子树，核桃树身上蹬上一脚，那果子就哗哗坠落一地。山木丛杂，不能大面积地种植谷蔬，又近山之家不须柴薪砍伐，山民们就挖药材，扳竹笋，采蘑菇、香蕈，捡核桃、栗子，剥棕，取枸，割漆，收蜜，摘茶，锯板，烧炭，缠葛，破竹，编荆。常常在日暮时分，听见山的这儿那儿有着山歌，和者盖寡，间或就见河中有了木排，人在上边坐着，三点两点，归家"一叶扁舟"去了。随之，山洼处处冒起炊烟，四野云接，鸦群盘旋，三三五五的剪了尾巴的狗在吠。

  从远古以来，这里一切都是自产自供，瞧瞧建筑，便足看出人的性格：从来没有院落，住屋又都是四四方方一个大间，以门槛为界，从不向外扩张。阴阳先生的择屋场风水，原则只有一条，就是深藏。一般从不结村聚庄，一家一户居之，即使三五集而一起，必是在背风洼地，从不像陕北人的村寨或县城总是在高山顶上，眼观四方，俯视众壑，志在天外。他们家再穷再贫，从不想到外地谋生，对于在外工作的人，倒常常要议论个离乡背井的苦楚，即使现在已经十分热闹的柞水县城，镇安县城地势建筑也一个是槽状，一个是瓮形。至今在深山里，也多少存在着宁肯家里的东西腐烂坏臭，也绝不愿出售贩卖的习惯。古时整个地区没有钱店，当行货绸缎、皮毛、毡毯、衣服鞋袜，银镂匠作等铺，花布、油盐、釜甑、锄镢、药材等项，俱系随便贩运，朝买夕卖，本小利微，至于坐贾行商大本生意则几乎绝迹。而现在城镇，除了国营商店、饭馆、旅社外，小商小贩也还不多。间或几家营业的，也是要卖烟酒，全是烟酒，要卖油条，全是油条。工匠从无外来，故夺巧技艺者稀少，日常用具皆自个为之，器坚朴耐用，但样子劣拙不堪。

正因为这里闭塞，也以此保守了传统古朴之风俗。此地老根老总的户少，除台湾省外，各地都有新迁户，客籍便称之为下河人。但井间相错，婚姻相通，任恤相感，庆吊往来，浃洽投机，故五里一腔，十里一调，而礼节尚习不甚相远。家家日月稍宽裕，必要酿酒，料或用包谷，或用大米，或用柿子，或用甜菽杆，常在门前路边，以地坎挖灶，安上锅，放上发酵的料，上架一锅，烧酒而成，过往人只要说酒好，随便舀喝。再是腌肉，每家每年至少养二至三头肥猪，或者交售一头，或者全部宰了，腌以盐，熏以烟，即为腊肉。喝酒吃肉，在这里不仅为生活之需，同时也成了一种娱乐和艺术。一般的亲戚，一般的工作干部，他们并不认官职大小，名望轻重，只要是从外地来的，必是有饭就有肉，有肉就有酒，自酿的酒初喝味道并不好，但愈喝愈上口，酒令五花八门，冬天的夜晚便可以从黄昏一直喝到第二天清早，以谁家酒桌下醉倒的人多为荣耀。吃肉更是以方块见长，常在稀饭里煮有肉块，竟使外地人来吃面条吃过半碗，才发觉碗底尽是大肉片子而感慨万千。故在这里工作的干部调到外地，都善吃善喝，问之，便说"镇柞锻炼的"。并感叹之：在镇柞，不会喝酒吃肉就不能当干部啊！风气淳朴，欲尚朴野，外面世界多认为山民性情不驯，其实绝无强悍之徒，全陕西以商州容易治理，商州又以镇柞易治著名。

地以人重，人因地灵，镇柞地处偏僻，挺生者不多，但山川蜿蜒，灵淑之气有结，人才仍辈出矣。随着时代的变迁，社会的发展，山里一天一天发生着现代的变化，山外一天一天也认识了这块土地的神奇和丰富。现在年轻的山民已经彻底看不起父辈那种急于谋生而缓于谋道的生活，差不多不愿那种六七人合挤在一炕的习惯。尽一切力量去求学，学成回来，不死缠身于那一亩二亩瘠贫的山地，勃勃欲兴之气甚盛。生在山里，重新认识山，靠山而吃山，光挖药一项，天麻、猪苓、党参、肉桂，家家门前屋檐下都是一晒一席，扩大茶园，自办茶坊，种植桐树，榨取桐油，割土漆而置染新式家具，请工匠熟制各类皮革……山上万宝俱全，土特产运出去，钱财就源源不断流淌而来。商店里，开始出售手表、电视机、录音机，也有了姑娘们穿的高跟皮鞋，也有了小伙子们的黑墨蛤蟆镜。

原先干部皆关中或商州川道那边支援来的，来时都不愿来，来了全不安心，有"祖国山河可爱，镇安柞水除外"的俗语流传。而今争相前往，但本地干部迅速成长，从县上到区到社，层层干部出门就背着草鞋，翻山越岭，抓政治，抓生产，抓科学。山僻干部事简责轻，若要无事，便仅吃肉喝酒也应付不了，最足钝人志气，所以他们时时提醒，严格要求，激发无事寻出有事，有事终归无事，体察风物，熟悉民情，兴利除弊。

小型水电站日益发展，村村都有了电灯、电磨、粉碎机，用不着麦子用枷、棒槌打了，用不着粮食在屋角的手摇石磨上磨了。那板栗、核桃、猕猴桃，因为有电，机器加工，其罐头畅销全国。更有那一山栲树、槲树，放养起山蚕，一年两次，收成好不壮观。且家家注重起种桑，不养蚕的摘叶卖，养蚕的有丝织绸，不能自织便将丝卖，无丝而又不能买者就多代人缫丝。于是，县上机构庞大的丝绸厂就建成了，一座丝绸厂是镇柞最大的工业，亦是最大的文明之地。大凡别的地方，代表当地富裕的标志是商店，代表当地人物容颜的标志是剧团，但镇柞的丝绸厂却两者兼而一身地代表了。工厂招收工人的条件要干净利索，眼明亮，牙整齐，心细，手巧，故机器织出的绸缎如霞如云，管理机器的女工华美娇艳，简直使你不能想象这山野之内竟有如此风流人物。

老一代人流传的俗语有：洋芋糊汤疙瘩火，除了神仙就是我。现在竟成了一种讥讽的笑话。在县城村镇，夜里的彩色电视机占却了所有人的心身，一场国家队的排球赛胜利，竟也会几十人，近百人连夜游行庆贺，一次电影百花评奖，一次全国小说评奖，竟也会有十几人集体写票寄往北京。在那些深山老林里，山民们或许正捧着糊汤碗，或许冬至天气还未换上棉裤，或许二三月青黄不能接上，但常发生有人急急火火跑老远的路去对相好的人讲："某某进政治局了！""谁谁下台了！"样子可笑却可敬。天明六点半的新闻广播，青年山民也会准时醒来收听。他们注意着国家政策的颁布，研究着生财变富的门路，捕捉着生意买卖的信息。当他们大把大把嚼着油炸的蚕蛹，嘴角流油地向你夸说着他们的计划时，你会感到吃惊而又有几分嫉妒。他们虽然不像城市人那样向现代化迈进的节奏迅速，但你却热羡这里水好，用不着漂白粉；这里的空气好，用不着除尘器；这里的花草好，用不着在盆里移栽。城里的好处在这里越来越多，这里的好处在城里却越来越少了。

1983年7月18日

商州又录

小序

去年两次回到商州,我写了《商州初录》。拿在《钟山》杂志上刊了,社会上议论纷纷,尤其在商州,《钟山》被一抢而空,上至专员,下至社员,能识字的差不多都看了,或褒或贬,或抑或扬。无论如何,外边的世界知道了商州,商州的人知道了自己,我心中就无限欣慰。但同时悔之《初录》太是粗糙,有的地名太真,所写不正之风的,易被读者对号入座;有的字句太拙,所指的以奇反正之意,又易被一些人误解。这次到商州,我是同画家王军强一块旅行的,他是有天才的,彩墨对印的画无笔而妙趣天成。文字毕竟不如彩墨了,我只仅仅录了这十一篇。录完一读,比《初录》少多了,且结构不同,行文不同,地也无名,人也无姓,只具备了时间和空间,我更不知道这算什么样的文体,匆匆又拿来求读者鉴定了。

商州这块地方，大有意思，出山出水出人出物，亦出文章。面对这块地方，细细作一个考察，看中国山地的人情风俗，世时变化，考察者没有不长了许多知识，清醒了许多疑难，但要表现出来实在是笔不能胜任的。之所以我还能初录了又录，全凭着一颗拳拳之心，我甚至有一个小小的野心：将这种记录连续写下去。这两录重在山光水色、人情风俗上，往后的就更要写到新中国成立以来各个时期的政治、经济诸方面的变迁在这里的折光。否则，我真于故乡"不肖"，大有"无颜见江东父老"之愧了。

一

最耐得寂寞的，是冬天的山，褪了红，褪了绿，清清奇奇的瘦，像是从皇宫里走到民间的女子，沦落或许是沦落了，却还原了本来的面目。石头裸裸的显露，依稀在草木之间。草木并没有摧折，枯死的是软弱，枝柯僵硬，风里在铜韵一般的颤响。冬天是骨的季节吗？是力的季节吗？

三个月的企望，一轮嫩嫩的太阳在头顶上出现了。

风开始暖暖的吹，其实那不应该算作风，是气，肉眼儿眯着，是<u>丝丝缕缕</u>的捉不住拉不直的模样。石头似乎要发酥呢，菊花般的苔藓亮了许多。说不定在生产时候满山竟有了一层绿气，但细察每一根草，每一枝柯，却又绝对没有。两只鹿，一只有角的和一只初生的，初生的在试验腿力，一跑，跑在一片新开垦的田地上，清新的气息使它撑了四蹄，呆呆的，然后一声锐叫，寻它的父亲的时候，满山树的枝柯，使它分不清哪一<u>丛</u>是老鹿的角。

山民挑着担子从沟底走来，棉袄已经脱了，垫在肩上，光光的脊梁上滚着有油质的汗珠。路是顽皮的，时断时续，因为没有浮尘，也没有他的脚印；水只是从山上往下流，人只是牵着路往上走。

山顶的窝洼里，有了一簇屋舍。一个小妞儿刚刚从鸡窝里取出新生的热蛋,眯了一只眼儿对着太阳耀。

二

这个冬天里,雪总是下着。雪的故乡在天上,是自由的纯洁的王国;落在地上,地也披上一件和平的外衣了。洼后的山,本来也没有长出什么大树,现在就浑圆圆的,太阳并没有出来,却似乎添了一层光的虚晕,慈慈祥祥的像一位梦中的老人。洼里的梢林全覆盖了,幻想是陡然涌满了凝固的云,偶尔的风间或使某一处承受不了压力,陷进一个黑色的坑,却也是风,又将别的地方的雪扫来补缀了。只有一直走到洼下的河沿,往里一看,云雪下是黑黝黝的树干,但立即感觉那不是黑黝黝,是蓝色的,有莹莹的青光。

河面上没有雪,是冰。冰层好像已经裂了多次,每一次分裂又被冰住,明显着纵横横的银白的线。

一棵很丑的柳树下,竟有了一个冰的窟窿,望得见下面的水,是黑的,幽幽的神秘。这是山民凿的,从柳树上吊下一条绳索,系了竹筐在里边,随时来提提,里边就会收获几尾银亮亮的鱼。于是,窟窿周围的冰层被水冲击,薄亮透明,如玻璃罩儿一般。

山民是一整天也没有来提竹筐了吧?冬天是他们享受人伦之乐的季节,任阳沟的雪一直涌到后墙的檐下去,四世同堂,只是守着那火塘。或许,火上吊罐里,咕嘟嘟煮着熏肉,热灰里的洋芋也熟得冒起白气。那老爷子兴许喝下三碗柿子烧酒,醉了。孙子却偷偷拿了老人的猎枪,拉开了门,门外半人高的雪扑进来,然后在雪窝子里拔着腿,无声地消失了。

一切都是安宁的。

黄昏的时候,一只褐色的狐狸出现了。它一边走着,一边用尾巴扫着身后的脚印,悄没声地伏在一个雪堆上。雪堆上站着一只山鸡,这是最俏的小动物了，翘着赤红色的长尾，欣赏不已。远远的另一个雪堆上，老爷子的孙子同时卧倒了，伸出黑黑的枪口，右眼和准星已经同狐狸在一条线上……

三

西风一吹，柴门就掩了。

女人坐在炕上，炕上铺满着四六席；满满当当的，是女人的世界。火塘的出口和炕门接在一起，连炉沿子上的红椿木板都烙腾腾的。女人舍不得这份热，把粮食磨子都搬上来，盘腿正坐，摇那磨拐儿，两块凿着纹路的石头，就动起来，呼噜噜一匝，呼噜噜一匝，"毛儿，毛儿，"她叫着小儿子，小儿子刚会打能能，对娘的召唤并不理睬；打开了炕角的一个包袱，翻弄着五颜六色的、方的圆的长的短的碎布头儿。玩腻了，就来扑着娘的脊背抓。女人将儿子抱在从梁上吊下来的一个竹筐子里，一边摇一匝磨拐儿，一边推一下竹筐儿。有节奏的晃动和有节奏的响声，使小儿子就迷糊了。女人的右手也乏疲了，两只手夹一个六十度的角，一匝匝继续摇磨拐儿。

风天里，太阳走得快，过了屋脊，下了台阶，在厦屋的山墙上磨蚀了一片，很快就要从西山峁上滚下去了。太阳是地球的一个磨眼吧，它转动一圈，把白天就从磨眼里磨下去，天就要黑了。

女人从窗子里往外看，对面的山头上，孩子的爹正在那里犁地。一排儿五个山头上，山头上都是地；已经犁了四个山头，犁沟全是由外往里转，转得像是指印的斗纹，五个山头就是一个手掌。女人看不到手掌外的天地。

女人想：这日子真有趣，外边人在地里转圈圈，屋里人在炕上摇圈圈；春天过去了，夏天就来；夏天过去了，秋天就来；秋天过去了，冬天就来。一年四季，四个季节完了，又是一年。

天很快就黑了，女人溜下炕生火做饭。饭熟了，她一边等着男人回来，一边在手心唾口唾沫，抹抹头发。女人最爱的是晚上，她知道，太阳在白日散尽了热，晚上就要变成柔柔情情的月亮的。

小儿子就醒了，女人抱了他的儿子，倚在柴门上指着山上下来男人，说："毛儿爹——叫你娃哟！——哟——哟——"

"哟——哟——"，却是叫那没尾巴的狗的，因为小儿子屎拉下来了，要狗儿来舔屎的。

四

初春的早晨，没有雪的时候就有着雾。雾很浓，像扯不开的棉絮，高高的山就没有了吓人的谗石，山弯下的土原上，梢林也没有了黝黝的黑光。河水在流着，响得清喧喧的。

河对岸的一家人，门拉开的声很脆，走出一个女儿，接着又牵出一头毛驴走下来。她穿着一件大红袄儿，像天上的那个太阳，晕了一团，毛驴只显出一个长耳朵的头，四个蹄腿被雾裹着。她是下到河里打水的。

这地面只有这一家人，屋舍偏偏建得高，原本那是山嘴，山嘴也原本是一个囫囵的石头。石头上裂了一条缝，缝里长出一棵花栗木树。用碎石在四周帮砌上来，便做了屋舍的基础。门前的石头面上可以织布，也可以晒粮食。这女儿是独生女，二十出头，一表人才。方圆几十里的后生都来对面的山上，山下的梢林里，割龙须草，拾毛栗子，给她唱花鼓。

她牵着毛驴一步步走下来，往四周看看，四周什么却看不清，心想：今日倒清静了！无声地笑笑，却又感到一种空落。河上边的木板桥上，有一鸡爪子厚的霜，没有一个人的脚印。

在河边，她蹲下了，卸下了毛驴背上的木桶，一拎，水就满了，但却不急着往驴背上挂，大了胆儿往河那边的山上、原上看。看见了河水割开的十几丈高的岸壁，吃水线在雾里时隐时现。有一棵树，她认得是冬青木的，斜斜在壁上长着。这是一棵几百年的古木，个儿虽并不粗高，却是岸上原头上的梢林的祖爷子。那些梢林长出一代，砍伐了一代，这冬青还是青青的长着，又孕了米粒大的籽儿。

她突然心里作想：这冬青，长在那么危险的地方，却活得那么安全呢。

于是，也就想起了那些唱给她的花鼓曲儿。水桶挂在毛驴背上，赶着往回走，走一步，回头看一下，走一步，再回过头来。雾还没有退，桥面上的霜还白白的。上斜坡的时候，路仄仄的拐"之"字形，她却唱起一首花鼓曲了：

后院里有棵苦李子啊，小郎儿哟，

未曾开花，亲人哪，

谁敢尝哎，哥呀暖！

五

秋天里，什么都成熟了；成熟了的东西是受不得用手摸的，一摸就要掉呢。四个女子，欢乐得像风里的旗，在一棵柿树上吃蛋柿。洼地里路纵纵横横，似一张大网，这树就在网底，像伏着的一只大蜘蛛。果实很繁，将枝股都弯弯地坠下来，用不着上树，寻着一个目标，拿嘴轻轻咬开那红软了的尖儿，一吸，甜的香的软的光的就会到肚子里。只需再送一口气去，那蛋柿壳儿就又复圆了。末了，最高的枝儿上还有一棵，她们拿石子掷打，打一次没有打中，再打一次，还是不中。

树后的洼地里，呜哇哇有了唢呐声，一支队伍便走过来了。这是迎亲的；一家在这边的山上，一家在那边的山上，家与家都能看见，路却要深入到这洼地，半天才能走到。洼地里长满了黄蒿，也长满了石头，迎亲的队伍便时隐时现，好像不是在走，是浮着漂着来的。前面两杆唢呐，三尺长的铜杆，一个碗大的口孔，拉长了喉咙，扩大了嘴地吹。后边是两架花轿，轿简易却奇特，是两根红桑碾杆，用红布裹了，上边缚一个座椅，也是铺了红布的，一走一颠，一颠一闪；新郎便坐了一架，新娘便坐了一架。再后边，是未婚的后生抬了柜，抬了箱，被子，单子，盒子，镜子。再后边是一群老幼。女人们衣服都浆得硬硬的，头上抹了油，一边交头接耳，一边拿崭新的印花手帕撩撩，赶那些追着油香飞的蜂。

吃蛋柿的女人忙隐身在树后，睁一只眼儿看，看见了那红桑木碾杆上的新娘，从头到脚穿得严严实实，眼睛却红红的，像是流过泪。吹唢呐的回头看一眼，故意生动着变形的脸面，新娘噗地笑了，但立即就噤住，脸红得烧了火炭。

一生都在山路上走，只有这一次竟不走路啊。被抬着，娘生她在这个山头上长大了又要到那个山头上去生去养了。

村后的女子都觉得有趣，细嚼起来，却不知道这是怎么回事。

她们很快被迎亲的队伍发现了，都拿眼光往这里瞅。四个女子羞羞的，却一起仰起头儿盯那高枝儿上的蛋柿。她们没有用石子去打，蛋柿也没有掉下来。

迎亲队伍没有停，过去了，他们走过了一条小路，柿树下同时放射出的，通往四面八方山头的小路上，便都有了唢呐的余音。

六

高高的山挑着月亮在旋转，旋转得太快了，看着便感觉没有动，只有月亮的周围是一圈一圈不规则的晕，先是黑的，再是黄的，再灰，再紫，再青，再白。洼地里全模糊了，看不见地头那个草庵子，庵后那一片桃林，桃林全修剪了，出地像无数的五指向上分开的手。桃林过去，是拴驴的地方，三个碌碡，还有一根木桩；现在看不见了，剪了尾巴的狗在那里叫。河里，桥空无人，白花花的水。

一个男人，蹲在屋后阳沟的泉上，拿一个杆杖在水里搅，搅得月亮碎了，星星也碎了，一泉的烂银，口中念念有词。接着就摸起横在泉口的竹管。这竹管是打通了节的，一头接在泉里，一头是通过墙到屋里的锅台上。他却不得进屋去。他已经从门口走过来，又走到门口去，心里痒痒的，腿却软得像抽了筋，末了就使劲敲门。屋里有骂他的声音。

骂他的是一个婆子，婆子正在搬弄着他的女人；女人正在为他生着儿子。他要看看儿子是怎样生出来的，婆子却总是把他关在门外。

"这是人生人呢！"

"我是男子汉；死都不怕呢！"

"不怕死，却怕生呢。"

他不明白，人生人还这么可怕。当女人在屋里一阵阵惨叫起来，他着实害怕了。他搅着泉水祈祷，他想跑过那桃林，一个人到河面的桥上去喊，他却没了力气，倒在木桩篱笆下，直眼儿只看着月亮，认作那是风火轮子，是一股旋风，是黑黑的夜空上的一个白洞。

一更过去，二更已尽，已经是三更，鸡儿都叫了。女人还在屋里嘶叫。他认为他的儿子糊涂；来到这个世界竟这么为难。山洼里多好，虽然有狼，但只要在猪圈上画白灰圈圈，它就不敢来咬猪了。这里山高，再高的山也在人的脚下。太阳每天出来，怕什么，只要脊背背了它从东山到西山，它就成月亮了。晚上不是还有疙瘩柴火烤吗？还有洋芋糊汤呢，你会是有媳妇。还有酒，柿子可以烧，包谷也可以烧，喝醉了，唱花鼓。

女人一声锐叫，不言语了。接替女人叫的是一阵尖而脆的哇哇啼声。

门打开了，接生的婆子喊着男人："你儿子生下了，生下了！"催他进去烧水，打鸡蛋，泡馍。男人却稀软得立不起来。天上的月亮没有了，星星亮起来，他觉得星星是多了一颗。

"又一个山里人。"他说。

七

路到山上去，盘十八道弯，山顶上一棵栗木树下一口泉，趴下喝了，再从那边绕十八道弯下去。山的两面再没有长别的树，石头也很分散，却生满了刺玫，全拉着长条儿覆衍石上，又互相交织在一起。花儿却嫩得噙出水儿，一律白色，惹得蝴蝶款款地飞。

十八道弯口，独独一户人家，住着个寡妇，寡妇年轻，穿着一双白布蒙了尖儿的鞋；开了店卖饭。

公路上往来的司机都认识她，她也认识司机，迟早在店里窗内坐着，对着奔跑的汽车一抬手，车就停了。方圆三十里的山民，都称她是"车闸"。

山里人出到山外去，或者从山外回到山里来，都在店里歇脚。谁也不惹她，谁也没理由敢惹她。她认了好多亲家，当然，干儿子干女儿有几十，有本乡本土的，有山外城里的。为了讨好她，送给她狗的人很多；为了讨好她，一走到店前就唤狗儿喂东西吃。十几条狗都没有剪尾巴，肥得油光水亮。

八月里，店里店外，堆满了柿子，核桃，黄蜡，生漆，桐油；山民们都把山货背来交给她。她一宗一宗卖给出外来的汽车。店里说话的人多，吃饭的人少。营业的时间长，获取的利润短。她不是为了钱，钱在城乡流通着，使她有了不是寡妇的活泼。活泼，使一些外地来人都知道了她是寡妇，她不害羞，穿的那双有白布的鞋儿，整头平脸，拿光光的眼睛看人，外地来人也就把她这个寡妇知道了。也讨好地掰了干粮给那狗儿吃。也只有给狗儿吃。

满山的刺玫都开了，白得宣净，一直繁衍到店的周围。因为刺在花里，谁也不敢糟蹋花，因为花围了店屋，店里人总是不断。忽一日，深山跑来一只美丽的麝，从那边十八道弯里跑上，从这边十八道弯里跑下，又在山梁上跑。山里的一切猎手都不去打。他们一起坐在店里往山头上看，说那麝来回跑得那么快，是为它自身的香气兴奋呢。

八

你毕竟是看见了，仲夏的山上并不是一种纯绿，有黄的颜色，有蓝的颜色，主体则是灰黑的，次之为白，那是枸子和狼牙刺的花了。你走进去，你就是你梦中的人，感觉到了渺小。却常常会不辨路径，坐下来看那峡谷，两壁的梢林交错着，你不知道谷深到何处，成团成团的云雾往外涌，疑心是神鬼在那里出没。偶然间一棵干枯的树站在那里，满身却是肉肉的木耳。有蛇，黑藤一样地缠在树上。气球大的一个土葫芦，团结了一群细腰黄蜂。蹑手蹑脚地走过去，一只松鼠就在路中摇头洗脸了。这小玩意儿，招之即来，上了身却不被抓住，从右袖筒钻进去了，又从左袖筒钻出去了。同时有一声怪叫，嘎喇喇地，在远处的什么地方，如厉鬼狞笑。

你终于禁不住了寂寞，唱起来；一旦唱起来，就不敢停下，想要使所有的东西都听见，来提醒它们：你是有力量的，是强者。但唱得声越来越颤了。惊恐驱使着你突然跑动，越跑越紧，像是梦中一样，力不从心。后来就滚下去，什么也不可能得知了。

人昏了，权当是睡着了；但醒来，却是忍不住的苦痛；腿上的血还在流呢。

一位老者，正抱着你，你只看见那下巴上一窝银须，在动，不见那嘴，末了，胡子中吐一团烂粥般的草，是蒫蒫芽。敷在腿上的伤口，于是血凝固，亦不再疼。你不知道他是谁，哪儿来的。

"采药的。"他说。

"采药的？就在这山上，成年采吗？"

他点点头，孤独已经使他不愿再多说话吗？扶着你站起来，他就走了。

你是该下山了，但你不愿意；想陪陪他，心里在说：山上是太苦了。正是太苦，才长出了这苦口的草药吗？采药的人成年就是挖着这苦，也正是挖着了这草药的苦，才医治了世上人的一生中所遇到的苦痛吗？

你一定得意了你这话里的哲理，回头再寻那采药人，云雾又从那一从黑柏下涌过来了，什么也没有了响动，你听见的是你的呼吸声。

九

一座山竟是一块完整的石头，这石头好像曾经受了高温，稀软着往下墩，显出一层一层下墩的纹线。在左边，有一角似乎支持不住，往下滴溜，上边的拉出一个向下的奶头状，下边的向上壅一个蘑菇状，快要接连了，突然却凝固，使完整的石头又生出了许多灵巧，倒疑心此山是从什么地方飞来的。

河水就绕着这山的半圆走，水很深，是黑的液体，只有盛在桶里，才知道它是清白的，清白到了没有。沿着河边的石砭，人家就筑起屋舍，屋舍并不需起基础，前墙根紧挨着石砭沿，屋下的水面，什么地方在石砭上凿出坑儿，立栽上石条，然后再用石头斜斜垒起来，算作是台阶。水涨了，台阶就缩短，水落了，台阶就拉长。水也是长了脚的，竟也一年走到门槛下，鸡儿站在门墩上能喝水。

现在，水平平地伏在台阶下，那里是码头，柏木解成了一溜长排，被拴在石嘴上。船儿从峡谷里并没有回来，女人们就蹲在那捶打一种树皮。这树皮在水里泡了七七四十九天，用棒槌砸着，囊出麻一样的丝来，晒干了可以拧绳纳鞋底。四只五只鸭子在那里浮,看着一个什么就钻下去啄,其实那不是鱼,是天上落下的还没有消失的残月。

一只很大的木排撑下来,靠近了对面的山根,几十人开始抬一个棺材往山上去,唢呐咿咿呜呜的。这是河湾上一个汉子要走了,他是在上游砍荆条,然后扎排运到下游去卖,已经砍了许多,往山下扛的时候,滚了坡。在外的人横死了,尸首不能进家门。棺材上就缚了一只雄鸡,一直要运到河那边山头的坟地去。熟人死了一个,新鬼多了一名。孝子婆娘在唢呐声中哭,有板有眼。这边砸树皮的女人都站起来,说那汉子的好话,看着那儿子在河里摔了孝子盆,就拿一块手帕,揩了鼻子嘴的流眼泪。

在水里钻了一生,死了却都要到山顶上去,女人们不明白这是为什么,或许山上有荆条,有龙须草,有桐子,有土漆,河里只是运往的路吧。唢呐吹得这么响,唢呐是人生的乐器呢,上世的时候,吹过一阵,结婚的时候,吹过一阵,下世的时候,还是这么吹。

一个女人突然觉得肚子疼,她想了想,才六个月,还不是坐炕的日子呀?就怀疑是那汉子的阴魂要作孽了,吓得脸色苍白。夜里,女人的男人偷偷从门前石阶上下去,坐船到了对岸山上,浇了一壶酒,将削好的四个桃子橛子钉在坟头,说:"你不要勾了我的儿子,让他满满月月生下来,咱山上河里总盼着一个劳力啊!"

一切很安静。住人家的那块完整的石头的山上,月亮小小的,水落了,门下斜斜的台阶,长长的,月亮水影照着像一条光光的链条。

十

一群乌鸦在天上旋转,方向不固定的,末了,就落下来;黑夜也在翅膀上驮下来了。九沟十八岔的人,都到河湾的村里来,村里正演电影。三天前消息就传开，人来得太多，场畔的每一棵苦楝子树，枝枝丫丫上都坐满了，从上面看，尽是头，像冰糖葫芦，从下面看，尽是脚，长的短的，布底的，胶底的。后生们都是二十出头，永不安静在一个地方，灰暗里，用眼睛寻着眼睛说话。

早先地在一起，他们常被组织着，去修台田，去狩猎，却护秋，男男女女在一起说话，嬉闹，大声笑。现在各在各家地里，秋麦二料忙清了，袖着手总觉得要做什么，却不知道做什么，肚子饱饱的，却空空的饥饿。只看见推完磨碾后的驴，在尘土里打滚，自己的精神泄不出去，力气也恢复不来。

场畔不远，就是河，河并不宽，却深深的水。两岸都密长了杂木，又一层儿相对向河面斜，两边的树枝就复交纠缠了。河面常被这种纠缠覆盖，时隐时现。一只木排，被八个女子撑着，咿咿呀呀漂下来。树分开的时候，河是银银的，钻树的防空洞了，看不见了树身上的蛇一样裹绕的葛条，也看不见葛条上生出茸茸的小叶的苔藓。木排泊在场畔下，八个女子互相照看了头发，假装抹脸，手心儿将香脂就又一次在脸上擦了，大声说笑着跳上场畔。

后生们立即就发现了。但却正经起来，两只眼儿都睁着，一只看银幕，一只看着场畔。

八个女子，三个已经结了婚，勾肩搭背的，往人窝里去了，她们不停地笑，笑是给同伴听的，笑也是给前后的人听的。前后有了后生，也大声说话，说是说明电影上的事，话也是给他人说明自己的能耐的。都知道是为了什么，都不说是为了什么。

五个女人是没有订婚的，五个女子却并不站在一起，又不到人窝去，全分散在场河边上，离卖糟的小贩摊，不远不近，小贩摊上的马灯照在身上，不暗不明。有后生就匆匆走过去，又匆匆走过来，忙乱中瞅一眼，或者站在前边，偏踩在一块圆石头上，身子老不得平衡，每一次从石头上歪下来，后看一眼，不经意的。女子就哧哧地笑，后生一转身笑声便噤，身再一转，哧哧又响。目光碰在一起了,目光就说了话,后生便勇敢了,要么搭讪一句,要么挪过步来,女子倒忽地冷了脸,骂一声"流氓",热热的又冷冷了,后生无趣地走了。女子却无限后悔,望着星星,星星蒙蒙的,像滴流着水儿。再换过地方,站在卖糟的那边,一只手儿托着下巴,食指咬在牙里。

一场电影完了,看了银幕上的人,也看了看银幕下的人,也被人看了。八个女子集合在场畔,唱了一段花鼓,却说:别唱了,那些没皮脸的净往这儿看呢!就爆一阵笑声,上了木排,从水面上划走了。木排在河里,一河的星星都在身下,她们数起来,都争着说哪颗星星是她的,但星星老数不清。说:"这电影真好!"奋力划桨。

木排上行到五里外的湾里,八个女子跳下去,各自问一句"几时还演电影呢?"各自走进八个岸边的山洼。已经听见狗在家门口汪着了,一时间,脚腿却沉重起来,没了一丝儿力气……

十一

冬天里沟深,山便高,月便小,逆着一条河水走,水下是沙,沙下是水,突然水就没有了,沙干白得像漂了粉,疑惑水干枯了,再走一段,水又出现,如此忽隐忽现。一个源头,倒分地上地下两条河流。山在转弯的时候,出现一片栲树,树里是三间房,房没有木架,硬打硬搁,两边山墙上却用砖砌了四个"吉"字。栲树叶子都枯了,只是不脱落,静没声没息。门前一溜石板下去,是一处场面,左边新竹,每一片细叶都亮亮的,像打了蜡光。竹子是石磙子碾子,碾盘上卧着一条狗,碾杆上挂着一副牛的暗眼套。右边是十三个坟墓,坟墓前边都有一个砖砌的灯盏窝。这是百十年里这屋里的主人。十三个主人都死去了,这屋还没有倒,新主人正坐在炕上。

这是个老婆子,七十多岁了,牙口还好,在灯下捏针纳扣门儿,续线的时候，线头却穿不到针眼，就叹口气坐着，起身从锅台上抱了猫儿上来。猫是妖媚的玩物，她离不得它，它也离不得她，她就在嘴里嚼馍花，嚼得烂烂的了，拿在手里喂它吃。

孙子还没有回来。黄昏时到下边人家喝酒去了。孙子是儿子的一条根，儿子死了，媳妇也死了，她盼着这孙子好生守住这个家。孙子却总是在家里坐不住，他喜欢看电影，十里外的地方演也去，回来就呆呆痴几天。他不愿留光头。衣服上不钉扣门儿。两年前就不和她一个炕上睡，嫌她脚臭。早晚还刷牙呢。有男朋友，也有女朋友，一起说话，笑，她听不懂。

她总觉得这孙子有一对翅膀，有一天会飞了。

灯光幽幽的，照在墙角一口棺木上，这是她将来睡的地方，儿子活着的时候就做的，但儿子死了，她还活着；每一年就用土漆在上边刷一次，已经刷过八次了。她也奇怪自己命长。是没有尽到活着的责任吗？洋芋糊汤疙瘩火，这么好的生活，她不愿离去，倒还收不住她的心呢！

心想：现在的人，怎么就不像前几年的人了，一天不像一天了。她疑心是她没在门框上挂一个镜儿。上辈人常是家里有灾有祸了，要挂一块镜子的。她爬起来，将镜子就挂上了，企望将一切邪事不要勾了孙子的魂，把外界的诱惑都用镜收住吧。

半夜里，门外有了脚步声，有人在敲门。老婆子从窗子看出去，三个人背着孙子回来了，打着松油节子火把，说是孙子喝醉了。白日听说县上要修一条柏油公路到这里来，他们庆贺，酒就喝得多了。老婆子窸窸窣窣下来开门，嘟囔道："越来越不像山里人了！"

门框上的镜亮亮的，在坟头上照下一点白；天上的月亮分外明，照得满山满谷里的光辉。

1984年秋

商州再录

题记

去年写了一个《商州初录》,一个《商州又录》,似乎倒引起了读者的兴趣,纷纷来了信,商讨起天文地理,风物人情,以及远古近今的政治经济哲学美学经文方志,内容杂繁而有趣。差不多又有一种意思流露出来,是对商州山地的企羡,思绪想象且比我非非尤甚,接着便怀疑天下是否真有这块美丽神秘的地方,后又愤愤不平地说他们的故乡比商州更好,不信请我去看看。其中便有了几位热血活跃勇敢好奇的年轻人,竟告假自费前往实地游察。这使我欣然同时惴惴不安,去信说:商州确有其地,打开中国的地图,画一个十字线,交叉的方位稍往东稍往南,那便是了。战国时期属秦,汉时称商州,唐时为商洛,宋至清又复改商州,今又再归为商洛。地方的美丽和神秘,并非出自我的"人人都说家乡好"的秉性,也非我专意要学陶渊明,凭空虚构出一个"桃花源"，初录和又录里的描写，已足以锐明这不是桃花源，更绝无世外。但它的美丽和神秘，可以说在我三十年来所走的任何地方里，是称得上"不可无一，不可有二"的赞誉。需要提醒的是，这地方旅行是艰辛的，李白、白居易、杜甫、王维、温庭筠涉足到此，必是骑一头毛驴，还得有一名书童伴随，才于而行，吃尽苦楚，以致使韩愈牺牲了携领的亲生爱女，以致使苏辙任职而抗命不去，以致使贾岛发出哀怨："一山未了一山迎，百里没有一里平，犹是老禅遥指处，只堪图画不堪行。"当然，现在是何等年月！但同时又不能不考虑虽然当今交通运输工具的现代化却又因其交通运输工具的先进而使人的自身的脚力和忍耐力则在人创造的先进工具中日渐退化。即便是去骑自行车，颠簸程度难以承受，何况路多忽上忽下，车骑人倒比人骑车的机会多，更还有许多值得去的地方，帮助人的仅仅只能是一根鸡骨头木的拐杖。

基于这种情况，我便觉得我又有事可干，于是点灯熬油做那一种不流臭汗却绞脑汁的写工，看做是自己"以济天下"的一种表示，这就是可亲可敬的读者将要读到的这个《商州再录》。

声明的是：

对于商州，外界人的眼里，以为我了如指掌，实则在商州人的眼里，我只是作了点勉强的解说。我不在那里受商州户口登记处管辖已是十二年，儿时的印象虽深入骨髓，却反倒漠然，犹如一个人钟情爱人，出门在外却常常突然记不清他（她）的容貌一样。这几年，去了那里几次，也未做到深入得剃光头穿对襟褂，吹牛扶犁做农事。严格讲，只是"鸡鸣茅店月，人迹板桥霜"的走动走动。今年又去了一趟，有许多使我吃惊的变化，所到之处，新房新院新门楼，人民衣着整洁，面色有红施白。甲子年按往昔乡俗，是不宜男婚女嫁，但路上随时有迎亲的队伍，唢呐高吹，也有抱录音机欢唱，新娘子不羞，仰面迎人，也是披红，却皮鞋筒裤，戴镯的手腕都戴上了手表。逢节过会，亲戚走动，装馍的小竹提篮皆换作五升小圆笼儿，馍顶上还点缀洋红，酒却不是空瓶盛散酒，一律新买的瓶装酒。再不见穿有石榴皮和靛蓝自染的土布衣服，一些老汉们穿商店的裤子虽然心疼"一边穿磨损浪费"而将开口换到后边，下蹲艰难，受年轻人耻笑，但毕竟穿了机织布，最差是咔叽料的。长久的印象里农民善于藏富，而今更突出的是显示了农民性格中的另一面，极尽豪富。他们已不再逍遥"洋芋糊汤疙瘩火，除了神仙就是我"的生活，变得知农知工知商，有识有胆有进取，言语大方，行为有风度。时常三人五人凑一起聊天，竟议论当今天下潮流变幻，政府首脑的得失功过，以及政策推行的实效和可能发展改动的趋向，使我觉得未免可笑，随之而大为感叹。我在往洛南县寺耳区去的路上，直觉得感受丰富，夜里在小镇街上喝酒，兴致难禁，劣性儿勃起，用毛笔未作构思便书写了三尺条幅，其文不妨在此抄出，以证明我当时的心境：甲子岁深秋，吾搭车往洛南寺耳。但见山回路转，湾湾有奇崖，崖头必长怪树，皆绿叶白身，横空繁衍似龙腾跃。奇崖怪树之下，则居有人家，屋山墙高耸，檐面陡峭，有秀目皓齿妙龄女子出入。逆清流上数十里，两岸青峰相挤，电杆平撑，似要随时作缝合状。再深入，梢林莽莽，野菊花开花落，云雾忽聚忽散，樵夫伐木，叮叮声如天降，遥闻寒暄，不知何语，但一团嗡嗡，此静之缘故也。到寺耳镇，几簇屋舍，一条石板小街，店家房皆反向而开，入室安桌置榻，后门则为前庭，沿高阶而上，偌大院子，一畦鲜菜，篱笆上生满木耳，吾讨酒坐喝，杯未接唇则醉也。饭毕，付钱一元四角，主人惊讶，言只能收两角。吾曰："清静值一角，山明值一角，水秀值一角，空气新鲜值八角，余下一角，买得今日吾之高兴也。"

当然，也令我吃惊的有另一些发现和感受，是这次商州之行，亦有不同儿时在商州，甚至不同前年去年去商州，觉得有一种味儿，使商州的城镇与省城西安缩短了距离，也使山垯沟岔与平川道的城镇缩短了距离。这味儿指什么，是思想意识？是社会风气？是人和人的关系？我又不能说准，只感到商州已经不是往昔的商州。所到的人家，已不待生人为至客，连掏出工作证，甚至报刊记者证来，亦不大生效。必要有熟人相引，方热情可炙，否则面虽有笑容，也有礼有节，但绝不启酒坛炒熏肉拉家常视为知己，也绝不会临走装你一袋子木耳、核桃、黄花菜、板栗，送三里五里，还频频摇手呼之：再来啊！坐下采访，也不会使他们紧张得一脸狼狈，热汗满头，问一句答一言，句句无过无不及无危险的官话大话空话套话无用话。而是淡然不答，或是口若悬河，说些挖苦话，牢骚话，奚落话，使你觉得有情有理又刻薄尖酸，时不时会将我装套其中，面红耳赤。这还罢了，尤是在村里看见大场上一堆一堆麦草秸子如清朝官员收集平放的花翎帽，问起这是谁家的，这家目下情况如何，回答必是正话反说，反话正说，有企羡却夹着忌妒，有同情又带着作践，或者随你话，答你言，给你个圆溜溜不可捉摸。他们能干而奸狡，富足而吝啬，自私，贪婪，冒险，分散。这不免使我愤怒。静心思索，又感到，随着时代的变迁，这些山民既保存了古老的传统遗风，又渗进了现代的文明时髦，在对待土地、道德、婚姻、家庭、社交、世情的诸多问题上，有传统的善的东西，有现代的美的东西，也有传统的恶的东西，也有现代的丑的东西。而这些善的美的，恶的丑的东西，又不同于外地。它是独特的商州型的，有的来自这个特定的自然环境中形成的自身，有的来自外边的流行之风的渗透影响。如此看来，在整个中华民族振兴的年代里，商州人极力在战胜这个商州的地理环境、社会形态，一方面也更需要战胜商州人的自身。

  这许许多多感触感想以此引发的复杂的错综的黏糊不清的思考，有的我可以说出，有的意会到了又苦不能道出，有的竟仍处于混沌中。于是，在动笔记录这些所见所闻的故事之时，陷入极大艰难。我试图要把这部实录分为甲本乙本两组完成，故先写了几个新生活的具体变化的篇章，但笔一放开，即不可收，愈写愈长，最后竟成了独立的中篇小说。而这种行文已超越了《商州再录》的统一格式，便只好删除，单独去发表。所以，读者看到这个再录，仅仅是我保留了一些短的，又能统一归入一定格式的篇章。或者不难看出，写眼下新的具体事情比较少了，单薄了，这本来是原计划中的甲本，现既已抽去了再录中的乙本大部分，也敬请读者宽恕，而我自信的是，这些所谓甲本的篇章，并不是为了写过去而写过去，意在面对现实，旨在提高当今。我认为，任何行动，任何事业，乃至每一项改革，关键是人的素质，而人的素质的培养和提高皆都是总结过去的经验和教训，清醒其各种美善产生的环境土壤，和丑恶产生的环境土壤。不就事论事，而是历史地考察。这便可以釜底抽薪而止汤沸，便可取沙换土而灭毒菌的。

日前与一些朋友交谈，说起当今社会鼓励人民高效率，高收益，高消费，也就有人鄙夷"发扬延安精神，艰苦奋斗"。这话初听，似乎有道理，似乎延安精神不宜当今时代了。但又一想，此话是太偏颇，是歪曲了延安精神的，延安精神之所以提倡艰苦奋斗，并不是要人艰苦了再艰苦，最后还是艰苦，而主要的是奋斗。难道当年红军北上不是开拓性的壮举吗？在延安那个穷山沟里硬是丰衣足食，不更是一种开拓吗？延安毕竟是艰苦的过渡地，最后还不是开赴北京，要宣告新中国的诞生吗？商州目前的情况，也正类同当年的延安，是在艰苦中拼力奋斗。奋斗就是摆脱艰苦，一种自然的艰苦，一种人的自身的艰苦。这也正是我的《商州世事》。能写出来的信念和动力，也是我企图争取读者理解的愿望。如果事能如此，我便打算往后再继续到商州去，到山地去，到生活的深处，再录出一些东西呈献给读者。

周武寨

从云镇到柴镇，距离了十五座山梁，这山梁皆立陡陡的，互不接壤，各自拔地崛起独立于世。有十五座山梁就有十四条川谷，一条川谷又是一脉流水，这十四脉流水就夜以继日地流，喊喊叫叫地流。河流是天生的悲剧性格，既有志于平衡天下，又为同情于低下的秉性所累，故这十四脉水有的流得有头有尾，有的流得无头无尾，有的流得有头无尾，有的流得无头有尾，却没有一脉是可以将两个镇子联结起来。流水边上的山民靠这水吃喝生存，抚儿育女。春天里桃花盛开，鱼鳖肥嫩，用黄蜡木条编就了捞筐置于中流击水的巨石下获取缝鱼、草鱼、五色鱼。用自制的三戟钢叉在浅水沙中插鳖。冬天里，满山白雪，一川银冰，赶驴子到岸边站定，用钢钎凿窟窿汲水，驮回来人喝鸡喝，饮猪饮牛。唯有秋夏二季，男人们一早上山去割漆割葛割龙须草。去捡毛栗，打核桃，收油桐籽、紫葡萄、松果、橡子，直到傍晚自造了柴筏子顺流返回。那女人就在河里相迎，脱着赤条条的一丝不挂，身子如同浪花一个颜色，会突然从丈夫的柴筏下水鬼般地爬起。水给了这里的人极大的方便，幸福，自产自销和自作自受的天伦人伦之乐，但水又使这里百分之六十的人一生数十年里不曾去云镇和柴镇。要为镇子上五颜六色的商品所惑，要为镇子上繁华热闹的场景所诱，又不怕艰辛，又有钱，到云镇和柴镇去那就要爬一条山路了。

　　路可以说是最勇敢的，又是最机智的，能上就上，能下就下，欲收先纵，转弯抹角，完全是以柔克刚，以弱争强，顺境适应，适应了而彻底征服。故在这一带，山民们最崇尚的，一则是天上的赫赫洪洪荒荒的太阳，二该是地上的坚坚韧韧豁豁的山路。六月六，每年的好日头，一个旋转着的柠檬黄的液态火球，所有人的所有物产，譬如包谷、豌豆、麦，譬如耳套、褥子、鞋、狐皮帽子，甚至女人们的包袱布卷、值篮针线，年老了但并未下世的一年刷涂一次土漆的寿棺、寿衣，都要拿出来暴晒。人家的老的少的，在阳坡里剥净了上衣，将洋红水抹在额上，肚脐眼上，大碗喝酒，猛敲铜的脸盆，直到一脸皮肤由白变红，由红变黑。至于对山路的崇尚，区别于太阳的是渗透了日常生活之中，每个家庭里或男或女，总有两三个名字与路有关，阿路，路拾，麦路，路绒，叫得古怪而莫名其妙；无知无畏的孩童，什么野皆可撒得，却绝不敢在路上拉屎拉尿,据说那会害口疮得红眼;出嫁的陪妆家具只能从路上抬走;送葬的孝子盆只能在路上摔打;民事纠纷,外人不可清断之时,双方要起誓发咒,也只能是头顶着燃烧的如油盆一般的太阳,脚踏在路口中心;做了亏心之事想忏悔赎罪嘛,上老下少有了七灾八难不能攘解嘛,断子绝孙不能延香续火但求后生积德积福嘛,去修路护路,这比到菩萨庙里娘娘庙里关帝庙里磕头烧香、上布施、捐门槛效果更好!

这条从云镇这达到柴镇那达的山路,叫官路。所谓官,大概就是公的意思,旧时称官老爷,可能认为公共的老爷,官路也自然便是大家要走的路了。这条官路市里是多少,公里是多少,有人说二百四十市里,有人则说一百九十市里,说话者又皆是这官路上长年走动的脚夫,相差竟是五十市里,可见没有国家测绘局的干部背了仪器测定,这里程永远是不能轻信的。官路既不知长短,更不知为哪一上辈人所开,严格地讲,这也不是谁开出来的,是一代一代人的脚硬踏出来的。往往在最艰难的山峁上,崖畔上,明显地看出路不是一条,突然地分开,如一堆乱绳相绕,各自在寻找着最佳轨道,山峁崖畔过去了,路又合为一条。

路的颜色永远是不变,硬的,白的,或者是两旁的石岩石壁,或者一边临渊面沟,一边紧贴石棱石坎。沟坎暗处生一层苔衣,苔衣浅时视见如斑痕,厚时则绒得似乎海底软体动物,化僵尸为神灵,且日月交错,四季更替,苔衣随之而碧黄紫黑,路却始终赤裸,容不得任何伪装和蒙蔽。偶尔飞鸟过后,口衔的草籽落入其上,斜旁的野酸枣根从地上伸延过来,却绝没有它出头露面之时。山羊灰兔可以爆豆似的在上遗矢,狐子獐子可以印花似的在上留蹄痕,但即使夜如泼墨,路仍是泛着灰白。沿途有许多山泉,滴水成潭,这不是专门人的发现,也不是专门人的开掘,却修理得十分精美卫生,谁也自觉地不去洗脚洗脸;渴饮,跪下去,这是对水神的礼拜,是不跪就喝不上水的跪,然后,仄身在近旁掐一片冬花叶来,折一个斗勺状,慢慢地舀吮。每五里有一小站，十里有一大站，站无站亭，缘地形一个较大的空地，空地边上有高高低低的石坎土台，足以停歇背篓，空地中有天然的石头，或立或蹲，那柴担货担就恰到好处地两头放在石上。这种停歇站形成于久而久之的无意之中，形成了，便作为行路上必歇之处。陌生人在这条路上，最惊叹的莫过于那些脚夫，他们的货担由两个竹筐一根扁担组成，筐里土漆漆过，黑光铮亮，系五色绳索，扁担长一丈，丈二，翘翘呈弓形，顶尖镶有铜的包角，左右换肩扶手处又包有牛蛋皮套，行走开来，大脚大步，一手扶了扁担，一手持一搭柱，时时将搭柱斜支在扁担下而将重量引渡于另一肩上，腾云驾雾的姿态，使观者皆忘却这是劳作，有飘然而至的神仙味道。在停歇站上，那停放货担的地方已占却尽了，他们会靠着崖壁，用搭柱支了扁担中间，货担静静地悬空休息了，脚夫也静静地立在那里闭上眼睛休息了。这么沿途下来，陌生人又一定会发现站与站的距离几乎相等。这正是站的妙处所在，如平原上的农民丈量土地，是反抄了双手用步子踏的，山民们负重着货物，是靠体力的消耗程度来决定站点的，其准确度却与仪器测量相去不远。

当然，沿途的人家是少极，近乎于可怜巴巴，且都临着河畔沟底，或山坳坡洼，而将那不怕热不怕冷的泥塑的山神像安置在路边，修盖一座精美到极致的小庙。小庙的墙壁上，基石上，不会像城市文明人那样刻起横七竖八的"××到此一游"的字迹。山民们多半不识字，即或识字，艰辛的跋涉也使其没有了这种雅兴。但他们却都有被城市文明人所嘲笑的迷信：香火不会中断，时有红绸布挂在庙檐，而且极忌讳说"倒了""滚了""完了"的话语。他们不畏惧狼虫虎豹，因为他们有对付野兽的力气，狼虫虎豹想吃他们，他们更想吃狼虫虎豹，又想得狼皮虎骨。他们害怕鬼神，鬼神不是可以用力气征服的，所以他们斗打不过就反过来软化政策，恭维它，跪拜它，以供献收买它。有了路，脚夫们就不断，有外地之人，有沿途人家的汉子，冬冬夏夏，朝朝暮暮，从云镇到柴镇，从柴镇到云镇。云镇是镇安县最繁荣的镇子，也是商州西南边界上最著名的贸易点。远在明清，就成了湖北、四川及安康、汉中从南部人商的要道重镇。商贾之人完全不必再往北走到商州城去，更不必再往西安市去。北路南下的商人贾客可以将布匹、食盐、水烟、煤油运到云镇，南路来的贾客可以将桐油、生漆、药材、竹编运到云镇，云镇有十四个货栈，八个酒店，几乎有街面人家都开办的旅店饭店；以物易物，公买公卖，或者请经纪人在酒桌上翻手为云覆手为雨而生意成交，或者在一顶半新不旧的草帽下边，衣襟底下握手掐指讨价还价，斤斤计较，反正到最后各自满足，南北分道扬镳。柴镇小则小矣，却是三省交界地，说它是云镇的陪镇亦可，说它是云镇的门户更可，它的地理极其绝妙，人员成分尤为复杂。围绕着它的，四面是路，八方可通，像是一个宝葫芦，而金线吊葫芦的，一扯就是几百里远的，就只有这条山路了。

一个脚夫，从柴镇出发，吃赶了毛驴走一天半，担挑子或者走两天，就可以歇在清风涧。清风涧上是一个村，村子却差不多荒废了。房院倒塌，断墙残垣，沿一堵石崖边上，有一排高高的屋基，全然是四楞见线的石条所筑，石与石之间的白灰已经脱尽，生出毛刺草，野刺蝶，一种花皮蚊子般的飞虫在那里嗡嗡一团。这是曾经壮观的一排房子。试想当初，门前对着山路，路那边临着屋舍，入门启窗，窗外远眺，一涧白云，满耳清风，如今仅剩这秃石基。夕阳里金辉腐蚀，那拳大的扑鸽，升大的鹰华歇落其上，厨下一堆白花花的粪便，怪叫一声，足可以令人悲凉不已。尤其在夜里，月在中天，万籁俱寂，在这些破败屋舍间走动，一片蛐蛐鸣叫，于朦胧之中看见一只狐子逾墙而过，那更使人于一种萧瑟之中平添时过境迁的感慨。

但是，就在这废墟之中，黑夜里透出了一点光明。这光明来自一面窗户，窗户是用新竹编制的，竹纸上贴了雄鸡啄蝎的窗花，经光射映，栩栩如生。这是一所院子，月夜下院门敲了数声，一人出来，两人进去，立即屋顶的烟囱中冒出轻烟，烟出窗口溅有火星，散发出看不见却能感受到的热量。院门是紧闭了，门前的那棵杏树和榆树默然静寂，这是一棵树，却是两种树干，远近闻名的合欢树。树上的硕大的窠里，歇下了一对夫妻的喜鹊，及它们三个羽毛未丰的女儿。树下阴影里却坐卧了一只狼狗，此狗系纯种的山狗，有狼的凶狠和警觉，据说这类狗是处在狼多的深山，与狼长年搏斗久而久之衍变过来的。此时它沉静得如一尊石雕，但稍一风吹草动，双耳便耸起，汪汪几声，爆响若豹。显而易见，这所院子是清风涧唯一活着的院子，院子里的人是清风涧真正的主人。主人在这里生活得似乎十分坦然平和，并不害怕院后一片二亩方圆的坟地，坟地里那一棵一棵黑桩似的古柏，那馒头似的墓堆和墓前那远自清朝年间至公元二十世纪六十年代的石碑。

这地方就是清风涧，这村子却叫周武寨，周武寨里这院人家开的是一个店，店里卖酒，酒旗上也是"周武酒"。

酒旗是用一块黄油布制成的，已经在土炕上铺过了好多年，孩子的尿的腐蚀和屁股的肉的磨蹭，黄油不但未被剥脱，反倒愈发光亮。它晃在合欢树的横枝上，太阳一照，迎风抖着，就是一片狂欢的色彩。从柴镇而来的脚夫老半天爬一条沟道。一上到前去五里的山筛上，从云镇而来的脚夫在盘山道上转过了六六三十六个拐弯，一转到前去五里的V口上，这酒旗就全然看见了。一看见酒旗，脚夫们就大受刺激，双目放光，无异于在茫海孤舟漂泊三月半载突然望见了港口，无异于古时唐僧取经人困马乏之时荒野里看见了一处古刹。脚夫们长时间的艰难枯燥的行程，任西北风的鞭挞和沉重的云空的压抑，便任随这黄油布的酒旗激起想象，使之达到迸发的顶点！于是，长叹一声。丢下挑子，拴住毛驴，一个立体的大字直直地倒在草丛里，评论起这店家的烧酒香味，评论那猪油烩的浆水浇在绿豆和麦磨出的杂面条上的酸味、辣味、呛味，还有那臭豆腐、糖咸老鸦蒜、辣丝熏肉的味道，甚至那重吊着布袋奶子的老板娘满满当当塞在藤椅上的胖身子，那瘦得猴儿一样干练的掌柜的火纸点吃的白铜水烟袋，以至那儿媳的高低、粗细、善恶、俊丑。他们这么谈着，就把一切疲劳消除，似乎他们并不是脚夫，悠闲的是一群戏院里的观众，是一群集中在村口碾盘上开老碗会的食客，是一群人生评论家，世事的鉴赏家。

这会使第一次做脚夫的人大惑不解，他只觉饥肠辘辘，腰酸腿疼，极快地赶了过去大块吃肉，大碗喝酒，脱一个赤条条无牵无挂在那面大炕上大声响一阵鼾，却不明白老脚夫们这么乱七八糟地评论倒要比真吃、真喝、真睡而更觉受活！不免疑问起来。老脚夫们就坐起身来，将烟袋慢慢点着，摆了架势，竟会说出一段关于周武寨的陈年老事。

清风涧之所以为清风涧，是十五座山梁中，唯这里最高，且山脉走势宛若"人"字，起源了十四条川谷中最宽最长的川谷，而川谷蜿蜒远去。在这里的夹角特别深邃，从南北相等的五里外的山头往"人"字头上走。路就像缠在山腰上的云带。脚夫们最提心吊胆的，就是走这段路。他们必须吃饱用包谷面包萝卜丝的窝窝头，或者用山泉水在一只携带的铝盆里拌和了大米柿子磨制的炒面，否则行在路中，心慌腿软，就有可能跌倒，一跌倒就堕入涧内如飘一片树叶一样杳然无声。再是三叩六拜那山神泥胎。祈求神灵保佑。因为寂静得可怕的石板道上，猛然迎面走来一个女人，妖妖艳艳，飘飘忽忽，你能说清这是良家女子，还是狐狸成精的伪装，还是涧下阴鬼的幻变？更何况涧下突然一声猿啼，山顶上一块风化石头突然滚落。路是一尺宽的，因临着深涧，感觉上便仅仅只有半尺宽窄，这边山头的脚夫要过，最紧临那边山头的脚夫也要过，两者相遇道中，担挑的东西多了，大了，退让就成了难题。故脚夫们拔脚的时候，总是在这边喊几声"噢噢噢！——"那边的肯定要回几声"噢噢噢！——"说明那边也有人要过了。于是这边的就停下来，等那边的过来了，方可再过去。有时这边一喊，那边也喊，并不是有人，而是回音，这边人空等那半晌不见人过来。就兀自在这边骂一通娘。也有这边"噢噢噢"之后，那边并没明显回应，脚夫们便背着寿材板结队朝前走。这寿材板是柴镇方面最赚钱的生意,仅一页板,柏木的,松木的,苦楝木的,长一米八,宽二尺零五,一人只能负重一页,用绳子缚在背上,行走起来,前边看去像一群带甲壳的动物,从后看,人不见头不见腿,犹如魔幻了的木板移动。脚夫们就一个与一个拉开一定的距离,不能近,近则容易撞磕,不能远,远则一人出事,无同伙照应。但是,不巧的是突然听见惶惶惶的铃声,迎面就来了一队驴驮子。两方在道中相遇了,并不说话,怒目而视,那是一种极端仇恨的僵持。退让是谁也不愿干的,于是就沉闷着,直等到双方皆精疲力竭,相互看出对方虽然可恶却还不是一脸凶相、企图干伤天害理之事的歹徒,那背木板的便服输了,一个一个将身子侧转,将木板靠在崖壁上,像是钉死在那里,让毛驴队紧贴了身子过去。

这就到了清风涧。

到了清风涧,人就像下了竿的猴,卸了套的牛,炸了麻花的油,没有一丝力气可存,故天时地利地需要在此有一些人家,供脚夫吃,喝,睡,养精蓄力。于是,人家也就产生了。

这是在清嘉庆年间,从四川过来了一个生意人,行到这里,寻思:到云镇、商州做买卖,倒不如在此搞经济。主意拿定,就没有再走,从山上砍了树枝搭了一棚,安身下来卖茶卖酒。没想生意竟好,一过就是二十年,到了行将老去的年纪,他收留了一个过路的花子。这花子虽饥寒交迫,人却忠厚,接管了老汉的家产后便甘做孝子,将长辈埋葬在屋后,自己又经营茶酒,如此又是二十年,临终又招了一个过继的。如此反反复复了上百年,这里的木棚翻新了瓦房,经营了酒也增设了饭,但店家还只是一人,又都是下世之前方有新的到来。后,掌柜的是一位姓周的汉子时,他从人贩子手里买得一位女子,方正经成为一户人家,这是本世纪二十年代的事。夫妇一辈子生活在这里,虽然每日皆有过路脚夫,但脚夫长则一日短则半晌,匆匆离去,天地自然就留下他们二人,不免清寂难耐。大世界唯一使他们生趣的是干那一种生理的交合，无异于山中的豹子山猪，或那一帮一伙红着眼睛的野狗。这女人又该是枣核体形，正是能生能育，又加上吃喝有余，水土良好，空气新鲜，竟生出十二个儿来。十二儿长大，狼虎一般，一个个高头大脑，能在山上砍柴垦地，能在脚下攀藤采药，吃生肉能克，睡石板能眠，于是人口兴旺，家业扩张，屋舍年年修筑，娶妻生子，分锅另灶，慢慢便形成一片不大不小的村寨。

但是，动乱年月，哪里会是一块清静之地？十二个儿皆长成门扇高低，忽一日，柴镇的镇长坐了滑竿上来，前呼后拥了几十个背"汉阳造"的兵士，对着周老头子宣布：国难当头，匹夫有责效劳，十二个儿子要抽六个壮丁充军。老头子听罢，当场晕倒在门前石阶下，口吐白沫，昏迷不醒。十二个儿子正在门前山梁上挖芋头，先瞧见有人上山，以为脚夫，后见老父倒在地上，皆凭了力大无比，血气方刚，举了镢头扑下山来讨打，竟将一兵用镢头挖倒，镇长看时，那镢头还嵌在死人的脑壳里拔不出来。一时下令射击，叭叭叭三声脆响，满山沟从未有过这种声响，山石松动，哗哗下落，在涧底砸碰不息，山鸟惊飞，野猿飞蹿，十二儿有三个倒在地上，已经气绝了。

幸存的九个儿子一见三个兄长身亡，毕竟是山里长大，登时竟呆在那里，清风涧里死一样寂静，蓦地一声撕肠裂肚的呐喊，九个儿子分八面逃散。又是一阵枪响，中间的那个倒下了，血冲上半空，喷洒在石岩上，八个都站住了，被兵士们绳绑索捆在了门前的苦李子树上。老头子苏醒过来，老夫妻一对跪在地上给镇长磕头求饶，两个儿子还是被拉走了。镇长说话是算数的，他打死了四个，抓走了两个，六个壮丁的名额一个不多，一个不少。

一家人遭到飞来之祸，只有抱头痛哭到天黑，天黑到天明，四具血淋淋的尸体横在院里，招惹得白日鹰飞莘来，夜里狼叫狗咬。行路的脚夫们几天不见踪影，全钻进了石洞和树林子。后来听得这家人哭声渐歇，传来沉重而单调的敲打声，方走近看时，周家拆掉了三间房的楼板，钉起了四口棺材，在屋后掘坑埋儿了。此时,两个儿子还在柴镇镇公所的柱子上五花大绑着。周老头子疯一般地赶去,眼瞧着儿子被剥光了上身,头发上系绳子拉直在屋梁上,口骂,用竹板子扇嘴,脚踢,坠四十斤重的石锁,然后将香点燃一下一下按在脊梁上烧,老头又是捣米般地磕头,镇长放了话:保人可以,每人保费五百个银元。一千个银元到哪儿去找?这样就出来了一个姓武的人。

这人是柴镇上的赖子,生得四肢短小,铮眉火眼,上无父母,下无妻小,终日混在赌场,是谁也见不得谁也恶不得的角色。当时刚刚赢得一千五百个银元,听说清风涧的周家没钱买丁,就毛遂自荐他可以资助,但条件是一千个银元买清风涧三间房子,二亩坡地,一处林子。周老头子瓷眼看了看他,没有言传,返回清风涧,老少围了火塘思想了一夜,还是拿不定主意,老头子说:

"罢了,罢了,让姓武的来吧!"

第二天里,便又提了一坛水酒,寻着武赖子,将那一千个银元交给了镇长,赎两个儿子回来。姓武的也就迁进清风涧,新屋新户,以示庆贺,请了镇上鼓乐班子吹吹打打,好一场热闹的"红庄"。周老头子一股子眼泪往肚里流,还是提两吊熏肉,一坛麻油前去笑脸祝贺。

事过一年,镇上又要抽丁,结果两个儿子又被抓去,周老头子一气之下,得了鼓症,半个月汤水不进,第十六天里伸腿儿过世走了。老爹一死,娘也死了。六个儿子就将家彻底分开,每人四间,勉勉强强耐活日子。柴镇到云镇的脚夫们还在走动着,那清风涧的新户武赖子则也以三间房开店,但实为赌场,招惹了附近地痞流氓没黑没明在家酗酒行赌。时常赌场闹翻,六亲不认,打得你断了胳膊,他折了腿,窝主武赖子也曾输得红了眼,以自己耳朵下注,结果手气不来,当真就被人割了左耳喂狗。常言道:"十个赌棍九个盗。"这帮人一旦没了本钱,就在贬道上拦路抢劫,将脸用锅灰抹花,只需带一把斧头,在那最陡最斜的贬道拐弯处一站,十有八九钱财必获,害得这一路脚夫少了许多，即使要过，也是十个八个结队而行。慢慢路断人稀，周家的店里就少了许多生意，只是叫苦不迭。

周家的第四个儿子，名叫周四路，本是善良忠厚小子，但每晚听武家酗酒赌博吃三喝四，止不住过去观看，久而久之，心热眼馋，也下了一注，没想竟赢了。得了好处，慢慢厌恶起农事，上了挣横财的瘾，三个兄弟百般劝说，只是不听，结果一场赌中却输了个精光，便也出去拦路抢劫，沦为人贼，被脚夫们打倒，用石头砸死在涧沟里。老四一死，武赖子则说老四生前借过他的钱，要兄弟三人偿还。周家三人明知这是讹诈，苦于死口无对，只好眼睁睁让武赖子占了老四的房子、土地。这样一来，姓武的就在清风涧有了近一半的物产。

后五年里，周家三个兄弟年年都有出丁的任务，为了保住祖宗的家业，三人死也不肯出丁，这武赖子便买丁，每次得周家两间房子、两亩坡地，他就替丁走了。只说这是条妙计，既可保住家人，又可从此没了这条恶虫，没想这姓武的是个混世的魔王，竟充军不到十天，就偷跑回来，无病无伤，且混得一身衣裳。如此连连替了周家四次壮丁，竟返回来将周家的家产吞并得十分有九，清风涧倒成了武家的世事。武赖子做了这里的强人，东六十里虎头山的土匪王老五就将自己的一个养女嫁他为妻，生下两男两女，武家就雇了长工，招了店员，自己发展自己的生意，数年之间，威风不可一世。后又娶了两个小老婆，各生有两男一女，越发成了此地一霸。再后，扩张田园，又开办染坊，终日门前布挂得像流云一般，白布染蓝，蓝布染黑，柴镇一带染布的人家也寻到他的门下，直到新中国成立前一年，发展到云镇有他的染坊分店，生药店，棺材店，出门动步，坐一滑竿，脚搭奋前边轿夫的肩上，羊皮长袍，狐皮帽子，那一只耳朵上也戴了松鼠皮套。

一九四九年正月，镇安解放，武家是地主，周家是贫农。周家兄弟三人，又生出六个儿来，又分到了武家一半房产、土地。武赖子年事已高，当年遭到抢劫的脚夫们联合上告,结果政府正法他于原籍,在柴镇的河滩里一颗子弹掀开了天灵盖。武家的儿子去拉,一张芦席裹了尸体走了一天,行至天晚,忽遇瓢泼大雨,儿子们就钻进一孔石洞避雨,天明继续上路,路上的担架里武老子的尸体竟被野狗吃得剩余一个腔子,一个没脑浆的空壳脑袋。武家的三个老婆,待丈夫一死,后两个年轻好事,守不住空房,也分别一走了了。六个儿子,三个受不了父亲的骂名,跑到了新疆去谋生,三个为人老实,在家替爹赎罪,安分守己,勤于耕作,但皆因出身不好,远近没有人家肯将女儿嫁过来作媳。只是第三个儿子到了二十六岁,讨了一个柴镇的三十二岁的寡妇。这寡妇面貌丑陋,心性却善,且有一身男人般的下苦力气,第二年里,竟生下一个胖胖的儿子来。

周家却翻起身来,在政治上、人口上、经济上,迅速繁荣壮大,就又一次重新整修屋院,迁埋父母兄长坟墓,在屋前庭后广植草木。如今所见那棵大杏树就是当时所栽。这树生长奇怪,一人多高时,单株独干,可后来根部就又冒出一树,叶瓣为榆,竟极快与杏树长齐,又相缠相绞,长出碗口粗细,便两根合为一起,犹如同根异枝,世人以为神奇。但在那时,周家人时时忘不了武家的仇恨,兄弟三人每年大年三十,率众儿众女到先父长兄墓前烧纸点灯,武家也去烧纸点灯,却怯于亡人罪恶,都是等周家烧纸点灯之后才悄悄前去点那么一支小蜡,也不敢鸣鞭炮奠酒。周家祖坟的灯点过正月十五。每晚生一盆红光光的木炭火,又将十个儿子叫在一起叙说当年的情景,激发他们的义愤,以致时时无端挑起矛盾。两户人家就要动口动手动脚,自然武家吃亏的多,得胜的少。

两个家族都成长起来,清风涧成了一个真正的村寨,归划为柴镇公社清风寨生产队。队长是周家人当的,会计、保管、出纳也都是周家人。那些年社会上的会多,民工多,每有名额,周家人就出去,武家人在地干活,只能老老实实,不能乱说乱动。时间过得如流水,"文化大革命"就来了。当然,山地的革命风暴比城镇慢了半年，但一旦风暴到来，其激烈程度竟比城镇强出数倍。他们几乎没有经过学习、动员、串联、辩论，一上手就开始了武斗，而且立即同柴镇、云镇的各派发生联系，周家是一派，武家是一派。很自然，周家便将武家扫地出门，赶到云镇去了，而柴镇的同派则驻进了清风涧。

一九六八年七月初七，清风寨又是一个炸红的日子。周家的人正忙着宰猪，在大环锅里烧滚了开水，一桶一桶盛在大木梢盆，就跳进猪圈去拉出那一头壳郎猪来。柳叶尖刀刚刚捅进猪的心窝，柴镇同派的一名燎哨的突然看到五里外的山顶上黑压压站满了人。这派的头目就叫道："糟了，保皇派来了！"全体队员立即各就其位，那崖边的石屋子里就成了碉堡。杀猪的周家四儿没有枪，口叼着那柄血刀，一面系腰带一面往合欢树下跑，那边山头上的枪声就炒爆豆一样响起来，这厢往那厢打，那厢往这厢打，参战的人耳朵却失去了听觉，只有风响，看着子弹在石崖上溅一个石花，触电般地滑向一边，钻进了草里土里。山头上的那派企图从贬道过来，寨子里的这派企图占领前边的山嘴，却皆不能成功，就这么相持着放枪。直到黄昏，夕阳烧红了山头，那派枪声渐稀。周家爷子高叫："他们要退了！"就将捅死的猪重新开膛，猪血已经淤在肚里，肉成了暗红色，在锅里煮了，就夹在饼子里分散给每一个打枪的人。这四儿也极轻狂，拿了肉饼站在石屋前一口一个月牙，两口一个山字，还未下咽，啪地一个枪子飞来，他应声倒在那里。众人大惊，抬头看时，寨后的山梁上冒出了几十个人头。原来那派枪声渐稀是计，趁这边麻痹分出一支爬山后峭壁过来占领了后山，一时前后夹攻，周家这派支持不住了，退到了涧右下去的一个洼里。周家十人死了老四，九人皆熟悉道路，领人从洼前崖畔往下攀藤逃跑，那边山头就一枪一个，打掉了三个。顿时慌乱，一半人又从崖畔跌下摔死，剩余的转过洼去，钻进梢树林子里不见了。武家回到村子，见周家已抢了自己全部财产，一怒之下，放火烧了周家的数间房子。这一仗，周家死了五个，武家死了两个，清风寨的男子汉仅剩下了六人。

这就是轰动镇安县,乃至震惊商州的"七七武斗事件"。

"文化大革命"总算要结束了,镇安县城成立了"红色政权",云镇、柴镇也成立了"红色政权",两派的头头们化仇敌为好友,都一条凳子上坐了当官。周家武家死去的人,也分别得到了门楣上高挂的一个烈士证牌。清风寨似乎是从此安宁了,幸存的人屋烧了开始修屋,地荒了开始耕地,天雨之后在山坡捡地软菜的时候,不时可以捡到一颗两颗子弹壳,拿回来作旱烟袋嘴咬在嘴里吸烟。但为时不久,"一打三反"运动开始,有仇的伸仇,有冤的诉冤,血债必用血债偿还。周家武家虽然死了人,但活着的也都欠有别人的血债,结果,一个晚上,周家的所剩四个男人全部带走,武家的两个男人带走了一个,那门楣上的烈士证牌宣布无效,丢进火里烧了。五个清风寨的男人都持枪打死过人,或放火烧过房,三个被验明正身受到制裁,两个剃了光头判处了无期徒刑。

清风寨真成了一个魔窟鬼场,东来的风,西往的风,从这里扫过,常常呼啸着卷起风柱,成群的乌鸦黑压压一片倏忽落在石崖上,倏忽就吸进了梢树林子去。猪圈上,牛棚墙上,虽然用白灰刷上了一个一个赫然的圆圈,但依然狼来,且常常夜半三更像人一样哭叫。周家武家的寡妇们就纷纷走离了。周家的六媳妇因为身边有一个十一岁的男孩,她才没有走掉,而武家的男人自己没有娶妻,却带着兄弟的唯一幸存的女儿,投奔到女的外婆家,住在关中合阳县去了。

天下一太平起来,脚夫们又开始频繁地走动。人如草木,生生死死,枯枯荣荣,但从柴镇至云镇的这条山路却依然如故。只是脚夫们人困马乏行至这里,实指望能在这里吃一顿饭,喝一壶酒,睡在大炕上伸伸懒腰,抽烟打一通哈欠,但一见一片残垣断壁,荒坟秃墓,看见那已经肥胖臃肿如二斗瓮的周家寡妇和儿子在山坡前耕地下种,就不忍心去打扰了。

清风寨的那棵合欢树出奇地是依然葱郁，树皮已经枯燥，但六十七发子弹头嵌在其内，显出六十七个小洞，却没有一个洞里穿透的。孤儿寡母天黑关门，窗白起身，一个心思去务弄山坡上的地，地土广，劳力少，庄稼长得不景气，但足吃足喝。娘并不害怕死魂阴鬼，却一定要给儿子做一个兜肚，兜肚是大红，镶有黄边，兜肚系儿上拴一个削得精细的桃木小棒槌，以此为护身符。又每每给儿做红色短裤，结红色裤带，又用红色的布纳一个小包夜夜压在儿的枕头下。到了每月初一，天上不出月亮，寡妇就在门前燃豆秆火，哔哔剥剥让其爆溅火花，然后手拿面箩或是筛子，叫一声："路路！一回来哟，回来！——"做儿的就应："回来了！——回来了！——"怕儿子神散，以此招魂。儿子却更不怕鬼，他没有见过鬼，也想象不出鬼，他只害怕狼，说："娘，咱弄一支猎枪来！"娘一听枪，浑身就软了，花了五元钱从山下人家买来了一只狼狗，狗一异常凶猛和忠诚，母子俩视为家口。

　　当母子在山坡上耕种，看见脚夫们在门前停歇，又立即走去了，做娘的不免想起早年的光景，但寡妇人家如何开店？每晚还是早早关门。只是在合欢树下摆设了三个瓦罐，盛满竹叶茶水，让脚夫们自舀自饮，不取分文。又一有空余，母子拿了镢锨修补门前那条山路。待到四五月，合欢树的杏木上结满了黄澄澄的杏子，母子俩吃不完，就全摘下来放在路边，娘就坐在旁边一面纳鞋底一面催儿用蒲扇赶杏子上的苍蝇。来往脚夫放下挑担、背篓，说："这杏子怎么个卖法？"

　　寡妇说："这杏子不卖！""这么多的杏子也不卖？清风寨真是死人寨，连一个杏子都不卖！"

　　寡妇听了，就生了气，不再作答，看着那脚夫走了，瞧出是个无恶意的人，又是极馋那杏子的，就气消下来，说："不卖就是不卖，你想吃了你就来吃！"脚夫便又转回来，抓三个五个吃了。

　　"要吃就吃个够，只要把杏核留下，我们要煮油茶呢。"

这脚夫才明白孤儿寡母的意思是宁吃不卖,一阵感激,直吃得左边牙酸了换右边牙咬,右边牙酸了用门牙咬,末了从货担里取一颗铜铃儿拴在狗的脖子上。

又一次春天,石砭道上的崖壁上换了绿的苔衣,清风寨的涧里洼里,几树桃花夭夭地开了。山路上走来的脚夫,挑担头上或许就用柳条串着了一串一拃长的白条鱼儿,还有鳖,这是谷川里的河水里捉捞的,要捎到云镇和商州城去,那里有了许多南方人,见这等水物就馋得不要命的。寡妇的儿子稀罕是稀罕,却绝吃的念头,用手摸摸,粘一层腥臭的鳞片,就去合欢树下的秋千上去撒欢子荡了。这秋千,寡妇年年清明前后就给儿子架的,说是"遗烂套子",荡过了,就要脱下那已经见出棉花的破棉衣,要换夹袄了。母子俩拿了镢头上山,挖了一畦地,暖和和的太阳就照得身上出汗。娘俩开始种小豆,一仄头,瞭见合欢树下站着两个人,一个头发灰白,是个男人,一个是秀发女子。两人并没有带什么,呆呆地站在那里。山上的母子看了一会,儿子说:"娘,那是两个什么人?"娘说:"还有什么人,过路脚夫吧。"儿子又说:"不像,有一个年轻女子呢。"娘说:"别瞧别人家的姑娘!娘已经给你说了,娘会给你找个媳妇的。"儿子却还在说:"是不是贼呢?"娘就立起身往下喊:"喂,过路的,这里没有店了,快走你们的路吧!"

这一声呐喊,寨前的那两个人就回过头来。那男人突然痉挛,大叫了一声:"六嫂子!"就趴下去狼一般嚎着哭。山坡上的女人倒愣了,她眼睛已经发花,看不清,却听出了声调,自言自语道:"怎么是武家老二的声?"忙对儿子说:"你瞧瞧,那是谁?"儿子看见了,正是武家老二,顿时火从心烧,提了镢头就要冲下去。寡妇将儿后腿抱住了,说:"牲畜。你要干什么?"儿子红着眼说:"我要灭绝了他!"寡妇扳倒了儿子,一耳光扇在他的脸上,叫道:"人还没死绝吗?你杀了他,你也没了命,我守寡就是来看着清风寨成鬼的地方吗?"儿子没有动弹,娘却扑下去,在武家老二的面前,说声:"你回来了！"就瘫坐下去。她召唤着那女子，认得出那女子脸上有武家老大的影子，说声："你是路妞儿吗，路妞，你认不得六婶了？！"把女子拉过怀来，呜呜咽咽哭将起来。

两家人谁也不再提说往日的旧事，两家人默默地住在了清风寨。

三年之后，一片废墟之中，新崭崭盖起了四间瓦房。房后还有那一片坟墓，但已经挖去了荆棘，除了那石碑、古柏，新生了一片翠怜怜的慈竹。慈竹的竹鞭在地底下掘进，通过了每个坟堆，到达了远处的武家的坟地上，有一种花翅膀的鸟儿就鸣嘅其中。门前是高高的院墙，门楼尤为壮观。和那棵合欢树相对的是山路那边的一处大大的篱笆，篱笆为栲木、青桐木棍棒所栽，木耳就自生自长，现吃现割。而沿着山路下至五里，上至五里，路边全种植了金针菜，金针开花，看可悦目，食则营养。两家人合为一家了。

小两口住在了新屋的东厢，老两口住在了新屋的西厢。不久，在脚夫们中间，开始流传着一个笑话，说是一个脚夫晚上路过这里，听见了这四间屋里传出了四种声音，让同伙猜测这四种声音为谁发出：什么内容。四种声音是："啊！""哎？""嗯？！""噢……"但脚夫们谁也说不清这声音发自老少四口谁之口，又包含了何等人伦之乐的丰富内容。

只是到后来，脚夫们忽然看见那屋前的合欢树上，挂出了一个牌子："清风寨酒店"，脚夫们就流水似的走进这店家去了。他们看见那店主形容枯瘦，精神却好，正在屋里烧制一种包谷酒。这酒的烧制法不同于本地，完全是关中人的烧法，酒劲醇烈，第一槽热酒刚下来，他竟能端起杯子连喝三下，连鼻子也酒糟糟地红了。那店老板娘，身子越发臃肿，两个布袋吊奶，人老了依旧饱满，在案上排面，奶子就上下涌动，发出啪啪地拍打肚皮的响声。可怜她人胖汗多，面排不到纸薄就一脸虚汗，要坐下休息了，堆在麦草蒲团上如一包棉花。儿子呢，儿子没在家，到云镇进百货去了。年轻的儿媳却坐在了炕上，头上包扎了一条红得如火的丝头巾，脸皮浮肿，却在笑着。她的两岁的儿子正站在炕前,逗弄着被褥里一件肉乎乎的精光老鼠一般的婴儿,在问娘:"娘,这弟弟是哪儿来的?""沟里捞的。""娃娃都是捞的吗?""都是捞的。""我也是捞的?""是的,人都是捞的。""那爷爷、奶奶、爹、娘也都是捞的吗?""捞的!"一家人就都嗤地笑起来。

　　脚夫们觉得这一家人有趣,就不免搭讪一句:"你们这大孩子叫什么名呀?"做爷爷的说:"周石头。"再问:"那个小儿子呢?"做奶奶的说:"才起的。武水水,起得好吗?"脚夫们倒疑惑了,问道:"怎么一个姓周,一个姓武?"一家人都不言语,脚夫们立即觉醒了,脸色尴尬,不再发问。那炕上的媳妇却发了话:"这有什么奇怪的,周家武家合成一家了嘛,孩子怎么不分别姓氏?"脚夫中就有一个懂得柳庄麻衣相法的,当下看了媳妇的面貌,问了小两口的生辰八字,口里喃喃了半晌,说:"是福命,福命,你的儿子不会仅仅是这两个,依你命看,能生得十二三个哩!"

　　儿媳妇就笑着说:"这地方就是缺人,用不着担心计划生育,要真能生,生一打最好,单数就姓周,双数就姓武。"

　　这事传出之后,脚夫们就从此管清风寨叫为周武寨了。久而久之,这家人也默认,店业越办越大,生意越做越红。就在媳妇生下第三个儿子的满月后,一个识文墨的脚夫歇在这里,夜里无事,一家人陪着这脚夫喝酒,又说起这店的名字。脚夫出主意要把那店门口的牌子换大,说:"古人办店,都有酒旗,何不挂一条黄旗,增添这酒店的古风古色呢?"店老板和儿子也喝到了八成,听罢,拍手叫好。当即让脚夫帮着制旗,却苦于找不到黄布,那坐在炕上的儿媳便从婴儿身下抽出黄油尿布,当场铺在桌上,脚夫也逗了酒劲,竟打开自己贩卖的红洋漆来,用破棉套蘸了,在上写出四个大字"周武酒家"。写毕,这脚夫就溜下桌底,一直到第二天中午方醒。

一个死了才走运的老头

　　从商县境内下来了一条河,河并不大,一满是石头,潺潺的水触石漫着石头就整个一个冬天,春天,分作两种颜色:上部为黑,下部为有一种鹤,当地人称作老鹤,铁杆一样长腿走物,就张着翅膀落下流白来,站在石头上单足独立,瞅定着一个目标,梆地下去,骨头的嘴叼出一尾鱼来。水太浅了,水也太清了,小鱼小虾就要遭殃。这河沟很长时间内成了老鹤的领地,吃饱了肚子,结伙成群在那里散步,姿态高傲而优雅:于是,小鱼小虾就盼着夏天和秋天,这时节久雨三天,水位就骤然猛涨。深浅无法估量,扑涌得满河满沿,斗大的石头如倒核桃一样在其中流动;更恐惧的是吼声,轰轰隆隆如打雷,水几时不退,吼声不消,水退了,岸上的人家三天里耳朵里还是轰轰响。这河就是这个样子,是不露声色的,母老虎式的,蔫驴式的,其突兀变化在情理之中而又发生于意料之外。

　　但它偏偏冲不破黑龙岭。它是直直为奔趋丹江而来,眼看一里两里就入江了,黑龙岭却横在江边,如一堵墙似的。莽头莽脑地去撞,吱吱泼泼地去咬,却不行,只好折头顺黑龙岭背后,曲曲弯弯往东流,流十五里,从龙尾后的峪口出去入江。这十五里河沟没有人家,峪口却一大村,叫着流峪湾。

　　湾里人很穷,祖祖辈辈,人口兴旺,土地贫瘠。方圆最平的地方是河滩,河滩却是走水的,田地只好挂在山梁。梁上是红胶泥,天旱挖不动,套牛扶犁,少不得断了曳绳,豁了桦尖;天雨时却软得泡汤,常常三更半夜,某某面皮呼噜榴脱下来,地就像剥皮一样离去,赤裸裸露出石头山骨。

　　农民是黄土命,黄土只要能长出一点庄稼,农民就不会抛弃黄土的。这里的人们一向无是无非,关心而弄不明白各种国家大事,因为贫困,他们没有机会接受什么文化教育,虽社会给予他们不断的补充性的各种政治运动的教育,而终于都没有弄明白。但是,他们并不曾嫌弃过这块地方,并无什么遗憾。这也得助于他们有劳动，劳动是他们生存的手段，也可以说劳动是他们生存的目的。

这湾里都是老庄老户，熟知所有供劳动的土地，哪一块土深，哪一块土薄，了如指掌。湾里所有的男女，老老幼幼，甚至嫁出去的姑娘，订婚尚过门的媳妇，喜怒哀乐，每一个人无有不知，犹如自己一口的门牙、槽牙，哪个疼哪个不疼，眼睛不看，感觉也感觉得出。天亮了，从墙上取下犁桦，吃上老牛，老牛在坡田踏犁沟走，人看着牛的屁股走，大声地骂牛，给牛说话，如训斥着自己的老婆儿子。擦黑回家，吃罢晚饭，熬一壶苦叶茶喝了，黑灯瞎摸和老婆两人作一人，既是人生任务，又是人生享乐，安眠一夜过去，只有下雨天黑，抱头睡几个盹，去串门闲聊，说些自编的"四溜话"，如"四令：下了竿的猴，卸了套的牛，炸了饼的油，×了×的×"，如"四欢：空中的旗，浪中的鱼，二八女子，发情的驴"。没完没了地编缀下去，句句离不开那人生基本情事的，满足他人的精神，也满足自己的精神。所以，这地方清贫而清静，多一个人就显得特别多，少一个人就显得特别少。总而言之，即就是放个屁，空气也会为之波动，使这个世界失去平衡。

这一年，一个老头住进了湾来，湾里就接连发生了不大不小而有奇有怪的变异。

老头姓延，名字不可知，相貌却是城里人，因为他的脸上没有明显的两颧赤红，即使年事较高，但鼻子又不是酒糟的颜色。来的那天，他背着一个铺盖卷儿，后边是两个带枪的民兵。这民兵却不是保卫他的，任务是押送，他在湾前的河畔里要解手的时候，给民兵说了好多话，末了民兵点头，却将他的裤带抽下来，让他绕到那片林子里去了。湾里人一见此景，便知道是犯了错误来改造的角色。那些年里，城里人常要到山地的，能到山地，必是改造，似乎山地是一个大极好极的监狱，劳改场，城里人能来和山民们一起吃，住，劳动，那便是天下最大的惩罚。往日里，这流峪湾四周的村子里，曾先后有过这类人去,这个村子却一直没有。有人询问过公社干部,回答是:"有错误大的就给你们!"此话另一层意思是说:你们流峪湾是最坏的村子,应该让犯有大错误的人来,干部的话似乎是侮辱了流峪湾人,难道世世代代生活劳动在这个村子的人都是和犯了大错误的人一样吗?他们有什么大错误,他们愿意在这里受贫穷吗?犯大错误的应该是天,天造设了这一个穷地方!犯大错误的也应该是他们的祖宗,将他们生育在这个流峪湾!但这么埋怨归埋怨,埋怨之后,不免为不给他们分一个城里的什么人而不悦:城里人毕竟是城里人,瞎好能到这里来,看看城里人和他们在一起,也是能开开眼界的。所以这老头来后,有几家房子宽余的,就腾了一间两间,要将老头的铺盖搬过去。但带枪的民兵却不同意,他们传达公社旨意,叫老头住在关帝庙里。

关帝庙是流峪湾唯一的古建筑,原住一个泥关公,红脸,长须,握一柄十三斤重铁打的真刀。"文化大革命"中泥塑打碎了,改作了队里饲养室。但牛和饲养员住进去了半年,饲养员坚决不干了,说是关老爷的两个烧制的黑瓷眼球现在嵌在山墙上,天一黑就放光,这还罢了,更是庙堂大梁夜夜响动,又有节奏,先是"叭",接着就"叭叭叭叭……"一声紧一声,声声不断从这头响过那头。牛是不信鬼的,牛依然入睡,饲养员却夜夜吓得半死。结果换了若干饲养员,人人如此,队部便重新盖了饲养室,庙就空空放着,让老鼠和蝙蝠占了领土领空。

村人稍稍收拾了一下,安好了门窗,堵了鼠洞,这老头就住进去了。

老头不大说话,脸上总是笑着,那皱纹十分纵横,眼睛也似乎是其中的两道皱纹。他给村人的第一印象是个软性人,善眉善眼。

第二天,老头就下地了。正是初春,山梁上的红薯地里,要用一种板锄垄窝堆子,活计沉重,但也有其出力的艺术:双脚分开站定在装了家粪的小坑边,将锄把握紧,第一锄挖开粪下土,一挑,土粪搅和,第二锄向左,一锄土搂来,第三锄向右,一锄土搂来,末了正面一锄挡在正中,又就势将锄一按，一个玲玲珑珑的小土丘就形成了。人往前走着，一溜土丘佛珠串似的就从胯下出现，五人六人一排儿过去，一块地刹那间起了波涛。老头握着锄，却左一锄，右一锄，再左一锄，右一锄，七下八下，土丘还是堆不整齐，而且手心就起了泡。打泡又将泡反弄破，挤出清水，疼得脸面都扭曲了。下午，人们开始担水插薯秧，老头也去担水。在平地上倒还罢了。上得山来，却气喘吁吁，又不会换肩，想放下桶歇歇，桶却放在一个料浆石上，石子滑动，一只桶哗啦啦滚下去，水漫流不可收拾，桶底脱落，如车轮般而去。

人们见老头狼狈，就苦笑笑，看出这不是当农民的料，即使硬叫他当农民，也终不会当得像农民。队长便让他男占女位，和婆娘女子一起去插薯秧。

妇女说："真作孽，你怎么连农民都不会当！"老头说："瞎得不中用了。"妇女又说："你怎么不在城里？"老头说："说我是犯了错误嘛。"妇女再说："犯了错误就来劳动，那我们是祖祖辈辈犯了错误了？！"老头只是笑笑。

妇女们是不熟就不说话，一双脚不肯直腿高抬让人看的。但三句两语觉得熟了，便不忌女人的羞耻，将地头的孩子拉来拥在怀里，白花花地裸着奶子来喂，或在裤腰下去抓那发痒的皮肤，然后一面询问老头在城里做什么官吗？家里有老伴吗？有儿有女有孙子娃娃吗？怎么没一个来伺候的？还有，一个人睡在关帝庙里，夜里有什么动静吗？前边的提问，老头就不说话，眉毛那么闪闪，却说起夜里睡得很稳，末了加一句："只是那庙梁在响。"妇女脸色立时煞白，说："你也听到了！怎么偏要让你和鬼睡在一起？"老头说："那不是鬼，先响起来，我还以为贼来偷我，掌灯一看，原是木梁在响，这木梁是桑木的，陈年的桑木是会自响的。"妇女们又惊又疑，把老头的脸看了老半天，说："你怎么知道这多！你在魏里一定是当着大官！"接着以老头的眼镜为依据，做领导的都会戴眼镜，公社的主任戴有眼镜，正面看只有一个圈圈，老头的圈圈相套，如烧酒瓶底。就有人将老头的眼镜取下，老头便什么都看不见了，蹲在那里只是笑着要。

有妇女将这些告知了男人，男子也惊疑地看着老头，但立即又摇头了：这不是城里的大官，大官的脸是不易笑的，这老头却一脸笑纹。

或是他凤凰落了架，但落了架的凤凰别村有，都是人倒架子不倒，脸上终日霜打了似的，哪有老头这么逗乐？

农家的女人是最相信做掌柜的丈夫的，也觉是，便将老头也不在心上放，只是往后放了胆儿，寻老头取笑逗乐罢了。

关帝庙前正好是打麦场，每天早晨，男人们起来拾粪，老头就在麦场上小跑，样子像犯了羊痛风病的，后来场边的大喇叭就哇哇叫，老头就站定支耳朵听。孩子们骑着牛上山去牧，包着眼睛喊："老头，到山上去？"老头说："山上什么好的？"小孩说："有毛老鼠，捉回来剥了皮，冬天做耳套！"老头也便去了。果然捉了两只老鼠，拿回来剥了，皮子钉在庙墙上，老鼠肉孩子要喂猫，老头却洗净了，剁成小块，在缸子里盛了放火堆上炖，吃得满嘴流油。

这事使村里人大惊失色，认作死猫和狗都能下咽，这老头是个下贱之人。故以后，他跟孩子们上山，孩子们和他打赌：你敢折这些树枝回去做饭吗？老头折了，回去做饭，但浑身却出了一层小红疙瘩，奇痒难受。老头才晓得那树枝是漆木的，中了漆毒。孩子们得到满足，就又教他采了韭菜熬汤洗，说："洗的时候，你要说，'七七（漆，漆），你是七，我是八！'洗过七天，毒就退了。"吃午饭的时候，村人都在槐树下端着海碗，老头也来了，看见有人碗里是斜鲜似的面疙瘩儿，问："这饭是如何做的？"有人说："是一个一个用手捏的。"老头就信以为真，叹为观止。于是爆发一阵哄笑。笑是笑，笑得大家都高兴了，那人还是将漏瓢借给老头，老头也会做吃漏鱼了。

总之，老头不是个好农民，但也没有怪毛病。村人就觉得和他们是一样的。既是一样，也并不尊重和惧怕他，有他还可以作践。作践不是歧视。只是有了开心的趣事。

后来老头就剃了光头,剃了光头就越发在村里显不出特别,反倒形象丑陋,属于最窝窝囊囊的农民之列。

老头似乎什么都不缺,因为他是光棍一条,不给老婆买鞋面布,也不为儿女上学交学杂费。但他还就是缺钱。没有钱,也可以说什么都没有,却又总是有病。他一病倒,村里人去帮他做一顿葱花辣子汤面吃,吃了让他蒙着被子捂汗。他却问有没有什么药片。村人就发笑,一般病还用得着花钱买药?又用一个瓷缸子在里边点了纸火,往太阳穴上拔个红印,用针在眉心放一点黑血,说:"这么大人了,甭娇气!吃五谷能不生病?若再不好,往山上采些葱白根,河滩里挖些甜甘草,熬熬喝吧!"但老头太笨,认不出这些草药。村人就同情起他,又想到他的晚年后事,说:"你没个儿女?"老头又是不言语。村人叹息道:"你连个儿女都没有,谁将来给你摔孝子盆呀?"倒替他熬煎。

一个冬天,他病得不轻,人像风吹倒似的。他没有力气上山去挖荆棘、杂树疙瘩燃火,就捡了路上的烂草鞋喂炕,拾各处的猪羊骨头,人的骨头,拿回来燃饭。骨头燃起来焰升得高,味儿却十分难闻,村人就不满了。且后来有人传出他曾在河滩剥过丢弃的死婴的裹身布,来缝补被褥,就更加由同情引起恶感了。生产队长将这事汇报给公社,公社的答复是:他实在不行了,你们村能不能把他五保起来?

流峪湾开社员会,众人虽有微词,但还是五保了。老头开始从队场的麦秸堆里取麦秸烧,而且在麦秸里筛出一些未碾收清的麦粒,十天二十天积攒一起可以换二斤三斤豆腐吃,又每月有二元钱,打油灌醋。这样过了半年,村人就大有意见:平白无故地安插了一个生人进来,分了他们的份,分了一份粮,已经威胁到他们的利益,现又白白供养?!

偏老头病还未好转,已经睡倒。只说这次是要死了,但总是还活着。到后来，有人就偷偷将老头一件衣服拿到六里外的城隍庙去，替老头先向阎王报到，老头却缓活过来，能下炕活动了。送衣服的人就说："这老头安心是来坑咱们的！"

从此，老头虽还是笑笑的，村人却并不觉得善眉善眼，反处处嘲笑他，烦起他来。

秋后，公社的干部传达了上级的命令，要求科学种田，说要一律种条田，将地分作若干块，一畦种麦一畦空下以后种洋芋，然后麦收了种包谷，洋芋挖了植豆子。公社主任嵌有金牙，他的话是金口玉言。他到来大受村人欢迎，干活的全然停下，嘻嘻地给他笑，吃饭的全然敲着碗沿，殷殷地问候他吃否？因为他是他们的官。他们按官要求耕作地。

老头也到地里来了，却说："这种耕作不会增产的。"村人就瘪了嘴，说："什么人都可说得，你是说不得的，你哪里晓得农事？"老头说："这里是红豁土质，地温也不寒，不宜种条田。这里缺水，主要在秋季，秋季常是五月十五日以前降雨，过后就干旱，大面积植回茬包谷才能丰收。"老头说的倒是实情，村人就凉奇老头农活干不了，却哪儿得来这一套经验？便说："这是公社主任指示的，他也按的是县委指示，全县要百分之八十种条田哩！"老头却说，"这是瞎指挥！"老头竟能这么说话，村人少见的。但村人饶恕了他，没有向上打小报告，也没有采纳他的。老头那时是拄了拐杖，气得直戳地，就又动员说服一些上年岁的人。上年岁的人心也动了，却不敢拿事，老头说："就把责任推给我吧！"人问："你有什么权力，谁能相信我们会听你的？"老头作了难，沉思了半天，说："就说公社那次打电话通知布置种条田指标，是我接的，我转达为按原来方法耕作。"结果，村子里全种了麦，没有种一块条田。事情过后，公社来追查责任，村人以老头话说了，公社主任勃然大怒，骂一句："阶级敌人破坏！"将老头拉去，全公社开大会批斗了一番。

流峪湾也有代表参加了会，在会上，他们才真正知道了这老头是一个牛鬼蛇神，之所以不让种条田，是出自阶级敌人的破坏目的。全公社轮流批斗之后，老头又送了回来，而且公社领导已不再对他放任自流，要求村人监督他改造，只许他老老实实，不准他乱说乱动。当然也就再不五保他了。

但是，这年秋后，周围的村子种了条田，麦和包谷皆比往年少了二成，流峪湾却丰收了。老头很得意，见人多的地方他也就去，人们却并不与他多说话，连作践取笑也不。老头就默默走回去，坐进他的关帝庙里。

有胆大的孩子趴在庙门缝往里看，老头是坐在火堆边，将那跳进来的猫儿搂在怀里抚摸，嘴里嚅嚅咬动什么，看出来了，是一些黑馍糊糊，放在手心给猫喂。猫是喂不熟的，吃饱了，它就要走。老头也不打它，拴它，因为关帝庙里老鼠多，飞来的麻雀多，猫还是会来的。

老头身体似乎好些了，天天也去出工。还是男占女位，所得的工分是妇女中最低的，六分。他的头发已经用不着剃也成了光的，火毒毒的太阳晒秃了他的头发，脸上也晒出了一块一块的黑疤。他学会了缝补衣服，能使用鞋耙子打制草鞋，能用吊锤儿捻羊毛线。

这个时候，公社里兴修水利，为了向河滩要粮，村人就在十五里外的河水拐弯处凿黑龙岭，凿了一个涵洞，水端走丹江了。十五里河滩种了粮。改河时，老头很高兴，也去当了一名民工，在一个铁匠炉上帮拉风箱。但是，涵洞凿得太小，旧河道上的拦水坝又都是用沙土修的，老头就愤愤起来，找着公社的领导，说："涵洞这么小，如果大水下来，有树木卡在那里，水一聚起，拦水坝能招得住吗？一定要是石坝，并要分三级漫坡才行！这要请县上的技术员搞呀！"公社领导冷冷地笑了："农民办水利你又看不顺眼吗？是你来领导我们吗？"老头怏怏退回来，心总不甘，就在民工中散布这施工不科学。也便有人打小报告上去，老头自然又被批斗了一次。村人也深信了公社主任的话："阶级敌人总是会跳出来的！"因为他们爱的是土地，多一份能出力洒汗的土地，他们就能多吃一份粮食，公社领导带领他们改河造田，他们认为这是好事。

涵洞竣工了。河水直入丹江,十五里长的旧河道,第一料全种下了红薯,红薯收获得很多,家家的地窖里都装满了,石坡上,屋顶上,又晒上了红薯干儿。村人有了吃的,便越发证明老头不但错误,真正是想破坏了。他们有了粮,就努力地置买木料,纷纷在原河口处盖新屋。老头劝阻,说此地基不好,他们就有些生气,背过身笑骂他迂。第二年夏天,天下久雨,三天三夜未歇,老头身子已经十分虚弱,他拄着双拐出来看天,看地,走去看丹江水位。丹江水涨得厉害。老头便忧心忡忡,找着队长,要求夜里让村人不要睡,预防水涨。村人说:"水涨怕什么,丹江水还能溢进沟来?"老头说:"丹江水再大也不会溢进来,要是旧河道处的拦水坝垮了呢?"村人就变了脸,说:"你又在胡说,你是盼水不来冲垮这一沟上下吗?说什么败兴话!"噎得老头当下就咳嗽不已,吐了一摊血。

第二天夜里,雷声更大,风雨更大。村人在地里劳作,只有这雨天才能抱头睡觉,或者又去串门儿编那"四句溜",编缀"四硬":"铁匠钳,石匠的黎,小伙子的××,金刚钻","四软":"棉花包,猪尿泡,火罐柿子,女娃子腰",就有人说:"应该把城里来的老头编进去,说他硬,他也死硬认死理儿,说他软,也够软,说话不顶个放屁,软豆腐谁也能担他!"这么说闹半宿,就分头回去睡觉,一睡下如死了一般。到了四更天气,老头睡不着,突然听得一种沉闷的吼声,走出来一看,什么也看不清,一个电闪里,发觉湾上边的沟里,齐楞楞一个数丈高的水头扑下来,上面全是涌着树木、柴草、庄稼苗子。他一直担心的事情发生了,就大声喊:"快跑呀,水来了!水来了!"村里还死一般寂静,他就将脸盆拿出来,拼命敲打。村人听见敲打声、喊声,爬起来,同时听到水的咆哮声,慌乱中全往山坡上跑。刚刚跑到山根,水就进了村,霎时什么也没有了,人们全都惊呆,连一声叫喊也没有。电闪中看见坡根一家窑洞,水哗地进去,窑门推倒了,再哗地退去,那窑里的柜子、桌子、衣物、粮食飘然即去。所有男女哇地起了哭声，有叫儿的，有喊娘的，发疯地在山根叫，拿头在地上撞。

关帝庙是全湾的制高点，老头在天微亮中，看见水面上漂过来一个麦秸积堆，堆上站着一个妇女，大喊救命。老头干急没办法，他不会游水，即会游水，胳膊腿也硬了，就拿了绳子使劲抛过去，要那妇女抓住绳，让他拉过来。妇女是把绳拉住了，老头却拉不到这边来，赳赳超超往水边挪，急中抱住了一棵小树，连人带绳缚在一处。但那麦秸积堆还在往下行移，妇女死不丢手，结果那棵小树被连根拔起，老头和树拉到了水里。

第二天，水再没有上涨。村里冲毁了所有在旧河道的地，毁了三十三间房，那新修的房片瓦未留。死了十三人。十三人的尸体在丹江下游的月儿滩找着了，但老头的尸体没有见。

河水为什么会漫进旧河道，经调查，山洪下来，水面上浮着大量木料和原树，堵住了涵洞，水越聚越大，冲垮了沙土拦水坝后下来的。这个时候，村人才清醒老头的话是有道理的，这不是一个破坏者。

一个阶级敌人虽在这次没有成心破坏，他的死也不可能歌功颂德。但念及他毕竟事先发现水来，救了村里很多人，村人又沿河找了他三天尸体，仍不见踪影，也就作罢了。

事情就这么过去了。过去了两年，流峪湾又恢复了往昔没地的状况，因为谁也不再提出改河造田的事，沟里的河水照样从村边流过。好的是村里的人，地虽然少了，但并没有失掉他们的劳动权利。只要有劳动，他们就会活下去，不会厌世，不会自杀。

那个城里来的老头，死了却连尸体也没留下，时间稍过一阵后，流峪湾人倒有些叹息，不明白老头命为什么如此不好。不明白就不明白吧，劳动又会使这不明白从头脑里一日日淡去，以至消失。

可以说，村人已经把老头遗忘了。

但是，村子里后来却又来了许多城里人，突然提问到了老头。老头被人提起，村人除了那次发水感激他的一份感情外，就更多的是提到他的可笑。可笑他不会农活，可笑他不会生活，可笑他越活到最后越不自量力，寻着让批斗……城里的人听了，却都流下泪来，告诉说，这是一位省里的大领导，当过水利厅长，当过省委的书记。

原来老头是一个老大老大的官！村人目瞪口呆，竟恨起了自己的有眼无珠，但随之，他们就高兴起来，庆幸着他们曾经和一位大领导生活了数年。当调查的人员问到这老头当年的所作所为时，他们的记忆力一下子好起来，说老头曾经到他们家多少次，每次是怎么说的，吃了他们几袋烟，他们又如何教会他做漏鱼，怎样挑手上的水泡，又如何给他熬草药，在额上拔火罐。事无巨细，说得一清二楚。

一座大大的坟墓修建在村头山顶上，又凿了一块大石作了老头的墓碑，花圈一个接一个，鞭炮一响又一响。后来，老头的事迹又在喇叭上响了，报纸上登了，老头是个英雄，前来谒仰的人多极。

陵园渐渐成了这一带名胜之地，流峪湾的人十分荣光。出门走几十里，上百里，问道："家住哪里？"回答就要是："老头沟的！"自老头的陵园修建以后，村人就不再称村为流峪湾。这么一说，外人就刮目相待，说："啊，那真是个出英雄的地方！"村人就面放光彩。

参观的人多了，村人就在去陵园的路两旁，陵园的门口，摆设了小吃摊，有烙饼、凉粉、面皮饸饹，村人日渐收入增大，没有一家不感激那死去的老头。夜里，或农闲空余，他们依旧去串门，编那"四句溜"。但串门却是为了去借用他人的豆腐石磨做豆腐，借用他人的饸饹床子压饸饹，编"四句溜"也多是夸耀自己的日月，编缀了"四红"："出山的日头，炉中铁，老头沟的人家，杀猪的血"，编缀了"四痛快"："穿大鞋，过草地，说老头，放响屁"。这么一面做工，预备了明天的买卖生意，一边编缀，末了一个就说："老头是好人。"有一家精明之人,想出了赚钱的绝招,专门经营买卖包谷面漏鱼儿,吹喝道:"这是英雄当年吃过的漏鱼呀!"买者涌涌,吃罢高声叫好。也有吃不惯的,但一想老英雄被迫害到此,顽强生活,当年就吃这个,日子也真可怜,以可怜而受到感动,感动中得到教育,也就要说这漏鱼好,应该常来常吃。这卖漏鱼的主人,收入竟多出旁边的小贩三倍。

金洞

　　丹江边一条路,一直逆着走,走两天,就可到板桥。温庭筠的"人迹板桥霜",就言此地。这地方是个川道,真造化得好。江边的山本来是相对着奔马一样地上来,于这里马儿缓行,徘徊似的,山一束,接着一放,再一束,再一放,江水就为之扭动,形成冰糖葫芦的结构。山好这还罢了,更妙的还是这里的空气。正因为山束束放放,把这里世界分为无数的小的天地,山那边的狂风是吹不过来,山这边的水的潮湿也不会飘散殆尽。四季不生蚊子。擅长一种怪柏,叶为珍珠状,通体形似孔雀,散发出微微的柏油清香。早晚觉得鼻口受活,皮肤也受活,空气好到了你不感觉了它的存在,不知道了它的好。

　　因此,什么花草都长,长大就开始结子,花是艳乍得如妖神精变。几乎任何一只鸟儿,叼着任何一粒种子,落在任何地方,不多时间就会有一点绿出来。江边两岸陡峭峭的石壁,是一张回回圈的平面,却不免要生出种草的,且嫩得不可用手去掐,掐之则飞溅一摊绿水,再不留半点形骸,单听听草的名字:石蹦莲,便想得出是何等的仙品了。山顶上,坡道上,除了孔雀柏外,只生三种树:桦,冬青和杜仲,全是清奇可爱之物。杜仲虽然不多,但凡出现,皆个个受人保护,当地人视其为治病木,砍柴割草,突然不慎扭伤了腰,翻山过涧,突然闪失跌肿了腿,只要靠在树干上吃一顿时烟,或是打个盹,起来浮肿消退,筋骨复原,一切又好了。

　　还有一件值得夸口的是板桥的土,要让全商州的人眼馋。土里含沙,沙色呈黄,所有田地踏上去,感觉是软软的,鞋底却干净无粘连。从地畔上,坡面上,细细看去,那并不是青石的构造,而是黄沙和五色卵石,孩子们常常会从中发现一些树枝、树叶、贝壳,甚至是鱼,形象逼真,敲之铿锵,成为化石了。遥想远古,这里该是一个深海或湖泊。但这沙石质的地层,并不是武断中的松散无力,它们的立身极好,坡根下,沟道里,常常出现一些洞穴,谁也不知道那是天工的还是人工的。洞壁上生满一层茵茵的茸苔,手摸之则平,放手又还原如故,往着幽幽的洞内喊一声,嗡嗡有韵,如在瓮中,袅袅余音可使洞里一天不散。

　　这么好的地方,正是生命适应的环境,于是,有兰草长出,荆棘也长出,往往兰草丛里长出荆棘,或荆棘丛中长出兰草。孔雀柏、白桦,成了栋梁,那葛条也必绕树而上,随树尖而张扬。人在这里居住了,狼也到这里居住,人住在川道,狼住在沟岔,人住在山下,狼住在山垴,两厢提防,两物相害。从多少多少年以来,狼始终想吃完人和人的牛、羊、猪、兔,人始终想剥尽狼的每一张皮子。但是,相互皆不能如愿。愈是处于一种不安全境地,愈是大力繁衍后代,这种结果则导致了这块土地上的求恒的生态平衡。

　　人们一直在说,这山里是有一只大母狼的,眼如铜铃。嘴似血瓢。尾巴像扫帚一样粗、一样长,全身的皮毛都发亮了。但亲眼看到的人却极少。相传十年前,张家的老二出外打猎,在江对岸的洼里和这母狼遭遇,一枪打去,那恶物却顺枪子扑来,将他逼在一个大石之下。欲进不能,欲退不能,这老二凭了一股血气,就地一滚,从母狼胯下趟过。母狼回转身来,张了血口来咬,他慌乱中双拳一顶,恰在母狼口中。只说这下完了,没想那拳顶住了母狼喉咙,使它张嘴不能合闭,喘气艰难。这么,人拼足力气往里顶拳,狼拼足力气要将手腕咬断,进行着一种力的相持。双方皆没有响动,大眼瞪着小眼，足足一袋烟工夫。后来，张家老二力气不济了，那母狼往后一退，他跌倒了，立即昏厥中丢掉了双拳，昏厥中被母狼撕成了数块。当人们发现他的时候，母狼已经离去，那地上的狼蹄印大如小儿木碗。

人们以为此狼是成了精了，打不过它，就祈求神灵。猎户家迷信的老太太，在儿孙们进山打狼去的头天晚上，就要整夜在中堂点燃一盏油灯。这油灯如果一夜不灭也就罢了，若突然无风而熄，则横竖不让第二天出猎。

猎人们为消灭这只母狼，想尽了一切办法：挖过陷阱，埋过鸡皮炸药。但抓到的，炸死的，只是那些小狼。老狼还是不肯闪面。狼群日益凶残，常常夜里进村，窜入猪圈，将那一百二三十斤重的肥猪拉走。肥猪一见狼吓得一声不吭，狼就会用嘴咬了猪尾，支起前爪，作人的行走，而又用自己长长的尾巴作鞭吃赶。叼羊，羊虽然胆小，但百般哀求，其声凄厉。人们便会从梦中醒来，将乌黑的枪头从窗格里伸出。但狼更是精明，大凡羊一叫唤，一下子就咬断羊的脖子。它们吃猪要吃活猪，吃羊则死肉亦可，拉出棚去，就坐在屋后什么地方吃，偏留下羊的一个永不瞑目的脑袋，两只蹄子，再叼到人的门前，然后嗥叫地唱着而去。使人感到痛心，也感到羞耻，自尊心和贪财心极强的人因此而吐血身亡。

狼整治着人，人也想整治着狼。从遭难的猪圈羊棚里的蹄印判断，那只母狼出动了，他们就在村口的一家屋后挖下一个大坑，上边盖一个磨扇，人就夜夜抱着小羊蹴在下边，逗得羊发出叫声。果然这一夜，那母狼来了，听见羊叫，就使劲刨那磨扇上的乱草，发觉了磨扇上的磨眼，便将前爪伸了进去。在下的人见狼已中计，立即用双手抓住那狼前爪，大声疾呼。众人就赶来一阵无情棒打。母狼毕竟是母狼，疼痛中猛地将前爪拔出冲出人的包围，落荒而逃了。看那磨扇下的人时，脑袋在爪子拔去之时撞在磨扇上，人已昏迷，但手里却还死死抓着狼的一只爪的毛皮。第二天，看见那陷阱的磨扇上留有一道三尺长的黑色的狼的稀粪。

母狼虽然没有捉住，但人们已经看见它是老了，皮毛不是焦黄，而是黄灰，那前爪脱了毛皮，又受了一场惊，谅它也不会活到多久。村人便开了一次庆功会，家家将酿就的包谷酒端出来，喝得酩酊大醉。

那母狼果然再没有下山露面，母狼的徒子徒孙也安静了许多日子。板桥地面，似乎是太平天下了。

但山垴沟岔的狼并没有罢休。母狼残废了，当产下又一窝狼崽就倒下死了。狼是从来不让人看见自己的尸体的，它们最好的埋葬地点是儿女们的肚腹。很快，母狼就被分尸，连一块肉也没有留下。吃饱了自己母亲肉的狼群又一次下山了。它们并不是向这个地方的人发动残酷的报复，而是要迁移到山的深处去，临走时做了一件人们意想不到的事。

有一只狼来到村边的河滩。这正是一天黄昏，太阳欲落未落，满天红霞烧起。狼远远看见草地上有一个女人，咿咿呀呀唱着挖野菜，便从荒草中悄没声地爬过去。那女人并没有发觉，眼光被一丛猪耳朵菜吸引，才弯下腰去，狼从后边将她压倒了。女人就喘着气笑说："死鬼，光天化日的，孩子会看见的！"狼不懂她说的什么，咬住了肩膀就往回拉。这女人十分年轻，肌肤光润，奶子丰满，回头看时，"啊"的一声，浑身顿时酥软。但这女人毕竟又清醒过来，待狼拉她十步远外，伸手就要折近旁的一株树枝来打，手一抱住树身，狼就拉不动了。女人折不下树枝，越发抱了树身不放，人狼就在那里搏斗着。突然间，草地边上飞一般地跑来女人的小儿。他是同母亲一块出来的，只贪图了掏一个地老鼠洞，回头来叫娘，发现无人，跑来见娘正被狼咬住。娘喊："我儿快跑！"儿不知狼的厉害，无知亦就无畏，当下并未跑走，倒双手拽住狼的尾巴，说："放开我娘，放开我娘！"狼回过头来，见是一个小人，果然就放开咬女人的口，却反身一口叼住小儿的腰，四蹄急如雨点般地走了。

这突变使女人完全呆了，眼睁睁看着狼跑走，小儿大哭大叫，她爬起身前去追赶。那狼也时不时扭头看看,将小儿放下了,因为小儿的挣扎,使它失去平衡,累得鼻孔喷气,需要停下来换换口,再轻轻叼住后胛,转过山湾,不见了。

此事震撼了整个板桥,全村人出去寻找孩子。一无所获,以为孩子已被狼回圈吞下,回来就万般安慰女人,用泥做了孩子的模样,入棺埋葬了。埋葬那天,全村起了哭声。

一场风雨,小儿坟丘虚上瓷实,烧过纸灰被水冲去,飘落的剪得外圆中方的阴纸印在土里,搭梦草生出来,茅刺草生出来,娘哭坟插在那里的柳树枝也转死为生,长出嫩芽叶了。但是,这小儿并没有死!当他清醒过来的时候,已是夜晚,他看见了无数的灯,绿幽幽的闪光。后来愣愣看清了,原来他是躺在一座很大的山洞里,他的周围,或立或卧着十二条狼,那灯就是狼的眼睛。他吓得哇地哭了。一只狼,就是叼他来的那只狼,走过来,用嘴咬起他的手,又咬咬他的肚子,却全不疼,像是要给他说话似的,便将一只小得如小狗的狼崽叼放在他的面前。狼崽在他的衣服下乱拱,用冰凉的舌头在他的肚子上乱舔。小儿虽是年幼,但人事还稍知道一些,见这狼群并不吃他,而狼崽如此乱舔,知道一定是要吃奶了。可他哪儿有奶呢?狼崽舔了一会,就走开去,嚎嚎地叫。所有的狼都围过来,用头挤他,用尾巴扫他,然后洞里一切都安静了。随之,他听到了一种金属的脆响,"丁铃!""丁铃!"似乎就在身后,伸手去摸,一颗大大的水珠就掉下来,小儿明白这是洞壁在渗水呢。他挪着身子,黑暗里张口接着那水,慢慢看见洞口有了月光。月光下,五只狼一排儿卧在那里,喉咙里咕咕地发着响声,像是在忧愁地絮叨着什么,又像是在打盹。小儿站起来,慢慢地向洞口走,洞口立即亮了几只绿灯。他说:"你们要找个喂奶的吗?我没有奶,我要回去!"但一声可怕的吼声,他就吓得又一次昏倒过去了。

第二天,小儿发现洞里的狼少了许多,但洞口仍卧有一只,一见他走动,就龇牙咧嘴地发恨声，他就动也不敢动了。狼崽醒了，顽皮地跑来跑去，似乎要逗他耍玩，但过一阵就呜呜地叫。又是天黑了，所有的狼全都回来了。它们背来了一只奶羊，奶羊很瘦，奶子却极大，几乎挨住了地面，不住地哀叫，又跪下来，将两个前蹄一屈一屈，行作揖状。那狼崽立即近去就嚼住了它的奶子，发出咕儿咕儿的吸吮声。狼崽吃饱了，安然地蜷作一团睡着了。小儿竟也大胆地前去抱了羊奶来吮，狼看着，并没有威胁他。

这只奶羊，就一直供养了他们五天。第六天里，奶羊卧倒了，声声叫唤不已。看守的狼就把它放出去，让它在洞口外吃草。但奶羊不敢跑，吃饱了草，又乖乖地走回来。小儿便试图着在一次奶羊出外吃草的时候，也走了出来。他眼睛已不宜在阳光下睁开了，疼得如针在扎，使劲地哭着叫娘。半天后看清了地方，这原来是在一条很深很旷的沟里，到处长满了梢林和荆棘。他于是产生了逃跑的念头，就从一架刺梅丛后猫腰跑去了。但是，当他停下来喘气，一抬头，就在他的面前，坐着一只狼，正用一双静静的眼光看他，立即他又一次被叼起来，轻轻放在洞里了。

小儿再也不可能走出这石洞了，他伴随着这群狼和瘦得骨架似的奶羊，不知在此过去了多少日月。他夜夜做梦，都是回到了板桥村子，回到了家里，爹娘怎样把他架在脖子上一边走一边剥着栗子喂他，他有一只糊得好看的风筝还挂在门前的杜仲树上，不知娘是否给他取下来。他夜里做梦，白日里坐着也做，醒来就哭，可永远没人到这条沟里来，也永远没有人到这洞里来。白天差不多狼都在洞里，天一黑，它们留下一只两只，其余就出去了。它们到什么地方去，去干了什么，他是不知道的，只见每次黎明时回来，或许赶来一头猪，或许叼来羊的几块腔子，腿。有一次它们竟叼进一套孩子的衣服。小儿一看上边血迹斑斑，就浑身打战，但那衣服却叼放在他的身边。他索性穿上，说："你们什么时候吃我？"狼没有回答他，照样每日让他出洞，在树上采些野果子吃吃，到远处的山坡上挖些红薯吃吃，但每一次又被狼叼回来。他后来发现，当羊出去吃草的时候，他也跟出去，狼是不管了，他就牵着羊到洞前那片梢林右边去吃那一片鲜活活的青草，去一口泉潭里喝水。他终于胆子更大了，一次对羊说："今日没狼跟着，咱们跑走吧！"就牵了羊过了草地，进入荒沟的那个洼里了。这时候，小儿听见了人的哭声，哭得长声长气，想："遇见人就好了！"循声跑去，那哭着的竟又是洞口的看守他和羊的狼，用爪子在地上刨了一坑，嘴巴塞进去发出的叫声。

小儿逃不出洞来，哭着哭着也就不哭了。他和奶羊玩，和狼崽玩，狼崽常常吮他的手指头和脚趾头，偶尔就咬痛了，他就用石头打它，跟它学吃生肉，争吃羊的奶。

又是没黑没明地过去了许多日子，小儿身上竟慢慢长出一种黄白的汗毛，眼睛也红了。又是一天，狼叼回来一件人的衣服，他穿上了，发现衣服的口袋里还有一个小小的烟斗和一个打火机。小儿就每次出去，开始捡些干枯的树枝回来，一日一捆，一日一捆，他全放在了洞口。有一天黎明时分，狼群全然归了洞，卧在洞里打盹，小儿突然点着了洞口的枯柴，火光冲起，浓烟弥漫，封住了洞口。小儿趁势跑出来了。此时，洞里一片嗥叫，接着就有五六只狼冲出洞来。当发现小儿，小儿已经跑上了沟畔，大喊大叫。这喊叫是那样的尖锐，对面山梁上一位行路的猎人发现了，立即放了一枪，追赶小儿的狼群静伏在草丛里，不敢前进一步。

小儿凭着自己的依稀记忆，跑回到了板桥村。正在村口，遇见了他的娘。娘坐在一个小小坟丘上哭，他说："娘，你哭谁呀？"做娘的猛听到声音，觉得耳熟，想：这多像我的儿呀！就回过头来，眼泪蒙眬见面前站着一个像儿又不像儿的动物，当场啊的一声昏厥了。

村人跑过来，有认出是小儿的，但谁也不相信是活着的小儿，看做是鬼，一哄就散了。这小儿莫名其妙，伤心地哭了，跪着说他是人呀，是被狼叼去的那小儿呀！娘也苏醒过来，认出果然是儿，一把抱住又哭，边哭边问，村人又渐渐走近,却问得奇奇怪怪,将这小儿从娘怀里夺开,说道:"世上哪有被狼叼去不吃而能生还的人?!这是狼变的,是怪物!咱们治死了母狼,狼是来报复的。他不是人,是祸害!"

做娘的也怀疑起儿子了。人怎么也不能相信这桩怪事的。以为板桥要遭大灾大难了,多少代人,还不曾有这般奇闻啊!便将小儿捆起来,丢在了村前的河滩上。说:"他要是狼变的,狼派来的,咱们把他丢在这儿,狼就会有反应的。"

果然,就在当天夜里,这群狼来到了河滩,它们团团将小儿围住,然后留下两狼守卫,其余发疯似的向村子撕咬,又咬死了许多人家的猪,羊,还咬死了一头小牛,而三只奶羊被拉到了河滩,让小儿用嘴去吮羊奶。第二天白天,狼也没有退去。没有一个人敢到河滩去了。

第三天里,板桥村的全部男女集合起来,集中了所有的猎枪,趴在河堤上一起向狼群射击,五只狼被打死了,其他的全部打散。人们把那受狼保护的小儿拉回来,他已经奄奄一息了,不能开口说话,用筷子撬开他的嘴,往里灌水,灌米粥,他还是不能下咽。村人议论纷纷,都不知这是人是狼?是人怎么能和狼在一起,是狼为什么又能认得其母?就有好事者将这事告知了公社,公社有个文书,才从大学毕业不久,听得其事,赶到现场。那小儿已经醒来,只是微弱地叫着要娘。做娘的过来,看着非人非狼之物,应也不是,不应也不是。这文书就前去讨问事情经过,小儿又是复述一遍经历,文书就说:"这是人,都不要加害他!"就背了小儿,引众人向居住过的狼洞走去。

狼洞里已经没有狼了,洞口的那堆柴火已经燃尽。进洞去,发现这是一个从未见过的大洞,洞壁上,洞里的石头上,留有狼毛,狼粪。再往里,是一堆动物的白骨,和一只饿死的奶羊。而且发现了当年被母狼咬死的张家老二的一只袜子和一只鞋。这下,村人才相信了小儿的话都是真的,那做娘的就叫一声:"我儿!"将小儿搂在怀里。

但是，小儿头却一歪，小腿儿一蹬，死在了娘的怀里。全村男女又第二次参加他的葬礼，将他就埋在洞里。洞很大，为了寻一个适应的地位，他们向洞内深进。没想这洞深极，而且愈走愈黑暗，当进入最里边的时候，却突然出现了点点的光，大感不解，掘下一块拿出洞来，经太阳一照，愈是灿灿闪亮。"这里有金子！这是个金矿！"村人们大惊，连夜将这块沙土运往县上，经鉴定，这是一孔含量很大的金矿。于是乎，村人们纷纷拥向洞来开采。当然他们还只是手工淘金，见天有人进洞，背出一筐沙土，到河边，用一个木槽子在那里慢慢摇动，沙土冲走了，真金留下。屏住气，用羽毛轻轻扫在手心，再轻轻装进腰带上那个特制的竹管里。十天半月，一个淘金者可以出卖沙金，得来四五十元。

这金洞，村人依然称作狼洞。但他们过上了富裕的日子，却都忘不了那个小儿。他们将小儿的坟墓迁埋在了洞顶，而且修筑了一个小小的庙房。他们修灶要敬灶爷，打炕要奠土地，上山要拜山神。小儿也是他们敬拜的人，每次进洞，就要去小儿庙里点上一灶香，祈求小儿保佑，使他们进洞得金，来不空回。

小儿的娘，那个已经褪了青春颜色的女人，消除了耻辱和悲痛，觉得自己生养过一个了不起的小人来。她也在耕作了田地之后，前来淘金。但她是从不进洞的，她只要求进洞的人每个出来将脚上的草鞋脱给她。她提着这些沾满沙土的烂草鞋到河里去淘，竟每每淘出金子要比别人三筐五筐的沙土里淘的金子多。

板桥自从有了金子出产，这美丽的地方更是居商州首位。从商南，山阳，以及湖北的襄阳，河南的浙川等地，纷纷有人前来淘金。几年之内，这地方就开挖了许多新的金洞，每个金洞顶上都是修一个小小的小儿庙：远近的人为了这板桥的金矿而来，来了就赞叹这里的山好水好，花好木好，空气好，更赞叹这里的人好。美中不足的一点，是这里野羊野兔甚多，常常糟蹋庄稼，扰乱村人，还将淘金人的被褥干粮袋咬破。人们就要说：这些狼不吃的！

狼确实是不吃它们了。因为那群狼死的死了，逃的逃了，到很远很远的山里去，再没有回来过。

刘家三兄弟本事

刘家是住在黄寺的。黄寺为商南、丹凤、洛南交界处，是商州的一块荒蛮地方。这里的水土不好，孩子小时最易得一种大骨节病，所以地面虽然宽绰，种麦种稻种豆种包谷芋头，不风调雨顺也会五谷丰登，但商州土籍人却绝不来安家立业，土地终被荒草和杂木统治。久而久之，流水浸漫，沟川道涌起沼泽坝子，落叶和败草腐朽成粪，长年散发出浓重的酸臭气息。直到六十年代，国家贫困，饥不拣食，慌不择路，就有外地人逃生于此。首先是陕北人，接着是河南人，川北人，他们应算作一种流民。流民的秉性是随地而安。安则排弃他人，自立自强，故这些外来户皆不一块居住，或是一个山洼，或是一处河湾，一家占却，独来独去，开荒种田放牧植树，终与近邻老死不相往来。

山诚然高远，却不是皇帝不管，外来户越来越多，很快就进行了户口登记，划分社队行政区域，他们要统一耕作记工，统一碾打分粮。这就出现了一个生产队人口六户七户之小，面积却十里二十里之遥，初十、二十、三十三天，法定的队部会议，沟沟岔岔的男女就打着松节火把赶到队公房去，听队长安排这十天的活计。而记工员，一位中学毕业的青年，留一个分头，穿一双胶鞋，上衣口袋上插两支三支水笔，跑动着记工落账。到了庄稼收获季节，家家屋后的山梁上都有碾场，各家耕作的五谷各家吃，当然队长是一一按量过秤，多余的再转到别的碾场上。时间一长，这种生产结构，就出现了舞弊，各家私开荒地，收获时又都偷窃集体庄稼；不免你家告我家，我家告你家，乌眼鸡一般互相啄斗。争执开来，因孤家寡居已久，口舌的功能渐渐不宜说话，故骂是骂不出名堂，三言两语，大打出手；家与家从此没有不仇的。这刘家的仇就是其中最甚的。

刘家兄弟三人，名字很简单，大者刘老大，中者刘老二，小者刘老三。其父原籍陕北清涧，目不识丁，十多年前和他的表妹流落到此，物产丰富便使他们再没有走去，一间庵房里，生下个热肉疙瘩老大。这孩子饭量极好，只要是煮熟了的东西什么都吃，吃了又都克化，整个夏天里，乃至初秋，一丝不挂，那一张像鼓一样圆的肚子终不见陷进一个坑去，也不见一处干净，但决然不曾生病。五岁上，不幸的事情发生。老大的脖子下长出一个包，包日益渐大，竟如一个小型布袋。夫妻俩方知这叫瘦瓜瓜，痛苦了一年，到处求神拜仙。后见这地面的人家差不多都有孩子出现这种怪相，明晓不是前世作孽，水土所致，便思想回陕北。陕北水土虽好，但好土又不长粮，饿死不如赖活，只好又安心住下。越是后代不强，越是繁衍后代。夫妻俩就猪狗似的年年生下儿来，到五十八上为止，共生育九个，但七个皆害四六风丢了，守下两个，又五岁前寄生在陕北老家，等骨骼长硬了接回来，这就是后来的老二、老三。

俗话说：男长十二夺父志。兄弟三人都能接力之时，老父上山砍柴被蛇咬了，回来浑身发肿，三天未黑死去。家里没有领头的，兄弟三人全不听老母劝说，凭着一身蛮力，在外放纵野性，惹是生非。此地水土恶劣，外地女子不愿来做媳妇；本地的女子又知道刘家三兄弟的德行，所以三人长到门扇高低，婚姻之事无人问津。老娘又急又愁，夜夜哭泣，竟哭坏一双眼睛，不久又添心口疼，年里好歹耐过了冬，只说眼看就要吃到新麦面了，她却没福，死了。娘一死，三条光棍更是人不人鬼不鬼地过活，屋漏了，无人去管，有酒了，三人抢喝。饭生一顿熟一顿。裤子破了，用绳子结疙瘩。家里有窗没纸，有锅没盖，盆、罐、锅、碗、烂鞋、臭袜、米面、筛子、棉花套子，屋子里随地而放,满满当当。而门前的碌碡下是一堆玻璃碴片,那是喝醉了酒,扬手丢过去的空瓶,听的是一声空响。窗外则苍蝇乱飞,竟是三人夜半小解,懒得出门,从窗格里放射,以至窗台上冲出无数的道槽。

这种日子,毕竟使老三觉悟,他慢慢地不乱说乱动,慢慢地安生本分,慢慢地看不惯大哥二哥,终于淤泥里显出莲花,声誉为之鹊起,有十二里外的侯家欲将女儿许配于他。媒人找上门来,兄弟三人都在场,老大当下变了脸,骂道:"老三,你娶什么老婆?世上哪能上下颠倒,你说说,是大麦先熟,还是小麦先熟?"硬拗住:他有了媳妇以后方能老二老三找。

老三看着大哥那一脸横肉,实想扑上去抽他一个耳光,打他个口鼻出血,提着拳头过去,刘老大就往后退,一直退到墙拐角,叫道:"老三,你要干啥?你敢灭绝人!"老三一股粗气从鼻孔里长长喷出来,拳头松了,反转身去,拿砍刀上山走了。

老三一走,老大就抖着那布袋一样的瘦瓜瓜哭了一通,一抹脸皮肉笑起来,对媒人说:"你瞧我这兄弟,多么仁义!说来说去,一个奶头吊下来的嘛!那女的如果愿意跟我,我会掏六百元的礼钱!"媒人乃刁钻之徒,当下没了言语,末了说:"你能拿出六百?"老大说:"刘家没了老人,我就为大,我两个兄弟也不会不听我的。"老二只是坐在那里嘿嘿冷笑。媒人就走了。

但是,两厢相看的那天,媒人却硬不同意老大前去,说他相貌丑陋,那女的见罢必会坏事。老大没法,就劝说老二,让其代相。老二是刘家长得最排场的,当下换了一身新衣,剃青了光头,呼呼啦啦去了。事情进展得很成功,那女方家贫如洗,女子倒生得开通,虽然眼角烂红,见风落泪,但毕竟身体健壮,在妙龄时期,亦有几分动人之处。婚事就定了下来。

过了半月,刘老大怕夜长梦多,就草草娶过那红眼女子。一家人大碗烧酒喝了几罐,全醉得七成八成。羞羞怯怯的新娘在洞房的炕上猫儿似的坐着,头低得谁也不敢看,房门推开,老大就进来了,动手动脚。这新娘一看不是老二，大呼小叫，老大就死关了门，诉说原情，把灯一口吹了，说："灯吹了还分什么俊丑？你只想着我没长这个肉布袋就是了！"

这一夜，老二老三睡在屋后苦楝树上的架子床上，听大哥的新屋里吵骂不断，哭叫不断，响动不断。天明起来，老大满脸是血，却不见嫂嫂出来，老二推门进去，那女人竟赤条条仰面缚在长条凳上，凳下污血一摊。

女人既然破了身子，也便自认命该如此。她曾听得村言：嫁了老爷做娘子，嫁了屠夫翻肠子，眼下嫁了老大，夜夜也只好揣着那肉布袋入眠，做些别的非非之梦。但却见老二就骂。女人是天生的骂人动物，骂得老二睁不开眼。骂过三天五天，心里却疼爱起老二，便对老二百般要好，老二在锅里舀饭时，竟在锅巷擦身挤过，用身子蹭他的腰。这些当然避开老大，老三发现了，只是心里扑扑腾腾地跳。

刘老大有了媳妇，热火了半年，添了一种半声咳嗽。此病缠身，耗人精神，也觉得女人不过如此，就贪起酒来将女人撇在一边。如此日月更替，夫妇感情如淡水一般。

嫂嫂暗里待老二眉眼，老二就贼胆儿上来。三月里往山上采旅，两人走到一个山洼，天降大雨，逃在崖下躲身，做嫂嫂的看见老二浑身精湿，衣服全贴在身上，显出那健壮的胸膛，就说："兄弟，我眼里落了渣渣，你替我吹吹。"老二没有动。正好两个崖鸡子在崖窝处踏蛋，嫂嫂脸如炭火，又说："兄弟，我看不清，那崖鸡子在干啥哩？"老二欲火上来，两个男女做在了一处。有过一次，便有十次八次。男人干这事是胆儿越干越小，女人干这事却胆儿越干越大，大到能包天。竟在一次套牛拉磨的磨道里，两人就急做肮脏事，不想让老三见了。当晚风高，老三将老二叫到山后树林子里，老三厉声责问，动起手脚将为兄的打得一对眼窝成两个青包。但回家来，对大哥却一字未提，也对嫂嫂一声未恶。只是中午全家人上山种地，老三自动回家做饭，三个饭罐提到地头，老大是一罐捞面，面下是熏肉疙瘩，老二是一罐捞面，嫂嫂的捞面吃着吃着，罐底里却挑出料豆和禾秆节，心里一惊，知道事情老三握了把柄，借饭中埋马料骂自己"牲畜"，肚子里一阵绞痛，不敢声张。

后来刘家的家境，越发艰难，无法过活了，提出分家。家里财产并不多，如何来分，老大想拿重头，老二却说："咱舅死得早，没人主持，这家里分不均的！咱将柜、瓮、包谷、芋头，大大小小吃的用的都分成摊，摸纸蛋来抓。兄弟三人，为娶嫂嫂，才使这家败下来，你有了老婆，你不能不管待我和老三娶老婆！"老大说："说得倒好，我也管待了你们将来的棺材？！"老二见老大睁了硬眼，也就叫道："你要不管，你的媳妇也要和我们平分！"竟主张嫂嫂也作为家中一份财产来分，谁得了柜和瓮和三斗包谷，谁就不能得嫂嫂，谁得了嫂嫂，就不能再拿家中财产。老大便和老二打起来。

老三一怒之下，顺门就走了。他再没有回来，跑出了这有地方病的黄寺，跑出了商州，一直到了丹江下游的老河口，拜了那渡口艄公是干爹，落脚撑船为业了。

刘家的分家，惊动了生产队，队长来判理。自然老二没理没义，少廉少耻。兄弟俩就分房另住，不再说话。但那女人却时常往老二家来，老大也有察觉，却防得了野猫野狗，防得住家里娼妇？常在半夜三更将女人捆吊在柱子上拳打脚踢。没想这种毒打越发使这女人一心在老二身上。

一日，全队人来到刘家后山上开地。老大干到晌午，旁人都带了干粮在地畔吃，自己离家近，便要媳妇送饭。眼瞧日头已端，饭迟迟未见送来，回家去取，却发现老二正和女人睡在炕上。当下没动声色，返回地畔，又是拿拳砸土块，又是用脚踩镢头，末了双拳击打脑袋。众人见了，莫名其妙，追问之下，说了原委，就嘤嘤哭泣不止。有好事人就生了怒火，跑下山来围住房子，将那狗男女双双打倒在地，交老大处治。老大知道打是不顶事的，就提来一桶清花泉水，冷不丁从老二头上浇下。

这一手来得绝，众人又气又笑。但见老二扑棱棱打个冷战，不由分说地跳起来，拨开众人，夺门而跑。那是用了全部生命力的奔跑，老大抬脚又要去追，众人挡住了，说："让跑，让跑出一身热汗来，要不真会要了他的命哩！"

老二跑到一座山上，汗虽是出来了，但耗尽了精力的身子经冷水一激，早致不治之症于骨髓，不久便发烧不退，丢了小命去了。那女人也受不了如此羞耻，喝了老鼠药死去。平白家里折了两人。

刘老大从此孑然一身，吃饭不知饥饱，睡觉不知颠倒，做事不知瞎好，成了这地面一个怪物，一个半吊子，一个人人讨厌又人人爱逗弄调笑的角色。

他饭量大，力气大，谁家有拉锯的，碾场的，和泥浆的，打地基的，大凡出蛮力之事，都愿去叫他。他有叫必到，老念叨人家的媳妇茶饭好。但令人头痛的是他的饭量太大。春季里，青黄不接，又没瓜菜，没人叫他帮工，他就得饿肚子，自留地的麦子还未等熟，就用剪子铰了穗儿回来揉颗儿，碾浆巴吃。等到旁人收麦，他的麦却已吃完。队里的口粮，他是一人分得一人半的，却只能吃半年就断顿，年年救济，穷窟窿总是填不满。队长就决定他的口粮半月由队里称一次，逼着他计划。这还不行，半月的口粮吃到第十天，他就出门走了，腰里系一条草绳，脸上涂抹了锅灰，在方圆百十里地乞讨。"要饭三年，给个皇帝也不做"，刘老大深深体会到这一点，他填不满的是肚腹，不要的是脸皮，且浪浪荡荡，遇着谁家吃谁家，哪达天黑哪达睡，落得天不收地不管的自由。

这种有吃的就在家，没吃的就出外的日子过了数年，使生产队、公社的领导丢尽荣光，便给他安排到林场去护山守林。林场有集体灶，规定唯独他可以无定无量地吃喝。这简直是天大的幸福。他也就对山林事业忠心耿耿。大凡附近人偷砍树木，私放牛羊，他就会旋风一般从山上卷下，收没了砍柴的扁担，言语狠毒，面目狰狞。这种六亲不认的负责态度，队里当然大加赞扬，但群众少不了和他厮打。有一次打开来，他竟用刀割掉了放牧人的牛的尾巴，而自己也从此跛了一条腿。

事件处理，刘老大自然要赢，那人被罚了重款。刘老大后被封为护林模范，再也没敢有人小瞧，他可以雄赳赳挥着拳头对要打他的人吼道："来吧，来，你敢动我一指头，公安局就会让你蹲班房！"

刘老大有了杀威，常常被生产队或者公社派去做一些非常工作，譬如县剧团来演戏，台下人挤得排山倒海，台上就喊："刘老大，刘老大！"他便拿了树枝，哪儿人挤哪儿抽打，秩序就安静了。三六九日逢集，税务所干部同小商贩争吵起来，税务所人喊："刘老大，刘老大！"他就过来是摆摊子的摊子翻了，是卖鸡蛋的鸡蛋篓子踢了。兴修水利，要架设水渠上的涵洞，没人敢上去冒险，也有人喊"刘老大"，他却不应声，他也知道无妻无子他可以得罪任何人，但爬高上低，要的是人命，他也会突然精明起来。若再说一句："你上去了，今晚灶上多给你吃三个烙饼！"有烙饼就不要命了，刘老大猴子一样爬了上去。

刘老大的"劳动模范"，是公社年年铁打了的。

"文化大革命"那年，这地方也乱了。刘老大的"劳动模范"已经没人承认，那种在林场的无定无量的伙食也结束了，他是恨死了"文化大革命"。哪一派组织他也不参加，又过起那种到处乞食的流浪日子。但是，冬天里他回到村子，当年带头替他捉奸的王雷，如今做了造反派领袖，来动员他"革命"了。因为到任何单位造反都是可以有饭吃的，王雷就拉他去横扫四旧，打倒资产阶级的上层建筑。

刘老大听不懂他的话，问道："什么是资产阶级上层建筑？"王雷说："比如说吧，盖房要脊顶，上边塑的青龙金凤，就是四旧！"刘老大明白了，爬上了生产队所有人家的房上，用镢头将那五禽六兽，各式花草，神鬼人物，乒乒乓乓敲碎了。他成了造反的一员，戴上了红袖章，胸前别上了红太阳像，果然又能得到造反而来的生产队的粮食了。革命有了甜头，革命的劲头亦猛增十倍。刘老大既然一个人在家冷冷清清，他就越发热衷没黑没明地串联走动，集会，游行。当然，他永远不可能做了造反派的头目，但头目干什么事皆要他来随同。辩论开始了，他不会说话，他就提着拳头守卫在头目身边，拿眼睛看头目的脸色，稍有表示，便冲上去扇打对方的耳光，或者将刷大字报的糨糊扫帚横抢过去。

如此热闹快活的日子过了半年，批斗会的温度越加越高，大凡会一开，刘老大就支起耳朵听。主持人喊一声："将走资派押上来！"执行押送的又是刘老大。走资派站在台上了，刘老大就闪在一边，他开始学会了吸烟，吸的是棒棒纸烟。主持人开始让走资派交代罪行，交代末了，主持人向会场问："交代得老实不老实？"必是一哇声回应："不老实！"声调最粗最高的，又仍是刘老大。主持人再问："不老实怎么办？"下边喊："实行无产阶级专政！"专政就是一条麻绳。拿麻绳的又是刘老大，他会三下两下将走资派绳捆索绑，吊在屋梁上抽打了。

刘老大成了走资派最害怕的人物，他是一位英雄，度过了一生最辉煌的年月。

武斗以它必然的趋势发生了。刘老大有了商店的糕点吃，有烧酒喝，刘老大是不惜命的。双方交战了，他总是要打倒对方许多人，但他也被许多人打过。刘老大受了伤，却并不娇气，他有一副石头也能克化的胃，也有一张好皮肤，不怕蚊子咬，不怕臭虫叮，即使乱棒乱石之中有了血口，他只要就地抓一把细土揉揉，那伤口竟会数天之内愈合无恙。而且他总结了一套打人的妙法，就是不管如何强悍的对方，他会扑过去，用手去抓那命根玩意儿，一下子就可治倒。但强中自有强中手，一次武斗中，他正待使用"下三路"战术，对方双肘一弯，用力往下一砸，刘老大扑嗒一声趴在地上再没起来。武斗结果，这一派输了，就要抬着受伤的"将士"在城镇去游行，刘老大也是受抬的一位。他故意将鸡血涂在脸上，将衣服撕烂，躺在门板上双目紧闭，口中呻吟不已。这种游行似乎是时间太长久，刘老大的肚子是饥了，稍没人时就喊着要吃，同伙就搞来一个锅盔，塞在被单下，要吃了，就蒙了脸来吃，吃毕了又恢复原状，一声声呻吟，招摇过市。

"红色政权"总算在吵吵嚷嚷中成立了，两派可以坐在一起搞阶级队伍清理，今日揪一个是这一派的，明日必又有那一派的被揪。刘老大好的一点，并不注意揪出的是谁，他只是尽他的"无产阶级专政"权力。又是一个冬天，县城里召开公判大会，各社要拉一批牛鬼蛇神前去陪法场，黄寺送去两名，押送的少不了又有刘老大。他在县城看了枪决的场面：枪声一响，罪犯的天灵盖呼地掀开，一股红血飞扬而上，那没了头的身子还跪着，然后慢慢倒下。刘老大可乐了几天。陪完法场的牛鬼蛇神，别的人押回黄寺，刘老大还贪恋刑场上那没人收拾的尸体，竟多待了三天，身上的钱也吃喝尽了，便倾囊买了一个毛主席的石膏塑像，他要将红太阳请回家乡去敬。但是，石膏像挺大，抱在怀里走不了十里就累出汗，思想一番，从山坡扯下一条葛条，拦石膏像脖子下拴了，背在身上，踌躇满怀地回公社来了。

刘老大一进公社所在的小镇街上，喊："瞧我请了什么回来了！"红光满面。却见一街两行人面如土色，不敢近来。吓得一人叫："刘老大在吊死红太阳！"立即众人拥上，取下塑像，将刘老大打翻在地，几十只脚踩在上面。

刘老大成了现行反革命被押上了批斗台上，照例是要他交代，照例是交代不老实，照例是实行无产阶级专政，刘老大身上没有一片光洁好肉了。一个月后，刘老大被押到了县城，几天后，也是在老刑场挨了炸子。当然，他并没有丢了头还立着身子，是枪响身倒，连动一下也未动。等公安照相人将他翻过身来，那脸还完整，脖子下的瘦瓜瓜却破了，血流殆尽，如一个六十岁老女人的干瘪了的奶头。

三县交界的黄寺从此失去了一个传奇的人，但他生前传奇，死得也传奇,这个地方的人是不会忘记这个刘老大的。

县城的人是不知道刘老大的传奇的,既不知道他的传奇,也没有任何亲戚,死了就死了,犹如一只狗,事后三天,人们也便遗忘了。可尸体却横在河滩,第四天里仍没有人收,日日夜夜就响着狗的撕咬。县公安局只好掏五元钱,雇两个人将尸体拉到山根处,掘坑埋了。

本来一切都安然了,偏这天黄昏,来了一个汉子,夹着一张芦席来了。埋尸的人问是什么人,回答,他是死者的同胞弟弟,叫刘老三。

刘老三近六七年没有露面了,他的出现使人不免吃惊,看他的模样,几乎无旧日的痕迹,衣着整洁,形容康健,想必是发了财的角色。他说,他在老河口撑船,发誓再不回黄寺,也再不回见老大老二。但他不久听说老二死了,死了就死了,还有老大在家顶门立户,就心安理得过他的日子。可前三天听丹江上游下去的人讲起这边枪决的人的趣事,哇地却哭了,披星戴月赶来。他说:"我要看看大哥,负责把他运回家乡入土。"

刘老三刨出了其兄,已看不到兄长的脸面,脑浆是枪子打飞了,脸皮是野狗撕吃了。他只好用一疙瘩棉花塞在腔子上那个头骨壳里,算作是大哥的脸,说:"大哥,我送你回去吧!"

丈二白布裹了一具烂肉,芦席捆上缚了一只公鸡,刘老大被运回黄寺,运回兄弟三人居住过的四间房后,埋葬了。

刘老三花费了四天时间,在这个生产队的每一户人家里跪下磕头,替大哥赎罪,也替自己的过去赎罪。然后放火烧掉了四间破房,连夜又回老河口的那张渡船上去了。

一个热热闹闹的人物过去了,一场热热闹闹的"文化大革命"也过去了,三县交界的山地,人们受威胁的就只有那瘦瓜瓜和大骨节病了。省上不久也来了地方病防治队,大量的碘盐、海带运了来,大批的药品运了来,连得这些病的也少了。

木碗世家

四十年代，商县城里出了个大地主，姓周，名寿娃，方圆百十里皆是他的地。出城北六十里到碾子坪，是一洼地，四面为猪褐石山，洼田则土质油黑，宜于种烟，周家的烟户就都在这里。

每年七月八月，萝卜拔出的时候，烟也就成熟，绿茵茵的秆子半人高，牛犊子进去也能埋没；花呈白色，灿烂绚丽；烟户们腰里就缠一条碱蓝色的土布腰带，下坠一个烟葫芦，清早踏露水进地，用小叉刀儿在烟花骨朵上划开口子，让白得像奶一样的东西流出来，见风变黑，成为豁糊状，就小心地刮下来，这便是生烟了。生烟全部卖给周家，不准外流，价钱虽然是极贱，但毕竟要比种包谷芋头或辣子茄子收利大些。

当时的政府，名义上也禁烟，但它的军队，官员，直到小的保长皆是嗜烟有瘾，这碾子坪又山高皇帝远，并没甚妨碍。直到后来，专权统一收购的周寿娃，因与几家土匪火并，家破身亡，碾子坪的烟便种得不如先前活跃。但因种植时间久了，种植者也有上了瘾的，贩毒的也有后来发了财的，烟还一直种下来。于是，这碾子坪渐渐沦为瞎人的地方，有发家的，有破家的，坏人更坏，是好人也往坏里变。几年间，地痞、无赖、流氓、强盗，都拥到这里，远远近近人都晓得这个碾子坪了。

出于污泥而也有不沾染的，黄家就是其中一个。这汉子先几年也给周家种烟，其祖父也学得抽几口，久而上瘾，鼻涕眼泪一团的，浑身作抖，常常就倒在烟地里用纸卷了那生烟疙瘩偷抽，人不人鬼不鬼的死了，祖母发誓，再不允儿孙们闻一口烟，只是家人害牙疼腹泻，方泡些烟花壳子喝喝，采些烟叶煮锅来吃，奶和爹娘在周家败落后不久也相继下世，这汉子更不种烟，因此家境最贫，三十岁上没有婚娶。日月清苦，又未中毒，汉子身心康健，手脚有力，在七分薄田里耕作填不满肚子，就学得一项手艺，走乡串村为人旋制木碗。

商州是没有烧瓷的货场，世世代代的碗盏都是买关中耀州商贾的瓷品。一个碗在那时价钱昂贵，平常人家很少有几席用具的，而孩子们的饭碗最易于打碎，这旋制的木碗就有许多人来购买。黄家的生意还勉强混得。三十六岁，木碗旋制得有了声名，娶得了一个独眼媳妇，又生下一个儿来。家是囫囵的家了，但旋制木碗的收入维持这三张嘴很不景气。村里许多人劝他改了行当，也栽植烟土，他只是不听，说："那不是长久的事！"人人怨他迂执。

但黄家的生意却是正的。一九四九年大军到了山里，烟土就严禁了，有贩毒发家的丢了脑袋，有吸毒的瘫卧在炕头；黄家心中庆幸，坚信人生在世，安分为主，善良为本。家里分得地后，木碗手艺虽还不能中止，但精神百倍地靠地吃喝了。

一晃，三十多年过去了。黄家汉子已经腰像虾一样弯起来，成了老汉，儿子也墙高，娶妻添子。因为后来几十年的风风雨雨，老汉的手艺没有再使，只说今生今世再也不可能操持旧业，这套手艺要灭绝了，没想行将老去的年纪，政府的政策变了。过去没有土地，共产党给了农民土地，现在农民有了土地，共产党又要让农民眼光不要局限在土地。老汉不免大发感慨。

他将儿子叫到炕前，说："儿呀，我也是在世上经了六七十年的世事了，地土没变，人口翻了几番，政府让农民可以经商从工，这是治国安民的路数。咱何不将旋制木碗的手艺再使出来，能落一个钱毕竟比闲在家里好呀！"儿子说："也是，我正谋算干什么事好哩。"父子俩第二天就提了板斧进山，砍伐许多宜于旋碗的柳树、桐树、核桃树、冬青树。

老汉的手艺到底是烂熟于心，儿子将树干锯成小节，砍出碗的粗形，老汉就用凿子挖出碗心坑，安起旋刀。以前的旋刀，是在一个支起转动的磨扇上的木桩上安的，磨扇摇动，如风轮般疾，只要双手扼住碗形木块，半天可做出一个来的。现在有了电，儿子是会玩弄的，如工人的车床，一个小时便可旋出一只碗的。一家人欢天喜地。

手艺使过半月，儿子却疲沓了，因为木碗的销售极无市场。如今哪家没有细瓷碗盏，即使吃饭才学端碗的小孩，也都使用搪瓷碗，这种铁皮瓷碗既卫生又摔不烂。买木碗的仅仅是那些深山老沟的人家或城镇类似古董嗜好者买一些收留赏玩。儿子就贱看起这门手艺，上山砍树不起劲，夜里旋碗也打瞌睡，见天和爹闹别扭。

老汉说："儿呀，你是让村里一些人家看红眼了，人家搞运输，办砖厂，那倒真能立即发起来，可咱这手艺是长久计，三十多年前……"儿子知道他又要讲旧社会种烟土的事，就说："爹，世道不一样了！那时你是正理，现在却吃不开了。"爹还要解说，儿子又戗一句："你老了，你不懂，我不与你说。"使老汉动了肝火，将儿子臭骂了一通。儿子索性彻底不和老爹合作了，每日跑出跑进，干自己要干的营生了。

老汉一肚子委屈，一肚子气，但年岁不饶人，世事是年轻人的，他也就不再理儿子，终日自己干自己的。看着儿子见天不落屋在外跑动，却未能找个要干的营生，心里说："好吧，是龙是虫，你干干看吧，到头来你就知道你爹了！"

儿子是聪明透顶的角色，但一个月浪荡过去了，还是没事可做。他没有大的本钱，不可能立即去买拖拉机长途搞运输，他也不愿意黑漆半夜偷贩木材、药材，躲避政府检查人员，搞投机倒把。在这远离城镇的山洼里，他能干什么呢？空空的手回来，抱着饭碗三碗四碗地吃，爹就要说："家里没盐了，你也不要靠我的钱来养活你们三口，你去买吧。"爹嘲笑他，当面只是给爹笑笑，夜里睡到自己的小土炕上，抱了脑袋苦不能眠。

一日，是二月初二，白天里没下雨响了几声雷，人人都说旱雷一响，就是惊蛰，万物该复苏了。儿子心中焦躁，也没在家吃爆炒的包谷花儿，闷头闷脑往邻村同学家去喝酒。夜半三更，醉醺醺回来，路过村后的麦地，那里竟有一头小猪卧在地堰下，支支吾吾叫。他喊了三声，"谁家的猪？"没人回应，就嘟囔骂着："谁家媳妇这么懒，夜里不关圈门就睡了！"把猪抱回来，想第二天有人来找就送了过去。摇摇晃晃到家里，将猪在中堂脚地放了，家人见是一头小猪，问是哪儿来的，他说了原委一家人也就睡下无话。第二天，没有失主来找，儿子也觉奇怪，老汉将猪看了，条条倒好，吃手也好，却忽然叫道，"这哪儿是人丢失的，是抛弃了的！"儿子听了这话，忙看那猪的尾巴梢，果然是扁形双辫的，也"噢噢"惋惜了一通。

在这一带，喂猪的都有讲究，凡猪尾梢是扁形双辫状，就认为这是羊猪，为羊托生，最终要被狼叼去的。狼在这里很多。听说这种猪无论如何不会给饲养者带来利益，是喂猪最忌讳的牲畜。

老汉就要提起猪的后腿再丢到野外去，儿子说："乡俗是那么讲的，可我总不信天下有这等事！我偏将它喂下，捉捉这个鬼。"老汉拗不过儿子，便任他养去。从此，儿子倒有了事可干。饲养这猪如同伺候媳妇坐月子，每顿必是亲自拌食，草剁得碎碎的，料搅得匀匀的，直看着那蠢物吃得双蹄叉开，才肯罢休。这猪也便气吹一般长大，到了八月宰了，净肉一百二十斤。留下一个猪头，一副后腿，再加上心、肝、肠、肺一揽子下水，整肉卖得八十五元三角。老汉也觉得奇怪，暗地里服起儿子命大，才把猪保下来，不至于做了狼口里的菜。就说："既然喂成了，你也不会干别的，就再买一个小猪吧，冬天到了，红薯萝卜下来了，猪好喂的。"

儿子去集市上买小猪，但去过几趟，皆空手返回。老汉不知儿子的心思，以为他不想喂猪了，没想儿子却最后买回来了两头各八十斤的半拉子猪来。老汉气得又不理儿子，吩咐老伴也不要管：买这么大的猪，本身就花三四十元，将来能赚得多少呢？儿子没有言语，只是每日蒸了红薯、萝卜来喂。两头猪架子不小，只是发瘦，红毛像绒衣一样。两个月后，猪竟脱去绒毛，色起白亮，个个如小牛犊一般。儿子便拉到国家收购站卖了，每头除去本钱，净落一百。

这二百元钱,儿子并未添置家中财物,又买了四头八十斤左右的半拉子瘦猪,剩余钱买了许多包谷,磨碎了搅着红薯、萝卜饲喂,到年底,一一出售,转眼又落得五百元。

黄家儿子的喂猪窍道立即被全碾子坪人发觉,眼红不已,都不大经营小猪了,全去外乡市场购买六七十斤、八九十斤的半拉子猪,回来增加精料,赚起快钱来。这儿子看这情况,只是笑着,又在市场上看着各种行情,竟再也不买半拉子猪,买回一头高大肥壮的母猪来。母猪买到家,一家人都反对。老汉说:"你是才摸索了些窍,你就又胡来!现在母猪不值钱,就是生下猪娃,哪能赚得几个钱?"儿子说:"爹你不知,正因为都不喂小猪,那大猪从何来?母猪贱了,正是买的时候,你等着瞧吧。"果然两个月后,母猪生下十二个猪娃,热腾腾,肉乎乎,喂到能跑会吃食,市场上猪发生了紧张,因为都抢大猪,大猪没有了,好多人不再喂母猪,猪种奇缺,一下子小猪的价又提起来。这黄家儿子将出月的小猪抱到市场,不是卖个,而论斤估价,一斤三元五,一时三刻倒被买主抢个净光。

山地里,没有别的副业可搞,养猪是农家的拿手好戏。养猪的人得了利,差不多家家都饲养开了,甚至将全家的收入押注在猪的身上,认作是心肝命脉,是财神爷菩萨,是种下的金种下的银,长出的摇也摇不完的摇钱树!但黄家儿子却洗手不干了。

他先后落得八百元,二百元翻修了漏雨的堂屋,一百元给家里添了一个板柜,一张方桌,一百元买了衣服使大小穿得光洁鲜亮。儿子对老汉说:"爹,你年纪大了,就不要干那旋木碗的事了吧。"老汉说:"你挣了几个小聪明钱,就张狂得没衣领了!你那是长远的事吗?我这木碗,不买的是不买,但买的却老是买,发不了大财,也吃不了大亏。人一生日子长哩,你那几百元,就能吃喝一辈子吗?"老汉并不眼馋儿子,儿子也就笑笑,让爹干他的去了。

他是靠养猪发的，又突然不养猪了，村里人莫名其妙。有一次爹往北山销售他的木碗，这儿子也随爹去了。北山的羊多，家家有一两头奶羊。他们养羊，一半是为了吃肉，一半是为了挤羊奶喂牛；深山坳的人不喝羊奶，嫌有一股膻气。黄家儿子就一个奶羊十五元，一次买回五只来，见天晚上挤奶。奶好的时候，一头奶羊可挤五斤奶，五五二十五斤，他用铁桶装了，驮在自行车上走十里到刘家堡工厂去。这工厂是"备战"年月从城里迁来的，工人们有的是钱，又是南方人，吃食讲究营养。二十五斤奶只消车子转一圈便一销而空。一斤奶是三角，二十五斤是七元伍角，黎明去，半清早返回，钱挣得趁手而轻省自在。如此半年，黄家儿子又添养了三只奶羊，手头花钱十分滋润。手一滋润，人也显得大方，见人就开口笑，笑毕就掏烟敬散，村人没有不企羡的。

商南县志上有过这样的记载：南山猴，一个干啥都干啥。就是指说这碾子坪一带人的秉性，随波逐流。这秉性至今依旧遗存。村里人人大养特养猪后，这年底猪的数量爆炸，交售生猪十分困难，好多人家三天三夜排长队无法交售给国家收购站，又急着花钱办年货，只好自家宰杀，那肉价就从一元三降到一元一，一元一到腊月三十中午，肉还是卖不出去，就落到九角八分打发出手。无不怨天尤地，末了就骂自己命蹇，又要学黄家儿子养奶羊了。不长时间，奶羊又普遍饲养，但卖奶人却常常使奸取巧，在奶里大量拚水，卖奶的声誉就败下来。黄家儿子的八只奶羊一时倒不出手，就每天赶了羊一路往刘家堡工厂家属区去，一路人悠闲，呜呜嘟嘟吹一个口琴，羊悠闲，逢嫩草就啃，遇清泉就饮。到了厂区，实行现买现挤，货真价实，竟又一下子压倒那些掺水的奶户。他的生意非但未被挤垮，反倒越发兴旺。

这种活羊鲜奶的出售，别出心裁，村人没有不对他的聪明能干叹为观止，连旋制木碗的老爹也疑心儿子的脑袋是空空。

收入越来越大，黄家儿子又出人意料地将八只奶羊转卖了。去了河南灵宝，二元五角买回来了十三只荷兰种鸡，一路搭火车坐汽车，人商州行旱路走水路，披星戴月回到家，十三只鸡死去了五只。这鸡色黄，黄中透赤，个头不大，形如圆疙瘩。村人这次倒议论纷纷，认为他是聪明反被聪明误，这次真正是一趟瞎胡闹了，每每见到他总是那么笑着说："这就是你千里之外召回来的凤凰吗？"他说："是。"村人又奚落："这鸡能厨金尿银吗？"他抬起头来，看出了对方脸上的内容，说："试试。"十日过去，这鸡没什么动静，二十日过去，这鸡还是没动静。那些也养着鸡的人家，都是一群一群来亨鸡，日日产蛋，又都显夸似的将蛋篮子提去交售时，要路过黄家门口，大声说他们家的鸡蛋大，搭在眼上对着太阳照。黄家儿子听见了，也不言语。黄家老汉过六十五岁大寿，到养鸡人家去买几元钱的蛋，主人家偏要说："你们家不是也养鸡了吗？"老汉说："他哪儿是养鸡，是在养鸽子玩哩。"主人就说："鸽子也会下鸽子蛋呢！"老汉一脸羞愧。主人又说："远近都说你家儿子是能干得上天摘了星星的人嘛！"老汉就赶回来，数说儿子倒腾倒腾就胡来开了，要让把那些不下蛋的鸡杀了吃肉，也免得见天每日饲喂那么多精料。儿子不听爹的，也不嫌弃那鸡。

说也惊奇，到了二十九天里，那八只鸡就下蛋了，下的蛋一个几乎要比来亨鸡重出一两，不久就收得一筐。这产蛋之事却并不声张于外，又一颗不卖不吃，全部孵化，抱出八十三个小鸡。小鸡死了十只，长出公的十二只，长大了六十一只母的。这母鸡长大，又是生蛋，见天蛋就收得几十。结果，蛋全部交售县农技站，每颗五角。消息传开，全县震惊，迅速人人皆知荷兰鸡种优良，纷纷向县农技站索买种蛋，这黄家就成了唯一的供种蛋之户。虽然近一年光景未得一分收入，却一下子暴发巨财。

当荷兰鸡普遍饲养开后，他又去栽甜叶菊。第二年又将一部分田地植了桐树苗。树苗长成，正逢植树造林热潮，一棵树苗三角五，比种粮食价值翻了九倍。

从开始卖猪时起,黄家儿子就每桩生意又积攒资本,扩大新的生产,到桐树苗子出手后,他已有了六千元存款,便购买了一台小四轮拖拉机,搞起长途运输。几年间,山地的农民差不多都富起来,目标都盯在了拖拉机上。但山地不如城镇近郊,可以有干不完的活计,山地里立时有了这么多拖拉机,运输项目短缺,而柴油汽油机油价格上涨,许多人家又挣不下钱来。这黄家儿子挣回两万元后,立即停止了这宗生意,又去了县城,随后又去了省城。忽一日夜里回到家中,往亲戚朋友处借钱,说他要买一辆运输公司退下来的公共车,搞碾子坪上下几十里通往省城的班车。他说得很自信:"现在出外做生意的人多,班车特别紧张,两天到省城往返一次,永远不会担心没事干的,一年就可捞回本,白落得一辆车啊!"

黄家老爹听罢,正点火抽旱烟,火柴燃尽,却惊得点不着烟,手也烧疼了,说:"儿呀,我算是服了你了,这世界是你们年轻人干的。可凡事都有高有低,只能急流勇退。钱是挣不完的,万不能太出人头地,树大就要招风!现家里有了钱,日子不会受穷了,你就要从此打住,不可一步走过了,招来祸事。当年贩烟土的就有……"儿子说:"爹,你是没到外边跑跑,外边的世界大得咱想都想不到的!咱这算什么?再说,咱一不偷,二不抢,凭自己劳动挣钱,能惹得什么事呢?"老汉知道儿子正在兴头上,九头牛是拉不转头的,只是抽旱烟,想年轻人做事不留后路,没吃过亏呢。夜里和老伴唠叨,总害怕出什么事,一颗心放不下来,越发看重起自己的旋制木碗的手艺,说:"他娘,咱旋木碗,这倒不是为了能挣多少钱,更为着将来自己儿子,有一条牢固的退路啊!你瞧着吧,咱都是什么人,咱的儿子一下子就能得这么多钱,这不是好事哩!"

儿子买回公共车,每月薪水八十元雇用了一名司机,开始了每日从公社所在地的镇上通往省城的班车。他不会开车,日后一面求师傅教授,一面负责售票。他们的班车服务态度极好。五百里的全程距离的乘客肯拉运,十里八里的短途捎脚的也肯拉运,乘客到什么地方,要停就停,并备有晕车药,零售各类糕点,言语和蔼,面容可亲。一时竟吸引了大量乘客。

此事立即轰动了整个商州七县,甚至全省运输系统。自然而然,遭到许多非议,就有人联名写信上告,说是此种行动直接威胁了国家运输公司的收入。一个月未跑完,商州地区有关部门强令黄家儿子的班车停开。

班车查封,村人有愤愤不平的,亦有惋惜不已的,更有幸灾乐祸的,说社会主义毕竟是社会主义,黄家儿子是妄想当资本家!黄家老汉就说:"罢了,罢了,车封了就封了,没让你坐牢就是烧了高香!世上的好事怎么能让你一个人占完呢?你也看出来了吧,你发了,人人眼红你,说你能行;你发得太大了,就嫉恨你,使你失了人缘!"儿子好生苦恼,在家蒙头睡过三天,第四天就上省去告。官司打开来,几经曲折,几次反复,耗费了一大笔钱,贴赔了三十斤木耳和黄花菜。家人都劝他作罢,说:"手揉揉心口,气就顺了。"他不,说:"我哪一点违犯了国家法令,我是符合政策的,我有信心打赢官司的!"又三次上省,花二十元请人写了状子,七十元请了律师辩护,终于,法庭上,他胜利了。班车又开动了。

重新通车的那天,黄家儿子将车打扮得粲然一新,用丈二红绸结了彩花,系在车头,又站在车上放了五板子三百响小鞭炮,十二串大雷鞭炮,以示祝贺。放完鞭炮,人们将车团团围住,一群孩子拥挤着捡拾未燃的散炮,正热闹得不可开交,黄家儿子却趴在车头上老牛一样地呜呜痛哭。

此后半年,全商州的运输车辆全进行了个人承包,而黄家儿子的班车已收入了三万元,完全赚回了一切本钱。村人都在扬言:黄家儿子不是个平地卧的角色,他必是又要办车队了!

但是,黄家儿子没有,却把三万元一分也不动用,又从银行贷款了二万,竟招聘了建筑施工队,在碾子坪洼前的山根处修建了一座四层楼来。

楼房十分威壮，一进山洼就十里八里都看得见。竣工那日，黄家儿子一身整齐衣服，去了县城，请来了县政府的县长，教育局的局长，公社的社长，和碾子坪小学的校长，几方开会，提出这座楼房捐献给碾子坪小学。

一张烫金的玻璃框装上了一份奖状，悬挂在了黄家的堂屋墙上。农民办校的新闻在省报的头版头条登出，是套了红边的。

那辆黄家儿子的班车还是见天每日在公路上行驶。

当省报的记者访问他，问他一个农民是怎么发起来的，为什么别人不行，他却老行，又是不断折腾，而每一折腾皆能成功，是不是村人所说：是命强命好走运气？黄家的儿子就笑笑，却指着自己的媳妇，说："全靠她。"这回答使人惊奇。问那媳妇，媳妇说，她有三个哥，一个是省政策研究所的，一个是县农科局的，一个是大学毕业生，在外省的一家工厂任新的厂长；黄家儿子每每干事，皆听从这些舅官指导，开通思想，提供信息的。接着，黄家儿子打开他的一个大木箱，仅各种来往信件，各件资料参考，竟重有百十公斤。

记者访问的那天，黄家的老汉却不在家，他是出外推销他的木碗去了。其实，他是听说记者要来，故意躲避的。此时，这老汉正坐在大深山一家买主的门槛上，一边吸旱烟，一边说："这木碗好啊，瓷碗虽中看，可容易碎，好的东西要是摔碎了，让人心疼。木碗是不怕摔的，即就是摔碎了，人也不会太心疼的。你别小看这手艺，这是铁打的，吃不撑死，也饿不扁肚，细水才长流，本分才和平啊！"

黄土高原

沟是不深的,也不会有着水流;缓缓地涌上来了,缓缓地又伏了下去;群山像无数偌大的蒙古包,呆呆地在排列。八月天里,秋收过了种麦,每一座山都被犁过了,犁沟随着山势往上旋转,愈旋愈小,愈旋愈圆。天上是指纹形的云,地上是指纹形的田,它们平行着,中间是一轮太阳;光芒把任何地方也照得见了,一切都亮亮堂堂。缓缓地向那圆底走去,心就重重地往下沉;山洼里便有了人家。并没有几棵树的,窑门开着,是一个半圆形的窟窿,它正好是山形的缩小,似乎从这里进去,山的内部世界就都在里边。山便再不是圆圈的叠合了,无数的抛物线突然间地凝固,天的弧线囊括了山的弧线,山的弧线囊括了门窗的弧线。一地都是那么寂静了,驴没有叫,狗是三个四个地躺在窑背,太阳独独地在空中照着。

路如绳一般地缠起来了:山垭上,热热闹闹的人群曾走去赶过庙会。路却永远不能踏出一条大道来,凌乱的一堆细绳突然地扔了过来,立眼就分散开去，在洼底的草皮地上纵纵横横了。这似乎是一张巨大的网，由山垭哗地撒落下去，从此就老想要打捞起什么了。但是，草皮地里能有什么呢？树木是没有的，花朵是没有的，除了荆棘，蒿草，几乎连一块石头也不易见到。人走在上边，脚用不着高抬，身用不着深弯，双手直棍一般地相反叉在背后，千次万次地看那羊群漫过，粪蛋儿如急雨落下，澎澎地飞溅着黑点儿。起风了，每一条路上都在冒着土的尘烟，欻欻的，一时如燃起了无数的导火索，竟使人很有了几分骇怕呢。一座山和一座山，一个村和一个村，就是这么被无数的网罩起来了。走到任何地方，每一块都被开垦着，每处被开垦的坡下，都会突然地住着人家，几十里内，甚至几百里内，谁不知道哪条沟里住着哪户人家呢？一听口音，就攀谈开来，说不定又是转弯抹角的亲戚。他们一生在这个地方，就一刻也不愿离开这个地方，有的一辈子也没有去过县城，甚至连一条山沟也不曾走了出去；他们用自己的脚踏出了这无数的网，他们却永远走不出这无数的网。但是，他们最乐趣的是在二三月，山沟里的山鸡成群在崖畔晒日头，几十人集合起来，分站在两个山头，大声叫喊，山鸡子从这边山上飞到那边山上，又从那边山上飞到这边山上，人们的呐喊，使它们不能安宁，它们没有鹰的翅膀可以飞过更多的山沟，三四个来回，就立即在空中方向不定地旋转，猛地石子一样垂直跌下，气绝而死了。

　　土是沙质的，奇怪的是靠崖凿一个洞去，竟百年千年不会倒坍，或许筑一堵墙吧，用不着去苫瓦，东来的雨打，西去的风吹，那墙再也不会垮掉，反倒生出一层厚厚的绿苔，春天里发绿，绿嫩得可爱，夏天里发黑，黑得浓郁，秋天里生出茸绒，冬天里却都消失了，印出梅花一般的白斑。日月东西，四季交替，它们在希冀着什么，这么更换着苔衣？默默的信念全然塑造成那枣树了，河滩上，沟畔里，在窗前的石破子碾盘前，在山与山弧形的接壤处，突然间就发现它了。它似乎长得毫无目的，太随便了，太缓慢了，春天里开一层淡淡的花，秋天里就挂一身红果。这是最懂得了贫困，才表现着极大地丰富吗？是因为最懂得了干旱，那糖汁一样的水分才凝固在枝头吗？

冬天里，逢个好日头，吃早饭的时候，村里人就都圪墩在窗前石碾盘上，呼呼噜噜吃饭了。饭是荞麦面，汤是羊肉汤，海碗端起来，颤悠悠的，比脑袋还要大呢。半尺长的线线辣椒，就夹在二拇指中，如山东人夹大葱一样，蘸了盐，一口一截，鼻尖上，嘴唇上，汗就咕咕噜噜地流下来了。他们蹲着，竭力把一切都往里收，身子几乎要成一个球形了，随时便要弹跳而起，爆炸开去。但随之，就都沉默了，一言不发，像一疙瘩一疙瘩苔石，和那碾盘上的石破子一样，凝重而粗笨了。窗内，窗眼里有一束阳光在浮射，婆姨们正磨着黄豆，磨的上扇压着磨的下扇，两块凿着花纹的石头顿挫着，黄豆成了白浆在浸流。整个冬天，婆姨们要待在窑里干这种工作，如果这磨盘是生活的时钟，这婆姨的左胳膊和右胳膊，就该是搅动白天和黑夜的时针和分针了。

山峁下的小路上，一月半月里，就会起了唢呐声的。唢呐的声音使这里的人们精神最激动，他们会立即放下一切活计，站在那里张望。唢呐队悠悠地上来了，是一支小小的迎亲队，前边四支唢呐，吹鼓手全是粗壮汉子，眼球凸鼓，腮帮满圆，三尺长的唢呐吹天吹地，满山沟沟都是一种带韵的吼声了。农人不会作诗，但他们都有唢呐，红白喜事，哭哭笑笑，唢呐扩大了他们的嘴。后边，是一头肥嘟嘟的毛驴，耸着耳朵，喷着响鼻，额头上，脖子上，红红绿绿系满彩绸。套杆后就是一辆架子车，车头坐着一位新娘，花一样娟美，小白菜一样鲜嫩，她盯着车下的土路，脸上似笑，又未笑，欲哭，却未哭；失去知觉了一般的麻麻木木。但人们最喜欢看这一张脸了，这一张脸，使整个高原以此明亮起来。后边的那辆车，是两个花枝招展的陪娘坐着，咧着嘴憨笑，狼狼狈狈地紧抱着陪箱，陪被，枕头，镜子。再后边便是骑着毛驴的新郎，一脸的得意，抬胳膊动腿地常要忘形。每过一个村庄，认识的，不认识的，都要在怀里兜了枣儿祝贺，吃一颗枣儿，道一声谢谢，道一声谢谢，说一番吉祥，唢呐就越发热闹，声浪似乎要把人们全部抛上天空，轰然粉碎了去呢。

最逗人情思的是那村头小店：几乎每一个村庄，路畔里就有了那么一家人，老汉是肉肉的模样，婆姨是瘦瘦的精干，人到老年，弯腰驼背的，却出养个万般水灵的女儿来。女儿一天天长大，使整个村庄自豪，也使这个村庄从此不能安宁。父母懂得人生的美好，也懂得女儿的价值，他们开起店来，果然生意兴隆。就有了那么个后生，他到远远的黄河东岸去驮铁锅去了，一去三天三夜，这女子老听见驴子哇儿哇儿地响，站在窗前的枣树下，往东看得脖子都硬了。她恨死了后生，恨得揉面，捏了他的小面人儿，捏了便揉，揉了又捏。就在她去后洼洼拔萝卜的时候，那后生却赶回来，坐在窑里吃饭，说一声："这面怎么没味？"回道："我们胳膊没劲，巧巧不在。""啊达去了？"人家不理睬，他便脸通红，末了出了门，一步三回头。老人家送客送到窑背背，女子正赶回藏在山峁峁，瞧见爹娘在，想下去说句话，又怕老人嫌，待在那里，灰不沓沓。只待得爹娘转脚回去了，一阵风从山峁上卷下来："等一等！"踉踉跄跄近了，羞羞答答，扭扭捏捏，却从怀里掏出个青杏儿来。

可怜这地面老是干旱，半年半年不曾落下一滴雨。但是，一落雨就没完没了，沟也满了，河也满了。住在几圪捞洼里的人家，一下雨人人都在关心着门前那条公路了。公路是新开的，路一开，外面的人就都来过，大卡车也有，小卧车也有，国家干部来家说一席漂亮的京腔，录一段他们的歌谣，他们会轻狂地把什么好东西都翻出来让人家吃。客人走过，窑背上的皮鞋印就不许被扫了去，娃娃们却从此学得要刷牙，要剪发……如今雨地里路垮了，全村人心都揪起来，一个人背了镢头去修，全村人都跟了去干。小卧车嘟嘟地开过来，停在那边，他们急得骂天骂地骂自己，眼泪都要掉下来。公家的事看得重，他们的力气瞧得轻。路修通了，车开过了，车一响，哗地人们都向两边靠，脸是笑笑的，十二分的虔诚和得宠，肥大的狗汪汪地叫着要去撵，几个人拉住绳儿不敢丢手。

走遍了十八县，一样的地形，一样的颜色，见屋有人让歇，遇饭有人让吃。饭是除了羊肉，荞面，就是黄澄澄的小米；小米稀做米汤，稠作干饭，吃罢饭，坐下来，大人小孩立即就熟了。女人都白脸子，细腰身，穿窄窄的小袄，蓄长长的辫，多情多意，给你纯净的笑，男的却边塞将士一般的强悍，大块吃肉，大碗喝酒，上了酒席，又有人醉倒方止。但是，广漠的团块状的高原，花朵在山洼里悄悄地开了，悄悄地败了，只是在地下土中肿着块茎；牛一般的力气呢，也硬是在一把老镢头下慢慢地消耗了，只是加厚着活土层的尺寸。春到夏，秋到冬，或许有过五彩斑斓，但黄却在这里统一，人愈走完他的一生，愈归复于黄土的颜色。每到初春里，大批大批的城里画家都来写生了，站在山洼随便一望，四面的山峁上，弧线的起伏处，犁地的人和牛就衬在天幕。顺路走近去，或许正在用力，牛向前倾着，人向前倾着，角度似乎要和土地平行了，无形的力变成了有形的套绳了。深深的犁沟，像绳索一般，一圈一圈地往紧里套，他们似乎要冲出这个愈来愈小的圈，但留给他们活动的地方愈来愈小，末了，就停驻在山峁顶上。他们该休息了。只有小儿们，停止了在地边玩耍，一步步爬过来，扑进娘的怀里，眨着眼，吃着奶……

1982年9月写于延川县

进山东

第一回进山东,春正发生,出潼关沿着黄河古道走,同车里有着几个和尚——和尚使我们与古代亲近——恍惚里,春秋战国的风云依然演义,我这是去了鲁国之境了。鲁国的土地果然肥沃,人物果然礼仪,狼虎的秦人能被接纳吗?沉沉的胡琴从那一簇蓝瓦黄墙的村庄里传来,音绵长,和那一条并不知名的河,在暮色苍茫里蜿蜒而来又蜿蜒而去,弥漫着,如麦田上浓得化也化不开的雾气,我听见了在泗水岸上,有了"逝者如斯夫"的声音,从孔子一直说到了现在。

我的祖先,那个秦王嬴政,在他的生前是曾经焚书坑儒过的,但居山高为秦城,秦城已坏,凿池深为秦坑,自坑其国,江海可以涸竭,乾坤可以倾侧,唯斯文用之不息,如今,他的后人如我者,却千里迢迢来拜孔子了。其实,秦嬴政在统一天下后也是来过鲁国旧地,他在泰山上祀天,封禅是帝王们的举动,我来山东,除了拜孔,当然也得去登泰山,只是祈求上天给我以艺术上的想象和力量。接待我的济宁市的朋友说：哈，你终于来了！我是来了，孔门弟子三千，我算不算三千零一呢？我没有给伟大的先师带一束干肉，当年的苏武可以唱"执瓢从之，忽焉在后"，我带来的唯是一颗头颅，在孔子的墓前叩一个重响。

一出潼关，地倾东南，风沙于后，黄河在前，是有了这么广大的平原才使黄河远去，还是有了黄河才有了这平原？哐啷哐啷的车轮整整响了一夜，天明看车外，圆天之下是铅色的低云，方地之上是深绿的麦田，哪里有紫白色的桐花哪里有村庄，粗糙的土坯院墙砖雕的门楼，脚步沉缓的有着黑红颜色而褶纹深刻的后脖的农民，和那叫声依然如豹的走狗——山东的风光竟与陕西关中如此相似！这种惊奇使我必然思想，为什么山东能产生孔子呢？那年去新疆，爱上了吃新疆的馕，怀里揣着一块在沙漠上走了一天，遇见一条河水了，蹲下来洗脸，日地将馕抛向河的上游，开始洗脸，洗毕时馕已顺水而至，捡起泡软的馕就水而吃，那时我歌颂过这种食品，正是吃这种食品产生了包括穆罕默德在内的多少伟人！而山东也是吃大饼的，葱卷大饼，就也产生了孔子这样的圣人吗？古书上也讲，泰山在中原独高，所以生孔子。圣人或许是吃简单的粗糙的食品而出的，但孔子的一部《论语》能治天下，儒家的文化何以又能在这里产生呢？望着这大的平原，我醒悟到平原是皇天后土，它深沉博大，它平坦辽阔，它正规，它也保守而滞积，儒文化是大平原的产物，大平原只能产生出儒文化。那么，老庄的哲学呢，就产生于山地和沼泽吧。

在曲阜，我已经无法觅寻到孔子当年真正生活过的环境，如今以孔庙孔府孔林组合的这个城市，看到的是历朝历代皇帝营造起来的孔家的赫然大势。一个文人，身后能达到如此的豪华气派，在整个地球上怕再也没有第二个了。这是文人的骄傲。但看看孔子的身世，他的生前凄凄惶惶的形状，又让我们文人感到一份心酸。司马迁是这样，曹雪芹也是这样，文人都是与富贵无缘，都是生前得不到公正的。在济宁，意外地得知，李白竟也是在济宁住过二十余年啊！遥想在四川惨观杜甫草堂，听那里人在说，流离失所的杜甫到成都去拜会他的一位已经做了大官的昔日朋友，门子却怎么也不传禀，好不容易见着了朋友，朋友正宴请上司，只是冷冷地让他先去客栈里住下好了。杜甫蒙受羞辱，就出城到郊外，仰躺在田埂上对天浩叹。尊诗圣的是因为需要诗圣，做诗圣的只能贫困潦倒。我是多么崇拜英雄豪杰呀，但英雄豪杰辈出的时代，斯文是扫地的。孔庙里，我并不感兴趣那些大大小小的皇帝为孔子树立的石碑，独对那面藏书墙钟情，孔老夫子当周之衰则否，属鲁之乱则晦，及秦之暴则废，遇汉之王则兴，乾坤不可久否，日月不可久晦，文籍不可久废啊！

当我立于藏书墙下留影拍照时，我吟诵的是米芾赞词：孔子孔子，大哉孔子！孔子以前，既无孔子；孔子之后，更无孔子。孔子孔子，大哉孔子！出得孔府，回首府门上的对联，一边有富贵二字，将富字写成"富"，一边有文章二字，将章字写成"章"。据说"富"字没一点，意在富贵不可封顶，"章"字出头，意在文章可以通天。唏，这只是孔子后人的得意。衍圣公也是一代一代的，这如现在一些文化名人的纪念馆，遗孀或子女大都能当个纪念馆长一样的。做人是不是伟大的，先前姑且不论，死后能福及子孙后代和国人的就是伟大的人。孔子是这样，秦王嬴政是这样，毛泽东也是这样，看着繁荣富裕的曲阜，我就想到了秦兵马俑所在地临潼的热闹。

在孔庙里我睁大眼睛察看圣迹图，中国最早的这组石刻连环画，孔子的相貌并不俊美，头凹脸阔，龅牙露鼻。因父亲与一个年龄相差数十岁的女子结婚，他被称为野合所生，身世的不合俗理和相貌的丑陋，以及生存困窘，造就了千古帝王。而秦嬴政呢，竟也是野合所得。有意思的是秦嬴政做了始皇，焚书坑儒，却也能到泰山封禅，他到了这里，不知对孔子作何感想？他登泰山天降大雨，想没想到过因泰山而有了孔子，也可以说因孔子而有了泰山，在泰山上他能祀天，是而得以武功得天下又以武功守天下吗？

我在泰山上觅寻我的祖先遇雨而避的山崖和古松，遗憾地没有找到这个景点。听导游的人解说，我的祖先毕竟还是登上了山顶，在那里燃起了熊熊大火与天接通，天给了他什么昭示，后人恐怕不可得知，而事实是秦亡后，就在泰山之下，孔庙孔府孔林如皇宫一样矗起而千万年里香火不绝。孔子就是五岳独尊的泰山吗？泰山就是永远的孔子吗？登泰山者，人多如蚁，而几多人真正配得上登泰山呢？我站在拱北石下向北面的峰头上看，我许下了我的宏愿，如果我有了完成夙愿的能力和机会，我就要在那个峰头上造一个大庙的。我抚摸着拱北石，我以为这块石头是高贵的，坚强的，是一个阳具，是一个拳头，是一个冲天的惊叹号。

古人讲：登泰山而一览众山小。周围的山确实是小的，小的不仅仅是周围的山，也小的是天下。我这时是懂得了当年孔子登山时的心境，也知道了他之所以惶惶如丧家之犬一样到处游说的那一份自信的。

我带回了一块石头，泰山上的石头。过去的皇帝自以为他们是天之骄子，一旦登基了就来泰山封禅的，但有的定都地远，他们可以来泰山祀天，也可以自家门前筑一个土丘作为泰山来祀，而我只带回一块石头——泰山石是敢挡的——泰山就永远属于我，给我拔地通天的信仰了。

进山东的时候，我是带一批《土门》要参加签名售书活动的，在济宁城里搞了一场，书店的人又动员我能再到曲阜搞一次，我断然拒绝了。孔子门前怎能卖书呢？我带的是《土门》，我要上泰山登天门，奠地了还要祀天啊！我站在山顶的一节石阶上往天边看去，据说孔子当年就站在这儿，能看到苏州城门洞口的人物，可我什么也看不见，我是没有孔子的好眼量，但孔子教育了我放开了眼量，我需一副好的眼力去看花开花落，看云聚云散，看透尘世的一切。

怀着拜孔子，登泰山的愿望进山东，额外地在济宁参观了武氏祠的汉画像石，多么惊天动地的艺术！数百块的石刻中，令我惊异的是最多的画像竟是孔子见老子图。中国最伟大的会见，历史的瞬间凝固在天地间动人的一幕，年轻的孔子恭敬地站在那里，大袖筒中伸出两只雁头，这是他要送给老子的见面礼。孔子身后是颜回等二十人，四人手捧简册，而子路头有雄鸡，可能是子路生性喜辩爱斗的吧。这次会见，两人具体说了些什么，史料没有详载，民间也不甚传说，而礼仪之邦的芸芸众生却津津乐道，于此不疲，以至于有这么多的石刻图案。老子在西，孔子在东，孔子能如此地去见老子，但孔子生前为什么竟不去秦呢？这个问题我站在泰山顶上了还在追问自己，仍是究竟不出，孔子说登泰山而赋，我要赋什么呢？我要赋的就只有这一腔疑惑和惆怅了。

通渭人家

通渭是甘肃的一个县。我去的时候正是五月，途经关中平原，到处是麦浪滚滚，成批成批的麦客蝗虫一般从东往西撵场子，他们背着铺盖，拿着镰刀，涌聚在车站，镇街的屋檐下和地头，与雇主谈条件，讲价钱，争吵，咒骂，甚或就大打出手。环境的污染，交通的混乱，让人急迫而烦躁，却也感到收获的紧张和兴奋。一进入陇东高原，渐渐就清寂了，尤其过了会宁，车沿着苦丁河在千万个峁塬沟岭间弯来拐去，路上没有麦客，田里也没有麦子，甚至连一点绿的颜色都没有，看来，这个地区又是一个大旱年，颗粒无收了。太阳还是红膛膛地照着，风也像刚从火炉里喷出来，透过车窗玻璃，满世界里摇曳的是丝丝缕缕的白雾，搞不清是太阳下注的光线，还是从地上蒸腾的气焰，一切都变形了，开始是山，是路，是路边卷了叶子的树，再后是蹴在路边崖塄上发痴的人和人正看着不远处铁道上急驶而过的火车。火车一吼长笛，然后是轰然的哐哐声。司机说：你听你听，火车都在说，甘肃——

穷，穷，穷，穷……

我就是这样到了通渭。

通渭缺水，这在我来之前就听说的，来到通渭，其严重的缺水程度令我瞠目结舌。我住的宾馆里没有水，服务员关照了，提了一桶水放在房间供我洗脸和冲马桶，而别的住客则跑下楼去上旱厕。小小的县城正改造着一条老街，干燥的浮土像面粉一样，脚踩下去噗噗的就钻一鞋壳。小巷里一群人拥挤着在一个水龙头下接水，似乎是有人插队，引起众怒，铝盆被踢出来咣啷啷在路道上滚。一间私人诊所里，一老头趴在桌沿上接受肌肉注射，擦了一个棉球，又擦一个棉球，大夫训道：五个棉球都擦不净！老头说：河里没水了嘛。城外河里是没水了，衣服洗不成，擦澡也不能，一只鸭子从已是一片糨糊的滩上往过走，看见了盆子大的一个水潭，潭里还聚着一团蝌蚪，中间的尾巴在极快地摆动，四边的却越摆越慢，最后就不动了，鸭子伸脖子去啄，泥粘得跌倒，白鸭子变成了黄鸭子。城里城外溜达了一圈，我趄进街房屋檐下的货摊上买矿泉水喝，摊边卧着一条狗吐了舌头呼哧呼哧不停地喘，摊主骂道：你呼哧得烦不烦！然后就望着天问我那一疙瘩云能不能落下雨来？天上是有一疙瘩乌云，但飘着飘着，还没有飘过街的上空就散了。

我懦懦地回宾馆去，后悔着不该接受朋友的邀请，在这个时候来到了通渭，但是，我又一次驻脚在那个丁字路口了，因为斜对面的院门里，一个老太太正在为一个姑娘用线绞拔额上的汗毛，我知道这是在"开脸"，出嫁前必须做的工作。在这么热的天气里，她即将要做新娘了吗？姑娘开罢了脸，就站在那里梳头，那是多么长的一头黑发呀，她立在那里无法梳，便站在了凳子上，梳着梳着，一扭头，望见了我正在看她，赶忙过来把院门关了。院门的门环在晃荡着，安装门环的包铁突出饱圆，使我联想到了女人成熟的双乳。"往这儿看！"一个声音在说，我脸刷地红起来，扭过脖子，才发现这声音并不是在说我，而一个剃着光头的男人脖子上架了小儿就在我前面走。光头是一边走一边让小儿认街两边店铺门上的字，认得一个了，小儿用指头就在光头顶上写，写了一个又一个。大人问怎么不写了？小儿说：后边有人看着我哩。我是笑着，一直跟他们走过了西街。

这天晚上，我见到了通渭县的县长，他的后脖是酱红颜色，有着几道摺纹，脖子伸长了，摺纹就成白的。县长是天黑才从乡下检查蓄水节溉工程回来，听说我来了就又赶到宾馆。我们一见如故，自然就聊起今年的旱情，聊起通渭的状况，他几乎一直在说通渭的好话，比如通渭人的生存史就是抗旱的历史，为了保住一瓢水，他们可以花万千力气，而一旦有了一瓢水，却又能干出万千的事来。比如，干旱和交通的不便使通渭成为整个甘肃最贫困的县，但通渭的民风却质朴淳厚，使你能想到陶潜的《桃花源记》。

"是吗？"我有些不以为然地冲着他笑，"孟子可是说过：衣食足，知礼仪。"

"孟子是不知道通渭的！"

"我也是到过许多农村，如果哪个地方民风淳厚，那个地方往往是和愚昧落后连在一起的……"

"可通渭恰恰是甘肃文化普及程度最高的县！"县长几乎有些生气了，他说明日他还要去乡下的，让我跟着他去亲眼看看，就不会说这样的话了。

我真的跟着县长去乡下了，转了一天，又转了一天。在走过的沟沟岔岔里，没有一块不是梯田的，且都是外高内低，挖着蓄水的塘，进入大的小的村庄，场畔有引水渠，巷道里有引水渠，分别通往人家门口的水窖。可以想象，天上如果下雨，雨水是不能浪费的，全然会流进地里和窖里。农民的一生，最大的业绩是在自己手里盖一院房子，而盖房子很重要的一项工程就是修水窖，于是便产生了窖工的职业。小的水窖可以盛几十立方水，大的则容量达到数千立方，能管待一村的人与畜的全年饮用。一户人家富裕不富裕，不仅看其家里有着多少大缸装着包谷和麦子，有多少羊和农具衣物，还要看蓄有多少水。当然，他们的生活是非常简单的，待客最豪华的仪式是杀鸡，有公鸡杀公鸡，没公鸡就杀还在下蛋的母鸡，然后烙油饼。但是，无论什么人到了门口，首先会问道：你喝了没？不管你回答是渴着或是不渴，主人已经在为你熬茶了。通渭不产茶叶，窖水也不甘甜，虽然熬茶的火盆和茶具极其精致，熬出的茶都是黑红色，糊状的，能吊出线，而且就那么半杯。这种茶立即能止渴和提起神来，既节约了水又维系了人与人之间的亲情。

我出身于乡下，这几十年里也不知走过了多少村庄，但我从未见过像通渭人的农舍收拾得这么整洁，他们的房子有砖墙瓦顶的，更多的还是泥抹的土屋，但农具放的是地方，柴草放的是地方，连揳在墙上的木楔也似乎经过了精心的设计。厨房里大都有三个瓮按程序地沉淀着水，所有的碗碟刷洗干净了，碗口朝下错落地垒起来，灶火口也扫得干干净净。越是缺水，越是喜欢着花草树木，广大的山上即便无能力植被，自家的院子里却一定要种几棵树，栽几朵花，天天省着水去浇，一枝一叶精心得像照看自己的儿女。我经过一卧在半山窝的小村庄时，一抬头，一堵土院墙内高高的长着一株牡丹，虽不是花开的季节，枝叶隆起却如一个笸篮那么大。山沟人家能栽牡丹，牡丹竟长得这般高大，我惊得大呼小叫，说：这家肯定生养了漂亮女人！敲门进去，果然女主人长得明眸皓齿，正翻来覆去在一些盆里倒换着水。我不明白这是干啥，她笑着说穷折腾哩，指着这个盆里是洗过脸洗过手的水，那个盆里是涮过锅净过碗的水，这么过滤着，把清亮的水喂牲口和洗衣服，洗过衣服了再浇牡丹的。水要这么合理利用，使我感慨不已，对着县长说：瞧呀，鞋都摆得这么整齐！台阶上是有着七八双鞋，差不多都破得有了补丁，却大小分开摆成一溜儿。女主人倒有些不好意思了，说：图个心里干净嘛！

正是心理干净，通渭人处处表现着他们精神的高贵。你可以顿顿吃野菜喝稀汤，但家里不能没有一张饭桌，你可以出门了穿的衣裳破旧，但不能不洗不浆；你可以一个大字不识，但中堂上不能不挂字画。有好几次饭时我经过村庄的巷道,两边门口蹲着吃饭的老老少少全站起来招呼,我当然是要吃那么一个蒸熟的洋芋的,蘸着盐巴和他们说几句天气和收成,总能听到说谁家的门风好,出了孝子。我先是不解这话的意思,后来才弄清他们把能考上大学的孩子称作孝子,是说一个孩子若能考上大学就为父母省去好多熬煎,若是这孩子考不上学,父母就遭罪了。重视教育在这中国许多贫困地区是共同的特点,往往最贫穷的地方升学率最高,这可以看做是人们把极力摆脱贫困的希望放在了升学上。通渭也是这样,它的高考升学率一直在甘肃是名列前茅,但通渭除了重视教育外,已经扩而大之到尊重文字,以至于对书法的收藏发展到了一种难以想象的疯狂地步。在过去,各地都有焚纸炉,除了官府衙门焚化作废的公文档案外,民间有专门捡拾废纸的人,捡了废纸就集中焚烧,许多村镇还贴着"敬惜字纸"的警示标语,以为不珍惜字与纸的,便会沦为文盲,即使已经是文人学子也将退化学识。现在全县九万户人家,不敢说百分之百家里收藏书法作品,却可以肯定百分之九十五的人家墙上挂着中堂和条幅。我到过一些家境富裕的农民家,正房里,厦屋里每面墙上悬挂了装裱得极好的书法作品,也去过那些日子苦焦的人家,什么家当都没有,墙上仍挂着字。仔细看了,有些是明清时一些国内大家的作品,相当有价值,而更多的则是通渭县现当代书家所写。县长说,通渭人爱字成风,写字也成风,仅现在成为全国书法家协会会员的人数,通渭是全省第一,而成为省书协会员的人数,在省内各县中通渭又是第一。书法有市场,书法家就多,书法家多,装饰店就多,小小县城里就有十多家,而且生意都好。我在一个只有十几户人家的小山村里,见到了其中三家挂有于右任和左宗棠的字,而一家的主人并不认字,墙上的对联竟是"玉楼宴罢醉和春,千杯饮后娇伺夜"。在另一家,一幅巨大的中堂,几乎占了半面墙壁,而且纸张发黄变脆,烟熏火燎得字已经模糊不清。我问这是谁的作品,主人说不知道,他爷爷在世时就挂在老宅里,他父亲手里重新裱糊过一次,待他重盖了新屋,又拿来挂的。

我仔细地辨了落款是"靖仁",去讨教村中老者,问靖仁是谁,老者说:靖仁呀,是前沟拴子他爷么,老汉活着的时候是小学的教书先生!把一个小学教师的字几代人挂在墙上,这令我吃惊,县长说,通渭有许多大的收藏家,那确实是不得了的宝贝,而一般人家贴挂字是不讲究什么名家不名家的,但一定得要求写字的人德行和长相,德行不高的人家写得再好,都不能挂在正堂,长相丑恶者也只能挂在偏屋,因为正堂的字前常年要摆香火的。

从乡下回到县城,许多人已经知道我来通渭了,便缠着要我为他们写字,可我怎么也想不到,来的有县上领导也有摆杂货摊的小贩,连宾馆看守院门的老头也三番五次地来。我越写来的人越多,邀我来的朋友见我不得安宁,就宣布谁再让写字就得掏钱,便真的有人拿了钱来买,也有人揣了一瓷碗,提了一陶罐,说是文物来换字,还有掏不出钱的,给我说好话,说得甚至要下跪,不给一个两个字就抱住门框不走,我已经写烦了,再不敢待在宾馆,去朋友家玩到半夜回来,房间门口还是站着五六个人,我说我不写字了,他们说他们坚决不向我索字,只是想看看我怎么写字。

在西安城里,书画的市场是很大的,书画却往往作为了贿品,去办升迁、调动、打官司或者贷款,我的情况就是如此,我也曾戏谑自己的字画推波助澜了腐败现象。但是在通渭,字画更多的是普通老百姓自己收藏,他们的喜爱成了风俗,甚至是一种教化和信仰。

在一个村里,县长领我去见一位老者,说老者虽不是村长,但威望很高。六月的天是晒丝绸的,村人没有丝绸,晒的却是字画,这位老者院子里晒的字画最多,惹得好多人都去看,他家老少出来脸面犹如盆子大。我对老者说,你在村里能主持公道,是不是因为藏字画最多?他说:连字画都没有,谁还听你说话呀?县长就来劲了,叫嚷着他也为村人写几幅字,立即笔墨纸砚就摆开了,县长的字写得还真好,他写的是"一等人忠臣孝子,两件事读书耕田",写毕了,问道:怎么样?我说:好!他说:是字好还是内容好?我说字好内容好通渭好，在别的地方，维系社会或许靠法律和金钱，而通渭崇尚的是耕读道德。县长就让我也写写，讲明是不能收钱的，我提笔写了几张，写得高兴了，竟写了我曾在华山上见到的吉祥联：太华顶上玉井莲，花开十丈藕如船。

这天下午，一场雨就哗哗地降临了。村人欢乐得如过年节，我却躺在一面土炕上睡着了，醒来，县长还在旁边鼾声如雷。

几天后，我离开了通渭，临走时县长拉着我，一边搓着我胳膊上晒得脱下的皮屑，一边说：你来的不是好季节，又拉着你到处跑，让你受热受渴了。我告诉他：我来通渭正是时候！我还要来通渭，带上我那些文朋书友，他们厌恶着城市的颓废和堕落，却又不得不置身于城市里那些充满铜臭与权柄操作的艺术事业中而浮躁痛苦着，我要让他们都来一回通渭！

祭父

父亲贾彦春,一生于乡间教书,退休在丹凤县棣花;年初胃癌复发,七个月后便卧床不起,饥饿疼痛,疼痛饥饿,受罪至第二十六天的傍晚,突然一个微笑而去世了。其时中秋将近,天降大雨,我还远在四百里之外,正预备着翌日赶回。

我并没有想到父亲的最后离去竟这么快。以往家里出什么事,我都有感应,就在他来西安检查病的那天,清早起来我的双目无缘无故地红肿,下午他一来,我立即感到有悲苦之灾了。经检查,癌已转移,半月后送走了父亲,天天心揪成一团,却不断地为他卜卦,卜辞颇吉祥,还疑心他会创造出奇迹,所以接到病危电报,以为这是父亲的意思,要与我交代许多事情。一下班车,看见戴着孝帽接我的堂兄,才知道我回来得太晚了,太晚了。父亲安睡在灵床上,双目紧闭,口里衔着一枚铜钱,他再也没有以往听见我的脚步便从内屋走出来喜欢地对母亲喊:"你平回来了!"也没有我递给他一支烟时,他总是摆摆手而拿起水烟锅的样子,父亲永远不与儿子亲热了。

守坐在灵堂的草铺里,陪父亲度过最后一个长夜。小妹告诉我,父亲饲养的那只猫也死了。父亲在水米不进的那天，猫也开始不吃，十一日中午猫悄然毙命，七个小时后父亲也倒了头。我感动着猫的忠诚，我和我的弟妹都在外工作，晚年的父亲清淡寂寞，猫给过他慰藉，猫也随他去到另一个世界。人生的短促和悲苦，大义上我全明白，面对着父亲我却无法超脱。满院的泥泞里人来往作乱，响器班在吹吹打打，透过灯光我呆呆地望着那一棵梨树，还是父亲亲手栽的，往年果实累累，今年竟独独一个梨子在树顶。

父亲的病是两年前做的手术，我一直对他瞒着病情，每次从云南买药寄他，总是撕去药包上癌的字样。术后恢复得极好，他每顿已能吃两碗饭，凌晨要喝一壶茶水，坐不住，喜欢快步走路。常常到一些亲戚朋友家去，撩了衣服说：瞧刀口多平整，不要操心，我现在什么病也没有了。看着父亲的豁达样，我暗自为没告诉他病情而宽慰，但偶尔发现他独坐的时候，神色甚是悲苦，竟有一次我弄来一本算卦的书，兄妹们都嚷着要查各自的前途机遇，父亲走过来却说："给我查一下，看我还能活多久？"我的心咯噔一下沉起来，父亲多半是知道了他得的什么病，他只是也不说出来罢了。卦辞的结果，意思是该操劳的都操劳了，待到一切都好。父亲叹息了一声："我没好福。"我们都黯然无语，他就又笑了："这类书怎能当真？人生谁不是这样呢！"可后来发生的事情，不幸都依这卦辞来了。先是数年前母亲住院，父亲一个多月在医院伺候，做手术的那天，我和父亲守在手术室外，我紧张得肚子疼，父亲也紧张得肚子疼。母亲病好了，大妹出嫁，小妹高考却不中，原本依父亲的教龄可以将母亲和小妹的户口转为城镇户民，但因前几年一心想为小弟有个工作干，自己硬退休回来，现在小妹就只好窝在乡下了。为了小妹的前途，我写信申请，父亲四处寻人说情，他是干了几十年教师工作，不愿涎着脸给人家说那类话，但事情逼着他得跑动，每次都十分为难。他给我说过。他曾鼓很大勇气去找人，但当得知所找的人不在时，竟如释重载，暗自庆幸，虽然明日还得再找，而今天却免去一次受罪了。整整两年有余，小妹的工作有了着落，父亲喜欢得来人就请喝酒，他感激所有帮过忙的人，不论年龄大小皆视为贾家的恩人。但就在这时候，他患了癌病。担惊受怕的半年过去了，手术后身体一天天好起来，这一年春节父亲一定要我和妻子女儿回老家过年，多买了烟酒，好好欢度一番，没想年前两天，我的大妹夫突然出事故亡去。病后的父亲老泪纵横，以前手颤的旧病又复发，三番五次划火柴点不着烟。大妹带着不满一岁的外甥重又回住到我家，沉重的包袱又一次压在父亲的肩上。为了大妹的生活和出路，父亲又开始了比小妹当年就业更艰难的奔波，一次次的碰壁，一夜夜的辗转不眠。我不忍心看着他的劳累，甚至对他发火，他就再一次赶来给我说情况时，故意做出很轻松的样子，又总要说明他还有别的事才进城的。大妹终于可以吃商品粮了，甚至还去外乡做临时工作，父亲实想领大妹一块去乡政府报到，但癌病复发了，终未去成。父亲之所以在动了手术后延续了两年多的生命，他全是为了儿女要办完最后一件事，当他办完事了竟不肯多活一月就悠然长逝。

俗话讲，人生的光景几节过，前辈子好了后辈子坏，后辈子好了前辈子坏，可父亲的一生中却没有舒心的日月。在他的幼年，家贫如洗，又常常遭土匪的绑票，三个兄弟先后被绑票过三次，每次都是变卖家产赎回，而年仅七岁的他，也竟在一个傍晚被人背走到几百里外。贾家受尽了屈辱，发誓要供养出一个出头的人，便一心要他读书。父亲提起那段生活，总是感激着三个大伯，说他夜里读书，三个大伯从几十里外扛木头回来，为了第二天再扛到二十里外的集市上卖个好价，成半夜在院中用石槌砸木头的大小截面，那种"咣咣"的响声使他不敢懒散，硬是读完了中学，成为贾家第一个有文化的人。此后的四五十年间，他们兄弟四人亲密无间，二十二口的大家庭一直生活到六十年代，后来虽然分家另住，谁家做一顿好吃的，必是叫齐别的兄弟。我记得父亲在邻县的中学任教时期，一直把三个堂兄带在身边上学，他转哪儿，就带在哪儿，堂兄在学生宿舍里搭合铺，一个堂兄尿床，父亲就把尿床的堂兄叫去和他一块睡，一夜几次叫醒小便，但常常堂兄还是尿湿了床，害得父亲这头湿了睡那头，那头暖干了睡这头。我那时和娘住在老家，每年里去父亲那儿一次，我的伯父就用箩筐一头挑着我，一头挑着粮食翻山越岭走两天，我至今记得我在摇摇晃晃的箩筐里看夜空的星星，星星总是在移动，让我无法数清。当我参加了工作第一次领到了工资，三十九元钱先给父亲寄去了十元，父亲买了酒便请了三个伯父痛饮，听母亲说那一次父亲是醉了。那年我回去，特意跑了半个城买了一根特大的铝盒装的雪茄，父亲拆开了闻了闻，却还要叫了三个伯父，点燃了一口一口轮流着吸。大伯年龄大，已经下世十多年了，按常理，父亲应该照看着二伯和三伯走，可谁也没想到，料理父亲丧事的竟是二伯和三伯。在盛殓的那个中午，贾家大小一片哭声，二伯和三伯老泪纵横，瘫坐在椅子上不得起来。

"文化大革命"中，家乡连遭三年大旱，生活极度拮据，父亲却被诬陷为历史反革命关进了牛棚。正月十五的下午，母亲炒了家中仅有的一疙瘩肉盛在缸子里，伯父买了四包香烟，让我给父亲送去。我太阳落山时赶到他任教的学校，父亲已经遭人殴打过，造反派硬不让见，我哭着求情，终于在院子里拐角处见到了父亲，他黑瘦得厉害，才问了家里的一些情况，监管人就在一边催时间了。父亲送我走过拐角，却将缸子交给我，说："肉你拿回去，我把烟留下就是了。"我出了院子的栅栏门，门很高，我只能隔着栅栏缝儿看父亲，我永远忘不了父亲呆呆站在那儿看我的神色。后来，父亲带着一身伤残被开除公职押送回家了，那是个中午，我正在山坡上拔草，听到消息扑回来，父亲已躺在床上，一见我抱了我就说："我害了我娃了！"放声大哭。父亲是教了半辈子书的人，他胆小，又自尊，他受不了这种打击，回家后半年内不愿出门。但家政从政治上、经济上一下子沉沦下来，我们常常吃了上顿没有下顿，自留地的包谷还是嫩的便掰了回来，包谷稞儿和穗儿一起在碾子上砸了做糊糊吃，麦子不等成熟，就收回用锅炒了上磨。全家唯一指望的是那头猪，但猪总是长一身红绒，眼里出血似的盼它长大了，父亲领着我们兄弟将猪拉到十五里的镇上去交售，但猪瘦不够标准，收购站拒绝收。听说二十里外的邻县一个镇上标准低；我们决定重新去交，天不明起来，特意给猪喂了最好的食料，使猪肚撑得滚圆，我们却饿着，父亲说："今日把猪交了，咱父子俩一定去饭馆美美吃一顿！"这话极大地刺激了我和弟弟，赤脚冒雨将猪拉到了镇上。交售猪的队排得很长，眼看着轮到我们了，收购员却喊了一声："下班了！"关门去吃饭。我们迭声叫苦，没有钱去吃饭，又不能离开，而猪却开始排泄，先是一泡没完没了的尿，再是翘了尾巴要拉，弟弟急了，拿脚直踢猪屁股，但最后还是拉下来，望着那老大的一堆猪粪，我们明白那是多少钱的分量啊。骂猪，又骂收购员，最后就不骂了，因为我和弟弟已经毫无力气了。直等到下午上班，收购员过来在猪的脖子上捏捏，又在猪肚子上踹踹，头不抬地说："不够等级！下一个——"父亲首先急了，忙求着说："按最低等级收了吧。"收购员翻着眼训道："白给我也不收哩！"已经去验下一头猪了。父亲在那里站了好大一会儿，又过来蹲在猪旁边，他再没有说话，手抖着在口袋里掏烟，但没有掏出来，扭头对我们说："回吧。"父子仨默默地拉猪回来，一路上再没有说肚子饥的话。

在那苦难的两年里，父亲耿耿于怀的是他蒙受的冤屈，几乎过三天五天就要我来写一份翻案材料寄出去。他那时手抖得厉害，小油灯下他讲他的历史，我逐字书写，寄出去的材料百分之九十泥牛入海，而父亲总是自信十足。家贫买不起纸，到任何地方一发现纸就眼开，拿回来仔细裁剪，又常常纸色不同，以致后来父子俩谈起翻案材料只说"五色纸"，就心照不宣。父亲幼年因家贫害过胃疼，后来愈过，但也在那数年间被野菜和稻糠重新伤了胃，这也便是他恶变胃癌的根因。当父亲终于冤案昭雪后，星期六的下午他总要在口袋里装上学校的午餐，或是一片烙饼，或是四个小素包子，我和弟弟便会分别拿了躲到某一处吃得最后连手也舔了，末了还要趴在泉里喝水涮口咽下去。我们不知道那是父亲饿着肚子带回来的,最最盼望每个星期六傍晚太阳落山的时候。有一次父亲看着我们吃完,问:"香不香?"弟弟说:"香,我将来也要当个教师!"父亲笑了笑,别过脸去。我那时稍大,说现在吃了父亲的馍馍,将来长大了一定买最好吃的东西孝敬父亲。父亲退休以后,孩子们都大了,我和弟弟都开始挣钱,父亲也不愁没有馍馍吃,在他六十四岁的生日我买了一盒寿糕,他却直怨我太浪费了。五月初他病加重,我回去看望,带了许多吃食,他却对什么也没了食欲,临走买了数盒蜂王浆,叮咛他服完后继续买,钱我会寄给他的,但在他去世后第五天,村上一个人和我谈起来,说是父亲服完了那些蜂王浆后曾去商店打问过蜂王浆的价钱,一听说一盒八元多,他手里捏着钱却又回来了。

父亲当然是普通的百姓,清清贫贫的乡间教师,不可能享那些大人物的富贵,但当我在城里每次住医院,看见老干部楼上的那些人长期为小病疗养而坐在铺有红地毯的活动室中玩麻将,我就不由得想到我的父亲。

在贾家族里,父亲是文化人,德望很高,以至大家分为小家,小家再分为小家,甚至村里别姓人家,大到红白喜丧之事,小到婆媳兄妹纠纷,都要找父亲去解决。父亲乐意去主持公道,却脾气急躁,往往自己也要生许多闷气。时间长了,他有了一定的权威,多少也有了以"势"来压的味道,他可以说别人不敢说的话,竟还动手打过一个不孝其父的逆子的耳光,这少不得就得罪了一些人。为这事我曾埋怨他,为别人的事何必那么认真,父亲却火了,说道:"我半个眼窝也见不得那些龌龊事!"父亲忠厚而严厉,胆小却嫉恶如仇,他以此建立了他的人品和德行,也以此使他吃了许多苦头,受了许多难处。当他活着的时候,这个家庭和这个村子的百多户人家已经习惯了父亲的好处,似乎并不觉得什么,而听到他去世的消息,猛然间都感到了他存在的重要。我守坐在灵堂里,看着多少人来放声大哭,听着他们哭诉:"你走了,有什么事我给谁说呀?"的话,我欣慰着我的父亲低微却崇高,平凡而伟大。

在我小小的时候，我是害怕父亲的，他对我的严厉使我产生惧怕，和他单独在一起，我说不出一句话，极力想赶快逃脱。我恋爱的那阵，我的意见与父亲不一致，那年月政治的味道特浓，他害怕女方的家庭成分影响了我，他骂我，打我，吼过我"滚"。在他的一生中，我什么都听从他，唯那件事使他伤透了心。但随着时代的变化，家庭出身已不再影响到个人的前途，但我的妻子并未记恨他，像女儿一样孝敬他，他又反过来说我眼光比他准，逢人夸说儿媳的好处，在最后的几年里每年都喜欢来城中我的小家中住一个时期。但我在他面前，似乎一直长不大，直到我的孩子已经上小学了，一次他来城里，见面递给我一支烟来吸，我才知道我成熟了，有什么事可以直接同他商量。父亲是一个普通的乡村教师，又受家庭生计所累，他没有高官显禄的三朋，也没有身缠万贯的四友，对于我成为作家，社会上开始有些虚名后，他曾是得意和自豪过。他交识的同行和相好免不了向他恭贺，当然少不了向他讨酒喝，父亲在这时候是极其慷慨的，身上有多少钱就掏多少钱，喝就喝个酩酊大醉。以致后来，有人在哪里看见我发表了文章，就拿着去见父亲索酒。他的酒量很大，原因一是"文革"中心情不好借酒消愁，二是后来为我的创作以酒得意，喝酒喝上了瘾，在很长的日子里天天都要喝的，但从不一人独喝，总是吆喝许多人聚家痛饮，又一定要母亲尽一切力量弄些好的饭菜招待。母亲曾经抱怨：家里的好吃好喝全让外人享用了！我也为此生过他的气，以我拒绝喝酒而抗议，父亲真有一段时间也不喝酒了。一九八二年的春天，我因一批小说受到报刊的批评，压力很大，但并未透露一丝消息给他。他听人说了，专程赶三十里到县城去翻报纸，熬煎得几个晚上睡不着。我母亲没文化，不懂得写文章的事，父亲给她说的时候，她困得不时打盹，父亲竟生气得骂母亲。第二天搭车到城里见我，我的一些朋友恰在我那儿谈论外界的批评文章，我怕父亲听见，让他在另一间房内休息，等来客一走，他竟过来说："你不要瞒我，事情我全知道了。没事不要寻事，有了事就不要怕事。你还年轻,要吸取经验教训,路长着哩!"说着又反身去取了他带来的一瓶酒,说:"来,咱父子都喝喝酒。"他先倒了一杯喝了,对我笑笑,就把杯子交给我。他笑得很苦,我忍不住眼睛红了,这一次我们父子都重新开戒,差不多喝了一瓶。

自那以后,父亲又喝开酒了,但他从没有喝过什么名酒。两年半前我用稿费为他买了一瓶茅台,正要托人捎回去,他却来检查病了,竟发现患的是胃癌。手术后,我说:"这酒你不能喝了,我留下来,等你将来病好了再喝。"我心里知道,父亲怕是再也喝不成了,如果到了最后不行的时候,一定让他喝一口。在父亲生命将息的第十天,我妻子陪送老人回老家,我让把酒带上。但当我回去后,父亲已经去世了,酒还原封未动。妻说:父亲回来后,汤水已经不能进,就是让喝酒,一定腹内烧得难受,为了减少没必要的痛苦,才没有给父亲喝。盛殓时,我流着泪把那瓶茅台放在棺内,让我的父亲在另一个世界上再喝吧。如今,我的文章还在不断地发表出版,我再也享受不到那一份特殊的祝贺了。

父亲只活了六十六岁,他把年老体弱的母亲留给我们,他把两个尚未成家的小妹留给我们,他把家庭的重担留给了从未担过重的长子的我。对于父亲的离去,我们悲痛欲绝,对于离去我们,父亲更是不忍。当检查得知癌细胞已广泛转移毫无医治可能的结论时,我为了稳住父亲的情绪,还总是接二连三地请一些医生来给他治疗,事先给医生说好一定要表现出检查认真,多说宽心话。我知道他们所开的药全都是无济于事的,但父亲要服只得让他服,当然是症状不减,且一日不济一日,他说:"平呀,现在咋办呀?"我能有什么办法呀,父亲。眼泪从我肚子里流走了,脸上还得安静,说:"你年纪大了,只要心放宽静养,病会好的。"说罢就不敢看他,赶忙借故别的事走到另一个房间去抹眼泪。后来他预感到了自己不行了,却还是让扶起来将那苦涩的药面一大勺一大勺地吞在口里,强行咽下,但他躺下时已泪流满面,一边用手擦着一边说:"你妈一辈子太苦,为了养活你们,舍不得吃,舍不得穿,到现在还是这样。我只说她要比我先走了,我会把她照看得好好的……往后就靠你们了。还有你两个妹妹……"

母亲第一个哭起来,接着全家大哭,这是我们唯有的一次当着父亲的面痛哭。我真担心这一哭会使父亲明白一切而加重他的负担,但父亲反倒劝慰我们,他照常要服药,说他还要等着早已订好的国庆节给小妹结婚的那一天,还叮咛他来城前已给菜地的红萝卜浇了水,菜苗一定长得茂密,需要间一间。就在他去世的前五天,他还要求母亲去抓了两服中草药熬着喝。父亲是极不甘心地离开了我们,他一直是在悲苦和疼痛中挣扎,我那时真希望他是个哲学家或是个基督教徒,能透悟人生,能将死自认为一种解脱,但父亲是位实实在在地为生活所累了一生的平民,他的清醒的痛苦的逝去使我心灵不得安宁。当得知他在最后一刻终于绽出一个微笑,我的心多多少少安妥了一些。可以告慰父亲的是,母亲在悲苦中总算挺了过来,我们兄妹都一下子更加成熟,什么事都处理得很好。小妹的婚事原准备推迟,但为了父亲灵魂的安息,如期举办,且办得十分圆满。这个家庭没有了父亲并没有散落,为了父亲,我们都在努力地活着。

按照乡间风俗,在父亲下葬之后,我们兄妹接连数天的黄昏去坟上烧纸和燃火,名曰:"打怕怕",为的是不让父亲一人在山坡上孤单害怕。冥纸和麦草燃起,灰屑如黑色的蝴蝶满天飞舞,我们给父亲说着话,让他安息,说在这面黄土坡上有我的爷爷奶奶,有我的大伯,有我村更多的长辈,父亲是不会孤单的,也不必感到孤单,这面黄土坡离他修建的那一院房子不远,他还是极容易来家中看看;而我们更是永远忘不了他,会时常来探望他的。

1989年10月13日写毕

父亲去世后三十三天,"五七"之前

从棣花到西安

秦岭的南边有棣花,秦岭的北边是西安,路在秦岭上约三百里。世上的大虫是老虎,长虫是蛇,人实在是走虫。几十年里,我在棣花和西安生活着,也写作着,这条路就反复往返。

父亲告诉过我,他十多岁去西安求学,是步行的,得走七天,一路上随处都能看见破坏的草鞋。他原以为三伏天了,石头烫得要咬手,后来才知道三九天的石头也咬手,不敢摸,一摸皮就粘上了。到我去西安上学的时候,有了公路,一个县可以每天通一趟班车,买票却十分困难,要头一天从棣花赶去县城,成夜在车站排队购买。班车的窗子玻璃从来没有完整过,夏天里还能受,冬天里风刮进来,无数的刀子在空中舞,把火车头帽子的两个帽耳拉下来系好,哈出的气就变成霜,帽檐是白的,眉毛也是白的。时速至多是40里吧,吭吭唧唧在盘山路上摇晃,头就发昏。不一会有人晕车,前边的人趴在窗口呕吐,风把脏物又吹到后边窗里,前后便开始叫骂。司机吼一声:

甭出声！大家明白夫和妻是荣辱关系，乘客和司机却是生死关系，出声会影响司机的，立即全不说话。路太窄太陡了，冰又瓷溜溜的，车要数次停下来，不是需要挂防滑链，就是出了故障，司机爬到车底下，仰面躺着，露出两条腿条。到了秦岭主峰下，那个地方叫黑龙口，是解手和吃饭的固定点。穿着棉袄棉裤的乘客，一直是插萝卜一样挤在一起，要下车就都浑身麻木，必须揉腿。我才扳起一条腿来，旁边人说：那是我的腿。我就说：我那腿呢，我那腿呢？感觉我没了腿。一直挨到天黑，车才能进西安，从车顶上卸下行李了，所有人都在说：嗨，今日顺到！因为常有车在秦岭上翻了，死了的人在沟里冻硬，用不着抬，像捎椽一样捎上来。即使自己坐的车没有翻，前边的车出了事故，或者塌方了，那就得在山里没吃没喝冻一夜。

九十年代初，这条公路改造了，不再是沙土路，铺了柏油，而且很宽，车和车相会没有减减速停下，灯眨一下眼就过去了。过去车少，麦收天沿村庄的公路上，农民都把割下的麦子摊着让碾，狗也跟着撵。改造后的路不准摊麦了，车经过刷的一声，路边的废纸就煽得贴在屋墙上，半会落不下。狼越来越少了，连野兔也没了，车却黑日白日不停息。各个路边的村子都死过人，是望着车还远着，才穿过路一半，车却瞬间过来轧住了。棣花几年里有五个人被轧死，村人说这是祭路哩，大工程都要用人祭哩。以前棣花有两三个司机，在县运输公司开班车，体面荣耀。他们把车停在路边，提了酒和肉回家，那毛领棉大衣不穿，披上，风张着好像要上天，沿途的人见了都给笑脸，问候你回来啦？就有人猫腰跟着，偷声换气地乞求明日能不能捎一个人去省城。可现在，公路上啥车都有，连棣花也有人买了私家车。那一年，我父亲的坟地选在公路边，母亲就说离公路近，太吵吧，风水先生说：这可是好穴哇，坟前讲究要有水，你瞧，公路现在就是一条大河啊！

我每年十几次从西安到棣花，路经蓝关，就可怜了那个韩愈，他当年是"雪拥蓝关马不前"呀，便觉得我很幸福，坐车三个半小时就到了。

过了二〇〇〇年，开始修铁路。棣花人听说过火车，没见过火车。通车的那天，各家在通知着外村的亲戚都来，热闹得像过会。中午时分，铁路西边人山人海，火车刚一过来，一人喊：来了——！所有人就像喊欢迎口号：来了来了！等火车开过去了，一人喊：走了——！所有人又在喊口号：走了走了！但他们不走，还在敲锣打鼓。十天后我回棣花，邻居的一个老汉神秘地给我说：你知道火车过棣花说什么话吗？我说：说什么话？他就学着火车的响声，说：棣花——！不穷！不穷！不穷不穷，不穷不穷！我大笑，他也笑，他嘴里的牙脱落了，装了假牙，假牙床子就笑了出来。

有了火车，我却没有坐火车回过棣花，因为火车开通不久，一条高速路就开始修。那可是八车道的路面呀，洁净得能晾了凉粉。村里人把这条路叫金路，传说着那是一捆子一捆子人民币铺过来的，惊叹着国家咋有这么多钱啊！每到黄昏，村后的铁路上过火车，拉着的货物像一连串的山头在移动，村人有的在唱秦腔，有的在门口咿咿呀呀拉胡琴，火车的鸣笛不是音乐，可一鸣笛把什么声响都淹没了。火车过后，总有三五一伙端着老碗一边吃一边看村前的高速路，过来的车都是白光，过去的车都是红光，两条光就那么相对地奔流。他们遗憾的是高速路不能横穿，而谁家狗好奇，钻过铁丝网进去，竟迷糊得只顺着路跑，很快就被轧死了，一摊肉泥粘在路上。我第一回走高速路回棣花，没有打盹，头还扭来转去看窗外的景色，车就突然停了，司机说：到了。我说：到了？有些不相信，但我弟就站在老家门口，他正给我笑哩。我看看表，竟然仅一个半小时。从此，我更喜欢从西安回棣花了，经常是我给我弟打电话说我回去，我弟问：吃啥呀？我说：面条吧。我弟放下电话开始擀面，擀好面，烧开锅，一碗捞面端上桌了，我正好车停在门口。

在好长时间里，我老认为西安越来越大，像一张大嘴，吞吸着方圆几百里的财富和人才，而乡下，像我的老家棣花，却越来越小。但随着312公路改造后，铁路和高速路的相继修成，城与乡拉近了，它吞吸去了棣花的好多东西，又呼吐了好多东西给棣花，曾经瘦了的棣花慢慢鼓起了肚子。棣花已经成了旅游点，农家乐小饭馆到处都有。小洋楼一幢一幢盖了，有汽车的人家也多了，甚至荒废了十几年的那条老街重新翻建，一间房价由原来的几十元猛增到上万元。以前西安人来，皮鞋印子留在门口，舍不得扫；如今西安打一个喷嚏，棣花人就问：咱是不是感冒啦？他们啥事都知道，啥想法也都有。而我，更勤地从西安到棣花，从棣花到西安，我不再以出生在山里而自卑。车每每经过秦岭，看山峦苍茫，白云弥漫，就要念那首诗："啊，给我个杠杆吧，我会撬动地球；给我一棵树吧，我能把山川变成绿洲；只要你愿意嫁我，咱们就繁衍一个民族。"

就在上个月，又得到一个消息，还有一条铁路要从西安经过棣花，秋季里动工。

闲人

不知从什么时候起，社会上有了闲人。

闲人总是笑笑的。"喂，哥们！"他一跳一跃地迈雀步过来了，还趿着鞋，光身子穿一件褂子，也不扣，或者是正儿八经的西服领带——总之，他们在着装上走极端，却要表现一种风度。他们看不起黑呢中山服里的衬衣很脏的人，耻笑西服的纽扣紧扣却穿一双布鞋的人。但他们戴起了鸭舌帽，许多学者从此便不戴了，他们将墨镜挂在衣扣上，许多演员从此便不挂了——"几时不见哥们了，能请吃一顿吗？"喊着要吃，却没乞相，扔过来的是一盒高档的烟。弹一支自个吸了，开始说某某熟人活得太累，脸始终是思考状，好像杞人忧天，又取笑某某熟人见面总是老人还好，孩子还乖？末了就谈论天气，那一支烟在说话的嘴上左右移动，间或喷出一个极大的烟圈，而拖鞋里的小拇指头一开一合地动。

闲人的相貌不一定俊，其实他们忌恨的是小白脸，但体格却非常好，有一手握破鸡蛋之力。和你握手的时候,暗中使劲令你生痛,据说其父亲要教训,动手来打,做闲人的儿子会一下子将老子端起来,然后放到床上去,不说一句话,老子便知道儿子的存在了。他要请客,裹胁你去羊肉串摊,说一声吃吧,自己就先吃开,看见他一气吃下一百二十串羊肉,喝下十瓶啤酒,你目瞪口呆,"我有一个好胃!"他向你夸耀,还介绍他还能饿,常常一天到黑只吃一顿饭,却不减膘,仍有力气。他说:"你行吗?"你不行。

闲人的钱并不多,这如同时髦女子的精致的小提兜里总塞着卫生纸一样,可闲人不珍贵钱,所以显得总有钱。他们口袋里绝不会装两种不同质量的烟,从没有摸索半天才从口袋里捏出一支自个吸,嘶啦一声,一包高档烟盒横着就撕开了,分给所有在场的人,没有烟了,却蹴在屋角刨寻垃圾中的烟头。钱是人身上垢痂,这理论多达观,所以出门就招出租车,也往豪华宾馆里去住一夜两夜。逢着骑自行车,那几乎是表演杂技,于人窝里穿来拐去,快则飞快,慢则立定,姿势是头缩下去,腰弓着,腿圈成圆形,用脚跟不停地倒转脚踏板。

闲人的朋友最多,没有贵贱老幼之分,三句话能说得来,咱们就是朋友了,"为朋友两肋插刀",让我办事就是看得起我呀!闲人的有些朋友是在厕所撒尿时就交上了。当然,这些朋友有的交往时间长,有的交往时间短,但走了旧的来了新的,闲人没有"世上难逢一知己"之苦。若有什么紧俏东西买不到,寻闲人去。闲人很快就买来了,而且比一般价格还便宜。要搬家,寻闲人去,闲人一个人会扛件大衣柜上楼的。不幸的是家中失盗,你长吁短叹,闲人骂一顿娘就出去了,等回来,说:"我问过一个贼头了,他说你们家这一片不属于他管,我告诉了他,不属于他的地盘就查查是谁的地盘?!"闲人不偷人,但偷人的贼是不敢得罪闲人的。

闲人真瞧不起小偷、流氓,甚至那些嫖客、暗娼和拦路强奸者,觉得没意思,恶心,也害怕艾滋病。但闲人谈女人的头发、鼻子,他们相信男人的成熟和人生的圆满是需要有一个醉心的女人，甚至公开讥笑自己的从事文艺工作的父亲之所以事业不辉煌是只守了一个自己的母亲，他们有意地留神看街上来往的女人，张口闭口阐述花朵是花草的什么，到后来，闲人们分别是有了姑娘，姑娘自然很漂亮，他们就会同骑一辆车子招摇过市，姑娘分腿骑在后座上，腿长而圆像两个大白萝卜。闲人待姑娘好时好得你吃饱了还要往你嘴里塞油饼，不好了，就吼一声"滚！"但姑娘不滚，十分忠诚。

闲人爱姑娘，但最感痛快的并不是姑娘，因为闲人们都年轻，又都练过拳脚，至少家里有一把四十斤重的石锁。路过树下，忍不住要跳起来抓那树枝，抓住了要一把拉断下来，杀鸡就剁鸡头，偏再放开让没头的鸡瞎走一阵，将那桃花一般的血印在雪地上。街上有人打架了，闲人会立即前去围观，是几个男的为了一个女子在恶斗，女子娇嫩艳丽，他看着谁个有理，谁个弱者，便上去抱打不平了，混战中男的一尽逃散，人们都在说闲人是为了那个女子，闲人上前却要扇女子一个巴掌，骂一声"没志气！"而去。艳丽的女子当然使闲人也感悦目，但女子在挨过巴掌之后嘴角淌下血来更使闲人觉得奇艳无比！在回家的路上乃至回家之后，闲人还在激动不已，眼前尽是女子嘴角的血道红蚯蚓般地顺下巴和脖子涎流而下的图像，甚至想象到乱交情人的女子如果被人剖开了腔腹，倒地痉挛，样子又是何等壮观！但闲人这时候忽觉手疼，看时，右手的无名指却没有了，知道一定是混战中被男的刀砍了，他赶忙跑回现场，沙土地果然有一截手指，遗憾是没有见到手指初断时的蹦跳。

闲人是个直肠人，但闲人偏不自认，因为在一些年里，闲人最讨厌那些拍胸膛说"咱是粗人"的人，"粗人"本是自贱，却成了一种美饰。所以，谁家夫妇闹矛盾，闹得厉害，他不会"见婚姻说合"，"过不成就换班子！"他总是这么说："我给你物色一个！"闲人不失言，果然物色了一个又一个。有的家庭后来是散了，有的家庭闹过又好了，又好的家庭少不得男方将闲人的话说知女方，闲人就恶下了这家的主妇，闲人见面仍叫"嫂子！"嫂子不理，不理了拉倒。

闲人的眼里才没有什么权威的，孔圣人不就是那个老孔吗？剧院里看戏，戏不好，"换节目！换节目！"领导作报告又是官话套话空话，闲人就头一歪睡着了。闲人顶熟悉的是体育明星，次之是通俗歌星，当然也有想一睹风采而去听一位外地来的大名人的专场报告，回来了就打开录音机模仿名人的声调也演说，但演说的内容就是：中华人民共和国××省××市伟大的政治家、杰出的哲学家、天才的艺术家×××先生……这位先生的名字一定是他的名字。录毕就放，一边听一边哈哈大笑，随之也就将让名人签名的纸展示众人，然后让某一位去上厕所用。

闲人却并不是四肢发达头脑简单的角色，可以说，都极聪慧，他们都有文化，且喜欢买书，只是从不读完每一本书。但学问已经足够了，知道弗洛伊德，知道后羿，知道孟子、荷马、毕加索和阿Q。当穿着牛仔裤并让它拖在地上在夜街上转悠，闲人差不多会碰着闲人，他们就会一起走到某一个闲人家去，在狼藉不堪的小屋中拒绝筷子而用手抓食着卤肉和鸡腿，就谈论天文、地理、玄学、哲学、经济，由女人说到了造人的女娲，由官倒说到了戈多，最多的说人生，说人生说到地球旋转，那么每一个人都是倒挂在地球上的，就不免说一句每次都说的"上帝死了！"然后有人出门尿尿，有人将一口痰就吐在桌子下，咒骂"地球太小了！"有人推开了窗户看着城市的夜的风景，伤心了，有人庄严地去厕所，蹲下拉屎，有人抓过一本书想读，却又压在了屁股下。这一夜他们门窗洞开着让酒醉到天明，天明，洗脸、刷牙、弹掉衣服上的灰尘，道貌岸然地出去各干各的事了。

闲人不怕苦，不怕死，满世界里唯有两怕。一怕结婚，虽然不断地有姑娘相伴，但闲人已经是老大年龄了仍未结婚。他们总希望有一个美丽的，既温柔又风野，能吸烟能喝酒能跳舞能谈人生能打麻将的老婆，遗憾的是没有能将这些条件集中于一身的姑娘。二怕寂寞。寂寞如狼怕火,寂寞如鬼怕唾。他们预防着某一日任何人任何力量治不倒他们而要将他们寂寞独处的残酷,于是就幻想着真有那么一日,他们要爬上城中的报话大楼的顶尖上,然后用一条绳索一头系在楼顶尖一头套在脖子上纵身一跳,吊在半空了。因为吊在城中的最高点,全城的人都看得见,而且报话的大钟是每一小时要长鸣一次。

说闲人是一个阶段,这肯定有人要批评用词不准,那么,是一些人,是阶层,是……反正闲人在社会上多了。据闻在一次高级的会上,天文学家说,因为天上的太阳的黑子增多才有了这些闲人,地理学家说,因为地上的草木减少才有了这些闲人,人类学家却一口咬定是人太多的缘故,南瓜葫芦一条蔓上花开得太多必然是有荒花的。会议上的这些争论当然闲人不可能听到,听到的是平日周围的人喊其"闲人",闲人就甚是不悦,回一句:哼,我们才是忙人哩!

[人病]

我突然患了肝病，立即像当年的四类分子一样遭到歧视。

我的朋友已经很少来串门，偶尔有不知我患病消息的来，一来又嚷着要吃要喝，行立坐卧狼藉无序，我说，我是患肝病了，他们那么一呆，接着说："没事的，能传染给我吗？"但饭却不吃了，茶也不喝，抽自己口袋的劣烟，立即拍着脑门叫道："哎哟，瞧我这记性，我还要出去办一件事的！"我隔窗看见他们下了楼，去公共水龙头下冲洗，一遍又一遍。似乎那双手已成了狼手，恨不能剁断了去。末了还凑近鼻子闻闻，肝炎病毒是能闻出来的吗？蠢东西！

有一位爱请客的熟人，隔天半月就要请一次有地位的人，每一次还要拉我去作陪，说是"寒舍生辉"，这丈夫就又要了我去，夫人当然热情，但我看出她眉宇间的忧愁，我也知道她的为难了，说，多给我一个碟一双筷子吧，我用一双筷子把大盆的菜夹到我的小碟里，再用另一双筷子从小碟夹到我口里。我笑着对被请的那位领导说:"我现在和你一样了,你平时是一副眼镜,我也是一副眼镜,批文件又是另一副眼镜。"吃罢了,我叮咛妇人要将我的碗筷蒸煮消毒,妇人说:"哪里,哪里。"我才出门。却听见一阵瓷的破碎声,接着是撵猫的声,我明白我用过的碗筷全摔破在垃圾筐,那猫在贪吃我的剩饭,为了那猫的安全,猫挨了一脚。

这样的刺激是我实在受不了,我开始不大出门,不参加任何集会,不去影院,不乘坐公共车。从此,我倒活得极为清静,左邻右舍再不因我的敲门声而难以午休,遇着那可见不见的人数米外抱拳一下就敷衍了事了,领导再不让我为未请假的事一次又一次写检讨了,那些长舌妇和长舌男也不用嘴凑在我的耳朵上是是非非了。我于遇到任何难缠的人和难缠的事,一句"我患了肝炎",便是最好的遁词。

妻子说:"你总是宣讲你的病,让满世界都知道了歧视你么?"我的理由是,世界上的事,若不让别人尴尬,也不让自己尴尬,最好的办法是自我作践。比如我长的丑,就从不在女性面前装腔作势,且将五分的丑说成十分的丑,那么丑中倒有它的另一可爱处,相声艺术里不就是大量运用这种办法吗?见人我说我有肝病,他们防备着我的接触而不伤和气,我被他们防备着接触亦不感到难下台,皆大欢喜,自践难道不是一种维护自己尊严的妙方吗?

再者,别人问起:你这些年是怎么混的,怎么没有更多的作品出版,怎么没有当个××长,怎么没能出国一趟,怎么阳台上没植花鸟笼里没养鸟,怎么只生个女孩,怎么不会跳舞,没有情人,没一封读者来信是姑娘写的?"我是患了肝炎呀!"一句话就回答了。

但是,人毕竟是群居动物,当我一个人独处的时候,不仅无限的孤独和寂寞。唯有父亲和母亲、妻子和女儿亲近我,他们没有开除我的家籍。他们越是待我亲近,我越是害怕病毒传染给他们,我与他们分餐,我有我的脸盆、毛巾、碗筷、茶几，且各有固定的存放处。我只做我的坐椅，我用脚开门关门，我瞄准着马桶的下泄口小便。他们不忍心我这样，我说：这不是个感情问题。我恼怒着要求妻子女儿只能向我做飞吻的动作，每夜烧两盘蚊香，使叮了我血的蚊子不能再去叮我的父母，我却被蚊香熏的头疼，我这样做的时候，我的心在悄悄滴泪，当他们用滚开的热水烫我的衣物，用高压锅蒸或熏我的餐具，我似乎觉得那烫泡的，蒸熏的是我的一颗灵魂。我成了一个废人，一个可怕的魔鬼了。

我盼望我的病能很快好起来，可惜几年间吃过几篓中药、西药，全然无济于事。我笑自己一生的命运就是写作挣钱。我平日是不吃荤的，总是喜食素菜，如今数年里吃药草，倒怀疑有一日要变成牛和羊。说不定前世就是牛羊所变的吧。

我终于住进了传染病院。

病院里，我们像囚犯一样要穿病服，要限制行动于一个极小的院子里，虽然那院墙是铁制的栅栏，可以看见外边的人。但看了外边行人穿着花花绿绿行走，就顿生列入另册的凄惨。我们渴望自由，每天打过吊针之后，就在院子里看红红的太阳，看涌动的云，弄着嘴唇逗引栅栏外树上的小鸟。小鸟却飞去了，落下那一根或两根的羽毛，我们皆如年节的小孩抢拾炮仗一样去抢个不亦乐乎。这行动被栅栏外的一个孩子瞧着，那小小的眼睛里充满了在动物园看笼中动物的神气，他竟大胆地走近了几步。他的母亲，一个肥胖的女人就喊："走远点，那是传染病！"这话使我潸然泪下，我只有背过身去，默默地注视着院中的一片玫瑰花，和花坛上的一群黑色的蚂蚁。啊，美丽而善良的玫瑰不怕传染，依旧花红如血，勇敢的蚂蚁不怕传染，依旧在为我们表演负重的远距离运动。这一个夜晚我们皆要等到很晚方回去睡，那依旧洁亮的月亮，它随我们到了栅栏里，它不嫌弃。

我们最不喜欢看到的是栅栏角上的那一个蜘蛛网，它好大，状若一个筐篮,为我平生之少见。我们傍晚用竿子挑破它,第二天,它又完好无缺,像一个通了电的铁网,又像是监视我们行动的雷达。我们无可奈何,开始产生了一个恶毒的念头,后悔我们为什么要声张自己是肝炎患者?为什么要来住传染病院?人们在歧视我们,我们何不到人群广众中去,要吃大桌饭,要挤公共车。要进影剧院,甚至对着那些歧视者偏去摸他们的手脸,对着他们打哈欠,吐唾沫。那么,我们就是他们中的一员,他们就和我们是一样的人了!

病院中的人都是面黄青青,目光空洞,步履虚弱。看着他们的形象我也知道自己的模样。我们是忌讳用镜子的,但我们对黄色并不反感,黄在中国是皇帝的象征,于世界也是流行色。于是我们都显得亲热,在过道上,院子里,谁和谁见了都要点头,微笑也随之绽开,似乎我们有缘分,数十年前就认识似的,互相询问名称和单位。

医生和护士是从不唤我们名姓的,直呼床号。世界上叫号的只有监狱和医院。我先是"+235"后一个病号出院了,我正式成了"235"。"235!235!"这是在卖饭了,饭勺不挨着我的碗,热汤几次就淋在我的手上,"235!235!"这是护士在送体温表了,她们查看了温度便去我们看得见的地方洗手。我先是极不习惯这种代号,但后来想通了,"贾平凹"不也是一个代号吗?虽然235不是爹娘为我起的名字,可现在满社会不是都在叫"张书记""李主任""刘主席"吗?

我在打吊针的时候,目光一直是看着天花板的,天花板很洁净,而我还是看出了上面的细小的纹路,并且从这纹路上看出了众多的鱼虫山水人物。有人说,天花板是病人的一部看不完的书,这话真对。然后我在琢磨"+235"有个"+"号,这是不吉利的,因为乙肝之所以是乙肝,就是各项指标是阳性,阳性表示出来就是"+"号。待到正式为"235"了,我思索235为数相加是10,这还好不是13,但10也是不好,应该是9恰好,围棋的最高段位不就是9吗?中国人是爱好3、6、9的,幸喜有个3字。

在医院的西楼角，也即在厕所的旁边，是有一棵古槐的，古槐的树杈上白天常见到卧一个猫头鹰。每到夜里，它就叫了，它一叫，我们都惊慌起来，肯定在第二天，最迟不超过第三日，定要抬出去一个的。这不是迷信，一定是猫头鹰闻着了欲亡人的气息在鸣叫。大家都走出来，默默地注视着一个裹着床单的躯体去太平间。他永远太平无烦恼痛苦了。他的毛巾、牙具被拿出来放在窗台，他的母亲或者他的妻子在地上滚着哭。那条床单也折旧永远归了他。他或许不忍心家属的啼哭，或许满意这床单的便宜，或许在向我们作别，这时候，有许多苍蝇在嗡嗡飞，那一只是他的灵魂所变呢？我们无声地祈祷他灵魂安妥，却不愿有苍蝇落在我们身上。从此，我们皆害怕猫头鹰，但我们没有一个人敢诅咒它，更没有人动手去打它，甚至连这个念头都不曾有。当一日数次去厕所经过古槐下，都不自觉地往树杈上看看，那是惊慌的一看，也是盼望的一看，我们在心中默默地向它祈祷，企望它能饶恕了自己。我至此方明白了人人恨阎王却还给他修庙塑像称他是阎王的原因，而猫头鹰也该是称作爷的，也该是有庙和塑像的。人怕什么，又奈何不了，人就想着法儿去讨好、去供奉，这就是世上神的产生。猫头鹰也就是一个神的。

在这个监狱似的天地里，我们这些病人是互不歧视的，他同监狱的区别正在这里。犯人是要互相监督互相打小报告而争取减刑，这是因为他以前曾经"犯"过人，以犯人入狱，又以犯人减刑入狱。我们患了病，并不是企图犯人，入院的一半是为了自己，一半也是为了不犯了别人，所以我们互相关心、体贴。每有一个出院，我们欢欣庆贺他的康复，也为了自己能治好而增加自信。每有一个入院，我们多半却为他传染了病而悲伤。我们欢迎他的仪式虽不是握手和拥抱，却提醒他怎样买饭票，怎样服药，怎样不必悲观，病友和学友的感情一样珍贵，有待我们统统治愈出院后，我们在社会上仍可以形成一个关系网，这个关系网是受歧视之下、在生与死的分界线上建立的天长地久的友谊，他比那些互为利用的官网、情网、乌七八糟的网纯洁高尚得多。

我们失却了社会所谓的人的意义，我们却获得了崭新的人的真情，我们有了宝贵的同情心和怜悯心，理解了宽容和体谅，热爱了所有的动物和植物，体会了太阳的温暖和空气的清新。说老实话，这里的档案袋只有我们的病史而没有政史，所以这里没有猜忌，没有幸灾乐祸，没有勾心斗角，没有落井下石，没有势力和背弃。我们共同的敌人只是乙肝病毒。男女没有私欲，老少没有代沟。不酗酒，不赌博，按时作息，遵守纪律，单人单床，不嫖娼，贵贱都同样吃药，从没人像官倒爷那样贪婪而嗜药成性。医护是我们的菩萨，我们给他们发出的笑是真正从心底来的，没有虚伪。猫头鹰是我们的上帝，我们畏惧而崇拜，没有丝毫的敷衍。我们为花坛中的那一片玫瑰浇水除草，数的清那共有多少花瓣，也记载了多少片落花被我们安葬。那洞穴的蚂蚁和檐下的壁虎，我们差不多认得了谁是谁的父母和女儿。我们虽然是坏了肝的人，但我们的心脏异常得好。

　　据说，在我们中国，患乙肝的是十个人中有一个或两个的，我们这些人差不多都是在偶然的体检时发现病的。所以，当我站在铁栅栏内向外张望那些歧视我们的人群时，总是想：别神气十足以为你们干净吧，或许，你们是没有查出乙肝的病人，我们是查出了乙肝的健康人！中国人这么多，如果逐个检查一下，这里就是一个多大的世界了，那么，都能来这里待待，人际的感情恐怕比铁栅栏之外要好得多呢。

　　我们是病人，人却都病了，我的猫头鹰上帝！

六棵树

回了一趟老家，发现村子里又少了几种树。我们村在商丹川道是有名的树园子，大约有四十多种树。自从炸药轰开了这个小盆地西边的牛背梁和东边的烽火台，一条一级公路穿过，再接着一条铁路穿过，又接着修起了一条高速公路，我们村子的地盘就不断地被占用。拆了的老院子还可以重盖，而毁去的树，尤其是那些唯一树种的，便再也没有了，这如同当年我离开村子时那些上辈人使用的那些农具，三十多年里就都消绝了。在巷道口我碰到了一群孩子，我不知道这都是谁家的子孙，问：知道你爷的名字吗？一半回答是知道的，一半回答不知道，再问：知道你姥爷的名字吗？几乎都回答不上来。咳，乡下人最讲究的是传承香火，可孩子们却连爷或姥爷的名字都不知道了。他们已不晓得村子里的四十多种树只剩下了二十多种，再也见不上枸树、槲树、棠棣、栋、桧、柞和银杏木、白皮松，更没见过纺线车、鞋耙子、捞兜、牛笼嘴、曳绳、梿枷、檐簸子。记得小时候我问过父亲，老虎是什么，熊是什么,黄羊和狐狸是什么,父亲就说不上来,一脸的尴尬和茫然。我害怕以后的孩子会不会只知道了村里的动物只是老鼠苍蝇和蚊子,村里的树木只是杨树柳树和榆树?所以,就有了想记录那些在三十年间消绝的花草树木、飞禽走兽、农耕用具的欲望。

现在,我先要记的是六棵树。

皂角树。我们从村子分涧上涧下,这棵皂角树就长在涧沿上。树不是很大,似乎老长不大,斜着往涧外,那细碎的叶子时常就落在涧根的泉里。这眼泉用石板箍成三个池子,最高处的池子是饮水,稍低的池子淘米洗菜,下边的池子洗衣服。我小时候喜欢在泉水里玩,娘在那里洗衣服,倒上些草木灰,揉搓一阵子了,抡着棒槌啪啪地捶打。我先是趴在饮水池边看池底的小虾游来游去,然后仰头看皂角树上的皂角。秋天的皂角还是绿的,若摘下来最容易捣烂了袪衣服上的垢甲,我就恨我的胳膊短,拿了石子往上掷,企图能打中一个下来,但打不中,皂角树下卧着的狗就一阵咬,秃子便端个碗蹦在门口了。

皂角树是属于秃子家的,秃子把皂角树看得很紧。那年月,村人很少有用肥皂的,皂角可以卖钱,五分钱一斤。秃子先是在树根堆了一捆野枣棘,不让人爬上去,但野草棘很快被谁放火烧了,秃子又在树身上抹屎,臭味在泉边都能闻见,村人一片骂声,秃子才把屎擦了。他在夹皂角的时候,好多人远远站着看,盼望他立脚不稳,从涧上摔下去。他家的狗就是从涧上摔下去过,摔成了跛子,而且从此成了亮鞭。亮鞭非常难看,后腿间吊着那个东西。大家都说秃子也是个亮鞭,所以他已经三十四五了,就是没人给他提亲。

秃子四十一岁上,去深山换包谷,我们那儿产米,二三月就拿了米去深山换包谷,一斤米能换二斤包谷,秃子就认识了那里一个寡妇。寡妇有一个娃,寡妇带着娃就来到了他家。那寡妇后来给人说:他哄了我,说顿顿吃米饭哩,一年到头却喝米角粥!

但秃子从此头上一年四季都戴个帽子，村里传出，那寡妇晚上睡觉都不允他卸下帽子，邻居还听到了，寡妇在高潮时就喊：卫东，卫东！村人问过寡妇的儿子：卫东是谁？儿子说是他爹，他爹打猎时火枪炸了，把他爹炸死了。大家就嘲笑秃子，夜夜替卫东干活哩，秃子说：替谁干都行，只要我在干着。

村人先是都不承认寡妇是秃子的媳妇，可那女人大方，摘皂角时看见谁就给谁几个皂角，常常有人在泉里洗衣服，她不言语，站在涧上就扔下两个皂角。秃子为此和女人吵，但女人有了威信，大家叫她的时候，开始说：喂，秃子的媳妇！

秃子的媳妇却害病死了，害的什么病谁也不知道，而秃子常常要到坟上去哭。有一年夏天我回去，晚上一伙人拿了席在麦场上睡，已经是半夜了，听见村后的坡根有哭声，我说：谁哭哩？大家说：秃子又想媳妇了。

又过了两年，我再一次回去，发觉皂角树没了，问村人，村人说：砍了。二婶告诉我，秃子死了媳妇后，和媳妇的那个儿子合不来，儿子出外再没有音讯，秃子一下子衰老了，五十多岁的人看上去有七十岁，他不戴帽子了，头上的疤红得像烧过的柿子，一天夜里就吊死在皂角树上，皂角落得泉边到处都是。这皂角树在涧上，村人来打水或洗衣服就容易想起秃子吊死的样子，便把皂角树砍了。

药树。药树在法性寺后的土崖上，寺殿的大梁上写着清康熙初年重建，药树最少在这里长了三百年。打我记事起，法性寺里就没有和尚，是小学校，铃声在敲那口铁铸的钟，每每钟声悠长，我就感觉是从药树上发出来的。药树特别粗，从土崖上斜着往空中长，树皮一片一片像鳞甲，村人称作龙树。那时候我们那儿还没有发现煤，柴禾紧张，大一点的孩子常常爬上树去扳干枯了的枝条，我爬不上去，但夜里一起风，第二天早晨我就往树下跑，希望树上的那个鸟巢能掉下来。鸟巢是可以做几顿饭的。

药树几乎是我们村的象征，人要问：你是哪儿的？我们说：棣花的。问：棣花哪个村？我们说：药树底下的。

我在寺里读了六年书，每天早晨上操听完校长训话，我抬头就看到药树。记得一次校长训话突然就提到了药树，说早年陕南游击队在这一带活动，有个共产党员受伤后在寺里养伤住了三年，新中国成立后当了三年专员，因为寺里风水好，有这棵龙树。校长鼓励我们好好学习，将来也成龙变凤。母亲对我希望很大，大年初一早上总是让我去药树下烧香磕头，她说：你要给我考大学！

但是，我连初中还没有读完，"文化大革命"就开始了，辍学务农，那时我十四岁。

我回到村里，法性寺小学也没了师生，驻扎了当地很大的一个造反派的指挥部。我们从此没有安宁过，经常是县城过来的另一个造反派的人来攻打，双方就在盆地东边的烽火台上打了几仗，好像是这个造反派的人赢了，结果势力越来越大。忽然有一天，一声爆炸，以为又武斗了，母亲赶紧关了院门，不让我们出去，巷道里有人喊：不是武斗，是炸药树了！等村人赶到寺后的土崖上，药树果然根部被炸药炸开，树干倒下去压塌了学校的后院墙。原来造反派每日有上百人在那里起灶做饭，没有了柴禾，就炸了药树。

村里人都傻了眼，但村里人没办法。到了晚上，传出消息，说造反派砍了药树的枝条，而药树身太粗砍不动也锯不开，正在树上掏洞再用炸药炸，队长就和几位老者去寺里和指挥部的人交涉，希望不要炸树身，结果每家出一百斤柴禾把树身保全下来。

树身太大，无法运出寺，就用土掩埋在土崖下，但树的断茬口不停地往出流水，流暗红色的水，把掩埋的土都浸湿了，二爷说那是血水。

村人背地里都在起毒咒：炸药树要报应的！果不其然，三个月后，烽火台又武斗了一场，这个造反派的人死了三个，两个就是在药树下点炸药包的人，而"文革"结束后，清理阶级队伍，两个造反派的武斗总指挥都被枪毙了。

我离开村子的那年，村人把药树挖出来，解成了板，这些板做了桥板就架设在村前的丹江上。

楸树。高达二十米，叶子呈三角形，叶边有锯齿，花冠白色。楸树的木质并不坚实，有点像杨树。这棵树在刘新来家的屋后，但树却属于李书富家。刘新来家和李书富家是隔壁，但李书富家地势高，刘新来家地势低，屋后的阴沟里老是湿津津的，很少有人去过。楸树占的地方狭窄，就顺着涧根往高里长，枝叶高过了涧畔。刘家人丁不旺，几辈单传，到了刘新来手里，他在外地工作，老婆和儿子在家，儿子就患了心脏病，一年四季嘴唇发青。阴阳先生说楸树吸了刘家精气，刘新来要求李书富能把楸树伐了，李书富不同意，刘新来说给你二百元钱把树伐了，李书富还是不同意。

刘新来的老婆带了儿子去了刘新来的单位，一去三年没有回来。那时候我和弟弟提了笼子拾柴禾，就钻进刘家屋后砍涧壁上的荆棘，也砍过楸树根。楸树根像蛇一样爬在涧壁上，砍一截下来，根就冒白水，很快颜色发黑，稠得像胶。我们隔院门缝往里看，院子里蒿草没了台阶，堂屋的门框上结个大蜘蛛网，如同挂了个筛子。

李书富在秋后打核桃的时候从树上掉下来，把脊梁跌断了，卧床了三年，临死前给老伴说：用楸树解板给我做棺材。他儿子在西安打工，探病回来就伐倒了楸树，伐楸树费了劲，是一截一截锯断用绳吊着抬出来，解成了板。李书富一死，儿子却没有用楸树板给他爹做棺材，只是将家里一个老式板柜锯了腿，将爹装进去埋了。埋了爹，儿子又进城打工了，李书富的老伴还留在家里，对人说：儿子在城里找了个对象，这些木板留着做结婚家具呀。我也要进城呀，但我必须给他爹过了百天，百天里这些木板也就干了。

百天过后，李书富的儿子果然回来接走了老娘，也拉走了楸木板，也在这一天，刘新来家的堂屋倒塌了。

香椿。村里原来有许多椿树，我家茅坑边就有一棵，但都是臭椿，香椿只有一棵。这一棵长在莲菜池边的独院里，院里住着泥水匠，泥水匠常年在外揽活，他老婆年龄小得多，嫩面俊俏。每年春天，大家从墙外经过，就拿眼盯着看香椿的叶子发生。

男人们都说香椿好，前院的三婶就骂：不是香椿好，是人家的老婆好！于是她大肆攻击那老婆，说人家走路水上漂是因为泥水匠挣了钱给买了一双白胶底鞋，说人家奶大是衣服里塞了棉花，而且不会生男娃，不会生男娃算什么好女人？

三婶有一个嗜好，爱吃莞荽，她在地里种了案板大片的莞荽，每一顿饭，她掐几片莞荽叶子切碎了搅在饭碗里。我们总闻不惯莞荽的怪气味，还是说香椿好，香椿炒鸡蛋是世上最好的吃食。

"社教"的时候，村里重新划阶级成分，泥水匠原来的成分是中农，但村人说泥水匠的爹在新中国成立前卖掉了十亩地，他是逮住要新中国成立的风声才卖的地，他应该是漏划的地主，结果泥水匠家就定为地主成分。是地主成分就得抄家，抄家的那天村人几乎都去搬东西，五根子板柜抬到村饲养室给牛装了饲料，八仙桌成了生产队办公室的会议桌。那些盆盆罐罐都被砸了，院子里的花草被踏了。三婶用镰割断了爬满院墙的紫藤蔓，又去割那棵香椿，割不动，拿斧头砍，就把香椿树砍倒了。

从此村里只有臭椿，臭椿老生一种椿虫，逮住了，手上留一股臭味，像狐臭一样难闻。

苦楝树。苦楝树能长得非常高大，但枝叶稀疏，秋天里就结一种果，指头蛋儿大，果把儿很老，一兜一兜地在风里摇曳，一直到腊月天还不脱落。

先前村里有过三棵苦楝树。一棵在村口的戏楼旁，戏楼倒塌的时候这树莫名其妙也死了。另一棵在涧上的一块场地上，村长的儿子要盖新院子，村长通融了乡政府,这场地就批给了村长的儿子作庄宅地。而且场地要盖新院子,就得伐了苦楝树,这棵苦楝树产权属于集体,又以最便宜的价处理给了村长的儿子。这事村人意见很大,但也只能背后说说而已,人家用这棵苦楝树做了担子,新房上梁的时候大家又都去帮忙,拿了礼,燃放鞭炮。

最后的一棵苦楝树在村西头,树下是大青石碾盘。碾盘和石磨称作青龙白虎,村西头地势高,对着南头山岭的一个沟口,碾盘安在那儿是老祖先按风水设计的。碾盘旁边是雷家的院子,住着一个孤寡老人。我写完《怀念狼》那本书后回去过一次,见到那老汉,他给我讲了他爷爷的事。他小时候和他娘睡在上屋,上屋的窗外就是苦楝树和碾盘,夏天里他爷爷就睡在碾盘上,那时狼多,常到村里来吃鸡叼猪,有一夜他听见爷爷在碾盘上说话,掀窗看时,一只狼就卧在碾盘下,狼尾巴很长,直身坐着,用前爪不断地逗弄着他爷爷,他爷爷说:你走,你走,我一身干骨头。狼后来起身就走了。我觉得这个细节很好,遗憾《怀念狼》没用上。

这棵苦楝树是最大的一棵苦楝树,因为在碾盘旁可以遮风挡雨,谁也没想过砍伐它。小时候我们在碾盘上玩抓石子,苦楝蛋儿就时不时掉下来,嘣,一颗掉下来,在碾盘上跳几跳,嘣,又掉下来一颗。述君和我们玩时一输,就用脚踹苦楝树,他力气大,苦楝蛋儿便下冰雹一样落下来。

苦楝蛋儿很苦,是一味药,邻村的郎中每年要来捡几次。后来苦楝树被人用斧头砍了一次,留下个疤,谁也不知道是谁砍的,不久姓王那家的小女儿突然死了,村里传言那小女儿还不到结婚年龄却怀了孕,她听别人说喝苦楝蛋儿熬出的水可以堕胎,结果把命丢了,于是大家就怀疑是姓王的来砍了树。

一级公路经过我们村北边,高速公路经过的是村前的水田,但高速公路要修一条连接一级公路的辅道,正好经过村西头,孤寡老人的院子就拆了,碾盘早废弃了多年,当然苦楝树也就伐了。老院子给补贴了二万元碾盘一分钱也没赔,苦楝树赔了三千元,村人家家有份,每户分到一百元。

这次回去,我见到了那个郎中,他已经是老郎中了,再来捡苦楝蛋儿时没有了苦楝树,他给我扬扬手,苦笑着,却一句话都没有说。

痒痒树。这棵痒痒树是我们村独有的一棵痒痒树,也可以说是我们那儿方圆十里内独有的树。树在永娃家的院子里,是他爷爷年轻时去山阳县,从那儿带回来移栽的。树几十年长得有茶缸粗,树梢平过屋檐。树身上也是脱皮,像药树一样,但颜色始终灰白。因为这棵树和别的树不一样,村人凡是到永娃家来,都要用手搔一搔树根,看树梢颤颤巍巍地晃动。

树和人在一起时间长了,不是树影响了人,就是人影响了树。五魁家的院墙塌了一面,他没钱买砖补修,就栽了一排铁匠蛋树,这种树浑身长刺,但一般长刺却是软刺,他性情暴戾,铁匠蛋树长的刺就非常硬,人不能钻进去,猫儿狗儿也钻不进去。痒痒树长在永娃家的院子里,永娃的脾气也变了,竟然见人害羞,而且胆小。当一级公路改造时,原本老路从村后坡根经过,改造后却要向南移,占几十亩耕地,村人就去施工地闹事,永娃也参加了,但那次闹事被公安局来人强行压服,事后又要追究闹事人责任,别人还都没什么,永娃就吓得生病了,病后从此身上生了牛皮癣。他再没穿过短裤短袖,据说每天晚上让老婆用筷子给他刮身子,刮卜屑皮就一大把。村人都说这病是痒痒树栽在院子里的缘故,他也成了痒痒树。他的儿子要砍痒痒树,他不同意,说,既然我是人肉痒痒树,你把树一砍,我不也就死了。他儿子也就不敢砍了。

前三年的春上,西安城里来了人,在村里寻着买树,听说了永娃家院子里有痒痒树,就来看了要买。永娃还是不舍得,那伙人就买了村里十二棵紫槐树,三棵桂花树。永娃的儿子后来打听了这是西安一个买树公司,他们专门在乡下买树,然后再卖给城里的房地产开发商,移栽到一些豪华别墅区里,从中牟利。永娃的儿子就寻着那伙人,同意卖痒痒树,说好价钱是一千元，几经讨价还价，最后以五百元成交，但条件是必须由永娃的儿子来挖，方圆带一米的土挖出。永娃的儿子那天将永娃哄说去了他舅家，然后挖树卖了，等永娃回来，院子里一个大深坑，没树了，永娃气得昏了过去。

永娃是那年腊八节去世的。

去年，永娃的儿媳妇患了胆结石来西安做手术，那儿子来看我，我问那棵痒痒树卖给了哪家公司，他说是神绿公司，树又卖给一个尚德别墅区，他爹去世前非要叫他去看看那棵树，他去看了，但树没栽活。

说棣花

棣花是十六个自然村，白家垭的白亮傍晚坐在厦子屋门槛上吃饭，正低头在碗里捞豆儿，啪的一下，院子里有了一条鱼，鱼在地上蹦跶。白亮以为谁从河里钓了鱼给他扔进来，就说：谁呀？！没有回应，开了院门出来看，一个人背身走到巷口了，夕阳照着，看不清楚是谁，但那人似乎脚不着地，好像在水上漂，又好像是被什么抬着，转过巷头那棵柳树就不见了。

白亮想是不是三海，他给三海家垒过院墙，三海一直感激他，钓了鱼就送了他一条？但三海害病睡倒一个月了，哪里能去钓鱼？！是白路的二儿子水皮？水皮整天去钓鱼哩，钓了鱼就拿到公路上卖给过往的司机，咋能平白无故地给他一条呢？

白亮回到院子再看鱼，鱼身上没有鳞片，有一小片云，如一撮棉花，知道了鱼是从天上掉下来的。

天上有银河，银河里还有水，水里有鱼？或者，是鹤从棣花河叼了鱼飞过院子，不小心松了口，把鱼掉了下来？

白亮觉得是好事，还往天上看了许久，会不会也能掉下个馅饼，但天上没有馅饼，起了悠悠风，风把一片杨树叶子吹了来，贴在他脸上，盖了一只眼。他把鱼捡回屋炖了。

第二天,白亮到河里担水。河边的浅水里一只猫和一条鱼搏斗,鱼可能是游到了浅水滩上,猫就去叼,鱼摆着尾打水花,猫几次都跌坐在水里。白亮放下桶去撵猫,却发现那鱼身上长了毛和翅膀,正疑惑,鱼游进深水里不见了。

鱼怎么长毛和翅膀呢?

白亮更看见了奇怪的事,几乎就在那条鱼游深水后,突然在河上流的百米处,一群鱼从水里跳出来,竟然就飞到空中,而同时空中又有一群鸟飞下来一只一只入了水。然后,轮番从天上到河里,从河里到天上,一会儿是鱼,一会儿是鸟,循环往复。

从此以后,白亮行为做事和人不一样。比如,和邻居为庄基红过脸,邻居骂他是吃草长大的,他说,是呀,吃草长大的。村里人事后说,你咋能让他那样骂你?他说就是吃草长大的呀,菜不是草吗,米和面还不是草籽磨的?他走路也不像以前的走势了,胳膊前后甩得很厉害,像是狗刨式的,在河里游泳。别人笑他,他说:你以为空气不是水?

贾塬村的五福练气功,练了三年,就练成了。他让一些妇女闭眼站着,然后在五步之外发功,问:有凉飕飕的,风吗?妇女说:啊,啊,是凉飕飕的。棣花人都知道了五福有气功,让五福用气功治病。五福治病不治头痛脑热,他觉得那不是病,喝碗姜汤捂捂汗就好了,他只治癌症。棣花患癌症的人多,没钱去省城医院动手术,而五福发功治病不收费的,说:给我传个名就行。

五福治病很讲究地点,一般都在村后的崖底,崖底有一棵百年老柏,他趴在树上要来一会儿气,再叫病人坐了,开始推开手掌,要把一股子气发出去。九八年七月十四,他正发功,天上起了风,风是狂风,一下子把他吹起,啪地甩到半崖壁上。风过去了,他从崖壁上掉下来,人已经成了肉泥饼子。

东街有二郎庙,庙前就是魁星楼,庙和楼中间的场子很大,棣花人习惯叫那是庙场子。拴劳住在庙场子后边，人丑，家又贫，但他有一个好被单子。整个夏天，拴劳都不在家里睡，嫌家里热，又有蚊子，天黑就披着被单子去庙场子了。他在庙场子扫一块净地，盖着被单睡下了，第二天一早，却总是从魁星楼上下来。魁星楼很高，攀着楼墙的砖窝可以上到第三层，上面风畅快。村里人都说拴劳半夜里披着被单就飞上楼了，传得神乎其神，但问拴劳，拴劳只是笑，没承认，也没否定过。

后来，拴劳去西安讨好生活了，走时就带着被单子，一走三年再没回来。不知怎的，村里都在议论，说拴劳在西安以偷窃为生，能飞檐走壁，因为他有被单子。

到了2003年，到处闹"非典"，棣花十六个自然村组织了防护队，严防死守，不准从西安来的人进村。拴劳偏偏就回来了，防护队一声喊的撵他，撵到棣花西头的砭崖上，砭崖下就是河。有人说：不敢再撵了，再撵就掉到河里了。又有人却说：没事，他能披被单子飞天哩。防护队举着棍棒还往前撵，拴劳就从砭崖上跳下去了。

拴劳跳下去是死了，还是活着，反正从此再没回来过，也没有他的消息。

冬季里，砭崖上出现了许多蝙蝠，有人说是不是拴劳变成了蝙蝠，因为蝙蝠的翅膀张开来像是披着一块小被单子。立即有人反对这种联想：怎么可能呢，蝙蝠的被单是黑的，拴劳的被单是白的。

巩家村的上槽在给自行车充气的时候受了启发，就整天练着用手抓空气，抓一把，就扔出去砸旁边的狗，但狗总是没反应。这一天他又在练习，听到巷口有人叫他，上槽上槽，叫得生紧。抬头看时巷口起了烟，灰腾腾的，先是一股冲过来，到跟前了却是一只狗。再是一疙瘩烟已经到头顶上了，拿了笤帚便打，竟然打着了，掉下来一只扑鸽。扑鸽在地上扑腾了一阵，又飞走了。后来有两团烟互相交融纠结地过来，他想着：这是啥？定睛盯着，两团烟是他大他妈，背着两篓子红薯，惊得他张嘴叫不出声了。

他大说：十声八声喊不应你？到地里背红薯去！

上槽瓷着眼看着他大他妈,还用手扇了一下,他大他妈不是烟呀,烟一扇就散的。

他大说:你咋啦?

上槽说:哦,我眼睛雾眼。

他大说:年轻轻的雾啥眼?!

上槽要放下笤帚,笤帚突然软起来,一溜烟从指头缝里飘了去。而且看巷口外的路上,烟雾更浓,烟里有乱七八糟的人的声。平日在夜里,夜即使黑得像漆,他坐在院门口,村道里一有脚步声,他也就知道这是谁来了。现在他听出说话的有二爷,有来喜伯和他老婆,有春草,蝉嫂子。但他能听见声音就是看不到人,人都是一片子烟,或浓或淡,是絮状也是条状。

上槽就跟着那座烟走,一会儿看见他们有人形了,一会又都是烟。

上槽最后是从巷口走到巷外的土路上,一直到了河滩地,背了那里挖出来的一篓红薯。往回走时,却不知道了怎么回去,因为他发现村子的那个方向并没有了村子,所有的房子,树,连同土路,除了烟,都不见了。

立了好久,那烟像蘑菇一样隆起,在空中酝酿翻腾,忽然扑塌下去,渐渐地又变成房子,树,还有直直的一条土路,土路上蹦跶着蚂蚱。

上槽把他看到的情景告诉给村人,村人全是一个口气,说你眼睛有毛病了。上槽就觉得自己眼睛肯定有毛病了,不出半年,眼睛便瞎了。

中街村刘家的儿子名字没起好,叫刘榆,榆树总是拗着长,这刘榆也三十年了一直和他大拗劲。他大说,今日太阳出来了,把被子拿出来晒晒,他却去给鸡垒窝。他大说:今年自留地里栽些辣椒吧,他偏种了土豆。

他大活到五十六岁时得了蛊症,临死时想把自己坟修在村后的牛头坡上,棣花的坟地都在牛头坡上,只是花销大,他说:我死了,别铺张浪费,就埋到河滩的自留地吧。刘榆想,几十年了和大都拗着,这一次得听大一次。他大死后,果然把大埋在河滩自留地里。第三年,河里发大水,冲了河滩地,刘榆他大的坟也冲没了。

河里原来产一种白条鱼，发大水后新生了昴嗤鱼，之所以是昴嗤鱼，这鱼自呼其名，昴嗤昴嗤叫，像是叹气。

野猫洼村出了个懒人，叫宽心，一辈子没结婚，他死的时候，眼睛都闭上了，嘴还张着，来照料他的邻居就看见一股白气从嘴里出来，一溜一溜地从窗格中飘去了。撵出来看，白气没有散，飘到那棵椿树顶上了，成一片云，扇子大的一片，往西再飘。

云飘到西街村，好像停了一下，像思考的样子，阳光将云的影子投在老田家的屋顶上，但很快又走了，经过了后塬村，又经过了巩家塆，最后在崖底村葛火镰家的院子上空不动了。

葛火镰家养着一头公猪，公猪专门给棣花所有的母猪配种的，这一天正好骆驼项村的陆星星拉了母猪来配，云的影子就罩在母猪身上，白猪变成了黑猪。陆星星往天上一看，一片云像个手帕掉下来，他还下意识地躲了一下身子，似乎那云要砸着他，但云没砸着他，而且什么也没有了，他就把母猪牵回了家。

母猪后来生崽，往常母猪一生一窝崽，这回只生了一个崽。这崽样子还可爱，就是不好好长，已经半年了，又瘦又小，与猫常在一处玩。陆星星说：你是猪呀你不长？！她还是不长，到了年底，仅仅四五十斤，还生了一身红绒毛。

第二天早上，棣花流行猪瘟，死了八头猪，其中就有这头猪。猪死时，陆星星也发现有一股白气从猪嘴里溜出来，往空里飘了。在空里成了一片云，这云片更小，只有手掌大。

云飘过北塬村上空，起了一阵小风，云就往南飘，又飘回野猫洼村。野猫洼村的芦苇园也飘芦絮，云和芦絮搅在一起，分不清是一疙瘩芦絮还是云，末了，一只蜂落在丁香树的花瓣上，芦絮就挂在树枝上，而云却没了。

丁香花谢后生了籽，籽落在地上的土缝里，来年生出一个小丁香树。这小树长了两年还是个苗子，放牛的时候，牛把苗子连根拔出来嚼了。苗子一拔出来，是又有一缕白气飘了，但在空中始终没变成云，铜钱大的一团白气。白气移过了院墙，院墙外的水渠沟里有许多蚊子，后来就多了一只蚊子。

这蚊子能飞了，有一夜飞到打麦场上，那里睡了乘凉的人，蚊子去叮人腿，啪地挨了一掌，就掌死了，再没有云，连一点白气都没有。

雷家坡村其实没有姓雷的，是两大族姓，一个姓雨，一个姓田。姓田的都腿短脖子粗，姓雨的高个窄脸，但姓田的男人多，姓雨的女人多，姓田的就控制着村子。

棣花北五十里地的洛南县有煤窑，早年姓田的一个男子在那里当矿工，后来承包了一个煤窑，逐渐做大，成了有钱的老板，便把村里的姓田的男人都带去挖煤，姓田的人家就过上了好日子。姓雨的人家还穷着，女人们就只好到棣花的保姆培训班上报名，她们长得好看，性情也柔顺，培训完后西安的保姆中介公司挑去了七八个，全送去了一些高级领导干部的家里。

二〇〇〇年春节，挖煤的回来了，都有钱，先集体在县上住了一晚宾馆才回村，而那些保姆没有回来，姓雨的说挖煤的在县里宾馆住了一夜，吃肉喝酒，还招了妓女，离开后，妓女尿了三天黑水。

春节一过，姓田的男人又去煤窑，正月二十四那天，井下瓦斯爆炸，没有一个活着出来。而也就在这天，七八个保姆回到村里，她们给村里人说，都曾经跟着主人去过广州或北京，坐的飞机，飞机上有厕所，拉屎尿后就漏在空中，在空中什么都没有了。

每年四月初八棣花的庙会上要耍社火，中街村准备两台芯子，一台是走兽和地狱，一台是飞禽和天堂，正做着，有人担心这是暗喻雷家坡村，会惹是非，后来就取消了。

药树梁村在棣花的西北角，除了独独一棵大药树，坡上枣树很多，枣树每一年都有被雷击的。被雷击过的枣木有灵性，县城关镇的阴阳先生曾来寻找雷击枣木做法器，而药树梁村的人出来口袋里也都有枣木刻成的小棒槌，说能避邪护身。

在三年前夏天，有良在坡上放牛，天上又响炸雷，有良赶着牛就下坡，雷这回没击枣树，把有良击了，但没有击死，脊背上有了一片文字。说是文字，又不是文字，棣花小学的老师也认不得。那是十八个像字的字，分三行，发红，像被手抓出的，却不疼不痒。

有良在当年的秋末瘫了，手脚收缩，做不了活，吃饭行走也不行了，整天就坐在家里的藤椅上，让端吃送喝。但有良知道啥时刮风下雨，有一天太阳红红的，他说一会有冰雹哩，谁也不信，但一锅旱烟没吃完，冰雹就噼里啪啦下来了。

还有一回，已在半夜里，有良叫醒家人，说天上掉石头呀，快到院里去。家人知道他说话应，都起来到院子，一直坐到天亮没有什么石头，才要回屋时，突然天空一团火光，咚的一声，有东西砸在屋顶。过了一会进去看了，屋地上果然有一块石头，石子大，把屋顶砸了个洞，地上也一个坑。

西街村的韩十三梦多，一入睡就做梦，醒来又能记得梦的事。他三岁时梦到的都是他成了个老头，胡子又白又长，常拿了一把木剑到一个高墙上去舞。他把梦说给旁人，人都笑他：高墙上能舞剑？但觉得他每天都做梦醒又给人说梦，很好玩的，见了便问：碎仔，又做啥梦了？韩十三就说他在一个地方走，路很长很宽，两边都是房子，房子特别美，一层一层全是玻璃，路上有车，车多得像河水，一个穿白衣裳的人像神婆子一样指手画脚。村人有去过西安的，觉得这像是西安，就又问：那是街道，街上还有啥？韩十三说：路边都是树，树上长星星。

往后，随着年岁增长，韩十三的梦越来越离奇，但全是城里的事。他在小学时，就梦见自己在一家饭店里炒菜，戴很高很高的帽子，他不炒土豆条，也不炒豆芽，炒的尽是一些长得怪模怪样的鱼和虾。到了中学时，他梦见自己拿着八磅锤，锯，还有刷墙的瀌子，他在给人家刷墙时，那女主人送给他了一件制服，但也骂过他。

这样的梦做了三年，中学毕业后没有考上大学，就一直在村里劳动，还当过村会计，又烧过砖瓦窑，娶妻生子。梦还在做，梦到了城里，才知道早先梦到人在高墙上舞剑，那墙是城墙，从城墙上能看见不远处的钟楼，钟楼的顶金光闪闪。那时，村里人有去西安打工的，他问：西安有个钟楼吗？回答说有，又问：城墙上能开车吗？回答说能。韩十三就决定也去西安打工。

到了西安，西安的一切和他曾经的梦境一样，他甚至对那里已十分熟悉，还去了他当厨师的酒店，酒店门口是有两个石狮子，右边的一个石狮子眼睛上涂着红。但是，就韩十三初到西安，没有技术也没有资金，他只好去捡破烂。捡破烂第一天就赚了三十元，这让他非常高兴，想着一天赚三十元，十天就是三百元，一个月九百元呀！第二天，他起得很早上街，却被一辆运土渣的卡车撞倒，而司机逃逸，一个小时后才被人发现往医院送，半路上把气断了。

这一年他三十岁。

墓前立了个碑子，上面刻了生于一九七八年，逝于二〇一〇年，但不久，刻字变了，是生于一九七八年，逝于二〇四〇年。村人不知道这刻字怎么就变了？

棣花乡政府设在中街村，是一个大院子。新修的高院墙，新换的大铁门，但门卫还是那个旧老汉。老汉姓夜，从年轻起人叫他不叫老夜，谐音是老爷，就叫他老黑。

老黑从五八年就在这里当门卫，那时候政府是公社，今年老黑八十岁，眼不花，耳不聋，身体特别好，乡政府还雇他当门卫。棣花的人其实寿命不长，差不多每个人家都有着遗憾，比如有些人，日子恓惶怕了几十年，终于孩子大了，又给孩子娶了媳妇，再是扒了旧屋，盖了一院子新房，家里粮食充足，吃喝不愁，说：这下没事了，该享清福呀！可常常是没事了才二年，最多五年，这人就死了。但老黑活到八十岁，还精神成这样，很多人便请教他的健康长寿秘诀，老黑说，他是每个大年三十晚上，包完饺子了，就制定生活计划的。他的生活计划已经制定到一百二十岁，每一岁里要干什么，怎么去干，都一一详细列出。中街药铺的跛子老王看过老黑一百岁那年的计划，过后给人说，老黑这一年的计划是五月份给孙子的孙子结婚，结婚用房得新盖，他要资助三千元，再是把院子里的井重新淘一下，安个电水泵。再后是，那一年应该是乡政府要换届，要来新的乡长了，这是陪过的第四十五位乡政府领导，他力争陪过七十位。

乡政府院子西墙外有一棵老楸树，这树不是乡政府的，是刘反正家的。棣花再没有这么大的树了，黄昏的时候，中街村的人喜欢在树下说闲话，当然说到这树活得久，说老黑也活得久，有一个叫宽喜的人，就也学着老黑定计划，计划他也要活过一百岁。

宽喜只活了六十二岁就死了。

而中街村还有一个人，叫牛绳，牛绳的日子艰难，整天说啥时死呀，死了就不泼烦了。他来问老黑：宽喜也人口劲大着要长寿，咋就死了，你这计划是不是不中用？老黑说：宽喜是县上干部，退休了没事做，阎王哪会让没事干的人还活在世上？定计划是定着做不完的事哩，不是为了活而活的。宽喜想活他活不了，你想死也死不了，因为你上有老下有少，你任务没完成哩你咋死？

这话说过半年，有一天夜里，老黑在院门口坐着，听见楸树咯吱咯吱响，好像在说：唉，走呀，我走呀。

第二天，刘反正得了脑溢血死了，他儿子伐了楸树给他大做了棺材。

乡政府大院门口从此没了那棵树，而老黑还在，新一任的乡长才来了七天，老黑每晚要给新乡长说着一段棣花的历史。

2010年7月7日写

"卧虎"说

以中国传统的美的表现方法,真实地表达现代中国人的生活和情绪,这是我创作追求的东西。但是,实践却是那么艰难,每走一步,犹如乡下人挑了鸡蛋筐子进闹市,前虑后顾,唯恐有了不慎,以至怀疑到了自己的脚步和力量。

我说的"卧虎",其实是一块石头,被雕琢了,守在霍去病的墓侧。自汉而今,鸿雁南北徙迁,日月东西过往,它竟完好无缺,倒是天光地气,使它生出一层苔衣,驳驳点点的,如丽皮斑纹一般。黄昏里,万籁俱静了,走近墓地,拨荒草悠悠然进去,蓦地见了:风吹草低,夕阳腐蚀,分明那虎正骚动不安的冲动,在未跃欲跃的瞬间;立即要使人十二分地害怕了!怯生生绕着看了半天,却如何不敢相信寓于这种强劲的动力感,竟不过是一个流动的线条和扭曲的团块结合的石头的虎,一个卧着的石虎,一个默默的稳定而厚重的卧虎的石头!

前年冬日,我看到这只卧虎时,喜爱极了,视有生以来所见的唯一艺术妙品,久久揣赏,感叹不已,想生我育我的商州地面,山川水上,拙厚,古朴，旷远，其味与卧虎同也。我知道，一个人的文风和性格统一了，才能写得得心应手，一个地方的文风和风尚统一了，才能写得人情人味，从而悟出要作我文，万不可类那种声色俱厉之道，亦不可沦那种轻靡浮艳之华。"卧虎"，重精神，重情感，重整体，重气韵，具体而单一，抽象而丰富，正是我求之而苦不能的啊！

我在那墓场待了三日，依依不肯离去。我总是想：一个混混沌沌的石头，是出自哪个荒寂的山沟呢？被雕刻家那么随便一凿，就活生生成了一只虎了？！而固定的独独一块石头，要凿成虎，又受了多大的限制？可正是有了这种限制，艺术才得到了最充分的自由吗？！貌似缺乏艺术，而真正的艺术则来得这么的单纯，朴素，自然，真切！

静观卧虎，便进入一种千钧一发的境界，卧虎是力的象征。我们的民族，是有辉煌的历史，但也有过一片黑暗和一片光明的年代，而一片光明和一片黑暗一样都是看不清任何东西的。现在，正需要五味子一类的草药，扶阳补气，填精益髓。文学应该是与世界相通的吧，我们的文学也一样是需要五味子了，如此而已。

但是，这竟不是一个仰天长啸的虎，竟不是一个扑，剪，揿，翻的虎，偏偏要使它欲动，却终未动地卧着？卧着，内向而不呆滞，寂静而有力量，平波水面，狂澜深藏，它卧了个恰好，是东方的味，是我们民族的味。

以中国传统的美的表现方法，真实地表达现代中国人的生活和情绪，这是我创作追求的东西。但是，实践却是那么艰难，每走一步，犹如乡下人挑了鸡蛋筐子进闹市，前虑后顾，唯恐有了不慎，以至怀疑到了自己的脚步和力量。终有幸见到了"卧虎"，我明白了，且明白往后的创作生涯，将更进入一种孤独境地。喜从此有了"源于高度的自信"，进一步"精于其道的自感"（这是袁运甫的话语），我想，艺术于我是亲近的。

我的"卧虎"啊……

四十岁说

无论中国的文学怎样伟大或者幼稚，事实是我们就在其中，且认真地工作着，已经不止一次，十次八次，说过许多追求和反省，回过头来都觉得很坏。作家实在是一种手艺人，文章写得好，就是活儿做得漂亮，窗外的空地上有织网套的，斜斜地背了木弓，一手拿木槌掸敲弓弦，在嗡嗡铮儿的音律里身子蛮有节奏地晃动，劳动既愉悦了别人，也愉悦了自己，事情就这么简单。如果说，作家职业是最易心灵自在，相反的，也最易导致做作——好作家和劣作家就这么分野了——目下的现实里，甚多的人热衷于讲"世界"，讲到很玄乎的程度，如同四个字的"深入生活"，原本简单普通的话，没生命拿什么去写呀，但偏偏说得最后谁也不知道深入生活为何物了。还是不要竭力去塑造自己的庄严形象，将一张脸面弄得很深沉，很沉重；人生若认作荒原上的一群羊，哲学家是上帝派下来的牧人，作家充其量是牧犬。

文坛是热闹场，尤其是我们身处的这个时期，贾母在大观园里说过孙女们一个与一个都漂亮得分不清，在化妆品普遍被妇女青睐的今日，我们常常在街头惊叹美女如云。文学上的天才和小丑几乎无法分清，各种各样的创作和理论曾经撑得我们精疲力竭（一位农村的乡长对我说过，落实层层上级的指示，忙得他没有尿净一泡尿的时间，裤裆总是湿的）。忽然一想，许多的创作和理论，不是为着自己出头露面的欲望吗？它其实并没有自己大的志向，完整的体系，目的是各人在发表自己的文章而已，蝌蚪跟着鱼儿浪，浪得一条尾巴也没有了。

  供我们生存的时空越来越小，古今的，中外的大智慧家的著作和言论，可以使我们寻到落脚的经纬点。要作为一个好作家，要活儿做得漂亮，就是表达出自己对社会人生的一份态度，这态度不仅是自己的，也表达了更多的人乃至人类的东西。作为人类应该是大致相通的。我们之所以看懂古人的作品，替古人流眼泪，之所以看得懂西方的作品，为他们的激动而激动，原因大概如此。近代的中国史上一句很著名的话："中学为体，西学为用"，进而发展的在文学史上只能借鉴西方写作技巧的说法，我觉哪儿总有毛病发生。文学或多或少，或大或小，都是要阐述着人生的一种境界，这个最高境界反倒是我们借鉴的，无论古人与洋人。中国的儒释道，扩而大之，中国的宗教、哲学与西方的宗教、哲学，若究竟起来，最高的境界是一回事，正应了云层上面的都是一片阳光的灿烂。问题是，有了一片阳光，还有阳光下各种各样的，或浓或淡，是雨是雪，高低急缓的云层，它们各自有各自的形态和美学。这就要分析东西方人的思维了，水墨画和油画，戏曲和话剧，西医和中医。我们应该自觉地认识东方的重整体的感应和西方的实验分析，不是归一和混淆，而是努力独立和丰富，通过我们穿过云层，达到最高的人类相通的境界中去。"越是民族越是世界"的言论，关键在这个"民族的"是不是通往人类最后相通的境界去。令人困惑的是理论界和创作界总有极端的思潮涌起，若不是以中国传统（实际上很大程度并不是中国传统）的一套为标准，就是以西方的做规则，合者便好，不合者便孬，制造了许多过眼烟云的作品，又是混乱了许多的创作不知所措。或许也偏颇了，我倒认为对于西方文学的技巧，不必自卑地去仿制，因为思维方式的不同，形成的技巧也各有千秋。通往人类贯通的一种思考一种意识的境界，法门万千，我们在我们某一个法门日，世界于我们是平和而博大，万事万物皆那么和谐又充溢着生命活力，我们就会灭绝所谓的绝对，等待思考的只是参照，只是尽力完满生命的需要。生命完满得愈好，通往大境界的法门之程愈短，如果是天才，有凤愿，必会修成正果，这就是大作家的产生。

　　在美国的张爱玲说过一句漂亮的话：人生是件华美的睡袍，里面长满虱子。人常常是尴尬的生存。我越来越在作品里使人物处于绝境，他们不免有些变态了，我认作不是一种灰色与消极，是对生存尴尬的反动、突破和超脱。走出激愤，多给沉闷的人生透一口气来，幽默由此而生。爱情的故事里，写男人的自卑，对女人的神驭，乃至感应世界的繁杂的意象，这合于我的心境。现在的文学，热衷于写西方气质的男子汉，赏观中国的戏曲，为什么有一个小生呢，小生的装扮、言语，又为什么是那样，这一切是怎样形成的呢？古老的中国的味道如何写出，中国人的感受怎样表达出来？恐怕不仅是看做纯粹的形式的既定，诚然也是中国思维下的形式，就是马尔克斯和那个川端先生，他们成功，直指大境界，追逐全世界的先进的趋向而浪花飞扬，河床却坚实地建凿在本民族的土地上。

　　我是一个山地人，在中国的荒凉而瘠贫的西北部一隅，虽然做够了白日梦，那一种时时露出的村相，逼我无限悲凉，我可能不是一个政治性强的作家，或者说不善于表现政治性强的作家，我只有在作品中放诞一切，自在而为。艺术的感受是一种生活的趣味，也是人生态度，情操所致，我必须老老实实生活，不是存心去生活中获取素材，也不是弄到将自身艺术化，有阮籍气或贾岛气，只能有意无意地，生活的浸润感染，待提笔时自然而然地写出要写的东西。

　　还是寻出两句话吧,这是我四十岁里读到的,闷了许多日,再也不可能忘掉的话——之一,是我跟一位禅师学禅,回来手书在书房的条幅:"见山是山,见水是水,见山不是山,见水不是水。见山还是山,见水还是水。"

　　之二,夜读《八大山人画集》,忽见八大山人,字个山,画像下几行小字:"　金
　水土火⊙咦,个有个而立于一二三三✕之间也,个无个而超于✕三
　　木
三二一之外也,个山个山,形上形下,圆中一点。"

十篇短信

一

盛夏人皮是破竹篓，出汗淋漓如漏。老母坐不住家，一日数次下楼去寻老太太们闲聊，倒不嫌热。我也以写书避暑。（坐桌前以唾液沾双乳上，便有凉风通体。此秘诀你可试试，不要与玩麻将者说。）写书宜写闲情书。能闲聊是真知己，闲情书易成美义。但毋亲没喝水习惯，怕她上火，劝多喝水，她说口里不要，肚里也不要。我和妹妹都是能喝水的，来家的那些朋友，也无一不能喝。今早忽然醒悟，蹲机关的人上了班都是一支烟，一杯水，一张报的，母亲则是从来没有工作过！

二

来时不必带土产，有便车捎些西瓜给母亲即可。切切。我倒不信你能江郎才尽,瞧照片上,腰又大了一圈,那里边装什么?文坛上有人是晨鸡暮犬,他们出于职责,当可闻鸡而起,听吠安睡,有人则是老鼠磨牙,咬你的箱子磨他的牙罢了。前年你写那部书一成功,我就知道你要坏了人缘的,现在果然是,但麻将桌上连坐五庄,必然要得罪人,输家足有资格发脾气,也可以欠账,也可以骂人母。只担心你那口疮,治得如何?口要善待才是,除了吃饭,除了在领导面前说"是"外,将来那些人还要请你去谈创作经验啊!

三

因养了一盆郁金香,会开到一半我就溜了,听说×××颇有微词?我这屁股坐惯了书桌前的椅子,坐主席台上的椅子不自在。你几时来看花?美人不说话就是花,花一说话就是美人。

四

我当主编,忙的却是你们,几次想卸了这帽子,但卸不了,这也是不理事当不了官,能当大官不要理事。天这么热,办公室又没空调,不知买没买仁丹丸?我赶了半天写下这期"读稿人语",让小史捎去,再让捎去一盘五色冰淇淋。六块,一人三块。吃罢将盘子一定还我。

五

儿女小时可以打,如拍打衣服上土,稍大了就是皮球,越打越蹦得高。我大学毕了业,先父还踢我一脚,待到后来一日,他吸烟,也递我一支,我才知道我从此不挨打了。但有人说父子如兄弟,如同志,那倒又过分,因为儿女的秉性是永远不崇拜父母的。我女儿看三流电视剧也伤心落泪,读我的书却总认为是她看着我写的,不是真的。让他去吧,龙种或许生跳蚤,丑猪或许养麒麟,只需叮咛"吃喝嫖赌不能抽(大烟),坑蒙拐骗不能偷(东西)"就罢了。窑炉只管烧瓷罐,瓷罐到社会上去,你能管得着去做油罐还是尿罐?老江说组织一次南山游的,又不见了动静,如果南山去不成,三月十五日午时去豪门菜馆吃海鲜,我做东。

六

空气装在皮圈里即为轮胎,我如果能手一抓就一把风,掷去砸人,先砸倒那姓曹的!盛世的皇帝寿命都高,因为他为国人谋福利。损人利己者则如通缉的逃犯,惶惶不可终日,岂能身体安康?发不义之财,若不做慈善业消耗,如人只吃饭而不长肛门,终有一日自己把自己憋死。

七

那只鳖不能让山兄去放生,他会放生到他的肚腹去。

不要嫌老婆脸黑,黑是黑,是本色,将来生子,还能卖好价钱的面粉。那日到×校开会,去了那么多作家,主持人要我站起来让学生们看看,我站起来弓腰点头,掌声雷动,主持人又说:同学们这么欢迎你,你站起来么!我说我是站起来的呀!主持人说:噢,你个子低。掌声更是雷动。我不嫌我个头矮,人不是白菜,大了好卖。做人不要心存自己是女人或是男人,也不必心存自己丑或自己美,一存心就坏了事。以貌取人者是奴才,与小奴才什么计较?

八

我要闭门写作呀,有事三十天后见。若有人寻到你打问我的行踪,只说我自杀了。记住,是安乐死,不是上吊,上吊吐舌头形象不佳。

九

能让别人利用,也是好事。研究《红楼梦》可以当博士,画钟馗可以逼鬼,给当官的当秘书可以自己当官。藤蔓多正因着你是乔木。无山不起云,起云山显得更高,若你周围没那些营营之辈,你又会是何等面目?朋友都是走了的好。今夜月光满地,刚才开窗我还以为巷口的下水道又堵塞,是水漫淹,就想你若踏水来访多好!我可教你作曲解烦。作曲并不难,"言之不尽歌咏之",曲就是把说不尽的话从心里起便放慢音节哼出来,记下便可了,如记不下,旁边放录音机来录。学那钢琴就非是一月半月能操作,且十个指头,怎能按得住一百零八个键呢?

十

买书不要买豪华本,豪华本的书那是卖给不读书的人的。读传也不必只读纸做的书,山水可以读,云雨可以读,官场可以读,商界可以读。赌徒和妓女也都是书。只在家读书本,读了书还是读书,无异于整日喝酒、打牌和吸烟土,于社会、家人有什么好处?

得空来吃茶,我前日得明前茶一罐。

大唐芙蓉园记

曲江一带素来是西安的文脉之地,秦汉隋时这里便建过囿,到了唐代,更是皇家御苑和公共自然景区。但明清以后,所有建筑、植被被毁于兵火,残山剩水,废成了一片荒野。新世纪之初,江的北岸大兴土木,再建芙蓉园,辟地九百九十九亩,水阔三百三十三亩,建筑面积超过了五千平方米,创意之新,耗资之巨,做工之良,费时之久,叹为观止。

园内南为山峦,北为水面。如果进西御苑门,一经芙蓉桥,日光便先来水上,山势急逼到眼前。沿波池阪道深入,愈入愈曲,两旁嘉树枝叶深深浅浅,疑有颜色重染,树下异草,风怀其间。山峦东高西低,紫云楼建于主峰上,阙亭拱卫,馆桥飞渡,雄伟不可一世。登楼临窗,远处的秦岭霞气蒸蔚,似乎白云招之即来。回首北边湖面,烟水浩渺,白鹭忽聚忽散。对岸有望春阁,却是另一番态度。一个如龙盘山顶,一个如凤栖水边,两相欲语,却一湖雾漫,白茫茫一片,好像又坐忘于数千年里的往事中,销形作骨,铄骨成尘,更因风散。忽听得有丝竹管弦从山后传来,寻声而去,过南馆院,转廊槛,由码头驾船到凤凰池,但见笋穿石罅,荷高桥面。山后果然有戏馆,有唐集市,有曲水流觞,有御宴宫,只是游人如蚁,极尽繁华。绕过山脚,找一块僻静处,路上就有灰雀，鸡蛋般大，起落如掷石子，撵了灰雀到一片林前，看小桃花开泛了，道边花分五色，忽一齐飞起，方知是蝴蝶编趾。从溪上小桥通过，步入峡谷，唐人诗句刻于崖上，一群小儿在下咿呀念诵，便见一鸭从溪中爬出，摇头晃尾而来。抱鸭出谷，拣一奇石歇息，盯一处妙地，思想此间可起小楼，驯鹿招鹤，指月评鱼。正得意着，天空恰好飘过一朵云，倏忽细雨洒下，细雨是脸上有感觉，衣衫却不湿。跳跃着跑进一簇铺舍，却怎么也找不着出路，流水穿过这家庭院又穿过那家楼阁，墙那边的葱竹竟荫了墙这边的弄堂。蓦然回头，竟是长廊，廊则绕湖南往湖北，走走停停，看不够山巅、坡侧、临岸、水上的楼亭台阁依势而筑，隐显疏密。扶廊栏探身，湖水是掬不着的，荷叶翻卷，俯仰绿成波浪，金鲤成群，宛若红云铺底。遂坐船自划到湖心岛上，岛上有古石，藓斑大如铜钱，有老梅枝压亭檐，立于亭前听一女子弹琵琶，忽见湖面微皱，如抖丝绸，岛似乎在移动。买一杯茶来，慢慢品尝，直至天近黄昏时，再驾船到北岸，望春阁下，丽人馆外，成群结队的女子，个个衣着新鲜，或嬉戏于浅水滩，或围坐于草坪中，有花能解语，无树不生香，她们既看风景，又让人看，一直要等待夜幕降临，观看水幕电影和焰火表演。

闻名来游园，游园而忘归。芙蓉园之所以让国人震撼，世界称奇，它不再是中国传统山水写意园林的模式，而将盛唐最有代表性的，如帝王、诗词、歌舞、市井、佛道、饮食、妇女、杏园、茶酒、科技等主题文化让建筑园林大师们赋以景点，每一处都有说法，每一处都成了文化祖庭。古人讲："天生大唐则有长安这样的城邑以成其都，有长安城则有曲江这样的池园来辅助其功。"几千年来，中国从未像当今如此渴望强盛，人民从未像当今渴望生活得从容优雅，芙蓉园体现了大唐气象，传达着一种精神上的向往和需求。人无精神者颓，城无精神者废，国无精神者衰，芙蓉园建在西安，西安有了自信自强，中国何不昌盛呢？

2005年1月29日

在女儿婚礼上的讲话

我二十七岁有了女儿，多少个艰辛和忙乱的日子里，总盼望着孩子长大，她就是长不大，但突然间她长大了，有了漂亮、有了健康、有了知识，今天又做了幸福的新娘！我的前半生，写下了百十余部作品，而让我最温暖的也最牵肠挂肚和最有压力的作品就是贾浅。她诞生于爱，成长于爱中，是我的淘气，是我的贴心小棉袄，也是我的朋友。我没有男孩，一直把她当男孩看，贾氏家族也一直把她当做希望之花。我是从困苦境域里一步步走过来的，我发誓不让我的孩子像我过去那样的贫穷和坎坷，但要在"长安居大不易"，我要求她自强不息，又必须善良、宽容。二十多年里，我或许对她粗暴呵斥，或许对她无为而治，贾浅无疑是做到了这一点。当年我的父亲为我而欣慰过，今天，贾浅也让我有了做父亲的欣慰。因此，我祝福我的孩子，也感谢我的孩子。

女大当嫁，这几年里，随着孩子的年龄增长，我和她的母亲对孩子越发感情复杂，一方面是她将要离开我们，一方面是迎接她的又是怎样的一个未来？我们祈祷着她能受到爱神的光顾，觅寻到她的意中人，获得她应该有的幸福。终于，在今天，她寻到了，也是我们把她交给了一个优秀的俊朗的贾少龙！我们两家大人都是从乡下来到城里，虽然一个原籍在陕北，一个原籍在陕南，偏偏都姓贾，这就是神的旨意，是天定的良缘。两个孩子生活在富裕的年代，但他们没有染上浮华习气，成长于社会变型时期，他们依然纯真清明，他们是阳光的、进步的青年，他们的结合，以后的日子会快乐、灿烂！在这庄严而热烈的婚礼上，作为父母，我们向两个孩子说三句话。第一句，是一副对联：一等人忠臣孝子，两件事读书耕田。做对国家有用的人，做对家庭有责任的人。好读书能受用一生，认真工作就一辈子有饭吃。第二句话，仍是一句老话："浴不必江海，要之去垢；马不必骐骥，要之善走。"做普通人，干正经事，可以爱小零钱，但必须有大胸怀。第三句话，还是老话："心系一处。"在往后的岁月里，要创造、培养、磨合、建设、维护、完善你们自己的婚姻。今天，我万分感激着爱神的来临，它在天空星界，江河大地，也在这大厅里，我祈求着它永远地关照着两个孩子！我也万分感激着从四面八方赶来参加婚礼的各行各业的亲戚朋友，在十几年、几十年的岁月中，你们曾经关注、支持、帮助过我的写作、身体和生活，你们是我最尊重和铭记的人，我也希望你们在以后的岁月里关照、爱护、提携两个孩子，我拜托大家，向大家鞠躬！

荒野地

这原本是庄稼地，却生长了一片荒草。荒草一人余高，繁荣得蓬勃健美。月夜下没有风，亦不到潮露水的时分，草的枝叶及成熟的穗实萧萧而立，但一种声息在响，似乎是草籽在裂壳坠落，似乎是昆虫在咬噬，静伫良久，跳动的是体内的心一颗。扮演着的是《聊斋》里的人物，时间更进入亘古的洪荒，遥遥地听见了神对命运的招引。

月亮在天上明亮着一轮，看得清其中的一抹黑影，真疑心是荒野地的投影，而地上三尺之外便一片迷蒙。夜是保密的，于是产生迟到的爱情。躲过那远远的如炮楼一般的守护庄稼的庵架，一只饥渴的手握住了一只饥渴的手，一瞬间十指被胶合，同时感受到了热，却冷得索索而抖。

一溜黑地淌过，松软如过草滩，又分明是脚上穿了宽松的鞋。可怜的农人种下了这一溜洋芋，四周的荒草却使它们未能健长，挖掘过的地上没有收获到拳大的洋芋。肥沃的土地上明日的清晨却能看到两行交织的脚印。

已经是草地的中央了，失却的则是东南西北的方向。境界幽幽。心身在启示着坐下来，恰好有两块石头，等待这石头是多少个年月，石头也差不多等待得发凉了。天地之间，塞涌的是这荒草，人也是荒草的一棵，再有一棵。说话的是眼睛，说尽着唐诗宋词的篇章。头顶上的月亮丰丰满满。需要有点风，风果然而至。草把月划成了有条纹的物件，且在晃动不已。不知名的昆虫在呻吟着，散发着那特有的气味。待到死过去几次，又活过来几次，一切安静了，望月亮又如深下去的一眼井水，来分辨那里面的身影了。

佛殿一样的地方，得到的是心身的和谐，方明白那一溜松软的黑地是通往未来的甬道，铺着毡毯。

生长庄稼的土地却长满了这么多荒草，这是失职的农人的过错吗？但荒草同样在结饱满的果籽，这便是土地的功能。失职的农人或许要诅咒的，而娇弱无能的庄稼没有荒草这么并不需要节令、耕作、肥料而顽强健壮啊！

因为草、人归复了原本的形态，这个月下夜晚是这么苍茫壮阔。

生之苦难与悲愤，造就着无尽的残缺与遗憾，超越了便是幽默的角色，再不寄希望于梦境和来世，就这么在荒野地中坐下，坐下如两块石头。或许坐上百年上千年，或许很短的一别，但已够了。

走出了荒野地，另一处草浅的地方，仍发现了曾是长过瓜果的，是南瓜或是西瓜，肯定的也是未收获到要收获的东西，瓜田早废了，瓜叶腐败为泥，而绳一样纵横的瓜蔓却还发白的将也已为泥的印缀在地上。踏着这白绳的空格走，像是游戏。突然就会想起月亮上的那一株桂树，还有那一位勇敢的却砍不断树身的吴刚。

而毕竟有这么一块荒野地。

1988年冬

红狐

Z,你是不曾知道的,当我借居在这间屋子的时候,我是多么的荒芜。书在地上摆着,锅碗也在地上摆着。窗子临南,我不喜欢阳光进来,阳光总是要分割空间,那显示出的活的东西如小毛虫一样让人不自在。我愿意在一个窑洞里,或者最好是地下室里喘气。墙上没挂任何字画,白得生硬,一只蜘蛛在那里结网,结到一半蜘蛛就不见了。我原本希望网成一个好看的顶棚,而灰尘却又把网罩住,网线就很粗了,沉沉地要坠下来。现在,我仰躺在床上,只觉得这荒芜很好,我的四肢越长越长,到了末梢就分叉,是生出的根须,全身的毛和头发拔节似的疯长,长成荒草。

宽哥说,这屋子真是一座荒园。

我说,那就要生出狐狸精的。

十多年来,我读"聊斋",半夜三更的时候,总企盼举头一看,其实是已经感觉到了,窗的玻璃上有一张很俏的脸,仅仅是一张脸,在向我妩媚。我看她，她也看我；我招之，她便含笑。倏忽就树叶般地飘进来——这样企盼着，并没有狐狸进来，我猜想那时我的火气太重，屋子里太整洁，太有规矩。于是清早起来，恹恹地发困，便疑心窗外的那一株垂柳是一个灵魂在站着，她站着成了一株柳的。

如今的冬夜，从月下归来，闻见了谁家的梅。入我的荒园里，并没有随我而入的另一双鞋，影子也没有了。我坐在炉子边烧茶，听着水响和空间里别的什么声音，独自喝了一杯又一杯。忽地想起李太白诗：

两人对酌梨花开，

一杯一杯复一杯；

我醉欲眠君且去，

有情明日抱琴来。

冬夜里没有梨花开，新窗外有三棵槐，叶子都落了，枝杈在颤起细的韵。我也没喝酒，亦不想睡，想着真有狐狸的吧。

狐狸并没有。

但也就在明日，却有人抱了琴来。抱琴人是个矮个男人，就是宽哥，说，我知道你寂寞。这是一架古琴，钟子期与伯牙相识的那一种古琴，弹《高山》《流水》的那一种古琴。

宽哥也是寂寞的人——其实谁都寂寞，狼虎寂寞，猪也寂寞——因为精神寂寞，他学了五年琴。他把琴送与我，我却不懂得琴谱。他明明知道我不懂得琴谱，他竟送琴给我。

琴就安置在我唯一的桌子上，琴成了荒园里最豪华的物体，我觉得一下子富有。那个捡来的啤酒木箱盖做成的茶几，如果上边放着烂碟破碗，就是贫穷的表现；而放着的是数百元的茶具，这便成一种风格。现在又有了古琴，静坐在茶几边的我静得如一块石头,斜睨了那古琴,一切都高雅了。

三日过去,五日过去,"聊斋"的书已不再读,茶是越来越讲究了档次,啜品中记起一位才女叫眉的,曾与我论过茶,说民间流行一种以对茶之态度看对性的态度的算卦辞,而世上最能品茶的是山中的和尚,和尚对性已经戒了,但那一种欲转化成了对茶的体味。我那一日还笑她胡诌,待这日记起,很觉有趣。我虽有五台山买来的木鱼,却怎么能把自己敲出个和尚来呢?仄了头瞧桌上的琴,默默一笑,这一笑就凝固了一段历史,因为那一瞬间我发觉琴在桌上是一个平平坦坦地睡着的美人。

山里的人夏日送礼,送一个竹皮编的有曲线的圆筒,太热的人夜里可以搂着睡眠取凉,称作是凉美人的。这琴在那里体态幽闲,像个美人,我终于明白宽哥的意思了。Z,那时我真有一份冲动,竟敢放肆,轻轻地走近去,分明感觉到它已经睡着了,鼾声幽微,态势美妙,但我又不敢惊动,想它要醒过来,或者起身而站,一定是十分地苗条的。那琴头处下垂的一绺棉絮,真是它的头发,不自觉地竟伸手去梳理,编出一条长长的辫子,这么好身材的,应该是有一条长辫的。

这一个夜里,夜很凉,梦里全是琴的影子,半醒半寐之际,倏忽听得有妙音,如风过竹,如云飞渡,似诉似说。我蓦地翻身坐起,竟不知了身在何处。没月光的夜消失了房子的墙,以为坐在了临水的沙岸,或者就完全在水里。好长的时间清醒过来,拉开灯绳,四堵墙显出白的空间,琴还在桌上躺着。但我立即认定妙音是来自琴的,这瞒不过我的,是琴在自鸣了!

Z,啊,有琴自鸣,这你听说过吗?三年前咱们去植竹,你说过的,竹的魂是地之灵声,植下竹就是植下了音乐。那么,这琴竟能自鸣,又该是怎样一个有灵的魂呢?

从此每日进屋,就要先坐于琴旁。人在屋外,想有琴在家,坐于琴旁了,似守亲爱的人安睡,默默地等待着醒来,由是又捧了"聊斋"来读,终信了这是一份天意。有闲书上讲，女人是一架琴，就看男人怎么调拨；好的男人弹出的是美乐，孬的男人弹出的是噪音。这样的琴，不知道造于哪块灵土上的灵木，制于何年何月的韶光月下，谁曾经拥有过它，又辗转了多少春秋和人序，可它，终于等待到了来我的屋中，要为我蓄满清音，为我解消寂寞，要与我共同创造人间的一段传奇！这样的尤物，今生今世既然与我有缘，我该给它起个好名儿来的。

我真的耗费了许多心思。叫它"等待"似乎太硬；叫"欲语"，又觉无力；"半生缘"又偏俗了；"一段不了"，还嫌率虚。住到这屋子里，我是因了兼职了一个教授职名赚的。门框上我曾写了"半闲半忙做文章，似通不通上课堂"。我这样的人过这样的日子，起怎样的名字给它呢？我坐在它的身旁，目注了它对它说话，说我的童年，说我的青年和中年，说我的丑陋和苦难，说我感谢它的话。我是看过报上的报道，说有一人种了一棵南瓜，他每日对南瓜说话如说话与他的孩子，这南瓜就长成背篓般大。还有一人患了心脏病，整日对心脏说感谢的话、委托的话，心脏病竟也无药而愈了。我也这般对待我的琴，我感觉琴是听见了，也听懂了。一次不自觉地去触动了几下弦索，它竟应发出极美的音乐来。我当时是惊呆了，因为我从来不识琴谱，连简谱也不识的，怎么就能有如此一段美乐呢？我问过宽哥，宽哥说，你再弹触时不妨打开录音机，我过后听听。我这么做了，宽哥就用简谱记下来，说果然好，你是个天才的作曲家。

我不是作曲家，我没有天才，天才是琴自身的。宽哥将数次的录音整理了，成一首乐曲在许多场合演奏，甚至还拿去发表，要署我的名。我声明这不是我作的曲，应该署琴的名。这次我得讨问琴，求它自报姓名。琴没有告诉我，却在灯光下，使我终于看见乌黑的琴身暗处，透出三处一绺的红来，黑与红相配得那么和谐和高贵，竟是我以前未注意到的。连着三日，都是在灯光下，发觉了红越来越多，几乎从整个黑里都能看出那下边的一层红来。

这一夜，我梦里觉得我在我的头发里发现了一颗痣，在手心里发现一条纹，觉得桌上伏着一只艳红的狐。

于是，翌日的清晨，我叫我的琴为"红狐"。

"红狐"虽然依旧在桌上平伏着，但我仍要买了家具到这屋里。我买的是一张特大的床，一座极软的沙发，"红狐"如果从桌上站起，它的天性里该是爱静卧的。狐之友猜测应是鹤与鹿的，我又搜寻了鹤鹿的画，贴在琴后的墙上。

我是这么想，Z，狐是世上最灵性最美丽最有感应的尤物，原来是我的荒园里它早已来了！有诗说"好雨知时节"，"随风潜入夜"，那它是从远的山里林里，或者从蒲氏的"聊斋"里，在那一个雨夜里来的。想宽哥送琴的那个夜，也正好有雨，当时我并不知，天明瞧见屋外的一蓬紫薇湿淋淋的。

Z，这就是我要告诉你的事，一件大事，真的，是一件了不得的大事。也就是我有了红狐琴，我的荒园里再不荒了，我开始过得极平静而又富有，这你应该为我祝福和羡慕吧！

小楚

小楚是一只狗,走狗。它被卖到圈圈家之前,圈圈是饲着一只猫的,猫很漂亮,有些狐相,圈圈的老婆就把猫装在纸盒里扔到垃圾车上去了。圈圈和老婆再去宠物市场,老婆却一定要买了小楚回来。小楚是哈巴族的,短短的腿,嘴脸可笑,老婆偏说她爱嘛。

圈圈家的饭是圈圈做的,他下班回来得再晚,老婆也要坐在沙发上等他,还要说:饿死我了,饿死我了!但小楚却顿顿定时有猪肝吃,是老婆亲自上街买的。老婆有买时装的嗜好,圈圈最怕的就是逛商店,但不能不陪了去。现在,老婆在街上走,左边厮跟的是小楚,右边厮跟的是圈圈,小楚和圈圈都戴着墨镜。

小楚眼长腿短,有时会直起上身来朝床上看,趔趄趔趄地要上去,老婆就嚼泡泡糖逗小楚,叭,叭,泡儿吹得很大了,粘在了鼻尖上。圈圈顿时没了兴趣,翻身坐在了床沿上恨小楚,说:你狗东西,狗东西!小楚也恨他,说：汪！

圈圈在洗衣服的时候，有时就发脾气，将老婆的内衣扔出盆子，老婆说：别人想洗还不让呢！圈圈想想，也是，就高兴了。洗好的衣服晾在凉台上，圈圈偏把内衣挂得高，每当老婆唤小楚去收了内衣来穿，小楚在衣绳下一跳一跳地抓不着，他就得意的，而且装着什么也不知道，坐到厅里去看报纸。小楚最能效力的是替老婆叼鞋子，它看不见老婆梳了什么发型，穿了什么上衣，目光唯一看到的是鞋子，所以一有空就把有高跟的鞋子全叼在沙发上玩。

一次圈圈又陪老婆上街，当然还有小楚。街上的人很多，圈圈发现后边有一个也穿着同老婆一样鞋子的女人，就故意缓下步来，待和那女人一起了，他突然亲昵地把老婆抱起来，指点一家商店橱窗里的时装，两人就在橱窗前站住。小楚竟不知，跟着那个女人的鞋只往前走了。两人看了一会衣服，老婆唤：小楚小楚。没有回应，扭头张望，小楚已跟着那个女人，欢碎着步儿正穿过马路，一辆车就疾驶而来，女人一跃身闪过了，小楚腿短，也一跃，却正好跃在车轮下，便被轧死了。

在郊外掘坑埋小楚的时候，圈圈的老婆把自己的那双鞋也埋进去，圈圈没反对，只是想：狗到底不如人，只会跟鞋走。

1995年4月11日下午

游寺耳记

甲子岁深秋，吾搭车往洛南寺耳，但见山回路转，湾湾有奇崖，崖头必长怪树，皆绿叶白身，横空繁衍，似龙腾跃。奇崖怪树之下，则居有人家，屋山墙高耸，檐面陡峭，有秀目皓齿女子出入。逆清流上数十里，两岸青峰相挤，电杆平撑，似要随时作缝合状。再深入，梢林莽莽，野菊花开花落，云雾忽聚忽散，樵夫伐木，丁丁声如天降，遥问寒暄，不知何语，但一团嗡嗡，此谷静之缘故也。到寺耳镇，几簇屋舍，一条石板小街，店家门皆反向而开，入室安桌置椅，后门则为前庭，沿高阶而下。偌大院子，一畦鲜菜，篱笆上生满木耳，吾落座喝酒，杯未接唇则醉也。饭毕，付钱一元四角，主人惊讶，言只能收两角。吾曰：清静值一角，山明值一角，水秀值一角，空气新鲜值八角，余下的一角，买的吾之高兴也。

说 话

我出门不大说话,是因为我不会说普通话。人一稠,只有安静着听,能笑的也笑,能恼的也恼,或者不动声色。口舌的功能失去了重要的一面,吸烟就特别多,更好吃辣子,吃醋。

我曾经努力学过普通话,最早是我补过一次金牙的时候,再是我恋爱的时候,再是我有些名声,常常被人邀请。但我一学说,舌头就发硬,像大街上走模特儿的一字步,有醋熘过的味儿。自己都恶心自己的声调,也便羞于出口让别人听,所以终没有学成。后来想,毛主席都不说普通话,我也不说了。而我的家乡话外人听不懂,常要一边说一边用笔写些字眼,说话的思维便要隔断,越发说话没了激情,也没了情趣,于是就干脆不说了。

数年前同一个朋友上京,他会普通话,一切应酬由他说,遗憾的是他口吃,话虽说得很慢,仍结结巴巴,常让人有没气儿了,要过去了的危险感觉。偏有一日在长安街上有人问路,这人竟也是口吃,我的朋友就一语不发,过后我问怎么不说，他说，人家也是口吃，我要回答了，那人以为我是在模仿戏弄，所以他是封了口的。受朋友的启示，以后我更不愿说话。有一年夏天，北京的作家叫莫言的去新疆，突然给我发了电报，让我去西安火车站接他，那时我还未见过莫言，就在一个纸牌上写了"莫言"二字在车站转来转去等他，一个上午我没有说一句话，好多人直瞅着我也不说话。那日莫言因故未能到西安，直到快下午了，我迫不得已问一个人×次列车到站了没有，那人先把我手中的纸牌翻了过儿，说："现在我可以对你说话了，我不知道。"我才猛然醒悟到纸牌上写着莫言二字。这两个字真好，可惜让别人用了笔名。我现在常提一个提包，是一家聋哑学校送我的，我每每把有"聋哑学校"的字样亮出来，出门在外觉得很自在。

不会说普通话，有口难言，我就不去见领导，见女人，见生人，慢慢乏于社交，越发瓜呆。但我会骂人，用家乡的土话骂，很觉畅美。我这么说的时候，其实心里很悲哀，恨自己太不行，自己就又给自己鼓劲，所以在许多文章中，我写我的出生地绝不写是贫困的山地，而写"出生的地方如同韶山"，写不会说普通话时偏写道：普通话是普通人说的话嘛！

一个和尚曾给我传授过成就大事的秘诀：心系一处，守口如瓶。我的女儿在她的卧房里也写了这八个字的座右铭，但她写成："心系·处，守口如平"，平是我的乳名，她说她也要守口如爸爸。

不会说普通话，我失去了许多好事，也避了诸多是非。世上有流言和留言，流言凭嘴，留言靠笔，我不会去流言，而滚滚流言对我而来时，我只能沉默。

丑石

我常常遗憾我家门前的那块丑石呢：它黑黝黝地卧在那里，牛似的模样；谁也不知道是什么时候留在这里的，谁也不去理会它。只是麦收时节，门前摊了麦子，奶奶总是要说：这块丑石，多碍地面哟，多时把它搬走吧。

于是，伯父家盖房，想以它垒山墙，但苦于它极不规则，没棱角儿，也没平面儿；用錾破开吧，又懒得花那么大气力，因为河滩并不甚远，随便去捐一块回来，哪一块也比它强。房盖起来，压铺台阶，伯父也没有看上它。有一年，来了一个石匠，为我家洗一台石磨，奶奶又说：用这块丑石吧，省得从远处搬动。石匠看了看，摇着头，嫌它石质太细，也不采用。

它不像汉白玉那样的细腻，可以凿下刻字雕花，也不像大青石那样的光滑，可以供来浣纱捶布；它静静地卧在那里，院边的槐荫没有庇覆它，花儿也不再在它身边生长。荒草便繁衍出来，枝蔓上下，慢慢地，竟锈上了绿苔、黑斑。我们这些做孩子的，也讨厌起它来，曾合伙要搬走它，但力气又不足；虽时时咒骂它，嫌弃它，也无可奈何，只好任它留在那里去了。

稍稍能安慰我们的，是在那石上有一个不大不小的坑凹儿，雨天就盛满了水。常常雨过三天了，地上已经干燥，那石凹里水儿还有，鸡儿便去那里渴饮。每每到了十五的夜晚，我们盼着满月出来，就爬到其上，翘望天边；奶奶总是要骂的，害怕我们摔下来。果然那一次就摔了下来，磕破了我的膝盖呢。

人都骂它是丑石，它真是丑得不能再丑的丑石了。

终有一日，村子里来了一个天文学家。他在我家门前路过，突然发现了这块石头，眼光立即就拉直了。他再没有走去，就住了下来；以后又来了好些人，说这是一块陨石，从天上落下来已经有二三百年了，是一件了不起的东西。不久便来了车，小心翼翼地将它运走了。

这使我们都很惊奇！这又怪又丑的石头，原来是天上的呢！它补过天，在天上发过热，闪过光，我们的先祖或许仰望过它，它给了他们光明，向往，憧憬；而它落下来了，在污土里，荒草里，一躺就是几百年了？

奶奶说："真看不出！它那么不一般，却怎么连墙也垒不成，台阶也垒不成呢？"

"它是太丑了。"天文学家说。

"真的，是太丑了。"

"可这正是它的美"天文学家说，"它是以丑为美的。"

"以丑为美？"

"是的，丑到极处，便是美到极处。正因为它不是一般的顽石，当然不能去做墙，做台阶，不能去雕刻，捶布。它不是做这些玩意儿的，所以常常就遭到一般世俗的讥讽。"

奶奶脸红了，我也脸红了。

我感到自己的可耻，也感到了丑石的伟大；我甚至怨恨它这么多年竟会默默地忍受着这一切？而我又立即深深地感到它那种不屈于误解、寂寞的生存的伟大。

[灵山寺]

我是坐在灵山寺的银杏树下,仰望着寺后的凤岭,想起了你。自从认识了你,又听捏骨师说你身上有九块凤骨,我一见到凤这个词就敏感。凤当然是虚幻的动物,人的身上怎么能有着凤骨呢,但我却觉得捏骨师说得好,花红天染,荧光自照,你的高傲引动着众多的追逐,你的冷艳却又使一切邪念止步,你应该是凤的托变。寺是小寺,寺后的岭也是小岭,而岭形绝对是一只飞来的凤,那长长的翅正在欲收未收之时,尤其凤头突出地直指着大雄宝殿的檐角,一从枫燃得像一团焰。我刚才在寺里转遍了每一座殿堂,脚起脚落都带了空洞的回响,有一股细风,是从那个小偏门洞溜进来的,它吹拂了香案上的烟缕,烟缕就活活地动,弯着到了那一棵丁香树下,纠缠在丁香枝条上了。你叫系风,我还笑过怎么起这么个名呢,风会系得住吗,但那时烟缕让风显形,给我看到了。也就踏了石板地,从那偏门洞出去,你知道我发现什么了,门外有一个很大的水池,水清得几近墨色,原本平静如镜,但池底下有拳大的喷泉，池面上泛着涟漪，像始终浮着的一朵大的莲花。我太兴奋呀，称这是醴泉，因为凤是非练实不食非醴泉不饮的，如果凤岭是飞来的凤，一定为这醴泉来的。我就趴在池边，盛满了一陶瓶，发愿要带回给你的。

小心翼翼地提着水瓶坐到银杏树下，一直蹲在那一块小菜圃里拔草的尼姑开始看我，说："你要带回去烹茶吗？"

"不，"我说，"我要送给一个人。"

"路途远吗？"

"路途很远。"

她站起来了，长得多么干净的尼姑，阳光下却对我瘪了一下嘴。

"就用这么个瓶？"

"这是只陶瓶。"

"半老了。"

我哦了一声，脸似乎有些烧。陶瓶是我在县城买的，它确实是丑陋了点，也正是丑陋的缘故，它在商店的货橱上长久地无人理会，上面积落了厚厚的灰尘，我买它却图的是人间的奇丑，旷世的孤独。任何的器皿一制造出来就有了自己的灵魂和命运，陶瓶是活该要遇见我，也活该要来盛装醴泉的。尼姑的话分明是猜到了水是要送一位美丽的女子的，而她嘲笑陶瓶也正是嘲笑着我。我是半老了吗？我的确已半老了。半老之人还惦记着一位女子，千里迢迢为其送水，是一种浪漫呢，还是一种荒唐？

但我立即觉得半老二字的好处，它可以作我以后的别名罢了。

我再一次望着寺后的凤岭，岭上空就悠然有着一朵云，那云像是挂在那里，不停地变化着形态，有些如你或立或坐的身影。来灵山寺的时候，经过了洛河，《洛神赋》的诗句便涌上心头，一时便想：甄妃是像你那么个模样吗？现在又想起了你，你是否也是想到了我而以云来昭示呢？如果真是这样，我将水带回去，你会高兴吗？

我这么想着，心里就生了怯意，你知道我是很卑怯的，有多少人在歌颂你，送你奇珍异宝，你都是淡漠地一笑，咱们在一起吃饭，你吃得那么少，而我见什么都吃，你说过什么都能吃的人一定是平庸之辈，当一个平庸人给你送去了水，你能相信这是凤岭下的醴泉吗？"怎么，是给我带的吗？"你或许这么说，笑纳了，却将水倒进盆里，把陶瓶退还了我。

我用陶瓶盛水，当然想的是把陶瓶一并送你，你不肯将陶瓶留下，我是多么的伤感。银杏树下，我茫然地站着，太阳将树阴从我的右肩移过了左肩，我自己觉得我颓废的样子有些可怜。

我就是这样情绪复杂着走出了灵山寺，但手里依然提着陶瓶，陶瓶里是随瓶形而圆的醴泉。寺外的漫坡下去有一条小河，河面上石桥拱得很高，上去下来都有台阶。我是准备着过了桥去那边的乡间小集市上要找饭馆。才过了桥，一家饭馆里轰出来了一男一女两个乞丐。乞丐的年纪已经大了，蓬头垢面地站在那里，先是无奈地咧咧嘴，然后男的却一下子把女的背了起来，从桥的这边上去，从桥的那边下来，自转了一下，又从那边上去，从这边下来，被背着的女的就格格地笑，她笑得有些傻，饭馆门口就出来许多人看着，看着也笑了。

"这乞丐疯了！"有人在说。

"我们没疯！"男乞丐听见了，立即反驳，"今日是我老婆生日哩！"

"是我的生日，"女乞丐也郑重地说，"他要给我过生日的！"我一下子怔在了那里，人间还有这样的一对乞丐啊，欢乐并不拒绝着贫贱！我羡慕着他们的俗气，羡慕着俗气中的融融情意，在那一刻里，请你原谅我，我是突然决定了把这一陶瓶的醴泉送给了他们。但他们没有接受。

"能给一碗饭吗？"

"这可是醴泉！"

"明明是水么，水不是用河用井装着吗？"

这话让我明白了，他们原是不配享用醴泉的。

我提着水瓶尴尬地站在太阳底下，趔脚向小集市上走，奇迹就在这时发生了，我无意地拐过一个墙角，那里堆放了一大堆根雕，卖主因无人过问，斜躺在那里开始打盹了。根雕里什么飞禽走兽的造型都有，竟然有了一只惟妙惟肖的凤，它没有任何雕琢痕迹，完全是一块古松，松的纹路将凤的骨骼和羽毛表现得十分传神。我立即将它买下。我是为你而买的，我兴奋得有点晕眩，为什么这个时候又让我获得这只凤呢，是天之赐予，还是我真有这缘分？我说，我是没有梧桐树的，但我现在有了醴泉，我有醴泉啊，饮醴泉你会更高洁的。

我明日就赶回去，你等着一个送醴泉的人吧。我已做好心理准备，如果你肯连陶瓶一并接受，那将是我的幸福；如果你接受了醴泉退还了陶瓶，我并不会沮丧，盛过了醴泉的陶瓶不再寂寞而变得从此高古，它将永远悬挂在我的书房，蓄满的是对你的爱恋和对那一对乞丐的记忆，以及发生在灵山寺的一系列故事的。

2001年6月19日

四月三十日游青城后山

那里峰峦错综，沟壑复杂，一早进去，愈进愈深，到了下午不知了出路。迷糊着转过竹坡，忽然看见了一座古寺，山面逼仄，一和尚在那里读书，旁边的木牌子写有"天亮开门，天黑关门"，顿时心生喜欢。

在寺里烧过香了，沿寺前的小路往右去，涉过小溪，前面就是一个深坳，坳里尽是高大的楠木，也有樟和漆，树干光洁，没有苔藓和藤蔓纠缠，像无数的柱子栽在那里。走进去，人全然都绿了，脚底没有声响，仰头看树，树都直端端往上长，看不到顶，高高的空中枝叶联合，如盖了青云，阳光就从青云间下来，一道一道的白。

林子的中间，有人在卖菜，一间草房，一张竹桌，或许是大半天没有游客到来，卖菜人立在房前，数着落在竹桌上的七只鸟，又来了一只，是八只鸟。

我说：满山就这里的树木大呀！他说：这坳子深么。我说：哪棵最高呢？他说：都争着太阳长的，差不多吧。

去搂了一棵树，羡慕着树安静地长在这里，太阳是树的宗教，才长得这么粗这么高。

在一棵树下，让一片光罩着，有细雨就下起来，雨并未湿衣，却身上脚下一层褐色的颗粒，捡起来，竟然是米粒大的花蕾。卖菜人说：那是漆树落花。我就站住不动，让花雨淋着。

2008年5月3日追记

天气

有一日，陈传席先生从北京来，正是西安下过一场雨，两人就说到天气，突然醒悟了：天气就是天意。

我们常说天地，天是什么呀，天不就是天气吗？地是什么呀，地不就是土壤吗？想想，人类的产生，种族的形成，以及文化、政治、经济、军事的区别，没有不是天气土壤决定了的。又想想，天不再成就明朝，就大旱三年，遍地赤土，民不聊生，李自成就造反了。天还要成就孔明，东风刮来，草船借箭，火烧连环，曹军就灰飞烟灭了。

过去年代里有过一些神人，之所以神，就是知道什么时候下雨什么时候有雾，而仅仅了解了些天气。现在神人几乎没有了，因为有了气象部门。中央电视台最好的栏目已经是天气预报，天气预报成了人们每天最大的关注。

天气可以预报，但也只是预报，不能掌控。掌控这个世界的永远是天气，天气就是上帝，是神，我们在天气下或生或死，或富或穷，或幸福或苦难，过程着我们命运。

这么说来，天之骄子怎么是皇帝呢，应该是探测和预告天气的人，可能也包括了我和陈传席吧，知道了天气是天意。

跪下来给天气祷告啊，我们顺从着天气，让天气赐给我们好的命运！

写给母亲

人活着的时候，只是事情多，不计较白天和黑夜，人一旦死了日子就堆起来；算一算，再有二十天，我妈就三周年了。

三年里，我一直有个奇怪的想法，就是觉得我妈没有死，而且还觉得我妈自己也不以为她就死了。常说人死如睡，可睡的人是知道要睡去，睡在了床上，却并不知道在什么时候睡着的呀。我妈跟我在西安生活了十四年，大病后医生认定她的各个器官已在衰竭，我才送她回棣花老家维持治疗。每日在老家挂上液体了，她也清楚每一瓶液体完了，儿女们会换上另一瓶液体的，所以便放心地闭了眼躺着。到了第三天的晚上，她是闭着的眼再没有睁开，但她肯定还是认为她在挂液体了，没有意识到从此再不醒来，因为她躺下时还让我妹把给她擦脸的毛巾洗一洗，梳子放在了枕边，系在裤带上的钥匙没有解，也没有交代任何后事啊。

三年以前我每打喷嚏，总要说一句：这是谁想我呀？我妈爱说笑，就接茬说：谁想呢，妈想哩！这三年里，我的喷嚏尤其多，往往错过吃饭时间，熬夜太久，就要打喷嚏，喷嚏一打，便想到我妈了，认定是我妈还在牵挂我哩。

我妈在牵挂着我，她并不以为她已经死了，我更是觉得我妈还在，尤其我一个人静静地待在家里，这种感觉就十分强烈。我常在写作时，突然能听到我妈在叫我，叫得很真切，一听到叫声，我便习惯地朝右边扭过头去。从前我妈坐在右边那个房间的床头上，我一伏案写作，她就不再走动，也不出声，却要一眼一眼看着我，看着时间久了，她要叫我一声，然后说：世上的字你能写完吗，出去转转么。现在，每听到我妈叫我，我就放下笔走进那个房间，心想我妈从棣花来西安了？当然是房间里什么也没有，却要立上半天，自言自语我妈是来了又出门去街上给我买我爱吃的青辣子和萝卜了，或许，她在逼我，故意藏到挂在墙上的她那张照片里，我便给照片前的香炉里上香，要说上一句：我不累。

整整三年了，我给别人写过了十多篇文章，却始终没给我妈写过一个字，因为所有的母亲，儿女们都认为是伟大又善良，我不愿意重复这些词语。我妈是一位普通的妇女，缠过脚，没有文化，户籍还在乡下，但我妈对于我是那样的重要。已经很长时间了，虽然再不为她的病，而提心吊胆了，可我出远门，再没有人啰啰唆唆地叮咛着这样叮咛着那样，我有了好吃的好喝的，也不知道该送给谁去。

在西安的家里，我妈住过的那个房间，我没有动一件家具，一切摆设还原模原样，而我再没有看见过我妈的身影，我一次又一次难受着又给自己说，我妈没有死，她是住回乡下老家了。今年的夏天太湿太热，每晚被湿热醒来，恍惚里还想着该给我妈的房间换个新空调了，待清醒出来，又宽慰着我妈在乡下的新住处里，应该是清凉的吧。

三周年的日子一天天临近，乡下的风俗是要办一场仪式的，我准备着香烛花果，回一趟棣花了。但一回棣花，就要去坟上，现实告诉着我妈是死了，我在地上，她在地下，阴阳两隔，母子再也难以相见，顿时热泪肆流，长声哭泣啊。

2010年8月16日

游了一回龙门

千里黄河，陡然紧束，前边就是龙门吗？多少个年年月月听说着鲤鱼化龙的传奇，多少个日日夜夜梦想着大禹疏通的险关，全没想到因事赴了韩城，在黄河岸上正百无聊赖地漫走，路人竟遥指龙门便在前头，觅寻是经历了艰辛苦难，到来却是这样的突然，不期然而然的惊喜粉碎了我的心身，我自信我们的会见是有神使和鬼差，是十二分的有缘。为了这一天的会见，我等待了三十七个春秋，龙门，也一定是在等待着我吧，等待得却是这么天长地久。

我是个呆痴而羞怯的人，我从不莽撞撞地走进任何名胜之地，在兰州和佳县我曾经多次远看过黄河，惊涛裂岸也裂过我的耳膜，但我只是远看，默默地缩伏在一块石头上无限悲哀。现在，我却热泪满面，跪倒在沙石起伏的黄河滩上，兴奋得身子抖动，如面前的一丛枯干的野蒿，我听得出我的身子同风里的野蒿一起颤响着冷冷的金属声。我从来没有这样的勇敢，吼叫着招喊河中的汽船,我说,我要到龙门去!

　　时已暮色苍茫,正是游龙门的气氛,汽船载着我逆流而上,汽船像是也载不动我巨大的兴奋,步履沉沉,微微摇闪,几乎要淹没了船舷。河水依然是铜汁般的黏滞,它虽在龙门之外的下游肆漫了成里的宽度而汹汹涌涌,在这峡谷中却异常地平静,大智到了大愚之状,看不到浪花,也看不到波涛,深沉得只是漠漠下移,呈现出纵横交织了的斜格条纹。这格纹如雕刻上去一般,似乎隔着船也能感觉到它的整齐的棱坎。间或,格纹某一处便衍化开来,是从下往上翻,但绝不扬波溅沫,只是像一朵铜黄的牡丹在缓缓地开绽。无数的牡丹开绽,却无论如何不能数清,希冀着要看那花心的模样,它却又衍化为格纹,唯有一溜一溜的酒盅般大的旋涡无声地向船头转来,又向船后转去,便疑心这是一排排铁打的铆钉在固守了这水面,黄河方没有暴戾起来。两岸的峡壁愈来愈窄,犹如要挤拢一般,且高不可视,恨不得将头背在脊上。那庞然的危石在摇摇欲坠,像巨兽在热辣辣地耽视你,又像是佛头在冷眼静观你。峡谷曲拐绕转,一曲一景,却不知换景在什么时候什么地方,我不禁想到了那打开的一幅古画长卷,更想到了农家麦场上的那一夜古今的闲聊。正这么思想,峡壁已失却了那刀切的光洁,乃一层一层断裂为方块,整齐如巨砖砌起。而逼我大呼小叫的是那砖砌的壁墙上怎么就生长了那么高大的一株古树,这是万年物事吗?能看清它的粗桩和细枝,却全然没有叶子,将船靠近去,再靠近,却原来是峡壁裂开了一条巨缝,那石缝的一块尖石上正坐着一头同样如石头的黑鸟。这奇景太使人惊恐,或许是因为吓唬了我,随之而来的则是数百米长的大小不一、错落有序的凹凸壁,惟妙惟肖的是佛龛群了。我去过敦煌,我也去过麦积山,但敦煌和麦积山哪里有这般的壮观和萧森?我完全将此认作佛的法界了,再不敢大声说笑,亦不敢轻佻张狂,佛的神圣与庄严使我沉静,同时感到了一种说不出的平和和亲近。船继续往上行,峡谷窄到了一百米、八十米、六十米,水面依然平静,自不知了是水在移还是船在移？峡峰多为锯齿形了，且差不多峰起双层，里层的峰与外层的峰错位互补，想，若站在外层峰上下视船行，一定是前峰见船首，后峰见船尾了。恰恰一柱夕阳腐蚀了外层峰顶，金光耀眼，分外灿烂，坐船头看外层金黄的峰头与里层的苍黑的峰头，一个向前窜一个向后遁，峡峰变成了活动体。如此大观，我看得如痴如醉，倏忽间有蓝色的雾从峡根涌出，先是一团一缕，后扯得匀匀细细充融满谷，顿时感到鼻口发呛，头发上脸面上湿渡渡地潮起水沫了。忽然峡谷阴暗起来，但同时仍在峡谷的另一处却泛起光亮，原来船正靠着一边的峡岸下通过，惊奇的是阴暗和光亮的界线是那么分明，它们是立体的几个大三角形，将峡谷的空间一一分割了。我明明知道这是光之所致，却不自觉地弯下了身子，担心被那巨大的黑白三角割伤，船工们却轰然告我：龙门已进了！

　　龙门，这就是龙门吗？！传说里黄河的鲤鱼一生下来就做着一个伟大的梦想往这里游，游到这里就可以化龙，那么，有多少游到了这里实现了抱负，又有多少牺牲了，半途而废了，完成了一个悲壮的形象？今日我也来到了龙门，龙在哪里呢？神话中有龙宫，龙宫有龙王也有龙女，不知洞庭湖的龙与黄河的龙是否一家，那让我做个传书的柳毅多好啊！不不，我进了龙门，我也要成龙了，我就是一条游龙，多自在，多得意啊，瞧高空上有云飞过，正驮着奇艳的落霞，这云便是翔凤了。有游龙与翔凤，天地将是多么丰富，一阴一阳，相得益彰，煌煌圆满，山为之而直上若塔，水为之乃远源长流，大美无言地存留在天地间了。

　　汽船终究是扭转了船头要顺流归返了，我的身子随船而下，我的心我的灵魂却永远驻恋在了龙门。试想过多少多少年，或许我已经垂垂暮老，或许我身躯早已不复存在，而更多更多的后来人到此，他们又是会看到夜空的星子静照河面，就知道那是我深情的永不疲倦的眼睛。风在峡谷回鸣，那也是我的心声，他们听得懂是我沉沉地抒发着三十七年里来得太晚的遗憾和寻见了我应寻见的企望的礼赞。那靠近水面的石壁上腐蚀斑驳的图案，他们也读得懂是我感念这次辉煌会见的画幅和诗篇，他们更以此明白，那汽船并不是船而是我踏水走来的巨鞋，或者醒悟进入龙门的十多里黄河之所以平稳，将波澜深藏，那格纹正是我来时走过的印有牡丹的绒毯。他们一定会记住一九八九年十月三十日有一个叫贾平凹的学子到此一游，从此他再不消沉，再不疲软，再不胆怯，新生了他生活和艺术的昭昭宏业。

1989年11月6日夜

月迹

我们这些孩子,什么都觉得新鲜,常常又什么都不觉满足;中秋的夜里,我们在院子里盼着月亮,好久却不见出来,便坐回中堂里,放了竹窗帘儿闷着,缠奶奶说故事。奶奶是会说故事的;说了一个,还要再说一个……奶奶突然说:

"月亮进来了!"

我们看时,那竹窗帘儿里,果然有了月亮,款款地,悄没声地溜进来,出现在窗前的穿衣镜上了:原来月亮是长了腿的,爬着那竹帘格儿,先是一个白道儿,再是半圆,渐渐地爬得高了,穿衣镜上的圆便满盈了。我们都高兴起来,又都屏气儿不出,生怕那是个尘影儿变的,会一口气吹跑了呢。月亮还在竹帘儿上爬,那满圆却慢慢儿又亏了,末了,便全没了踪迹,只留下一个空镜,一个失望。奶奶说:

"它走了,它是匆匆的;你们快出去寻月吧。"

我们就都跑出门去，它果然就在院子里，但再也不是那么一个满满的圆了，尽院子的白光，是玉玉的，银银的，灯光也没有这般儿亮的。院子的中央处，是那棵粗粗的桂树，疏疏的枝，疏疏的叶，桂花还没有开，却有了累累的骨朵儿了。我们都走近去，不知道那个满圆儿去哪儿了，却疑心这骨朵儿是繁星儿变的；抬头看着天空，星儿似乎就比平日少了许多。月亮正在头顶，明显大多了，也圆多了，清清晰晰看见里边有了什么东西。

"奶奶，那月上是什么呢？"我问。

"是树，孩子。"奶奶说。

"什么树呢？"

"桂树。"

我们都面面相觑了，倏忽间，哪儿好像有了一种气息，就在我们身后袅袅，到了头发梢儿上，添了一种淡淡的痒痒的感觉；似乎我们已在月里，那月桂分明就是我们身后的这一棵了。

奶奶瞧着我们，就笑了：

"傻孩子，那里边已经有人呢。"

"谁？"我们都吃惊了。

"嫦娥。"奶奶说。

"嫦娥是谁？"

"一个女子。"

哦，一个女子。我想：月亮里，地该是银铺的，墙该是玉砌的，那么好个地方，配住的一定是十分漂亮的女子了。

"有三妹漂亮吗？"

"和三妹一样漂亮的。"

三妹就乐了：

"啊啊，月亮是属于我的了！"

三妹是我们中最漂亮的，我们都羡慕起来；看着她的狂样儿，心里却有了一股嫉妒。我们便争执了起来，每个人都说月亮是属于自己的。奶奶从屋里端了一壶甜酒出来，给我们每人倒了一小杯儿，说：

"孩子们，瞧瞧你们的酒杯，你们都有一个月亮哩！"

我们都看着那杯酒，果真里边就浮起一个小小的月亮的满圆。捧着，一动不动的，手刚一动，它便酥酥地颤，使人可怜儿的样子。大家都喝下肚去，月亮就在每一个人的心里了。

奶奶说：

"月亮是每个人的，它并没走，你们再去找吧。"

我们越发觉得奇了，便在院里找起来。妙极了，它真没有走去，我们很快就在葡萄叶儿上，瓷花盆儿上，爷爷的锨刃儿上发现了。我们来了兴趣，竟寻出了院门。

院门外，便是一条小河。河水细细的，却漫着一大片的净沙；全没白日那么的粗糙，灿灿地闪着银光。我们从沙滩上跑过去，弟弟刚站到河的上湾，就大呼小叫了：

"月亮在这儿！"

妹妹几乎同时在下湾喊道：

"月亮在这儿！"

我两处去看了，两处的水里都有月亮；沿着河沿跑，而且哪一处的水里都有月亮了。我们都看起天了，我突然又在弟弟妹妹的眼睛里看见了小小的月亮。我想，我的眼睛里也一定是会有的。噢，月亮竟是这么多的：只要你愿意，它就有了哩。

我们坐在沙滩上，掬着沙儿，瞧那光辉，我说：

"你们说，月亮是个什么呢？"

"月亮是我所要的。"弟弟说。

"月亮是个好。"妹妹说。

我同意他们的话。正像奶奶说的那样：它是属于我们的，每个人的。我们就又仰起头来看那天上的月亮，月亮白光光的，在天空上。我突然觉得，我们有了月亮，那无边无际的天空也是我们的了，那月亮不是我们按在天空上的印章吗？

大家都觉得满足了，身子也来了困意，就坐在沙滩上，相依相偎地甜甜地睡了一会儿。

一棵小桃树

我常常想要给我的小桃树写点文章,但却终没有写就一个字来。是我太爱怜它吗?是我爱怜得无所谓了吗?我也不知道是什么怪缘故,只是常常自个儿忏悔,自个儿安慰,说:我是该给它写点什么了呢。

今天的黄昏,雨下得这般地大,使我也有些吃惊了。早晨起来,就淅淅沥沥的,我还高兴地说:春雨贵如油,今年来得这么早!一边让雨湿着我的头发,一边吟些杜甫的"随风潜入夜,润物细无声",甚至想去田野悠悠地踏青呢。那雨却下得大了,全不是春的温柔,一直下了一个整天。我深深闭了柴门,伫窗坐下,看我的小桃树在风雨里哆嗦。纤纤的生灵,枝条已经慌乱,桃花一片一片地落了,大半陷在泥里,三点两点地在黄水里打着旋儿。啊,它已经老了许多呢,瘦了许多呢,昨日楚楚的容颜全然褪尽了。可怜它年纪太小了,可怜它才开了第一次花!我再也不忍看了,我千般万般地无奈何。唉,往日多么傲慢的我,多么矜持的我,原来也是个屑头儿。

好多年前的秋天了，我们还是孩子。奶奶从集市上回来，带给了我们一人一颗桃子，她说：都吃下去吧，这是一颗"仙桃"；含着桃核做一个梦，谁梦见桃花开了，就会幸福一生呢。我们都认真起来，全含了桃核爬上床去。我却无论如何不能安睡，想这甜甜的梦是做不成了，又不肯甘心不做，就爬起来，将桃核埋在院子角落的土里，想让它在那蓄着我的梦。

秋天过去了，又过了一个冬天，孩子自有孩子的快活，我竟将它忘却了。一个春天的早晨，奶奶扫扫院子，突然发现角落的地方，拱出一个嫩绿，便叫道：这是什么呀？我才恍然记起了是它：它竟从土里长出来了！它长得很委屈，是弯了头，紧抱着身子的。第三天才舒开身来，瘦瘦的，黄黄的，似乎一碰，便立即会断了去。大家都笑话它，奶奶也说：这种桃树是没出息的，多好的种子，长出来，却都是野的，结些毛果子，须得嫁接才成。我却不大相信，执著地偏要它将来开花结果哩。

因为它长的太不是地方，谁也不再理会，惹人费神的倒是那些盆景儿。爷爷是喜欢服侍花的，在我们的屋里、院里、门道里，摆满了各种各样的花草。春天花事一盛，远近的人都来赞赏，爷爷便每天一早喊我们从屋里一盆一盆端出来，一晚又一盆一盆端进去；却从来不想到我的小桃树。它却默默地长上来了。

它长得很慢，一个春天，才长上二尺来高，样子也极猥琐。但我却十分地高兴了：它是我的，它是我的梦种长的。我想我的姐姐弟弟，他们那含着桃核做下的梦，或许已经早忘却了，但我的桃树却使我每天能看见它。我说，我的梦是绿色的，将来开了花，我会幸福呢。

也就在这年里，我到城里上学去了。走出了山，来到城里，我才知道我的渺小：山外的天地这般大，城里的好景这般多。我从此也有了血气方刚的魂魄，学习呀，奋斗呀，一毕业就走上了社会，要轰轰烈烈地干一番我的事业了；那家乡的土院，那土院里的小桃树便再没有去思想了。

但是，我慢慢发现我的幼稚，我的天真了，人世原来有人世的大书，我却连第一行文字还读不懂呢。我渐渐地大了，脾性也一天一天地坏了，常常一个人坐着发呆，心境似乎是垂垂暮老了。这时候，奶奶也去世了，真是祸不单行。我连夜从城里回到老家去，家里人等我不及，奶奶已经下葬了。看着满屋的混乱，想着奶奶往日的容颜，不觉眼泪流了下来，对着灵堂哭了一场。天黑的时候，往窗下坐着，一抬头，却看见我的小桃树了；它竟然还在长着，弯弯的身子，努力撑着的枝条，已经有院墙高了。这些年来，它是怎么长上来的呢？爷爷的花事早不弄了，一摞一摞的花盆堆在墙根，它却长着！弟弟说：那桃树被猪拱过一次，要不早就开了花了。他们曾嫌长的不是地方，又不好看，想砍掉它，奶奶却不同意，常常护着给它浇水。啊，小桃树，我怎么将你遗在这里，而身漂异乡，又漠漠忘却了呢？看着桃树，想起没能再见一面的奶奶，我深深忏悔对不起我的奶奶，对不起我的小桃树了。

如今，它开了花了，虽然长得弱小，骨朵儿不见繁，一夜之间，花竟全开了呢。我曾去看过终南山下的夹竹桃花，也去领略过马嵬坡前的水蜜桃花，那花得火灼灼的，可我的小桃树，一颗"仙桃"的种子，却开得太白了、太淡了，那瓣片儿单薄得似纸做的，没有肉的感觉，没有粉的感觉，像患了重病的少女，苍白白的脸，又偏苦涩涩地笑着。我忍不住几分忧伤泪珠又要下来了。

花幸好并没有立即谢去，就那么一树，孤孤地开在墙角。我每每看着它，却发现从未有一只蜜蜂去恋过它，一只蝴蝶去飞过它。可怜的小桃树！

我不禁有些颤抖了：这花莫不就是我当年要做的梦的精灵吗？

雨却这么大地下着，花瓣纷纷零落去。我只说有了这场春雨，花会开得更艳，香味会蓄得更浓，谁知它却这么命薄，受不得这么大的福分，受不得这么多的洗礼，片片付给风了，雨了！我心里喊着我的奶奶。

雨还在下着，我的小桃树千百次地俯下身去，又千百次地挣扎起来，一树的桃花,一片,一片,湿得深重,像一只天鹅,眼睁睁地羽毛剥脱,变得赤裸的了,黑枯的了。然而,就在那俯地的刹那,我突然看见那树的顶端,高高的一枝儿上,竟还保留着一个欲绽的花苞,嫩黄的,嫩红的,在风中摇着,伴着满身的雨水,几次要掉下来了,但却没有掉下去,像风浪里航道上的指示灯,闪着时隐时现的嫩黄的光,嫩红的光。

我心里稍稍有些了安慰。啊,小桃树啊!我该怎么感激你,你到底还有一朵花呢,明日一早,你会开吗?你开的是灼灼的吗?香香的吗?我亲爱的,你那花是会开得美的,而且会孕出一个桃儿来的;我还叫你是我的梦的精灵,对吗?

秦腔

　　山川不同，便风俗区别，风俗区别，便戏剧存异；普天之下人不同貌，剧不同腔；京，豫，晋，越，黄梅，二黄，四川高腔，几十种品类；或问：历史最悠久者，文武最正经者，是非最汹汹者？曰：秦腔也。正如长处和短处一样突出便见其风格，对待秦腔，爱者便爱得要死，恶者便恶得要命。外地人——尤其是自夸于长江流域的纤秀之士——最害怕秦腔的震撼；评论说得婉转的是：唱得有劲；说得直率的是：大喊大叫。于是，便有柔弱女子，常在戏台下以绒堵耳，又或在平日教训某人：你要不怎么怎么样，今晚让你去看秦腔！秦腔成了惩罚的代名词。所以，别的剧种可以各省走动，唯秦腔则如秦人一样，死不离窝；严重的乡土观念，也使其离不了窝：可能还在西北几个地方变腔走调的有些市场，却绝对冲不出往东南而去的潼关呢。

　　但是，几百年来，秦腔却没有被淘汰，被沉沦，这使多少人在大惑而不得其解。其解是有的，就在陕西这块土地上。如果是一个南方人，坐车轰轰隆隆往北走，渡过黄河，进入西岸，八百里秦川大地，原来竟是：一扶黄褐的平原；辽阔的地平线上，一处一处用木椽夹打成一尺多宽墙的土屋，粗笨而庄重；冲天而起的白杨，苦楝，紫槐，枝干粗壮如桶，叶却小似铜钱，迎风正反翻覆……你立即就会明白了：这里的地理构造竟与秦腔的旋律惟妙惟肖的一统！再去接触一下秦人吧，活脱脱的一群秦始皇兵马俑的复出：高个，浓眉，眼和眼间隔略远，手和脚一样粗大，上身又稍稍见长于下身。当他们背着沉重的三角形状的犁铧，赶着山包一样团块组合式的秦川公牛，端着脑袋般大小的耀州瓷碗，蹲在立的卧的石碌子碡碡上吃着牛肉泡馍，你不禁又要改变起世界观了：啊，这是块多么空旷而实在的土地，在这块土地摸爬滚打的人群是多么"二愣"的民众！那晚霞烧起的黄昏里，落日在地平线上欲去不去的痛苦的妊娠，五里一村，十里一镇，高音喇叭里传播的秦腔互相交织，冲撞，这秦腔原来是秦川的天籁，地籁，人籁的共鸣啊！于此，你不渐渐感觉到了南方戏剧的秀而无骨吗？不深深地懂得秦腔为什么形成和存在而占却时间，空间的位置吗？

八百里秦川，以西安为界，咸阳，兴平，武功，周至，凤翔，长武，岐山，宝鸡，两个专区几十个县为西府；三原，泾阳，高陵，户县，合阳，大荔，韩城，白水，一个专区十几个县为东府。秦腔，就源于西府。在西府，民性敦厚，说话多用去声，一律咬字沉重，对话如吵架一样，哭丧又一呼三叹。呼喊远人更是特殊：前声拖十二分的长，末了方极快地道出内容。声韵的发展，使会远道喊人的人都从此有了唱秦腔的天才。老一辈的能唱，小一辈的能唱，男的能唱，女的能唱；唱秦腔成了做人最体面的事，任何一乡下男女，只有唱秦腔，才有出人头地的可能，大凡有出息的，是个人才的，哪一个何曾未登过台，起码不能吼一阵乱弹呢！

农民是世上最劳苦的人，尤其是在这块平原上，生时落草在黄土炕上，死了被埋在黄土堆下；秦腔是他们大苦中的大乐，当老牛木犁疙瘩绳，在田野已经累得筋疲力尽，立在犁沟里大喊大叫来一段秦腔，那心胸肺腑，关关节节的困乏便一尽儿涤荡净了。秦腔与他们，要和"西凤"白酒，长线辣子，大叶卷烟，牛肉泡馍一样成为生命的五大要素。若与那些年长的农民聊起来，他们想象的伟大的共产主义生活，首先便是这五大要素。他们有的是吃不完的粮食，他们缺的是高超的艺术享受，他们教育自己的子女，不会是那些文豪们讲的，幼年不是祖母讲着动人的迷丽的童话，而是一字一板传授着秦腔。他们大都不识字，但却出奇地能一本一本整套背诵出剧本，虽然那常常是之乎者也的字眼从那一圈胡子的嘴里吐出来十分别扭。有了秦腔，生活便有了乐趣，高兴了，唱"快板"，高兴得像被烈性炸药爆炸了一样，要把整个身心粉碎在天空！痛苦了，唱"慢板"，揪心裂肠的唱腔却表现了多么有情有味的美来，美给了别人的享受，美也熨平了自己心中愁苦的皱纹。当他们在收获时节的土场上，在月在中天的庄院里大吼大叫唱起来的时候，那种难以想象的狂喜，激动，雄壮，与那些献身于诗歌的文人，与那些有吃有穿却总感空虚的都市人相比，常说的什么伟大的永恒的爱情是多么渺小、有限和虚弱啊！

我曾经在西府走动了两个秋冬，所到之处，村村都有戏班，人人都会清唱。在黎明或者黄昏的时分，一个人独独地到田野里去，远远看着天幕下一个一个山包一样隆起的十三个朝代帝王的陵墓，细细辨认着田埂土，荒草中那一截一截汉唐时期石碑上的残字，高高的土屋上的窗口里就飘出一阵冗长的二胡声，几声雄壮的秦腔叫板，我就痴呆了，猛然发现了自己心胸中一股强硬的气魄随同着胳膊上的肌肉疙瘩一起产生了。

每到农闲的夜里，村里就常听到几声锣响：戏班排演开始了。演员们都集合起来，到那古寺庙里去。吹，拉，弹，奏，翻，打，念，唱，提袍甩袖，吹胡瞪眼，古寺庙成了古今真乐府，天地大梨园。导演是老一辈演员，享有绝对权威，演员是一定几口，夫妻同台，父子同台，公公儿媳也同台。按秦川的风俗：父和子不能不有其序，爷和孙却可以无道，弟与哥嫂可以嬉闹无常，兄与弟媳则无正事不能多言。但是，一到台上，秦腔面前人人平等，兄可以拜弟媳为帅为将，子可以将老父绳绑索捆。寺庙里有窗无扇，屋梁上蛛丝结网，夏天蚊虫飞来，成团成团在头上旋转，熏蚊草就墙角燃起，一声唱腔一声咳嗽。冬天里四面透风，柳木疙瘩火当中架起，一出场一脸正经，一下场凑近火堆，热了前怀，凉了后背。排演到什么时候，什么时候都有观众，有抱着二尺长的烟袋的老者，有凳子高、桌子高趴满窗台的孩子。庙里一个跟头未翻起，窗外就哇的一声叫倒好，演员出来骂一声：谁说不好的滚蛋！他们抓住窗台死不滚去，倒要连声讨好：翻得好！翻得好！更有殷勤的，跑回来偷拿了红薯、土豆，在火堆里煨熟给演员做夜餐，赚得进屋里有一个安全位置。排演到三更鸡叫，月儿偏西，演员们散了，孩子们还围了火堆弯腰踢腿，学那一招一式。

一出戏排成了，一人传出，全村振奋，扳着指头盼那上演日期。一年十二个月，正月元宵日，二月龙抬头，三月三，四月四，五月五日过端午，六月六日晒丝绸，七月过半，八月中秋，九月初九，十月一日，再是那腊月五豆，腊八，二十三……月月有节，三月一会，那戏必是上演的。戏台是全村人的共同的事业，宁肯少吃少穿也要筹资集款，买上好的木石，请高强的工匠来修筑。村子富不富，就比这戏台阔不阔。一演出，半下午人就找凳子去占地位了，未等戏开，台下坐的、站的人头攒拥，台两边阶上立的卧的是一群顽童。那锣鼓就叮叮咣咣地闹台，似乎整个世界要天翻地覆了。各类小吃趁机摆开，一个食摊上一盏马灯，花生，瓜子，糖果，烟卷，油茶，麻花，烧鸡，煎饼，长一声短一声叫卖不绝。锣鼓还在一声儿敲打，大幕只是不拉，演员偶尔从幕边往下望望，下边就喊：开演呀，场子都满了！幕布放下，只说就要出场了，却又叮叮咣咣不停。台下就乱了，后边的喊前边的坐下，前边的喊后边的为什么不说最前边的立着；场外的大声叫着亲朋子女名字，问有坐处没有,场内的锐声回应快进来;有要吃煎饼的喊熟人去买一个,熟人买了站在场外一扬手,"曰"的一声隔头甩去,不偏不倚目标正好;左边的喊右边的踩了他的脚,右边的叫左边的挤了他的腰,一个说:狗年快完了,你还叫啥哩?一个说:猪年还没到,你便拱开了!言语伤人,动了手脚;外边的趁机而入,一时四边向里挤,里边向外扛,人的旋涡涌起,如四月的麦田起风,根儿不动,头身一会儿倒西,一会儿倒东,喊声、骂声、哭声一片;有拼命挤将出来的,一出来方觉世界偌大,身体胖肿,但差不多却光了脚,乱了头发。大幕又一挑,站出戏班头儿,大声叫喊要维持秩序;立即就跳出一个两个所谓"二杆子"人物来。这类人物多是头脑简单,四肢发达,却十二分忠诚于秦腔,此时便拿了枝条儿,哪里人挤,哪里打去,如凶神恶煞一般。人人恨骂这些人,人人又都盼有这些人,叫他们是秦腔宪兵,宪兵者越发忠于职责,虽然彻夜不得看戏,但大家一夜满足了,他们也就满足了一夜。

终于台上锣鼓停了,大幕拉开,角色出场。但不管男的女的,出来偏不面对观众,一律背身掩面,女的就碎步后移,水上漂一样,台下就叫:瞧那腰身,那肩头,一身的戏哟是男的就摇那帽翎,一会双摇,一会单摇,一边上下飞闪,一边纹丝不动,台下便叫:绝了,绝了!等到那角色儿猛一转身,头一高扬,一声高叫,声如炸雷哗嘟嘟直从人们头顶碾过,全场一个冷战,从头到脚,每一个手指尖儿,每一根头发梢儿都麻酥酥的了。如果是演《救裴生》,那慧娘站在台中往下蹲,慢慢地,慢慢地,慧娘蹲下去了,全场人头也矮下去了半尺,等那慧娘往起站,慢慢地,慢慢地,慧娘站起来了,全场人的脖子也全拉长了起来。他们不喜欢看生戏,最欢迎看熟戏,那一腔一调都晓得,哪个演员唱得好,就摇头晃脑跟着唱,哪个演员走了调,台下就有人要纠正。说穿了,看秦腔不为求新鲜,他们只图过过瘾。

在这样的地方,这样的环境,这样的气氛,面对着这样的观众,秦腔是最逞能的,它的艺术的享受,是和拥挤而存在,是有力气而获得的。如果是冬天，那风在刮着，像刀子一样，如果是夏天，人窝里热得如蒸笼一般，但只要不是大雪，冰雹，暴雨，台下的人是不肯撤场的。最可贵的是那些老一辈的秦腔迷，他们没有力气挤在台下，也没有好眼力看清演员，却一溜一排地蹲在戏台两侧的墙根，吸着草烟，慢慢将唱腔品赏。一声叫板，便可以使他们坠入艺术之宫，"听了秦腔，肉酒不香"，他们是体会得最深。那些大一点的，脾性野一点的孩子，却占领了戏场周围所有的高空，杨树上，柳树上，槐树上，一个枝杈一个人。他们常常乐而忘了险境，双手鼓掌时竟从树杈上掉下来，掉下来自不会损伤，因为树下是无数的人头，只是招致一顿臭骂罢了。更有一些爬在了场边的麦秸积上，夏天四面来风，好不凉快，冬日就趴个草洞，将身子缩进去，露一个脑袋，也正是有闲阶级享受不了秦腔吧，他们常就瞌睡了，一觉醒来，月在西在，戏毕人散，只好苦笑一声悄然没声儿地溜下来回家敲门去了。

当然，一次秦腔演出，是一次演员亮相，也是一次演员受村人评论的考场。每每角色一出场，台下就一片喊喊喧喧：这是谁的儿子，谁的女子，谁家的媳妇，娘家何处？于是乎，谁有出息，谁没能耐，一下子就有了定论。有好多外村的人来提亲说媒，总是就在这个时候进行。据说有一媒人将一女子引到台下，相亲台上一个男演员，事先夸口这男的如何俊样，如何能干，但戏演了过半，那男的还未出场，后来终于出来，是个国民党的伪兵，还持枪未走到中台，扮游击队长的演员挥枪一指，"叭"的一声，那伪兵就倒地而死，爬着钻进了后幕。那女子当下哼一声，闭了嘴，一场亲事自然了了。这是喜中之悲一例。据说还有一例，一个老头在脖子上架了孙孙去看戏，孙孙吵着要回家，老头好说好劝只是不忍半场而去，便破费买了半斤花生，他眼盯着台上，手在下边剥花生，然后一颗一颗扬手喂到孙孙嘴里，但喂着喂着，竟将一颗塞进孙孙鼻孔，吐不出，咽不下，口鼻出血，连夜送到医院动手术，花去了七十元钱。但是，以秦腔引喜的事却不计其数。每个村里，总会有那么个老汉，夜里看戏，第二天必是头一个起床往戏台下跑。戏台下一片石头、砖头，一堆堆瓜子皮，糖果纸，烟屁股，他掀掀这块石头，踢踢那堆尘土，少不了要捡到一角两角甚至二元四元钱币来，或者一只鞋，或者一条手帕。这是村里钻刁人干的营生，而馋嘴的孩子们有的则夜里趁各家锁门之机，去地里摘那香瓜来吃，去谁家院里将桃杏装在背心兜里回来分红。自然少不了有那些青春妙龄的少男少女，则往往在台下混乱之中眼送秋波，或者就悄悄退出，相依相偎到黑黑的渠畔树林子里去了……

秦腔在这块土地上，有着神圣的不可动摇的基础。凡是到这些村庄去下乡，到这些人家去做客，他们最高级的接待是陪着看一场秦腔，实在不逢年过节，他们就会要合家唱一会乱弹，你只能点头称好，不能耻笑，甚至不能有一点不入神的表示。他们一生最崇敬的只有两种人：一是国家领导人，一是当地的秦腔名角。即是在任何地方，这些名角没有在场，只要发现了名角的父母，去商店买油是不必排队的，进饭馆吃饭是会有座位的，就是在半路上挡车，只要喊一声：我是某某的什么，司机也便要嘎地停车。但是，谁要侮辱一下秦腔，他们要争死争活地和你论理，以至大打出手，永远使你记住教训。每每村里过红白丧喜之事，那必是要包一台秦腔的，生儿以秦腔迎接，送葬以秦腔致哀，似乎这人生的世界，就是秦腔的舞台，人只要在舞台上，生，旦，净，丑，才各显了真性，恶的夸张其丑，善的凸现其美，善的使他们获得美的教育，恶的也使丑里化作了美的艺术。

广漠旷远的八百里秦川，只有这秦腔，也只能有这秦腔，八百里秦川的劳作农民只有也只能有这秦腔使他们喜怒哀乐。秦人自古是大苦大乐之民众，他们的家乡交响乐除了大喊大叫的秦腔还能有别的吗？

1983年5月2日草于五味村

走了几个城镇

中国的行政区域，据说，还沿用了明清时的划分，那就是不规则，或竖着或横着，相互交错，尤其省会城市必须都与邻省的距离最近，以防地方造反动乱。至于县与镇，就无所顾忌了，基于方便管理吧，百十里一县，二十里一镇。但在民间的习惯上，可能老百姓最营心的还是县，一般把省会城市不叫省城，叫省，镇当然还叫镇，而说到城，那就是指县城了，这如同就有的大路都叫官道，即使长江黄河从县城边流过，也都有一律叫做县河。

今年，在断断续续的几个月里，我沿着汉江走了几十个县镇，虽不是去做调研和采风，却也是有意要去增点见识。那里最大的河流是汉江，江北秦岭，江南巴山，无论秦岭巴山，在这一地段里都极其陡峭，汉江就没有了滩，水一直流在山根。那里有一句咒语：你上山澴江去！也真是在山上一失足，就澴到汉江里去了。沿江两岸南北去数百里，凡是沟岔，莫不是河流，就有的河流也都是汉江的秉性，没堤没岸，苦得城镇全在水边的坡崖上建筑，或开崖劈出平台,或依坡随形而上。我和司机每次都是悄然出发,不可声传,拒绝应酬,除了反复叮咛限制车速外,一任随心所欲,走哪算哪,饥了逢饭馆就进,黑了有旅社便宿,一路下来,则看到了平日看不到的一些事,听到了平日听不到的一些话,回来做一次长舌男,给朋友唠叨。

达州

傍晚到达,城里人多如蚂蚁,正好手机上有朋友发来的短信:想我的,赏个拥抱,不理我的,出门让……蚂蚁绊倒。我就笑了,在达州,真会被蚂蚁绊倒呢。

不仅人多,人都还忙着吃,每个饭馆里都有人站着等候凳子,小吃摊上更是被人围着,随处可见有女孩,女孩都是三四个并排走的,一边走一边端着小纸盒子,把什么东西往嘴里塞。

这让我想起了九十年代去过关中的一些县城,满地都是嚼过的甘蔗皮和渣子,就有的电影院里,上千人全都啃瓜子,嚓嚓嚓的声音像潮水一般,你不也买一包来啃就无法坐下来。

但达州街上很干净。

好比看见青年男女相拥相爱觉得可爱,而撞着年纪大的人偷情便恶心一样,达州城里女孩子的吃相倒优雅,是个风景。

只是街道窄。街道窄一是人太多,二是两边的楼房太高也太密。楼大多没外装饰,就显得是水泥的灰气。楼高就楼高了,其实也不是摩天大厦,而几乎一座挨着一座,同样格式,一般地方,齐刷刷地盖过去,我就感觉每条街上便是两座楼,左边是一座,右边是一座。

寻着一个宾馆住下,从最上边的窗子能俯视全城,城原来是建在一个山窝子里,楼把山窝子挤得严严实实,楼顶与四边的山冈几乎齐平,风在上边跑,风的脚可以从东跑到西,从北跑到南,风跑不到街上去。

一个县城,怎么会有这么多人呢?达州离大城市远,方圆数百里的大山里,这座城就是繁华地了吧。国家实施发展城镇化,人越来越多,楼就建得密密匝匝,要把小山窝子撑炸了。人是一张肉皮包裹了五脏六腑,人都到这里来讨好生活,水泥的楼房就把人打了包磊起来。

第二天离开达州,半路上遇着一辆运鸡的卡车,车上架着一层一层铁条条笼,每个铁条条格里都伸出个鸡头,擦车而过的瞬间,我看到那些鸡的冠都紫黑,张着嘴,眼睛惊恐不已。

镇安

没通高速公路前,从镇安到西安的班车要走七八个小时,通了高速公路,只需两个小时,双休日,西安人就多驾车去那里玩了。

隔着一条县河,北边的山坐下来,南边的山也坐下来,坐下来的北边山的右膝盖对着南边山的右膝盖,成就在山的脚弯子里,建成了个葫芦状。北山的膝盖上有个公园,也有个酒店,我在酒店里住过三天。

差不多的早晨都有一段雨。那雨并不是雨点子落在地上,而是从崖头上,树林子里斜着飞,飞在半空里就燃烧了,变成白色的烟。在这种烟雨中,一溜带串的人要从城里爬上山来,在公园里锻炼。他们多是带一个口袋或者藤篮,锻炼完了路过菜市买菜,然后再去上班。而到了黄昏,云很怪异,云是风,从山梁后迅疾刮过来,在城的上空盘旋生发,一片一片往下掉,掉下来却什么也没有。这时候,机关单位的人该下班了,回家的全是女的,相约着饭后去跳舞,而男的却多是留下来,他们要洗脚,办公室里各人有各人的盆子,打了热水洗了,才晃悠晃悠地离开。

八点钟,广场上准时就响喇叭了,广场在城里最中心处,小的没有足球场大吧,数百个女人在那里跳舞。世上上瘾的东西真多,吸烟上瘾,喝酒上瘾,打牌上瘾,当然吃饭是最大的瘾,除了吃饭,女人们就是跳舞,反复着那几个动作,都跳的脖脸通红,刘海全汗湿在额上。

这舞一直要跳过十二点,周围人没有意见,因为有了跳舞,铺面里的生意才兴旺。

镇安离西安太近,乡下的农民去西安打工的就特别多,城里流动人口少,那些老户就把自家的房子都做了铺面,从西安进了各种各样的货,再批发给乡镇来的小贩。而机关单位的人,最能行的已调往西安去了,留下来的,因为有份工作,也就心安理得留在县城,县城的生活节奏缓慢,日子不富不穷,倒安排得十分悠然。

我在夜市的一个摊位上坐下来,想吃碗馄饨,看着斜对面的那家铺面,胖子老板已经和一个小贩讨价还价了半天,来了,小贩开始装雨鞋,整整装了两麻袋。一个穿着西服的人提了一瓶酒,三根黄瓜往过走,胖子在招呼了:

啊,去接嫂子呀?

穿西服的人说:让她跳去,我买瓶酒,睡前不喝两盅睡不着么。

胖子说:好日子么,啥好酒?

穿西服的说:包谷酒。

胖子说:咋喝包谷酒了?

穿西服的说:没你发财呀!

胖子说:发什么财,要是能端公家饭碗,我也不这么晚了还忙乎!

穿西服的说:这倒是,你比我钱多,我比你自在么。

夜市的南头,单独吊着一个灯泡,灯泡下放着一盆水,飞虫在盆子里落了一指厚。但仍有蚊子咬人,卖馄饨的给了我一把蒲扇,那扇子后来不是扇,是在打,又打不住蚊子,一下一下都在打我。

小河

从镇安到旬阳去,走的是二级公路,车到一个半山弯,路边有一排商店,商店里不知还有什么货,商店门口都摆了许多摊位,出售廉价的鞋帽衣物。没有顾客,摊位后是一妇女给婴儿喂奶,还有一只狗。

商店的左边是一个急转而下的路口。

我从路口往下看,路是四十度的斜坡,一边紧贴着崖,崖石龇牙咧嘴,一边还是商店,开间小,入深更小,像是粘在棱沿上。有人就拉着架子车爬上来,身子向前扑得特别厉害,眼睛一直盯着地面,似乎他不敢抬头,一抬头,劲一松,车子就侧溜下去了。

也真是,我在商店里买了一包烟,烟是假烟,吸着的时候店主再拿一瓶饮料让我买,又拿一包糕点让我买,我一直吸烟,店主有些生气,说:要不要,你说个话呀!我说:我能说话吗,我一说话烟就灭了。

我顺着坡道一直往下走,这就到了镇上,两边门面房的台阶又窄又高,门开着,里边黑洞洞的。看不清是卖货的还是卖饭的,门口都有一块光溜溜的石头,差不多四五个石头上站着鸭子,鸭子总是痒,拿长嘴啄身子。转过弯,又往下走,人家和商店更多些。再转个弯,就是河,河上有一座桥。桥头上有一个饭店,摆有三张木桌,饭店旁坐着个钉鞋的,他一直盯着我的脚。

桥应该是石拱桥,或者木桥,但它是水泥桥,已经破坏了护栏。站在桥上可以看到这个镇子一分两半,一半在东边的山坡,一半在西边的山坡。一个小镇分为两半,中间是一条不大的河,所以镇名叫小河吧。

河对面是另一条街,其实是从桥头一家杂货店门口像梯子一样陡的下坡路,一直下到河滩。这条街上多卖副食,山果也在这里卖。一黑瘦女人一见我来就拿一根竹枝煸肉案上的一个猪头,说:肉耶,没喂饲料的肉!路尽头的河滩上,篱笆里长着萝卜,叶子很青,萝卜很白。

从桥那边返回来,许多人也是路过了停车下来到镇上的,站在桥上讨论着要买鸡蛋,说这里的鸡蛋一定是土鸡蛋,还说买一头猪吧,五六十斤,拉回去喂三个月苹果,那肯定好吃哩。讨论完了,就趴在护栏往下看,西边那屋场下的石阶上,有女人在河里淘米。他们不知是在看淘米的人,还是在水里看自己的影子。

在镇街转弯处,一家门口有一堆树根,见一个酒盅粗的柴棍似龙的形状,拿了要走时,忽有三个孩子跑来说那要钱哩,不给十元钱不能拿。我很生气,说一个柴棍都要钱呀?抬头看见六七个男人全端了饭碗就在不远处的台阶上吃,我说:是你们教唆的吧?我朋友十年前路过这儿看见一个汉代石狮子,值三百元钱你们十元钱就卖了,现在一个柴棍值不了一毛钱倒要十元钱?六七个男人不说话,全在笑。我就把柴棍仍回树根堆了。

又回到入镇的那个慢坡路上,有人赶着一头毛驴迎面走来,人走一步,驴走一步,人总想去拉驴尾,但就差一步,一步撵不上步,驴尾到底没拉住。

半山弯的鞋帽衣物堆边,妇女不见了,婴儿坐在那里,嘴里叼着一个塑料奶嘴,狗也嚼根骨头,骨头上没肉,狗图的是骨头上的肉味,在不停地嚼。

白河

白河县城最早可能是一条街,河街。从湖北上来的,从安康下来的,船都停在城外渡口了,然后再到河街上吃饭住店,掏钱寻乐。但现在是城沿着那座山从下往上盖,盖到了山顶,街巷就横着竖着,斜横着和斜竖着,拥拥挤挤,密密乍乍。就有的房子都是前后或左右墙不一样高,总有一边是从坡上凿坑栽桩再砌起来,县河上的鸟喜欢在树枝上和电线上站着,白河人也有着在峭壁唠头上筑屋的本了。

地方实在是太仄狭了,城边在扩张,因为这里是陕西和湖北的交界。真正的边城,它需要繁华,却如一棵桃树,尽力去开花,但也终究是一棵开了鲜艳花的桃树。

城里人口音驳杂,似乎各说各的话,就显得一切都乱哄哄的。尤其在夜里,山顶的那条街上,更多的是摩托,后座上总是坐着年轻的女人,长腿裸露,像两根白萝卜。街上的灯很亮,但烤肉摊上、炸豆腐摊上还有灯,有卖烤鸡的脖子上拴个带子,把端盘吊在身前,盘子里也有一盏灯。一双高跟鞋叩着水泥地面响,像敲梆子,三四个女孩跑过来,合伙买了半块鸡,旁边的小吃摊上就有人发怪声,喂喂地叫,女孩并不害怕,撕着肉往舌根送,不影响着口红的颜色。

第二天的上午,我到了那条河滩上。因为来前有人就提说过河滩,说有木板门面房,有吊脚墙,有方墙,有拱檐,能看到背架和麻鞋,能听到姐儿歌和叫卖山货声,能吃到油炸的蚕蛹和腊肉。但我站在街上的时候我失望了,街还是老街,又老不到什么地方去,估摸也就是八十年代吧,两边的房子非常窄狭,而且七扭八歪的,还有着一些石板路,已经坑坑洼洼,还紧着雨水。没有商店,没有饭馆,高高台阶上的人家,木板门要么开着,要么闭着,门口总是坐着一些妇女,有摘菜的,菜都腐败了,一根一根地摘,有的却还分类着破烂,把空塑料瓶装在一个麻袋里,把多种纸箱又压平打成捆。我终于看到了三间房子有着拱檐,大呼小叫地就去拍照,台阶上的妇女立即变脸失色地跪下来,要我不要声高,说是孩子在屋里复习哩。这让我非常奇怪,询问这是怎么回事,一妇女拉我到了一边,叽叽咕咕给我说了一道。

她虽然也说不清,但我大致知道了这里原本是白河老户最多的街,当县城不停地拆不停地盖,移到了山顶后,老户的人大多就离开了,现在只剩下一些老年人和空房子,而四乡八村来县城上学的孩子又把空房子租下来,那些妇女就是来陪读的。

边城是繁华着,其实边城里的人每每都在想着有一日离开这个地方,他们这一辈已经没力量出外,希望就寄托在下一代上,已经有许多人家,日子还可以的,就寻亲拜友,想方设法把孩子送到安康或者西安去读小学中学,以便将来更容易考上大学,而乡下的人家,又将孩子从乡镇的学校送到县城来读书。

面对着这个妇女,我不知道该对她说什么好,当头的太阳开始西斜,靠南山房子把阴影铺到了街道上,一半白一半黑。就在那黑白线上,一个老头佝偻着腰从街的那头走过来,他用手巾提着一块豆腐,一只鸡一直跟着他,时不时在豆腐上啄一口。

山阳和汉阴

县城几乎都是靠河建,建在河北岸,因为天下衙门要朝南开的。山阳就在河之北,汉阴其实也在河之北,应该叫汉阳。

县城临河,当然不是一般小河,可能以前的水都是很大水,但现在到处都缺水了,河滩的石头窝里便长着草,破砖烂坯,塑料袋随风乱飞。改革年代,大城市的变化是修路盖房,小县城也效仿着,首先是翻新和扩建,干涸的或仅能支起列石的县河当然有碍观瞻,所以当一个县城用橡皮坝拦起水后,几乎所有的县城都起坝拦水。

除拦河聚水外,凡是县城都要修一个广场,地方大的修大的,地方小的修小的,广场上就栽一个雕塑,称作龙城的雕个龙,称作凤城的雕个凤,如果这个县城什么都不是,柿子出名,雕一个大柿子。还有就在四面山头的树林子里装灯,每到夜晚,山就隐去,如星空下落。再是在河滨路上建碑林或放置巨石,碑与石上多是当地领导的题词,字都写得不好。店铺确实是多,门面虽小,招牌却大,北京有什么字号,省城就有什么字号,县城肯定也就有了。我看见过一处路边的公共厕所,一个门洞上画着一个烟斗,一个门洞上画着一个高跟鞋。

到山阳县城的那个晚上，雨下得很大，街上自然人不多，进一个小饭店去吃饭，老板正拿拍子打苍蝇，拍子一举，苍蝇飞了，才放下拍子，苍蝇又在桌上爬。我问有没有包间，还有一个包间，关了门就没苍蝇了。但不停地有人推门，门一推，苍蝇又进来，似乎它一直就等在门口。

苍蝇烦人，这还罢了，隔壁包间里喝酒的声音很大，好像有十几个人吧，一直在讨论着县上干部调整的事，说这次能空出八个职位来，××乡的书记这次是铁板上钉钉没问题了，也早该轮到他了，××镇长也内定了，听说在省上市上都寻了人，××副主任这几天跑疯了，跑有什么用呢，听说有人在告他，×××是最后一次机会了，再不把副品变成正的，今辈子就毕势了。后来，又有人进了店，立即几个人在恭喜，并嚷嚷：今日这饭花钱你得出了！来人说：出呀！出！接着有人大声咳嗽着，似乎到后门外吐痰，看见了街上什么人，也喊着你来请客呀，并没有喊得那人进来，他又回到包间说：狗日的××在街上哩，也不打伞，淋着雨。一人说：这次他到××部去呀？另一人说：听说是。那人说：我让他请喝酒，狗日的竟然说：低调，要低调。哈哈声就起，有人说：咳，啥时候咱也进步呀？！

进步就是升迁。越是经济不发达，县城上餐饮就红火，县城的工作难以起色，干部们越在谋算着升迁。每过一个时期，干部调整，就是县城最敏感最不安静的日子，饭店也便热闹起来。

我在包间里吃了两碗扁食，隔壁包间的人都醉了，有碗碟破碎声，有呕吐声，有争吵声，又有了哭声，我喊老板结账，老板进来，看着墙，说：怎么还有苍蝇？用手去拍，却哎哟叫起来，原来墙上的黑点不是苍蝇，是颗钉子。

我走出饭店，默默地从街上走，雨淋得衣服贴在了身上，在我前边有两个人，一个人低声说：这次你怎么样呀？另一个人竟高声起来，骂了一句：钱没少花，可没办成。

三天后去汉阴，汉阴正举办一个什么活动，广场上悬着许多气球，摆着各种颜色的宣传牌，可能是有省市的领导来了，警车开道，呜哇呜哇叫，一溜儿小车就在街巷里转过。

汉阴的饭是最有特色的，我打问着哪儿有农家乐，就去城关的一个村子。村子被山围着，山下就是条小河，人家住得分散，但房子都是新修的，或者几个房子一簇卧在山脚，或者在河对面，一片树林子里露出瓷片砌出的白墙，或者就在河上栽桩架屋。来吃饭的人特别多，小路上来回的汽车调不了头，堵塞在那里，乘客下车一边往里走，一边说：乡下真美么！

我错开吃饭时间，独自往沟里走，房子也越来越旧了，在一户周围长满了竹子的屋舍前，见一个女孩在门前坐在小凳子上趴在大凳子上做作业。这户人家三间上房，两间厦房，厦房对面是猪圈和厕所，我走进去，朝着开着门的上房里张望，想看看里面的摆设，女孩却说：你不要进去。房里是有一个炕，炕上合衣侧睡着一个妇女。我说：你妈在睡觉？女孩说：不是我妈，是我大的情人。女孩的话让我吃了一惊，再问她话时，她一句也不给我说了。

我终于在一家"农家乐"里吃上了饭，问起老板那女孩家的事，才知道女孩的妈三年前去西安打工，再没有回来，也没有任何音讯。吃好了饭出来，却看见远远的河边，那个女孩在洗衣裳，棒槌打下去已经起来了，才发出啪的响声，她不停地捶打，动作和声音总不和谐。

岚皋

几年前来过，是腊月底了吧，我们驱车从山顶草甸回县城，天已经黑了，每过一个沟岔，沟岔里都三户四户人家，车灯照去，路边时不时就有女子行走，极时髦漂亮，当时吃惊不少，以为遇见了鬼。回到县城说起这了，宾馆的经理就笑了，说那不是鬼，是在上海打工的女子回来过年了，如果是白天，你到处都能看见呢。岚皋山里的女子都长得好，最早有人去上海打工，后来一个带一个,打工的就全在了上海,在上海待过半年,气质变化,比城里人还要像城里人。经理说:唉,好女子都给上海养了!

这一次来岚皋,再也没见到时髦漂亮的女子,但桃花正开。满山遍野都能看到桃花,黛紫色的树枝上,还没长出叶子,花朵一开一疙瘩,特别地粉,像是人工做上去的。

县河里常有桃花瓣流过。

岚皋人好酒,在这季节喜欢用桃花苞蕾泡酒,酒有一种清香。

街道上常有大卡车开过,车上装着树,都是大树,一车只能装一棵。还有的车上装着石头,石头比一间房还要大。这些车都是从西安来的。

西安要打造园林城市,街道的两旁都要栽大树的,而且住宅小区,又兴了在小区门口堆一块巨石,西安的树贩子和石贩子就来到岚皋。树的价钱不低,石头却不用花钱,发现了一块,乡下人可以帮忙去担到河岸,可以挣很多工钱,如果需要修路,修路有修路钱,修了路,路是拿不走的,就留下了。

乡下人到城里去打工,乡下的树和石头也要到城里去,去城里当然好啊,但城里的汽车尾气多,而且太吵嘴,不知道能不能适应。

离开岚皋时,在县城外的山弯处,有一户人家在推石磨,那么多的包谷在磨盘顶上,很快从磨眼里溜下去没了,再把一堆包谷倒在磨盘顶上,又很快没了,我突然就笑了:石磨是最能吃。

峦庄

去峦庄时看见路边有去峦庄的指示牌,又觉得这名字怪怪的,就把车拐进去一个山沟深入。

路是乡级路,年前秋里有遭水灾,好多路段还没修好,车吭吭唧唧走了一个小时,天就黑了。只估摸峦庄是个镇吧,长得什么样,又有多么远,却一概不知，翻过一座大山，又翻过一座大山，后来就在沟岔里绕来绕去。夜真是瞎子一样的黑，看不见天，也看不见了山，车灯前只是白花花路，像布袋子，在拉着我和车，心里就恐怖起来。走着走着，发现了半空有了红点，先还是一点两点，再就是三点四点，来了又是一点两点。以为是星星，星星没有这红颜色呀，在一个山脚处才看到一户房屋门上挂着灯笼，才明白那红点都是灯笼，一个灯笼一户人家，人家都分散在或高或低的山上。

又是一段路被冲垮了，车要屁股撅着下到河滩，又从河滩里憋着劲冲到路基上，就在路基上有两双鞋。停了车，下来在车灯光眼下看见鞋，鞋是花鞋，一双旧的，一双新的。将那新鞋拿到车上了，突然想，这一定是水灾时哪个女孩被水冲走了，今日可能是女孩生日，父母做了一双新鞋又把一双旧鞋放在这里悼念的，立即又将那鞋放回原处，驱车急走，心就慌慌的，跳动不已。

半夜到了镇上，镇很小，只是个丁字街。街上没有路灯，人也少见，但一半的人家灯还亮着，灯光就从门里跌出来，从街口望过去，好像是铺着地毯，摆地摊。镇上人你不招呼他了，他不理你，你一招呼他了，他就热情。在一户人家问能不能做顿饭吃，那个毛胡子汉子立即叫他老婆，他老婆已经睡了，起来就做饭。厨房里挂了六七吊腊肉，瓷罐是豆豉，问吃不吃木耳，木耳当然要吃的，汉子就推门到后院，后院里架满了木棒，三个一支，五个一簇，木棒上全是木耳。但他并没有摘木棒上的木耳，却在篱笆桩上摘了一掬给我炒了吃。汉子说，峦庄是穷地方，只产木耳，他们就靠卖木耳过活的。这阵儿有鞭炮声，汉子先听见，他们听见了都不吱声，后来我听见了，说半夜里怎么放鞭炮，汉子说：给神还领哩吧。

在镇的东头，有一个庙，不知道庙里供的什么神，鞭炮声就是从那里传来的，而就在这户人家的斜对面，有一个窝进去的崖洞，洞里塑着三尊泥像，看过去，那里也有人在烧纸磕头。汉子说，那是三娘娘洞，镇上人家谁要求子，谁要禳病，谁的孩子要考学，木耳能不能卖出去，都在那里许愿，三娘娘灵得很，有求必验，所以白日夜里人不断的。

正吃饭着，街上却有人在哭，汉子的老婆就出去了，过了好久回来，说是西头的王老五在打老婆了。汉子说：该打！我问怎么是该打？汉子说王老五的老婆信基督，常把两岁的孩子放在窨里就去给基督唱歌了，今日下午王老五才从县城打工回来，是不是又去唱歌不做饭不管娃了？那老汉说，是为钱。王老五在包谷柜里藏了五十块钱，回来在寻寻不着，向他老婆问，他老婆说捐给教会了，王老五就把他老婆在街上撵着打。

峦庄镇上有两个旅社，一处住满了人，一处还有两间房子，但床铺太肮脏，我就决定返回。车又钻进了黑夜里，黑夜还是瞎子一样的黑，但一路上还是有这儿那儿，高高低低的光点，使我分不清那是山里人家门口的灯笼还是天上的星星。

2010年6月29日写

一块土地

这是××给我说的,他说,那块地并不大,总共十八亩二分五,他们习惯于说是十八亩地。

十八亩地很平整,但北头窄,南头稍宽些,西边有一条水渠,水源一拐,朝别的地方去了,拐弯处长了棵梧桐树。十八亩地里冬天种麦,夏天种包谷,庄稼长的好不好,他那时太小,只有两岁吧,并不理会,他只关心着那棵梧桐树上会不会来凤凰。梧桐树是沙百村里最粗的树,树冠特别大也特别圆,风一吹,就软和了,咕涌咕涌地动。大人们都说,梧桐树上招凤凰,但他从来没见过凤凰,来的全是黑羽毛鸟,一落进去就不见了。

那时候,他的太爷还在,太爷鼻子以下都是胡子,没有嘴。他记得有一阵太爷总是去十八亩地,从地北头走到地南头,再从地南头走到地北头,来回地走。太爷在地里走着就背了手,腿好像没了膝盖,直戳戳往前迈一步,再迈一步,像是不会走路似的。从渠沿上走过的人说:啊爷,你咋天天都量地哩?

太爷说:我有么!

那人说:那原本就是你的么。

太爷瞪了一眼。

太爷为什么要瞪人家,他不知道原因,后来是爷告诉了他,爷的爷初来乍到沙百村,这里还是一片狼牙刺滩,一家人起早贪黑硬是挖掉了狼牙刺,搬走了石头,才修出来了十八亩地。但在太爷三十岁的那一年,房子着了大火,把什么都烧成了灰,十八亩地就卖给了村里的马家,太爷还从此给家吆马车。

太爷在用步子丈量着十八亩地,村子里正叮叮咣咣地敲锣鼓。锣鼓差不多都敲过十天半月了,还是敲,那是一套新置的响器,敲起来他总以为要敲烂了,可就是敲不烂。

锣鼓敲到谁家,谁家就拿一条红被面来挂彩,快到他家时,太婆舍不得把红被面拿出来,记得太爷站在上房台阶上吃水烟,太爷每天丈量一遍十八亩地回来都要吃水烟,说:你呀你呀,新社会了么!

他那时不晓得什么是社会,社会又怎么是新的了。

太爷说:土地改革了呀!

太爷在十八亩地里种了麦子,麦子长势很好,风一起,麦地里就旋了涡,风好像有双大脚,一直在那里跳舞。可是,麦子刚刚泛黄,眼看着都要搭镰了,太爷却死了。

太爷他没福。

沙百村的坟地都是在村东那个堆料浆石的高岗子上的,只有太爷的坟埋在梧桐树下。太爷临死前给太婆交代,这十八亩地是极力要求分回来的,宁欲一个人孤孤单单,一定要埋在十八亩地里。太婆和太爷一辈子意见不合,平日里一个说要这样,另一个偏要那样,太婆说:啊这一回听你的。就把太爷埋在了梧桐树下。

村里有人说，太婆真不该把太爷埋在十八亩地的，可能太爷知道太婆不顺听他的话，故意反说的，太爷哪里舍得让坟占用十八亩地呢？他们就是提起太爷的往事，说马家不仅在沙百村的土地多，在西安城里仍还有一个骡马店，太爷就每日从渭河码头上到城里的钟楼下，又从钟楼下到渭河码头上吆马车拉客。冬季的夜里吆完最后一趟马车，钟楼下就有一个老妓女等太爷，太爷便给她买两碗热馄饨，她可以整夜能把太爷的一双脚抱在怀里暖热。这老妓女后来就是他的太婆。但这话爷不让后辈人说，他爹不说，他也不说。

其实，太爷的事情他记得并不多，记得深刻的还是他爷。爷对十八亩地更是上心，种麦，种包谷，也种豌豆和芝麻，地堰砌得又细又直，地里的土疙瘩都磕得碎碎的，更不能有一棵杂草。沙百村人在很长的时间里流传着一个笑话，说爷有一次进城，沙百村离城有十八里路，爷感觉要大便呀，就往回赶，需要把粪屙在十八亩地里，但终究没憋住，半路上屙了，却还屙在荷叶上提回来倒在地里。这笑话或许是编的，但他亲眼看过爷在吃土，那是一个秋后，十八亩地犁过种麦，麦苗还没出来，爷领着他在地里走，爷一直鼻孔张大地吸。他说爷你吸啥哩？爷说你没闻到土气香吗？他闻不出来，爷就从地上捏了一把土，捏着捏着，竟把一小撮塞在嘴里嚼起来了，吓了他一跳。

他说：爷，爷，你吃土哩？

爷说：吃哩。

他说：爷是蚯蚓。

爷嘀嘀嘀地笑了，说：蚯蚓？啊，蚯蚓，爷是蚯蚓。

后来，爷就当了村长。当了村长，爷就是方字步，而且每次出门，都要披一件衣服，冬天里披的是棉袄，夏天里披的是褂子，在村道里走，人人见了都问候。爷怎样经管着村子，他不甚清楚，但在爷当村长的几年里，沙百村一下子成了远近闻名的先进村。

在一年夏天，有个风水先生来到村里，看了沙百村地形，认为沙百村并没有什么出奇处呀，就见到爷，怀疑村长的祖坟是不是穴位好，爷带着就去了十八亩地。才走到水湾拐弯那儿，爷却让风水先生等一等，风水先生问为啥？爷说：一群孩子在南头偷吃豌豆哩，咱突然去了会吓着他们。风水先生哦了一声，不再去看穴位，说：我明白了，全明白了。

是过了两年吧，村里又是敲锣打鼓，叮叮咣，叮叮咣，他还是操心着锣鼓要敲烂了，可锣鼓就是敲不烂。爷当然也是参加了锣鼓队，但敲完锣鼓回来，婆在问爷：咋又敲锣鼓哩？

爷说：社会又变呀。

婆经过土改，以为又要分地，说：村里不是地都分完了吗？

爷说：要收地呀。

这就是成立了人民公社，沙百村各家各户的土地都收了，十八亩地也收了，所有的地都归于集体。

村子里架起了高音喇叭，喇叭是个大嘴，整天在说着人民公社好。但是爷不久就病了，爷的病先是眼睛黄，后来浑身黄，黄得像土，再就是肚子胀，汤米不进。沙百村成了人民公社的一个生产队，生产队选队长，选的还是爷，爷已经领不了社员们去支界石、扒地堰、平整大面积耕地了。睡倒了一个月，到了初秋，爷突然精神好些，要家里人搀着去十八亩地，家里人搀着他到梧桐树下，爷说：噢芝麻开花了。头一歪，在爹的怀里咽了气。

爷死后没有埋在十八亩地里，因为十八亩地已经不属于他家的地，爷埋在了村东堆料浆石的高岗子上。太爷的坟堆也平了，清明节去祭奠，只在梧桐树下烧纸。

十八亩地里再不可能还种豌豆和芝麻了，它是村里最好的三块土地之一，秋季全种了包谷。包谷秆上结了棒子，像牛牴角，他总感觉十八亩地里是摆了牛阵，牛随时就会呼啸着跑了出来。

那些年里，吃粮吃菜连同烧锅的柴禾都由生产队按工分的多少来分的，人开始肚子吃不饱饭，猪也瘦得长一身的红毛。沙百村的人几乎都成了贼，想着法儿偷地里的庄稼，他也就钻到十八亩地里捋套种在包谷里的黄豆叶子。捋黄豆叶子时连黄豆荚一块儿捋，拿回家猪吃叶子，人煮了豆荚吃。他是先后去捋过三次，第四次让队长发现了，队长夺了笼筐，当场就用脚踏扁了。

他说：这十八亩地原本是我家……

队长说：你说啥？你再说？

队长扇了他一个耳光，他就没敢再说。

他回到家要把挨打的事说给爹的，爹却正把那套锣鼓往他家的土楼上放，他以为又要敲锣鼓了，爹告诉他这套锣鼓一直在常三爷家，常三爷年纪大了，常三爷的儿子老谋着要把锣当破铜烂铁卖了去买黑市粮呀，常三爷就让爹存到他家的。

这锣鼓从此就放在他家的土楼上，再也没有敲过。有一年村里有个叫朱能的人来他家借小米，他家没有秤，也没升子，朱能说你家不是放着锣吗，给我量上一锣，锣里竟然有了一窝新生的老鼠，用锣量了一锣小米，朱能却是把那一锣小米做了干饭，一顿吃了。

朱能坏了村子的名誉，周围生产队的人都在嘲笑，说沙百村的人是饿死鬼托生的。

在他七岁的那年，娘得了一种病，就是腰越来越弯，好像她背上老压着个大沙袋似的，眼睛再也看不到了天。爹把他寄养在了城里的姑家，就在那里上学。村里的事自那以后他便知道得少了，只晓得爹在后来像太爷年轻时一样，吆起了马车。但爹吆马车不是去拉客，爹是到城里拉粪车。每个星期六了，爹都要来姑家的那个大杂院收粪水，辕杆上就掉一个麻袋，里边装着红薯，或者是白菜和葱，放到姑家了，便在厕所里淘粪，然后一桶一桶提出去倒在马车上的木罐里。那匹老马很乖,站着一动不动,无论头是朝东还是朝西,尾巴老是朝下。淘完了粪,爹是不在姑家吃饭的,带着他回沙百村过星期天,他便坐在辕杆上。

他是每个星期六都坐粪车的,一直坐到了中学毕业。

这期间发生了多少事啊,比如,他娘死了,他爹摔断过腿,头发一根一根全白了,他又上了大学,大学毕业再在一家报社上班。

就在他再一次回到沙百村,要把工作辞退准备经商的想法说给爹,他记得清清楚楚,那一天他家的院子里涌了好多人。这些人在从土楼上往下取锣鼓,鼓是皮松了,重新拉紧钉好,而锣也锈了几处,敲起来还是震耳欲聋。他那时真笨,以为他们要闹社火,还纳闷着沙百村从来没有闹过社火呀。

院子人说:征地啦,征地啦!

他说:土地又改革呀?

院子人说:你还是城里人哩,你不知道征地?!

他当然知道征地,好多城中村都征地盖楼房了,可他哪里能想到,沙百村距城这么远的,怎么就征到了这里的地!

沙百村的锣鼓叮叮咣咣敲动着,沙百村果真是被征了地,不仅是征了耕地,连村子都征了。因为沙百村西边的三个村子原是唐代的皇家公园旧址,现在要恢复重建,周围十几个村子都得搬迁。

那个晚上,沙百村人都在高兴,这地一征,社会又变了么,他们终于不再是农民了,以后子子孙孙永远不是农民了,而且每家还领到一大笔补贴费,就筹划着该怎么使用这些钱了:去大商场租个柜台吧,从广州上海进货,做服装生意,却又担心货卖不出去怎么办?最可靠的还是在街上去摆地摊吧,或者推个三轮车去卖早点。他爹却在屋里喝闷酒,喝了半瓶子,喝得一脸的汗都是油。

爹说:你爹真的也不是农民了?

他说:没地了,当然不是农民么。

爹却说咱到十八亩地去。

他能理解爹的心情,以前分了地,又收了地,地还在沙百村,天天都能看到,现在却要离开沙百村,十八亩地说不定做什么用场,就再也没有了呀。他陪爹去了十八亩地,那一夜月亮很高,爹又像太爷一样,反背了手,腿也没了膝盖,直直地一步一步从地北头走到地南头,从地南头走到地北头。走了七八个来回,爹的腿一软就跪在地上磕头。他不知道爹是给十八亩地磕头哩,还是给埋在十八亩地里的太爷磕头。

爹离开了沙百村,搬到了城西南角新建的小区,把家里的什么都带去了,包括那一套锣鼓。但爹过不惯住高层楼的生活,说老觉得楼在摇,晚上睡不踏实。

他不能陪爹呀,先还是十天半月去看望一次,后来三四个月也难得去,因为他的公司经营外贸生意,生意又非常好,而且在积累了一定资金后,他也开始进入房地产市场。

城市发展确实很快,像湖水一样向四边漫延着扩张,那个唐代的皇家公园在三年内就恢复重点了,果然成了西安最现代也最美丽的地方,原先二十万一亩征去的土地,地价开始成了四百万一亩,纷纷建造了别墅,别墅已卖到二万元一平方米。还未开发的那些地方,政府都用围墙围着,过一段时间,拍卖一块,再过一段时间,再拍卖一块。

当然,每次拍卖会他都去参加的,每次参加了都杀锣而归,因为价钱实在是太高了。但当又一次召开拍卖会,拍卖的是沙百村那一片面积,他竭力竞争,他的实力不可能拿下整个沙百村,却终于得到了那十八亩地的开发权。

他把这消息告诉了爹,爹雇了一辆三轮车把那一套锣鼓拉到了十八亩地里,和他的公司的员工整整敲了三天三夜,叮叮咣,叮叮咣,这一回鼓敲的散了架,锣真的就烂了。

他说，这十八亩地他要得到，就是倾公司的所有力量，一定要得到，得不到他就得废了。他确实有些孤注一掷，甚至是变态了，他在给他的员工讲道理，他说十八亩地，是他看到的也是经过的，收了，分了，又收了，又分了，这就是社会在变化。社会的每一次变化就是土地的每一次改革，这土地永远还是十八亩地呀，它改革着，却演绎了几代人的命运啊！

××说完了他的故事，我让他带我去十八亩地看看，十八亩地果然还被围墙围着，地很平，没有庄稼，长着密密麻麻一人多高的蒿草。水渠已经没有了，那棵梧桐树还在。那真是少见的一棵树呀，树干粗的两个人才能抱住，树冠又大又圆。突然，地的南头嘎喇的一声，飞起一只鸟，这鸟的尾巴很长，也很好看，我们立即认出那是野鸡，就撵了过去。野鸡还在草上闪了几下，后来再寻就不见了。

怎么会有野鸡？野鸡是能飞的，但它飞不高也飞不远，围墙之外都是楼房，它是从哪儿来的？我们都疑惑了。

我说：是不是沙百村原来就有野鸡？

他说：这不可能，我从来没在村里见过野鸡。

我想，那就是这十八亩地被围起来后，地上生了蒿草也自生了野鸡。因为蓄一个水塘，水塘里从没放过鱼苗，过那么几年水塘里不就有鱼在游动吗？

××却突然地说：这是不是我太爷的魂？！

他这话是把我吓了一跳，但我绝不会认为他的话是对的，我只是担心这十八亩地很快就要铲草掘土，建起高楼了，那野鸡还能生存多少日子呢？

又是一年过去了，我再没见到××，也没有听到关于他的消息，有一天路过了那十八亩地，十八亩地的围院换了，换成了又高又厚的砖墙，全涂着红色，围墙里并不是建筑工地，梧桐树还在，蒿草还一人多高。而围墙西头紧锁着的两扇铁门，门口挂着一个牌子，写着：一块土地。

2010年5月23日

《废都》后记

一晃荡，我在城里已经住罢了二十年，但还未写出过一部关于城的小说。越是有一种内疚，越是不敢贸然下笔，甚至连商州的小说也懒得作了。依我在四十岁的觉悟，如果文章是千古的事——文章并不是谁要怎么写就可以怎么写的——它是一段故事，属天地早有了的，只是有没有夙命可得到。姑且不以国外的事作例子，中国的《西厢记》、《红楼梦》，读它的时候，哪里会觉它是作家的杜撰呢？恍惚如所经历，如在梦境。好的文章，囫囵囵是一脉山，山不需要雕琢，也不需要机巧地在这儿让长一株白桦，那儿又该栽一棵兰草的。这种觉悟使我陷于了尴尬，我看不起了我以前的作品，也失却了对世上很多作品的敬畏，虽然清清楚楚这样的文章究竟还是人用笔写出来的，但为什么天下有了这样的文章而我却不呢？！检讨起来，往日企羡的什么辞章灿烂，情趣盎然，风格独特，其实正是阻碍着天才的发展。鬼魅狰狞，上帝无言。奇才是冬雪夏雷，大才是四季转换。我已是四十岁的人，到了一日不刮脸就面目全非的年纪,不能说头脑不成熟,笔下不流畅,即使一块石头,石头也要生出一层苦衣的,而舍去了一般人能享受的升官发财、吃喝嫖赌,那么搔秃了头发,淘虚了身子,仍没美文出来,是我真个没有夙命吗?

我为我深感悲哀。这悲哀又无人与我论说。所以,出门在外,总有人知道了我是某某后要说许多恭维话,我脸烧如炭;当去书店,一发现那儿有我的书,就赶忙走开。我愈是这样,别人还以为我在谦逊。我谦逊什么呢?我实实在在地觉得我是浪了个虚名,而这虚名又使我苦楚难言。

有这种思想,作为现实生活中的一个人来说,我知道是不祥的兆头。事实也真如此。这些年里,灾难接踵而来,先是我患乙肝不愈,度过了变相牢狱的一年多医院生活,注射的针眼集中起来,又可以说经受了万箭穿身;吃过大包小包的中药草,这些草足能喂大一头牛。再是母亲染病动手术;再是父亲得癌症又亡故;再是妹夫死去、可怜的妹妹拖着幼儿又回住在娘家;再是一场官司没完没了地纠缠我;再是为了他人而卷入单位的是是非非中受尽屈辱,直至又陷入到另一种更可怕的困境里,流言蜚语铺天盖地而来……我没有儿子,父亲死后,我曾说过我前无古人后无来者了。现在,该走的未走,不该走的都走了,几十年奋斗的营造的一切稀里哗啦都打碎了,只剩下了肉体上精神上都有着毒病的我和我的三个字的姓名,而名字又常常被别人叫着写着用着骂着。

这个时候开始写这本书了。

要在这本书里写这个城了,这个城里却已没有了供我写这本书的一张桌子。

在一九九二年最热的天气里,托朋友安黎的关系,我逃离到了耀县。耀县是药王孙思邈的故乡,我兴奋的是在药王山上的药王洞里看到一个"坐虎针龙"的彩塑,彩塑的原意是讲药王当年曾经骑着虎为一条病龙治好了病的。我便认为我的病要好了，因为我是属龙相。后来我同另一位搞戏剧的老景被安排到一座水库管理站住，这是很吉祥的一个地方。不要说我是水命，水又历来与文学有关，且那条沟叫锦阳川就很灿烂辉煌；水库地名又是叫桃曲坡，曲有文的含义，我写的又多是女人之事，这桃便更好了。在那里，远离村庄，少鸡没狗，绿树成荫，繁花遍地，十数名管理人员待我又敬而远之，实在是难得的清静处。整整一个月里，没有广播可听，没有报纸可看，没有麻将，没有扑克。每日早晨起来去树林里掏一股黄亮亮的小便了，透着树干看远处的库面上晨雾蒸腾，直到波光粼粼了一片银的铜的，然后回来洗漱，去伙房里提开水，敲着碗筷去吃饭。夏天的苍蝇极多。饭一盛在碗里，苍蝇也站在了碗沿上，后来听说这是一种饭苍蝇，从此也不在乎了。吃过第一顿饭，我们就各在各的房间里写作，规定了谁也不能打扰谁的，于是一直到下午四点，除了大小便，再不出门。我写起来喜欢关门关窗，窗帘也要拉得严严实实，如果是一个地下的洞穴那就更好。烟是一根接一根地抽，每当老景在外边喊吃饭了，推开门直感烟雾笼罩了你了！再吃过了第二顿饭，这一天里是该轻松轻松了，就趿个拖鞋去库区里游泳。六点钟的太阳还毒着，远近并没有人，虽然勇敢着脱光了衣服，却只会狗刨式，只能在浅水里手脚乱打，打得腥臭的淤泥上来。岸上的蒿草丛里嘎嘎地有嘲笑声，原来早有人在那里窥视。他们说，水库十多年来，每年要淹死三个人的，今年只死过一个，还有两个指标的。我们就毛骨悚然，忙爬出水来穿了裤头就走。再不敢去耍水，饭后的时光就拿了长长的竹竿去打崖畔上的酸枣。当第一颗酸枣红起来，我们就把它打下来了，红红的酸枣是我们唯一能吃到的水果。后来很奢侈，竟能贮存很多，专等待山梁背后的一个女孩子来了吃。这女孩子是安黎的同学，人漂亮，性格也开朗，她受安黎之托常来看望我们，送笔呀纸呀药片呀，有时会带来几片烙饼。夜里，这里的夜特别黑，真正的伸手不见五指，我们就互相念着写过的章节，念着念着，我们常害肚子饥，但并没有什么可吃的。

我们曾经设计过去偷附近村庄农民的南瓜和土豆，终是害怕了那里的狗，未能实施。管理站前的丁字路口边是有一棵核桃树的，树枝顶尖上有一颗青皮核桃，我去告诉了老景，老景说他早已发现。

住过了二十余天，大荔县的一位朋友来看我，硬要我到他家去住，说他新置了一院新宅，有好几间空余的房子。于是连成亲自开车送我去了渭北的一个叫邓庄的村庄，我又在那里住过了二十天。这位朋友姓马，也是一位作家，我所住的是他家二楼上的一间小房。白日里，他在楼下看书写文章，或者逗弄他一岁的孩子；我在楼上关门写作，我们谁也不理谁。只有到了晚上，两人在一处走六盘象棋。我们的棋艺都很臭，但我们下得认真，从来没有悔过子儿。渭北的天气比户县还要冷，他家的楼房又在村头，后墙之外就是一眼望不到边的大平原，房子里虽然有煤火炉，我依然得借穿了他的一件羊皮背心，又买了一条棉裤，穿得臃臃肿肿。我个子原本不高，几乎成了一个圆球，每次下那陡陡的楼梯就想到如果一脚不慎滚下去，一定会骨碌碌直滚到院门口去的。邓庄距县城五里多路，老马每日骑车进城去采买肉呀菜呀粉条呀什么的。他不在，他的媳妇抱了孩子也在村中串门去了。我的小房里烟气太大，打开门敞着，我就站立在楼栏杆处看着这个村子。正是天近黄昏，田野里浓雾又开始弥漫，村巷里有许多狗咬，邻家的鸡就扑扑棱棱往树上爬，这些鸡夜里要栖在树上，但竟要栖在四五丈高的杨树梢上，使我感到十分惊奇。

二十天里，我烧掉了他家好大一堆煤块，每顿的饭里都有豆腐，以致卖豆腐的小贩每日数次在大门外吆喝。他家的孩子刚刚走步，正是一刻也不安静地动手动脚，这孩子就与我熟了，常常偷偷从水泥楼梯台爬上来，冲着我不会说话地微笑。老马的媳妇笑着说："这孩子喜欢你，怕将来也要学文学的。"我说，孩子长大干什么都可以，千万别让弄文学。这话或许不应该对老马的媳妇说，因为老马就是弄文学的，但我那时说这样的话是一片真诚。渭北农村的供电并不正常，动不动就停电了，没有电的晚上是可怕的，我静静地长坐在藤椅上不起，大睁着夜一样黑的眼睛。这个夜晚自然是失眠了，天亮时方睡着。已经是十一点了，迷迷糊糊睁开眼，第一个感觉里竟不知自己是在哪儿。听得楼下的老马媳妇对老马说："怎不听见他叔的咳嗽声，你去敲敲门，不敢中了煤气了！"我赶忙穿衣起来，走下楼去，说我是不会死的，上帝也不会让我无知无觉地自在死去的，却问："我咳嗽得厉害吗？"老马的媳妇说："是厉害，难道你不觉得？！"我对我的咳嗽确实没有经意，也是从那次以后留心起来，才知道我不停地咳嗽着。这恐怕是我抽烟太多的缘故。我曾经想，如果把这本书从构思到最后完稿的多半年时间里所抽的烟支接连起来，绝对地有一条长长的铁路那么长。

当我所带的稿纸用完了最后的一张，我又返回到了户县，住在了先前住过的房间里。这时已经月满，年也将尽，"五豆"、"腊八"、二十三，县城里的人多起来，忙忙碌碌筹办年货。我也抓紧着我的工作，每日无论如何不能少于七千字的速度。李氏夫妇瞧我脸面发胀，食欲不振，想方设法地变换饭菜的花样，但我还是病了，而且严重的失眠。我知道一走近书桌，书里的庄之蝶、唐宛儿、柳月在纠缠我；一离开书桌躺在床上，又是现实生活中纷乱的人事在困扰我。为了摆脱现实生活中人事的困扰，我只有面对了庄之蝶和庄之蝶的女人，我也就常常处于一种现实与幻想混在一起无法分清的境界里。这本书的写作，实在是上帝给我大大的安慰和太大的惩罚，明明是一朵光亮美艳的火焰，给了我这只黑暗中的飞蛾兴奋和追求，但诱我进去了却把我烧毁。

腊月二十九的晚上，我终于写完了全书的最后一个字。

对我来说，多事的一九九二年终于让我写完了，我不知道新的一年我将会如何地生活，我也不知道这部苦难之作命运又是怎样。从大年的三十到正月的十五，我每日回坐在书桌前目注着那四十万字的书稿，我不愿动手翻开一页。这一部比我以前的作品更优秀呢,还是情况更糟?是完成了一桩夙命呢,还是上苍的一场戏弄?一切都是茫然,茫然如我不知我生前为何物所变、死后又变何物。我便在未作全书最后的一次润色工作前写下这篇短文,目的是让我记住这本书带给我的无法向人说清的苦难,记住在生命的苦难中又唯一能安定我破碎了的灵魂的这本书。

1993年正月下旬

《秦腔》后记

在陕西东南，沿着丹江往下走，到了丹凤县和商县（现在商洛专区改制为商洛市，商县为商州区）交界的地方有个叫棣花街的村镇，那就是我的故乡。我出生在那里，并一直长到了十九岁。丹江从秦岭发源，在高山峻岭中突围去的汉江，沿途冲积形成了六七个盆地，棣花街属于较小的盆地，却最完备盆地的特点：四山环抱，水田纵横，产五谷杂粮，生长芦苇和莲藕。村镇前是笔架山，村镇中有木板门面老街，高高的台阶，大的场子，分布着塔，寺院，钟楼，魁星阁和戏楼。村镇人一直把街道叫官路，官路曾经是古长安通往东南的唯一要道，走过了多少商贾、军队和文人骚客，现还保留着骡马帮会会馆的遗址，流传着秦王鼓乐和李自成的闯王拳法。如果往江南岸的峭崖上看，能看到当年逃兵荒匪乱的石窟，据说如今石窟里还有干尸，一近傍晚，成群的蝙蝠飞出来，棣花街就麻碴碴地黑了。让村镇人夸夸其谈的是祖宗们接待过李白、杜甫、王维、韩愈一些人物，他们在街上住宿过，写过许多诗词。我十九岁以前，没有走出过棣花街方圆三十里，穿草鞋，留着个盖盖头，除了上学，时常背了碾成的米去南北二山去多换人家的包谷和土豆，他们问："哪里的？"我说："棣花街的！"他们就不敢在秤上捣鬼。那时候这里的自然风景和人文景观依然在商洛专区著名，常有穿了皮鞋的城里人从312国道上下来，在老街上参观和照相。但老虎不吃人，声名在外，棣花街人多地少，日子是极度的贫困。那个春上，河堤上的柳树和槐树刚一生芽，就会被捋光了，泉池里是一筐一筐，石头压着煮过的树叶，在水里泡着拔涩。我和弟弟帮母亲把炒过的干苕蔓在碾子上砸，罗出面儿了便迫不及待地往口里塞，晚上稀粪就顺了裤腿流。我家隔壁的厦子屋里，住着一个李姓的老头，他一辈子编草鞋，一双草鞋三分钱，临死最大的愿望能吃上一碗包谷糁糊汤，就是没吃上，队长为他盖棺，说："别变成饿死鬼。"塞在他怀里的，仍是一颗熟红苕。全村镇没有一个胖子，人人脖子细长，一开会，大场子上黑乎乎一片，都是清一色的土皂衣裤。就在这一群人里谁能想到有那么多的能人呢：宽仁善制木。本旺能泥塑。东街李家兄弟精通胡琴，夜夜在门前的榆树下拉奏。中街的冬生爱唱秦腔，吃了上顿没下顿的，老婆都跟人去讨饭了，他仍在屋里唱，唱着旦角。五林叔一下雨就让我们一伙孩子给他剥玉米棒子或推石磨，他然后盘脚搭手坐在那里说《封神演义》，有人对照了书本，竟和书本上一字不差。生平在偷偷地读《易经》，他最后成了阴阳先生。百庆学绘画，拿锅黑当墨，在墙上可以画出二十四孝图。刘新春整理鼓谱。刘烈有土木设计上的本事，率领八个弟子修建了几乎全县所有的重要建筑。西街的韩姓和东街的贾姓是棣花街上的大族，韩述绩和贾毛顺的文墨最深，毛笔字写得宽博温润，包揽了全村镇门楼上的题匾。每年从腊月二十至正月十五，棣花街都是唱大戏和闹社火，演员的补贴是每人每次三斤热红苕，戏和社火去县上会演，总能拿了头名奖牌。以至于外地来镇上工作的干部，来时有人叮咛：到棣花街了千万不能随便说文写字。再是我离开了故乡生活在了西安，以写作出了名，故乡人并不以为然，甚至有人在棣花街上说起了我，回应的是：像他那样的，这里能拉一车！

就在这样的故乡，我生活了十九年。我在祠堂改作的教室里认得了字。我一直是病包，却从来没进过医院，不是喝姜汤捂汗，就是拔火罐或用瓷片割破眉心放血，久久不能治愈的病那都是"撞了鬼"，就请神作法。我学会了各种农活，学会了秦腔和写对联、铭锦。我是个农民，善良本分，又自私好强，能出大力，有了苦不对人说。我感激着故乡的水土，它使我如芦苇丛里的萤火虫，夜里自带了一盏小灯，如满山遍野的棠棣花，鲜艳的颜色是自染的。但是，我又恨故乡，故乡的贫困使我的身体始终没有长开，红苕吃坏了我的胃。我终于在偶尔的机遇中离开了故乡，那曾经在棣花街是一件惊天动地的事情，记得我背着被褥坐在去省城的汽车上，经过秦岭时停车小便，我说：我把农民皮剥了！可后来，做起城里人了，我才发现，我的本性依旧是农民，如乌鸡一样，那是乌在了骨头上的。

我必须逢年过节就回故乡，去参加老亲世故的寿辰、婚嫁、丧葬，行门户，吃宴席，我一进村镇的街道，村镇人并不看重我是个作家，只是说：贾家老四的儿子回来了！我得赶紧上前递纸烟。我城里小屋在相当长的年月里都是故乡在省城的办事处，我备了一大摞粗瓷海碗，几副钢丝床，小屋里一来人肯定要吃捞面，腥油拌的辣子，大疙瘩蒜，喝酒就划拳，惹得同楼道的人家怒目而视。所以，棣花街上发生了任何事，比如谁得了孙子，是顺生还是横生，谁又死了，埋完人后的饭是上了一道肉还是两道肉，谁家的媳妇不会过日子，谁家兄弟分家为一个笸篮成了仇人，我全知道。一九七九年到一九八九年的十年里，故乡的消息总是让我振奋，土地承包了，风调雨顺了，粮食够吃了，来人总是给我带新碾出的米，各种煮锅的豆子，甚至是半扇子猪肉，他们要评价公园里的花木比他们院子里的花木好看，要进戏园子，要我给他们写中堂对联，我还笑着说：棣花街人到底还高贵！那些年是乡亲们最快活的岁月，他们在重新分来的土地上精心务弄，冬天的月夜下，常常还有人在地里忙活，田堰上放着旱烟匣子和收音机，收音机里声嘶力竭地吼秦腔。我一回去，不是这一家开始盖新房，就是另一家为儿子结婚做家具，或者老年人又在晒他们做好的那些将来要穿的寿衣寿鞋了。农民一生三大事就是给孩子办结婚，为老人送终，再造一座房子，这些他们都体体面面地进行着，他们很舒心，都把邓小平的像贴在墙上，给他上香和磕头。我的那些昔日一块套过牛，砍过柴，偷过红苕萝卜和豌豆的伙伴会坐满我家旧院子，我们吃纸烟，喝烧酒，唱秦腔，全晕了头，相互称"哥哥"，棣花街人把"哥哥（gē）"发音为"哥哥（quǒ）"，热闹得像一窝鸟叫。

　　对于农村、农民和土地，我们从小接受教育，也从生存体验中，形成了固有的概念，即我们是农业国家，土地供养了我们一切，农民善良和勤劳。但是，长期以来，农村却是最落后的地方，农民是最贫困的人群。当国家实行起改革，社会发生转型，首先从农村开始，它的伟大功绩解决了农民吃饭问题，虽然我们都知道像中国这样的变化没有前史可鉴，一切都充满了生气，一切又都混乱着，人搅着事，事搅着人，只能扑扑腾腾往前拥着走，可农村在解决了农民吃饭问题后，国家的注意力转移到了城市，农村又怎么办呢，农民不仅仅只是吃饱肚子，水里的葫芦压下去了，一次就会永远沉在水底吗？就在要进入新的世纪的那一年，我的父亲去世了。父亲的去世使贾氏家族在棣花街的显赫威势开始衰败，而棣花街似乎也度过了它暂短的欣欣向荣岁月，这里没有矿藏，没有工业，有限的土地在极度地发挥了它的潜力后，粮食产量不再提高，而化肥、农药、种子以及各种各样的税费迅速上涨，农村又成了一切社会压力的泄洪池。体制对治理发生了松弛，旧的东西稀里哗啦地没了，像泼去的水，新的东西迟迟没再来，来了也抓不住，四面八方的风方向不定地吹，农民是一群鸡，羽毛翻皱，脚步趔趄，无所适从，他们无法再守住土地，他们一步一步从土地上出走，虽然他们是土命，把树和草拔起来又抖净了根须上的土栽在哪儿都是难活。我仍然是不断地问到我的故乡，但那条国道已经改造了，以更宽的路面横穿了村镇后的塬地，铁路也将修有梯田的牛头岭劈开，听说又开始在河堤内的水田里修高速公路了，盆地就那么小，交通的发达使耕地日益锐减。而老街人家在这些年里十有八九迁居到国道边，他们当然没再盖那种一明两暗的硬梁房，全是水泥预制板搭就的二层楼，冬冷夏热，水泥地面上满是黄泥片，厅间蛮大，摆设的仍是那一个木板柜和三只四只土瓮。巷口的一堆妇女抱着孩子，我都不认识，只能以其相貌推测着叫起我还熟悉的他们父亲的名字，果然全部准确，而他们知道了我是谁时，一哇声地叫我"八爷"！（我在我那一辈里排行老八。）我站在老街上，老街几乎要废弃了，门面板有的还在，有的全然腐烂，从塌了一角的檐头到门框脑上亮亮地挂了蛛网，蜘蛛是长腿花纹的大蜘蛛，形象丑陋，使你立即想到那是魔鬼的变种。街面上生满了草，没有老鼠，黑蚊子一抬脚就轰轰响，那间曾经是商店的门面屋前，石砌的台阶上有蛇蜕一半在石缝里一半吊着。张家的老五，当年的劳模，常年披着袄子当村干部的，现在脑中风了，流着哈喇子走过来，他喜欢地望着我笑，给我说话，但我听不清他说些什么。堂兄在告诉我，许民娃的娘糊涂了，在炕上拉屎又把屎抹在墙上。关印还是贪吃，他当了支书的侄儿家被人在饭里投了毒，他去吃了三大碗，当时就倒在地上死了。后沟里有人吵架，一个说：你张狂啥呀，你把老子×咬了？！那一个把帽子一卸，竟然扑上去就咬×，把×咬下来了。村镇出外打工的几十人，男的一半在铜川下煤窑，在潼关背金矿，一半在省城里拉煤，捡破烂；女的谁知道在外边干什么，她们从来不说，回来都花枝招展。但打工伤亡的不下十个，都是在白木棺材上缚一只白公鸡送了回来，多的赔偿一万元，少的不足两千，又全是为了这些赔偿，婆媳打闹，纠纷不绝。因抢劫坐牢的三个，因赌博被拘留过十八人。选村干部宗族械斗过一次。抗税惹得公安局来了一车人。村镇里没有了精壮劳力，原本地不够种，地又荒了许多，死了人都熬煎抬不到坟里去。我站在街巷的石磙子碾盘前，想，难道棣花街上我的亲人、熟人就这么很快地要消失吗，这条老街很快就要消失吗，土地也从此要消失吗，真的是在城市化，而农村能真正地消失吗，如果消失不了，那又该怎么办呢？

父亲去世之后，我的长辈们接二连三地都去世，和我同辈的人也都老了，日子艰辛使他们的容貌看上去比我能大十岁，也开始在死去。我把母亲接到了城里跟我过活，棣花街这几年我回去次数减少，故乡是以父母的存在而存在的，现在的故乡对于我越来越成为一种概念。每当我路过城街的劳务市场，站满了那些粗手粗脚衣衫破烂的年轻农民，总觉得其中许多人面熟，就猜测他们是我故乡死去的父老的托生。我甚至有过这样的念头：如果将来母亲也过世了，我还回故乡吗？或许不再回去，或许回去得更勤吧。故乡呀，我感激着故乡给了我的生命，把我送到了城里，每一次想故乡那腐败的老街，那老婆婆在院子里用湿草燃起熏蚊子的火，火不起焰，只冒着酸酸的呛呛的黑烟，我强烈地冲动着要为故乡写些什么。我以前写过，那都是写整个商州，真正为棣花街写得太零碎太少。我清楚，故乡将出现另一种形状，我将越来越陌生，它以后或许像有了疤的苹果，苹果腐烂，如一泡脓水，或许它会淤地里生出了荷花，愈开愈艳，但那都再不属于我，而目前的态势与我相宜，我有责任和感情写下它。法门寺的塔在倒塌了一半的时候，我用散文记载过一半塔的模样，那是至今一世上唯一写一半塔的文字，现在我为故乡写这本书，却是为了忘却的回忆。

我决心以这本书为故乡树起一块碑子。

当我雄心勃勃在二〇〇三年的春天动笔之前，我奠祭了棣花街上近十年二十年的亡人，也为棣花街上未亡的人把一杯酒洒在地上，从此我书房当庭摆放的那一个巨大的汉罐里，日日燃香，香烟袅袅，如一根线端端冲上屋顶。我的写作充满了矛盾和痛苦，我不知道该赞歌现实还是诅咒现实，是为棣花街的父老乡亲庆幸还是为他们悲哀。那些亡人，包括我的父亲，当了一辈村干部的伯父，以及我的三位婶娘，那些未亡人，包括现在又是村干部的堂兄和在乡派出所当警察的族侄，他们总是像抢镜头一样在我眼前涌现，死鬼和活鬼一起向我诉说，诉说时又是那么争争吵吵。我就放下笔盯着汉罐长出来的烟线，烟线在我长长的呼气中突然地散乱，我就感觉到满屋子中幽灵飘浮。

书稿整整写了一年零九个月，这期间，我基本上没有再干别事，缺席了多少会议被领导批评，拒绝了多少应酬让朋友们恨骂，我只是写我的。每日清晨从住所带了一包擀成的面条或包好的素饺，赶到写作的书房，门窗依然是严闭的，大开着灯光，掐断电话，中午在煤气灶煮了面条和素饺，一直到天黑方出去吃饭喝茶会友。一日一日这么过着，寂寞是难熬的，休息的方法就写毛笔字和画画，我画了唐僧玄奘的像，以他当年在城南大雁塔译经的清苦来激励自己。我画了《悲天悯猫图》，一只狗卧在那里，仰面朝天而悲号，一只猫蹑手蹑脚过来看狗。我画《抚琴人》，题写："精神寂寞方抚琴"。又写了条幅："到底毛颖足吞房，沧浪随处可濯缨。"我把这些字画挂在四壁，更有两个大字一直在书桌前："守候"，让守住灵魂的候来监视我。古人讲：文章惊恐成。这部书稿真的一直在惊恐中写作，完成了一稿，不满意，再写，还不满意，又写了三稿，仍是不满意，在三稿上又修改了一次。这是我从来都没有过的现象，我不知道是年龄大了，精力不济，还是我江郎才尽，总是结不了稿，连家人都看着我可怜了，说：结束吧，结束吧，再改你就改傻了！我是差不多要傻了，难道人是土变的，身上的泥垢越搓越搓不净，书稿也是越改越这儿不足那儿不够吗？

写作的整个过程中，有一位朋友一直在关注着，我每写完一稿，他就拿去复印。那个小小的复印店，复印了四稿，每一稿都近八百页，他得到了一笔很好的收入，他就极热情，和我的朋友就都最早读这书稿。他们都来自农村,但却不是文学圈中的人,读得非常兴趣,跑来对我说:"你要树碑了,这是个大碑子啊!"他们的话当然给了我反复修改的信心,但终于放下了最后一稿的笔,坐在烟雾腾腾的书房里,我又一次怀疑我所写出的这些文字了。我的故乡是棣花街,我的故事是清风街;棣花街是月,清风街是水中月;棣花街是花,清风街是镜里花。但水中的月镜里的花依然是那些生老病离死,吃喝拉撒睡,这种密实的流年式的叙写,农村人或在农村生活过的人能进入,城里人能进入吗,陕西人能进入,外省人能进入吗?我不是不懂得也不是没写过戏剧性的情节,也不是陌生和拒绝那一种"有意味的形式",只因我写的是一堆鸡零狗碎的泼烦日子,它只能是这一种写法,这如同马腿的矫健是马为觅食跑出来的,鸟声的悦耳是鸟为求爱唱出来的。我唯一表现我的,是我在哪儿不经意地进入,如何地变换角色和控制节奏。在时尚于理念写作的今天,时尚于家族史诗写作的今天,我把浓茶倒在宜兴瓷碗里会不会被人看做是清水呢?穿一件土布袄去吃宴席会不会被耻笑我贫穷呢?如果慢慢去读,能理解我的迷惘和辛酸,可很多人习惯了翻着读,是否说"没意思"就撂到尘埃里去了呢?更可怕的,是那些先入为主的人,他要是一听说我又写了一本书,还不去读就要骂母猪生不下狮子,狗嘴里吐不出象牙。我早年在棣花街时,就遇着过一个因地畔纠纷与我家致了气的邻居妇女,她看我家什么都不顺眼,骂过我娘,也骂过我,连我家的鸡狗走路她都骂过。我久久地不敢把书稿交付给出版社,还是帮我复印的那个朋友给我鼓劲,他说:"真是傻呀你,一袋子粮食摆在街市上,讲究吃海鲜的人不光顾,要减肥的只吃蔬菜水果的人不光顾,总有吃米吃面的主儿吧?"

但现在我倒担心起故乡人如何对待这本书了,既然张狂着要树一块碑子,他们肯让我竖吗,认可这块碑子吗?清风街里的人人事事,棣花街上却能寻着根根蔓蔓,画鬼容易画人难,我不至于太没本事,要写老虎却写成了狗吧。再是,犯不犯忌讳呢?我是不懂政治的,但我怕政治。十几年前我写

《商州初录》，有人就大加讨伐，说"调子灰暗，把农民的垢甲搓下来给农民看，甭说为人民写作，为社会主义写作，连'进步作家'都不如！"雨果说：人有石头，上帝有云。而如今还有没有这样的人呢？我知道，在我的故乡，有许多是做了的不一定说，说了的不一定做，但我是作家，作家是受苦与抨击的先知，作家职业的性质决定了他与现实社会可能要发生摩擦，却绝没企图和罪恶。我听说过甚至还亲眼目睹过一个乡级干部对着县级领导，一个县级干部对着省级领导，述职的时候，他们要使尽成绩，连虱子都长了双眼皮，当他们申报款项，却惶了还再惶，人在喝风屙屁，屁都没个屁味。树一块碑子，并不是在修一座祠堂，中国从来都没有像今天这样渴望强大，人们从来没有像今天需要活得儒雅，我以清风街的故事为碑了，行将过来的棣花街，故乡啊，从此失去记忆。

《古炉》后记

五十岁后，周围的熟人有些开始死亡，去火葬场的次数增多，而我突然地喜欢在身上装钱了，又瞌睡日渐减少，便知道自己是老了。

老了就是提醒自己：一定不要贪恋位子，不吃凉粉便腾板凳；一定不要太去抛头露面，能不参加的活动坚决抹下脸去拒绝；一定不要偏执；一定不要嫉妒别人。这些都可以做到，尽量去做到，但控制不了的却是记忆啊，而且记忆越忆越是远，越远越是那么清晰。

这让我有些恍惚：难道人生不是百年，是二百年，一是现实的日子，一是梦境的日子？甚至还不忘消灭，一方面用儿女来复制自己，一方面靠记忆还原自己？

我的记忆更多地回到了少年，我的少年正是上个世纪六十年代的中后期，那时中国正发生着史无前例的"文化大革命"。

对于"文化大革命"，已经是很久的时间没人提及了，或许那四十多年，时间在消磨着了一切,可影视没完没了地戏说着清代、明代、唐汉秦的故事,"文革"怎么就无人兴趣吗?或许"文革"仍是敏感的话题,不堪回首,难以把握,那里边有政治,涉及评价,过去就让过去吧?

其实,自从"文革"结束以后,我何尝不也在回避。我是每年十几次地回过我的故乡,在我家的老宅子墙头依稀还有着当年的标语残迹,我有意不去看它。那座废弃了的小学校里,我参加过一次批斗会,还做过记录员,路过了偏不进去。甚至有一年经过一个村子,有人指着三间歪歪斜斜的破房子,说那是当年吊打我父亲的那个造反派的家,我说:他还在吗?回答是:早死了,全家都死了。我说:哦,都死了。就匆匆离去。

但在我们的那个村子里,经历过"文革"的人有多半死了,少半的还在,其中就有一位曾经是一派很大的头儿,他们全都鹤首鸡皮,或仍在田间劳动,或已经拄上了拐杖,默默地从巷道里走过。我去河畔钓鱼的那个中午,看见有人背了柴草过河,这是两个老汉,头发全白了,腿细得像木头棍儿,水流冲地他们站不稳,为了防止跌倒,就手拉扯了手,趔趔趄趄,趔趔趄趄地走了过来。那场面很能感人,我还在感慨着,突然才认得他们曾经是有过仇的,因为"文革"中派别不一样,武斗中一个用砖打破过一个的头,一个气不过,夜里拿了刀砍断了另一个家的椿树,那椿树差不多碗口粗了。而那个当过一派很大的头儿的,佝偻着腰坐在他家的院子里独自喝酒,酒当然是自己酿的包谷酒,握酒杯的手指还很有力,但他的面目是那样的敦厚了,脾气也出奇的柔和,我刚一路过院门口,他就叫我的小名,说:你回来啦?你几个月没回来了,来喝一口,啊来喝一口嘛!

那天太阳很暖和,村子里极其安静,我目睹着风在巷道里旋起了一股,竟然像一根绳子在那里游走。当年这里曾经多么惨烈的一场武斗啊,现在,没有了血迹,没有了尸体,没有了一地的大字报的纸屑和棍棒砖头,一切都没有了,往事就如这风,一旋而悠悠远去。

我问我的那些侄孙：你们知道"文化大革命"吗？侄孙说：不知道。我又问：你们知道你爷的爷的名字吗？侄孙说：不知道。我说：哦，咋啥都不知道。

不知道爷的爷的名字，却依然在为爷的爷传宗接代，而"文革"呢，一切真的就过去了吗？为什么影视上都可以表现着清以前的各个朝代，而不触及"文革"，这是在做不能忘却的忘却吗？我在五十多岁后动不动就眼前浮出少年的经历，记忆汪汪如水，别的人难道不往事涌上心头？那个佝偻了腰的曾经当过一派大头的老人在独自喝酒，寂寞的晚年里他应该咀嚼着什么下酒吧。

我想，经历过"文革"的人，不管在其中迫窘过人或被人迫害过，只要人还活着，他必会有记忆。

也就在那一次回故乡，我产生了把我记忆写出来的欲望。

我之所以有这种欲望，一是记忆如下雨天蓄起来的窖水，四十多年了，泥沙沉底，拨去漂浮的草沫树叶，能看到水的清亮。二是我不满意曾经在"文革"后不久读到的那些关于"文革"的作品，它们却写得过于表象，又多形成了程式。还有更重要的一点，我觉得我应该有使命，或许也正是宿命，经历过的人多半已死去和将要死去，活着的人要么不写作，要么能写的又多怨愤，而我呢，我那时十三岁，初中刚刚学到数学的一元一次方程就辍学回村了。我没有与人辩论过，因为口笨，但我也刷过大字报，刷大字报时我提糨糊桶。我在学校是属于联指，回乡后我们村以贾姓为主，又是属于联指，我再不能亮我的观点，直到后来父亲被批斗，从此越发不敢乱说乱动。但我毕竟年纪还小，谁也不在乎我，虽然也是受害者，却更是旁观者。

我的旁观，毕竟，是故乡的小山村的"文革"，它或许无法反映全部的"文革"，但我可以自信，我观察到了"文革"怎样在一个乡间的小村子里发生的，如果"文革"之火不是从中国社会的最底层点起，那中国社会的最底层却怎样使火一点就燃?

我的观察,来自于我自以为的很深的生活中,构成了我的记忆。这是一个人的记忆,也是一个国家的记忆吧。

其实,"文革"对于国家对于时代是一个大的事件,对于文学,却是一团混沌的令人迷惘又迷醉的东西,它有声有色地充塞在天地之间,当年我站在一旁看着,听不懂也看不透,摸不着头脑,四十多年了,以文学的角度,我还在一旁看着,企图走近和走进,似乎越更无力把握,如看月在山上,登上山了,月亮却离山还远。我只能依量而为,力所能及的从我的生活中去体验去写作,看能否与之接近一点。

烧制瓷器的那个古炉村子,是偏僻的,那里的山水清明,树木种类繁多,野兽活跃,六畜兴旺,而人虽然勤劳又擅长于技工,却极度地贫穷,正因为太贫穷了,他们落后,简陋,猥琐,荒诞,残忍。历来被运动着,也有了运动的惯性。人人病病恹恹,使强用狠,惊惊恐恐,争吵不休。在公社的体制下,像鸟护巢一样守着老婆娃娃热炕头,却老婆不贤,儿女不孝。他们相互依赖,又相互攻讦,像铁匠铺子都卖刀子,从不想刀子也会伤人。他们一方面极其的自私,一方面不惜生命。面对着他们,不能不爱他们,爱着他们又不能不恨他们,有什么办法呢?你就在其中,可怜的族类啊,爱恨交集。

是他们,也是我们,皆芸芸众生,像河里的泥沙顺流移走,像土地上的庄稼,一茬一茬轮回。没有上游的泥沙翻滚,怎么能下游静水深流,五谷要结,是庄稼就得经受冬冷夏热啊。如城市的一些老太太常常被骗子以秘鲁假钞换取了人民币,是老太太没有知识又贪图占便宜所致,古炉村的人们在"文革"中有他们的小仇小恨,有他们的小利小益,有他们的小幻小想,各人在水里扑腾,却会使水波动,而波动大了,浪头就起,如同过浮桥,谁也并不故意要摆,可人人都在惊慌地走,桥就摆起来,摆得厉害了肯定要翻覆。

我读过一位智者的书,他这样写着:内心投射出来的形象是神,这偶像就会给人力量，因此人心是空虚的又是惊恐的。如果一件事的因已经开始，它不可避免得制造出一个果，被特定的文化或文明局限及牵制的整个过程，这可以称之为命运。

古炉村人就有"文革"的命运，他们和我们就有了"文革"的命运，中国人就有了"文革"的命运。

"文革"结束了，不管怎样，也不管作什么评价，正如任何一个人类历史的巨大灾难无不是以历史的进步而补偿的一样，没有"文革"就没有中国人思想上的裂变，没有"文革"就不可能有以后的整个社会转型的改革。而问题是，曾经的一段时期，似乎大家都是"文革"的批判者，好像谁也没了责任。是呀，责任是谁呢，寻不到能千刀万剐的责任人，只留下了一个恶的代名词："文革"。但我常常想：在中国，以后还会不会再出现类似"文革"那样的事呢？说这样的话别人会以为矫情了吧，可这是真的，如我受过了5·12地震波及的恐惧后，至今午休时不时就觉得床动，立即惊醒，心跳不已。

有人说过很精彩的话，说因为你与你的家人和亲人在这个世上只有一次碰面的机会，所以得珍惜，因为人与人同在这个地球，所以得珍惜。可现实中这种珍惜并不是那么就做到了，贫穷使人容易凶残，不平等容易使人仇恨，不要以为自己如何对待了别人，别人就会如何对待自己。永远不要相信真正；没有真正，没有真正的友谊，没有真正的爱情，只有善与丑，只有时间，只有在时间里转换美丑。这如同土地，它可以长出各种草木，草木长出红白黄蓝紫黑青的花，这些颜色原本都在土里。我们放不下心的是在我们身上，除了仁义理智信外，同时也有着魔鬼，而魔鬼强悍，最易于放纵，只有物质之丰富，教育之普及，法制之健全，制度之完备，宗教之提升，才是人类自我控制的办法。

在书中，有那么一个善人，他在喋喋不休地说病，古炉村里的病人太多了，他需要来说，他说着与村人不一样的话，这些话或许不像个乡下人说的，但我还是让他说。这个善人是有原型的，先是我们村里的一个老者，后来我在一个寺庙里看到了桌上摆放了许多佛教方面的书，这些书是善男信女编印的，非正式出版，可以免费，谁喜欢谁可以拿走，我就拿走了一本《王凤仪言行录》书。王凤仪是清同治人，书中介绍了他的一生和他一生给人说病的事迹。我读了数遍，觉得非常好，就让他同村中的老者合二为一做了善人。善人是宗教的，哲学的，他又不是宗教家和哲学家，他的学识和生存环境只能算是乡间智者，在人性爆发了恶的年代，他注定要失败的，但他毕竟疗救了一些村人，在进行着他力所能及的恢复、修补，维持着人伦道德，企图着社会的和谐和安稳。

陕西这地方土厚，惯来出奇人异事，十多年来时常传出哪儿出了个什么什么神来。我曾经在西安城南的山里拜访过众多的隐在洞穴和茅棚里修行的人，曾经见过一位并没有上过大学却钻研了十多年高等数学的农民，曾经读过一本自称是创立了新的宇宙哲学的手写书，还有一本针对时下世界格局的新的兵书草稿，甚至与那些堪舆大师，预测高手以及一场大病后突然有了功力能消灾灭祸的人交谈过。最有兴趣的去结识那些民间艺人，比如刻皮影的，捏花馍的，搞木雕泥塑的，做血社火芯子的，无师而绘画的，铰花花的。铰花花就是剪纸。我见到过这些人，这些人并不是传说中的不得了，但他们无一例外都是有神性的人，要么天人合一，要么意志坚强，定力超常。当我在书中写到狗尿苔的婆时，原本我是要写我母亲的灵秀和善良，写到一半，得知陕北又发现一个能铰花花的老太太周平英，她目不识丁，剪出的作品却有一种圣的境界。因为路远，我还未去寻访，竟意外地得到了一本她剪纸图册，其中还有郭庆丰的一篇介评她的文章，文章写得真好，帮助我从周平英的剪纸中看懂了许多灵魂的图像。于是，狗尿苔的身上同时也就有了周平英的影子。

整个的写作过程中，《王凤仪言行录》和周平英的剪纸图册以及郭庆丰的介评文章,是我读过而参考借鉴最多的作品,所以特意在此向他们致礼。

除此之外,古炉村里的人人事事,几乎全部是我的记忆。狗尿苔,那个可怜可爱的孩子,虽然不完全依附于某一个原型的身上,但在写作的时候,常有一种幻觉,他就在我的书房,或者钻到这儿藏在那儿,或者痴呆呆地坐在桌前看我,偶尔还叫着我的名字。我定睛后,当然书房里什么人都没有,却糊涂了:狗尿苔会不会就是我呢?我喜欢着这个人物,他实在是太丑陋,太精怪,太委屈,他前无来处,后无落脚,如星外之客,当他被抱养在了古炉村,因人境逼仄,所以导致想象无涯,与动物植物交流,构成了童话一般的世界。狗尿苔和他的童话乐园,这正是古炉村山光水色的美丽中的美丽啊。

在写作的中期,我收购了一尊明代的铜佛,是童子佛,赤身裸体,有茂密的发髻,有垂肩的大耳,两条特长的胳膊,一手举过头顶指着天,一手垂下过膝指着地,意思是:天上地下唯我独尊。这尊佛就供在书桌上,他注视着我的写作,在我的意念里,他也将神明赋给了我的狗尿苔,我也恍惚里认定狗尿苔其实是一位天使。

整整四年了,四年浸淫在记忆里。但我明白我要完成的并不是回忆录,也不是写自传的工作。它是小说。小说有小说的基本写作规律。我依然采取了写实的方法,见识着那个自古以来就烧瓷的村子,极力使这个村子有声有色,有气味,有温度,开目即见,触手可摸;以我狭隘的认识吧,长篇小说就是写生活,写生活的经验,如果写出让读者读时不觉得它是小说了,而相信真有那么一个村子,有一群人在那个村子里过着封闭的庸俗的柴米油盐和悲欢离合的日子,发生着就是那个村子发生的故事,等他们有这种认同了,甚至还觉得这样的村子和村子里的人太朴素和简单,太平常了,这样也称之为小说,那他们自己也可以写了,这就是我最满意的成功。我在年轻的时候是写诗的,受过李贺影响,李贺是常骑着毛驴想他的诗句,突然有一个句子了就写下来装进囊袋里。我也就苦思冥想寻诗句,但往往写成了让编辑去审，编辑却说我是把充满了诗意的每一句写成了没有诗意的一首诗。自后我放弃了写诗，改写小说，那时所写的小说追求怎样写得有哲理，有观念，怎样标新立异，现在看起来，激情充满，刻意作势，太过矫情。再谈古代大作家的诗文，比如李白吧，那首床前明月光，疑是地上霜，举头望明月，低头思故乡，这简直是太白话么，太简单了么，但让自己去写，打死就是写不出来。最容易的其实是最难的，最朴素的其实是最豪华的。什么叫写活了逼真了才能活，逼真就得写实，写实就是写日常，写伦理，脚蹬地才能跃起，任何现代主义的艺术都是建立在扎实的写实功力之上的。

写实并不是就事说事，为写实而写实，那是一摊泥塌在地上，是鸡仅仅能飞到院墙。在《秦腔》那本书里，我主张过以实写虚，以最真实朴素的句子去建造作品浑然多义而完整的意境，如建造房子一样，坚实的基，牢固的柱子和墙，而房子里全部是空虚，让阳光照进，空气流通。

回想起来，我的写作得益最大的是美术理论，在二十年前，西方那些现代主义各流派的美术理论让我大开眼界。而中国的书，我除了兴趣戏曲美学外，热衷在国画里寻找我小说的技法。西方现代派美术的思维和观念，中国传统美术的哲学和技术，如果结合了，如面能揉得到，那是让人兴奋而乐此不疲的，比如，怎样大面积的团块渲染，看似充满，其实有层次脉络，渲染中既有西方的色彩，又隐着中国的线条，既存淋淋真气使得温暖，又显一派苍茫沉厚。比如，看似写实，其实写意，看似没秩序，没工整，胡摊乱堆，整体上却清明透彻。比如，怎样"破笔散锋"。比如，怎样使世情环境苦涩与悲凉，怎样使人物郁勃黝黯，孤寂无奈。

苦恼的是越是这样的思索，越是去试验，越是感到了自己的功力不济，四年里，原本可以很快写下去，常常就写不下去，泄气，发火，对着镜子恨自己，说：不写了！可不写更难受啊。世上上瘾东西太多了，吸鸦片上瘾，喝酒上瘾，吃饭是最大上瘾，写作也上瘾。还得写下去，那就平静下来，尽其能力去写吧。在功夫不济的情况下，我能做到的就是反复叮咛自己：慢些、慢些，把握住节奏，要笔顺着我不要我被笔牵着，要故事为人物生发，不要人物跟着故事跑了。

四年里，出了多少事情，受了多少难场，当我写完全书稿最后一个字时，我说天呀，我终于写完了，写得怎样那是另一回事，但我总算写完了。

我感激着家里的大小活儿从不让我干，对于妻子女儿，我是那样地不尽职，我对她们说：啊把我当个大领导看待吧，大领导谁是能顾了家的呢？我感激着我的字画，字画收入使我没有了经济的压力，从而不再在写作中考虑市场，能使我安静地写，写我想写的东西。我感激着我的身体，它除了坏掉了四颗牙，别的部位并没有出麻达。我感激着那三百多支签名笔，它们的血是黑水，流尽了，静静地死去在那个大筐里。

图书在版编目（CIP）数据

文章四家·贾平凹 / 贾平凹著. —北京：文化艺术出版社，2010.10
ISBN 978-7-5039-4082-8

Ⅰ.①文… Ⅱ.①贾… Ⅲ.①散文—作品集—中国—当代 Ⅳ.①I267

中国版本图书馆CIP数据核字(2010)第203802号

文章四家·贾平凹

著　　者	贾平凹
责任编辑	李恩祥
责任校对	方玉菊
装帧设计	杨林青 / 姚雪媛
出版发行	文化艺术出版社
地　　址	北京市东城区东四八条52号　100700
网　　址	www.whyscbs.com
电子邮箱	whysbooks@263.net
电　　话	（010）84057666　84057660（总编室）
	（010）84057696　84057698（发行部）
经　　销	新华书店
印　　刷	北京顺诚彩色印刷有限公司
版　　次	2011年3月第1版
印　　次	2011年3月第1次印刷
开　　本	720×1000mm　1/16
印　　张	21.75
字　　数	320千字
书　　号	ISBN 978-7-5039-4082-8
定　　价	58.00 元

版权所有，侵权必究。印装错误，随时调换。